本研究获得教育部人文社会科学研究规划基金资助

（批号：12YJC751059）

清人编选的文章选本与文学批评研究

孟伟 著

中国社会科学出版社

图书在版编目（CIP）数据

清人编选的文章选本与文学批评研究 / 孟伟著 .—北京：中国社会科学出版社，2016.12
ISBN 978-7-5161-9582-6

Ⅰ.①清… Ⅱ.①孟… Ⅲ.①中国文学—古典文学研究—清代 Ⅳ.① I206.2

中国版本图书馆 CIP 数据核字（2016）第 320913 号

出 版 人	赵剑英
责任编辑	史慕鸿
责任校对	周　昊
责任印制	戴　宽
出　　版	中国社会科学出版社
社　　址	北京鼓楼西大街甲 158 号
邮　　编	100720
网　　址	http://www.csspw.cn
发 行 部	010-84083685
门 市 部	010-84029450
经　　销	新华书店及其他书店
印　　刷	北京君升印刷有限公司
装　　订	廊坊市广阳区广增装订厂
版　　次	2016 年 12 月第 1 版
印　　次	2016 年 12 月第 1 次印刷
开　　本	710×1000　1/16
印　　张	19.25
插　　页	2
字　　数	289 千字
定　　价	69.00 元

凡购买中国社会科学出版社图书，如有质量问题请与本社营销中心联系调换
电话：010-84083683
版权所有　侵权必究

目 录

序 言 ………………………………………………………………… 1

第一章　清人编选的古文选本与文学批评 ……………………… 1
 第一节　清代古文选本的编选、评点及其文学批评意义 ……… 1
 第二节　科举考试与清代古文选评 …………………………… 16
 第三节　清代敕修文章选本及其对文风建设的意义 ………… 31
 第四节　方苞《古文约选》的编选、评点及其影响 ………… 43
 第五节　《唐宋八家文读本》与沈德潜的古文理论 ………… 51
 第六节　姚鼐《古文辞类纂》的编选与刊刻 ………………… 62

第二章　清人编选的清代古文选本与文学批评 ……………… 70
 第一节　清人所编清代古文选本的文献价值与文学批评意义 … 70
 第二节　李祖陶的清文选本与清文批评 ……………………… 76
 第三节　《续古文辞类纂》与王先谦的古文观念 …………… 82

第三章　清人编选的骈文选本与文学批评 …………………… 87
 第一节　清人编选的骈文选本概述 …………………………… 87
 第二节　清人所编清代骈文选本的文献价值与文学批评意义 … 91
 第三节　清乾嘉以降骈文选本的"尊体"批评 ……………… 110
 第四节　《南北朝文钞》与彭兆荪的骈文理论 ……………… 125

  第五节 《骈体文钞》选评与李兆洛的文章学理论 …………… 132
  第六节 《国朝八家四六文钞》与《国朝骈体正宗》的
      编选、批评旨趣及影响 ………………………………… 151
  第七节 《六朝文絜》的编刊及其与文学思潮的关系 ………… 170
  第八节 《国朝十家四六文钞》《骈文类纂》与王先谦的骈文理论 …… 181

第四章 清人编选的明文选本与文学批评 ……………………… 189
  第一节 黄宗羲的明文选本与明文批评 ……………………… 189
  第二节 清人编选的其他明文选本 …………………………… 197

附录 清人编选的文章选本知见录 ………………………………… 204
  一 以清前古文为主要选录对象的古文选本 ………………… 204
  二 以清代古文为主要选录对象的古文选本 ………………… 229
  三 以清前骈文为主要选录对象的骈文选本 ………………… 257
  四 以清代骈文为主要选录对象的骈文选本 ………………… 269

参考文献 ……………………………………………………………… 284

后记 …………………………………………………………………… 295

序 言

杨 明

孟伟博士的《清人编选的文章选本与文学批评研究》一书即将出版，我由衷地感到高兴！他在从我研学时，就以此为题撰博士论文，那已经是十年以前的事了。毕业之后，孟伟任职于常熟理工学院人文学院中文系，是一位口碑很好、深受学生欢迎的老师，担负着繁重的教学任务，可是他念兹在兹，仍然想着将当年的研究进一步拓展。于是抓紧一切可以利用的时间，乐此不疲，终于成就了这一部书稿。

翻阅这部书稿，首先感受到那种老老实实做学问的态度。作者从文献调查入手，在这方面花费了巨大的、艰辛的劳力。有不少稀见的、分散收藏在各地图书馆内的书籍，他都亲自前往，一一过目、研读。他认为必须"竭泽而渔"，才能有"发言权"，才能下笔。总之，孟伟对存世的清人所编文章选本做了较为全面的调查，将其编选、评点、刊刻、流传等情况写成叙录，然后才进入对选本所反映的文学思想的探讨。择其重要的写成正文，其他的也都编入"知见录"内。因此，即使仅从为读者提供书目和线索的角度而言，这也是一部很有用的书。

披读一过，我觉得本书在以下几方面颇有优长。

它指出了清人所编文章选本具有的文献价值。

例如姚椿的《国朝文录》，乃穷数十年之精力而成。姚氏是宗奉理学思想的古文家，故清初以来重要理学著作的序跋多有收录；而对于汉学著作的序跋也并不排斥，汉学著作的序跋也收录了不少。这对于研究清代思想史提供了便利。《国朝文录》还广收诸家为归有光、方苞等古文名家文集所作的序跋，对于清代文学史、文学批评史的研究也提供方便。本书指出，这样经过广事搜罗，将相关的资料汇集一处，可说是选本在文献方面的一种"集合"作用。其他清朝当代的文章选本也都有类似的功能。又如沈粹芬、黄人、王文濡等所编辑的《国朝文汇》,编纂于清王朝即将结束的前夜,其时西学东渐,东西方思想文化强烈碰撞。其编纂强调不立宗派,不主一家,以保存国粹为目的。该书收录作者凡一千三百五十六人,卷帙之大,为清文选本之最,对于保存清代文献,卓有贡献,也为研究者提供了不少方便。

本书指出,选本在保存逸文方面也有很大贡献。

有的作者默默不为人知,赖选本而留存文字于天壤之间。例如李祖陶编录《国朝文录》及《续编》,特别注意收录"卓然自为于荒江穷谷之中,而未行于世者"的文章,不遗余力地进行搜罗,以"表扬幽隐"。这些作者的文集多未经版刻,如刘黻的《丛桂堂文录》,系从其子所藏稿本中录出。若无李祖陶的一番努力,刘黻的作品很可能就湮没无闻了。就连刘黻其人,有关记载也极难见到,正是从李氏撰写的《丛桂堂文录引》中,才可约略知道其生平事迹,原来他曾学诗于翁方纲,学文于赵佑,还在纪昀家做过多年塾师。李祖陶对他的文章评价很高,说他"文章高雅,浩瀚中悉归典则"。

有的作者虽然知名于时,却并无文集传世,他们的文章也是靠着选本才得以流传,如姚椿的《国朝文录》保存了盛敬、陆世仪、王汝骧、蔡上翔等人的文章,就是这样的情况。其他如王先谦的《骈文类纂》、屠寄的《国朝常州骈体文录》,其中所选的骈文作家,也有许多是并无文集传世,其作品端赖选本而为后人所知。

本书还指出,还有一种情况,即某作家虽有文集,但选本收录了不见于文集的篇章。如曾燠是乾嘉时期的骈文名家,今有《赏雨茅屋外集》传世,收录其不少骈文作品。但吴鼒编的《国朝八家四六文钞》内有曾氏的《西溪渔隐外集》一卷,其中所收骈文有十一篇不见于《赏雨茅屋外集》。这《西溪渔隐文集》仅有《国朝八家四六文钞》本,那十一篇作品便是靠着吴鼒的编选才流传下来的。又如周寿昌,是晚清著名的史学家,于两《汉书》、《三国志》造诣尤深,而诗文也颇有成就。周氏遗稿由其门人王先谦刊刻成书,名《思益堂集》,但其中未有骈文。其实周氏长于骈文,为曾国藩所推重，可是生前已大半遗失。幸赖王先谦收得十六篇，刻入所编《国朝十家四六文钞》内。可谓硕果仅存，弥觉可珍。再如陈衍为吴鼒编的《国朝八家四六文钞》作补注，有自序一篇，论注书之难，列举注书之弊十二条，颇有价值，而亦未收入《石遗室文集》，仅仅靠着《八家四六文补注》一书才得以流传。

清人所编文章总集，还具有校勘价值，本书也举了不少例子加以说明。

邬国平先生曾经指出，王昶所编《湖海文传》具有辑佚、校勘方面的价值，但尚未得到今人充分的重视①。这一论断同样适合于其他许多选本。《清人编选的文章选本与文学批评研究》列举许多例证，让读者看到清人所编文章总集的文献价值，是很有意义的。作者指出，今人编印的《周寿昌集》，仅据《思益堂集》加以整理，却遗漏了《国朝十家四六文钞》中所收的骈文，不能不说是重大的遗憾。那就是由于对选本的文献价值缺少认识所致。本书作者之所以能指出、强调这样的价值，当然是他广收博见并且不畏繁难、深入了解、细致比对的结果。

除了从文献的角度论述诸家选本，《清人编选的文章选本与文学批评研究》概括选本所反映的文学思想和文学批评，常能见微知著，点明要点。这是本书的又一重要优点。

众所周知，选本选录哪些作品，如何编排，序跋中发表怎样的见解，都体现出编撰者的观点、趣味；有的选本还施以点评，就更具有研究价值。本书的论述在这方面也给我们很多启示。

如方苞的《古文约选》，当代研究者似乎不太重视，本书却强调其研究价值。作者说，方苞以前的选本如《古文渊鉴》、《古文观止》、《古文雅正》等，都收有少量的骈文。古文选本中兼收骈文，这在清初是较为普遍的现象。而方苞的古文观念则极为明确。他所收录的，限于两汉、唐宋八大家的散文。方苞是古文写作名家，其作品崇散拒骈，一贯鄙薄"俪语"。他的选录和创作以及理论是一致的，他的这种态度对其后的古文选

---

① 见邬国平《王昶的〈湖海诗传〉〈湖海文传〉》，载《古籍新书报》第292期。

本产生了影响。本书又指出，《古文约选》不选先秦文和《史记》，并不是认为它们不好，而是为初学者易于学习作文的"义法"着想，特别是有防止"流为明七子之伪体"的用意。盖明七子"文必秦汉"，流弊所及，一味求古求典，形成一种食古不化的拗僻文风，故方苞之不选先秦文和《史记》，与对七子的不满有关。这也体现了《古文约选》的文学批评意义。另外，方苞此选载有评语，而学界尚未给予重视，本书则特意指出，举例说明其价值。凡此均为进一步研究指出了路径。

类似的例子在本书中颇多。例如沈德潜的《唐宋八家文读本》，本书强调其反对摹拟、学古当求"精神"、"神理"的主张，强调沈氏的评语别具手眼，不落时文评点蹊径。又如王先谦的《续古文辞类纂》，虽可谓赓续姚鼐《古文辞类纂》之作，王氏对于方苞、刘大櫆、姚鼐等桐城文人的成绩和影响也十分肯定，但本书指出，王氏主张"立言之道，义各有当"，反对清末文坛的门户畛域之风，故选文甚宽，这与姚鼐明代只选归有光，清代只选方苞、刘大櫆，"自为一家之学"，是有所不同的。王先谦还编有《国朝十家四六文钞》与《骈文类纂》两部骈文选本。骈散并重，也显示了王氏文章学思想的通达。本书又指出，王氏既不同于方苞至姚鼐的崇散拒骈，也还不同于李兆洛等人所主张的骈散交融。李兆洛《骈体文钞》收录了《报任安书》、《出师表》等散文作品，王先谦批评其"限断未谨"。姚鼐《古文辞类纂》收录"辞赋"类作品，王先谦的《续古文辞类纂》则不收辞赋，因为辞赋"取工骈俪"，与古文文体有别。（王氏所编《骈文类纂》列有"辞赋"类，认为辞赋是骈文写作必须学习的对象。）可见王先谦是主张严格文体区别的。但是，另一方面，他既编有古文选本，又编辑骈文选本，则表明他是骈、散并重的。本书特地指明此点，让读者对于王先谦的文章学观点有明晰的了解。

《清人编选的文章选本与文学批评研究》还有一个优点，就是十分注意选本的编纂以及流传等情况的时代背景，常常结合社会文化、学术思想、文学创作、文学思潮等因素进行研究。例如强调了古文选本的大量涌现与科举考试、时文写作的关系，强调桐城文人编辑古文选本与清代统治者文化政策的关系，等等。这里我们只举出本书对《六朝文絜》的论述，比较详细地作一些介绍。

《六朝文絜》为许梿所编，编辑和刊印于嘉道之际。它的分量不大，所选均为短小的骈文。本书指出，其书虽然分量不大，但却备受欢迎。自编成之后，不断刊印，光绪年间还出现了笺注本，直至民国，仍有多种重印本和标点整理本出版。有的骈文选本当日声价颇高，但随着时代变迁，在出版领域多归于沉寂，《六朝文絜》却持续地为出版界和读者所欢迎。本书强调，这不是偶然的现象。《六朝文絜》选短小的文章，所选又多抒发性情、具有风韵的作品，乃是深受晚明小品文审美趣味影响的结果。晚明崇尚性灵，重视具有风韵和闲适趣味的小品文，此种审美趣味与六朝时期存在的喜好语言华美、内容柔媚、侧重抒情的文学审美取向相一致。《六朝文絜》正体现了这样的趣味，不仅反映在选篇上，也体现于许梿的评语之中。清朝统治者和正统文人对晚明士风和文学是持排斥态度的，但晚明思潮在清代仍然影响着文人思想与创作，晚明小品的精神仍继续发挥其作用，《六朝文絜》的编选和流传正证明了这一点。本书又指出，许梿的序和评语都表达了对骈文的推崇和对诋斥六朝骈文者的不满，肯定骈文价值、提高骈文地位也是许梿编辑《六朝文絜》的宗旨所在。因此《六朝文絜》的编选与乾嘉、光绪时期骈文的复兴有密切关系。据本书作者的调查，光绪年间，二十余年里，《六朝文絜》的刊本竟在八种以上，还出现了黎经诰的用功甚深、质量颇高的笺注本。黎氏笺注此书，是作为家塾读本用的，相比许梿自序所云少年时塾师禁止他读徐陵、庾信等六朝骈文，是多么大的变化。作者说，由此可见骈文在清末得到普遍接受的情况，也反映出清末社会文化、教育思想的变化。这样的论断是颇解人颐的。作者又进一步详尽调查了《六朝文絜》、《六朝文絜笺注》在民国时期的出版情况，指出尤其是20世纪二三十年代出现了出版热潮，这一现象与民国时期"小品热"文学思潮有直接的关系。当时周作人、林语堂等提倡小品文。周氏提出"上有六朝，下有明朝"，自述"《六朝文絜》及黎氏笺注常备在座右"。鲁迅虽对这股"小品热"表示不满，但据周作人说，他其实也是爱读《六朝文絜》，作为常备书的。本书说："同为骈文选本，李兆洛的《骈体文钞》尽管享誉甚高，但在民国时期的刊印远远少于《六朝文絜》，这种情况也可间接说明《六朝文絜》的大量刊印与当时文坛热衷小品文的文学思潮是有直接关系的。"确是有根有据的判断。又说："对《六朝文絜》这样一个勾连了四个时代、产生了广泛影响的选本进行考察，可以加深我们对晚明、乾嘉、光绪、民国时期文学思潮、文学创作、文学批评以及出版、印刷等的认识，这也是选本研究的独特价值所在。"足见本书作者是非常自觉地在广阔的时代背景上研究选本的。

　　文如其人。孟伟为人朴实，踏实、用功而不露圭角。他的这部书稿，也正是老老实实下大功夫撰成，是在平实之中包含真知灼见的学术佳作，值得向读者推荐。

二〇一六年十月
欣然斋北窗下

第一章 清人编选的古文选本与文学批评[①]

第一节 清代古文选本的编选、评点及其文学批评意义

我国文章选本出现较早，就笔者所知，唐代柳宗直编选的《西汉文类》[②]是最早见于文献记载的文章选本。南宋以后，古文选本开始大量出现，吕祖谦的《古文关键》、真德秀的《文章正宗》、谢枋得的《文章轨范》等都有较大的影响。"选"与"评"相结合是南宋以后古文选本的基本模式。清王朝入关后，确立了"尊孔崇儒"的文化政策。对理学思想的崇奉、以科举为中心的教育促进了清人古文编选和评点活动的兴盛。

一 古文选本的编选目的、宗旨及选家身份

清人热衷于对古文的编选。总体来看，清人所编古文选本有其特定的编选目的和编选宗旨，在选家身份和选本特点等方面也都呈现出较为显著的共性特征。

（一）提高八股文写作水平是清人所编古文选本的最终目的

提到古文选本，人们多认为是为提高古文写作水平而编选。其实，提高古文写作水平只是古文选本的目的之一，而不是它的最终目的。在科举

[①] 本章所论"古文选本"，是指以清前古文为主要选录对象的古文选本。
[②] 《柳河东集》有《柳宗直西汉文类序》一文，可知该书选《汉书》文章，编为四十卷。陈振孙《直斋书录解题》谓："《西汉文类》四十卷，唐柳宗元之弟宗直尝辑此书，宗元为序，亦四十卷。《唐艺文志》有之，其书不传，今书陶叔献元之所编次，未详何人，梅尧臣为之序。"

时代，提高八股文写作水平才是古文选本编选的最终目的。

　　南宋的古文选本如《古文关键》等是作为古文学习的教材而编选的，所以它的评点也多是讲明文章的篇章结构、章法技巧，目的是教人如何写作文章。明代实行八股取士制度，科举成了读书人的必由之路，明代古文选本的编选目的也主要是为了提高时文写作能力。茅坤的《唐宋八大家文钞》是明代著名的古文选本，《四库全书总目》认为它之所以能够"一二百年以来，家弦户诵"，主要原因在于它是"为举业而设"[1]，这其实是明代古文选本繁荣的主要原因。明人郭伟在其所编古文选本《新镌分类评注文武合编百子金丹》的凡例中说：

　　　　历科以来，弘、正之间作文家纯主六经而兼用韩、柳、欧、苏四大家，此国家崇盛治也。嘉、隆以来，四大家之风尚寖微，秦汉、《国策》、《左传》之习炽然，不复知有四大家矣，此亦文运之未漓也。隆、万以后，士习趋入诡道，则主佛书诸经典，而文章亦稍稍不轨于正，士习从此漓矣。迩来圣天子登极，文运中兴，经生子翕然崇正学，士习丕变，壬戌、乙丑两科会场中能用子史者咸入彀。[2]

郭伟认为明代历朝科举文风都是有所变化的。他所说的"作文家"是指写作科举应试文章的人，"作文家"的文章风格从以六经、韩、柳、欧、苏为主到专主先秦文，再到取法佛经，取法子史，可见科举文章的内容、风格与其所取法的对象有直接的关系。因此，他迎合时代风气，编纂了这部以"子史"为内容的古文选本，以求为科举考试服务。郭伟的这番话很好地说明了古文选本的编纂与科举考试有密切的关系，为科举服务是多数古文选本的主要目的。

　　就清代而言，清王朝继承了明代以来的科举考试制度。据《清史稿·选举志》："世祖统一区夏，顺治元年，定以子、午、卯、酉年乡试，

---

[1] 永瑢等：《四库全书总目》，中华书局1965年版，第1719页。
[2] 郭伟：《新镌分类评注文武合编百子金丹》，《四库全书存目丛书》本，齐鲁书社1995年版，第1页。

第一章　清人编选的古文选本与文学批评

辰、戌、丑、未年会试。"① 清人甫一入关，便制定了科举制度，足可看出其对科举考试的高度重视。在科举时代，科举中式是广大读书人的终极目标，八股文作为科举考试的主要文体，成为清代学校教育的核心内容。清代学校教育围绕八股文而展开，而学习古文是提高八股文写作水平的有效手段。清初著名时文选家吕留良说："今为举业者，必有数十百篇精熟文字于胸中，以为底本，但率皆取资时文中，则曷若求之于古文乎？"② 明人孙鑛也曾说："二十五岁，始知受欧阳文。二十六而熟读《韩非子》，手节录之，以资举业。"③ 可见在科举时代，通过学习古文提高八股文的写作水平，是普遍的社会观念。

这一点也可以从现代文体学角度进行解释。从文体学来讲，八股文作为一种文体，可以说是集合了汉语文体的各种特点。启功先生和金克木先生在论说八股文时都指出了这一点。启功先生说：

> 对偶、声调是古代文章的艺术手法，也是汉语文学技巧的一些重要组成部分，也逐渐纳入八股的作法中。
>
> 八股文既然是吸取古代若干项文体综合而成，它又用了骈体文中长联式的对偶，那么骈文的韵律手法，自然会附带引进。④

金克木先生说：

> 八股文体兼骈散，继承了战国策士的言论，汉魏六朝的赋，唐宋的文，而以《四书》为模范。分析八股文体若追溯本源就差不多要涉及全部汉文文体传统。

---

① 赵尔巽等：《清史稿》，中华书局1976年版，第3417页。
② 吕留良：《晚村先生八家古文精选》，《四库禁毁书丛刊》本，北京出版社1997年版，第308页。
③ 孙鑛：《月峰先生居业次编》，《四库禁毁书丛刊》本，北京出版社1997年版，第193页。
④ 启功：《说八股》，见《说八股》，中华书局2000年版，第36、40页。

>八股文正是把这种汉文文体特点发挥到极端的典型。若没有汉文的这些特点就不会有八股文。①

从两位先生的论述中可以看出，八股文具有汉语文体的各种特点。那么，从学习写作的角度来讲，单纯以八股文为范文来学习八股文是不够的，学习古文成为提高八股文写作水平的有效途径。

明清两代以八股文著称者亦多为古文名家，如明代的唐顺之、归有光、艾南英，清代的韩菼、方舟、方苞等人，都兼擅时文和古文，古文家往往对呆板的时文写作表示不满，要求通过学习古文以提高时文的品格。方苞为国子监学生编选《古文约选》，选取两汉、唐宋八大家文章作为学习的范文。在《古文约选序例》中，他说：

>学者能切究于此，而以求《左》、《史》、《公》、《穀》、《语》、《策》之义法，则触类而通，用为制举之文，敷陈论、策，绰有余裕矣。②

方苞认为掌握了古文义法，写作八股文便会轻松自如，他编选《古文约选》的一个重要目的，就是要通过学习古文来提高国子监生八股文的写作能力，这其实也是大多数古文选本编选的最终目的。

古文选家还从理论上对学习古文有助于八股文写作进行分析。过珙在其所编《绍文堂详订古文觉斯定本》的序文中说：

>周秦两汉以迄唐宋元明大家之文，其言之可传而不朽者，亦道所由寓，文章中之百川众壑，殊途同归者也，且周秦两汉以下之文，择焉而精，语焉而详，则四子五经之文益彰。③

---

① 金克木：《八股新论》，见《说八股》，中华书局2000年版，第75、99页。
② 刘季高校点：《方苞集》，上海古籍出版社1983年版，第613页。
③ 过珙：《绍文堂详订古文觉斯定本》，《四库禁毁书丛刊》本，北京出版社1997年版，第549页。

认为先秦两汉和唐宋八大家文章寄寓了儒家之道，对其讲求学习，可加深对四书五经的理解。

李扶九《古文笔法百篇》前有李元度序：

> 论文之极致，正以绝处时文蹊径为高，而论时文之极致，又以能得古文之神理、气韵、机局为最上乘。①

也说明在科举时代，人们以古文境界作为衡量八股文写作水平的标准。所以提高八股文写作水平是清代古文选本编选的最终目的，这也是科举时代古文选本繁荣兴盛的根本原因。

（二）崇尚理学，发挥教化作用是清代古文选本的重要宗旨

唐宋以来，古文与道有密切的关系，古文家标举"文以明道"或"文以载道"，道学家则有"文从道出"的看法。清王朝从康熙开始定程朱理学于一尊，"尊孔崇儒"是其基本的思想文化政策。编选古文选本也是清代统治者宣传其思想文化政策的重要方式。清王朝于康熙二十四年（1685）敕修《古文渊鉴》，乾隆三年（1738）敕修《唐宋文醇》，这两部由康、乾二帝亲自主持编纂的古文选本，都以表达对程朱理学的崇尚、发挥教化作用为编纂宗旨。《古文约选》是为国子监学生编选的古文教材，方苞在代果亲王允礼所作序文中说："群士果能因是以求六经、《语》、《孟》之旨，而得其所归，躬蹈仁义，自勉于忠孝，则立德立功以仰答我皇上爱育人材之至意者，皆始基于此。是则余为是编以助流政教之本志也夫。"②表明其以古文选本发挥政治教化作用的编选宗旨。乾隆三年，清帝下诏，允许民间书坊翻刻内府所藏书版，称《古文渊鉴》、《古文约选》等书"具于学术有裨，自宜广为传习"③，表现出对于古文选本宣扬儒家思想，发挥教化作用的高度重视。

---

① 李扶九：《古文笔法百篇》，光绪辛巳（1881）重刊本。
② 刘季高校点：《方苞集》，上海古籍出版社1983年版，第613页。
③ 素尔讷等：《学政全书》，《续修四库全书》本，上海古籍出版社2002年版，第193页。

除官修古文选本以外，清代产生了大量坊刻和家刻古文选本，这些古文选本也以崇奉理学、发挥教化作用为编选宗旨。理学名臣蔡世远所编《古文雅正》，以"文辞典雅"、"思想纯正"为选篇标准，张廷玉序谓，"醇正典则，悉合六经之旨"，"是文之选也，其帙简，其义精，而崇实学以黜浮华，明理义以去放诞，信足以赞襄文治，津梁后学"①。指出《古文雅正》以崇尚理学，发挥教化作用为编选宗旨。吴震方《朱子论定文钞》将朱熹言论涉及之文章，汇为一编，序文说："我皇上睿学渊深，崇儒重道，右学吁俊，首重理学，两闱以性理试论童子兼小学命题，士风一轨于正。"②表明其所编古文选本也是以"崇儒重道"为宗旨，以与国家的文化政策相呼应。《唐宋十大家全集录》是清初影响较大的古文选本，它的编选者储欣在序文中述其编选原因是不满意明代茅坤《唐宋八大家文钞》"大抵为经义计"的特点，也就是不满意古文选本只以提高八股文写作水平为目的。储欣此选的目的则在于使"承学治古文之士"响应"圣天子""崇儒重道，化成天下意"③，也就是要使古文学习与"崇儒重道"的时代精神相结合，而不只是着眼于科举考试。后来乾隆在《御选唐宋文醇》的序文中，对储欣的这种立场表示赞赏，称储欣所选的目的是"欲裨读者兴起于古，毋只为发策决科之用，意良美矣"④。对储欣《唐宋十大家全集录》着眼于崇尚儒家思想、发挥教化作用的编纂宗旨予以肯定。冯心友所编《古文汇编》卷首序文，认为《汇编》可以发挥"正人心，厚风俗"的作用。凡例明确声称"是编盖劝善书耳"⑤，表明编选者欲以古文选本发挥教化作用的编纂宗旨。

---

① 蔡世远：《古文雅正》，《景印文渊阁四库全书》本，台北：台湾商务印书馆1983年版，第3页。
② 吴震方：《朱子论定文钞》，《四库全书存目丛书》本，齐鲁书社1995年版，第4页。
③ 储欣：《唐宋十大家全集录》，《四库全书存目丛书》本，齐鲁书社1995年版，第237页。
④ 乾隆敕修：《御选唐宋文醇》，《景印文渊阁四库全书》本，台北：台湾商务印书馆1983年版，第100页。
⑤ 冯心友：《古文汇编》，清康熙刻本。

（三）清代古文选本的选家普遍具有教师身份，选本具有便于初学的特点

清代私塾以及府、州、县学和书院等各级学校，都以科举考试为教育目标。学习古文是各级学校的重要教学内容，古文选本的编选多出于教学需要。因此，清代古文选本的编选者大多具有教师身份。《古文观止》的编者吴楚才、吴调侯二人就是普通的乡间塾课教师。林云铭是顺治十五年（1658）进士，曾在安徽为官，后来由福建流寓杭州，晚年在家中课读子弟，综合坊间选本而编成《古文析义》。《唐宋十大家全集录》的编者储欣只中过举人，一生未仕，长期在家中设馆教授子弟及学生。著名诗人沈德潜选有《唐宋八家文读本》，据其自订《年谱》："乾隆二年，丁巳，年六十五：馆旧徒蒋子宣重光家，批《唐宋八家文选》。"①可知《读本》是为设馆授徒之需而编选的古文读本。《古文眉诠》的编者浦起龙是雍正八年（1730）进士，官苏州府学教授，曾主讲紫阳书院，《眉诠》刊刻于紫阳书院任上。《古文雅正》的编选者蔡世远虽官至礼部侍郎，也曾执教鳌峰书院，《雅正》之选在康熙十八年（1679），"子弟及门私自钞诵"（蔡世远序），也是应教学之需而编选的古文选本。桐城派代表人物姚鼐曾先后主讲于各大书院，《古文辞类纂》编纂于扬州的梅花书院，也是教学活动的产物。

清代古文选家大多具有教师身份，他们所编选的古文选本着眼于古文的教学与学习，具有便于初学的特点。古文选家往往在选本的序言、凡例中表达他们为初学者提供教材的目的。吕留良《晚村先生八家古文精选》前有吕葆中所作序文云"粗示学者以行文之法"②。康熙年间的理学名臣李光地选有《古文精藻》，从书前序文可知，此选注重"有笔势文采者"，是为乡村诸生学习之用③。林云铭《古文析义》序文说："因取坊本撮其要者，字栉而句比之，篇末各附发明管见，以课子弟。"④可知《析义》也是为学

---

① 沈德潜：《沈归愚诗文全集》，清教忠堂刻本。
② 吕留良：《晚村先生八家古文精选》，《四库禁毁书丛刊》本，北京出版社1997年版，第308页。
③ 李光地：《古文精藻》，《四库全书存目丛书》本，齐鲁书社1995年版，第1页。
④ 林云铭：《增订古文析义合编》卷首，清经元堂刻本。

习古文而编选的塾课教材。《唐宋八家文读本》前有沈德潜所作凡例，表明其所编选本可以作为学习古文的"初学读本"[①]。余诚《古文释义》卷首有乾隆八年（1743）序，可知此本是为童蒙课艺而选，所作解释以浅显详尽为宗旨，因"原板遂已糊涂，不堪印刷"[②]，这是第二版，也可见以童蒙课艺为主的古文选本在当时社会有广泛的需求。《四库全书总目》认为明代茅坤所选《唐宋八大家文钞》具有"为举业而设"的特点，说："集中评语虽所见未深，而亦足为初学之门径。一二百年以来，家弦户诵，固亦有由矣。"[③]指出《唐宋八大家文钞》作为科举教材，具有便于初学的特点，这是其传诵不衰的原因。实际上清人所编古文选本也大多具有这一特点，这是科举时代古文选本的基本特征。

二 古文选本的评点

清人所编古文选本大多都有评点。古文选家对评点符号的使用及其内涵有较为详细的解释，评语内容呈现较为明显的共性特征，古文评点与八股文的关系也是一个值得辨析的问题。

（一）古文选本评点符号有其特定的形态和涵义

评点通常由评语和评点符号组成。"评语"也称为"批语"，置于页眉之上的称为"眉评"或"眉批"，置于行间的称为"夹评"或"夹批"，置于一篇文章之后的则称为"总评"或"总批"。评点符号是评点者在文本上的批抹圈点，形态较为多样。与前代相比，清代古文选家对评点符号的使用更为重视，很多选本在凡例中专门阐明评点符号的使用方法及其涵义。林云铭《古文析义》凡例对评点符号就有较为详细的解释：

是编凡遇主脑结穴处，旁加重圈〇；埋伏照应窾郤处，旁加黑圈

[①] 沈德潜:《评注唐宋八家古文读本》卷首，民国十二年（1923）扫叶山房石印本。
[②] 余诚:《古文释义》，清光绪三十二年（1906）上海文瑞楼重镌本。
[③] 永瑢等:《四库全书总目》，中华书局1965年版，第1719页。

●；精彩发挥及点衬处，旁加密点ヽヽヽヽ；神理所注，奇正相生，字句工妙，笔墨变化处，旁加密圈○○○○○；段落住歇处，下加截断——以便省览。

是编小注内有逐句解释，之下或遇段落应总解者，恐致相混，必加一小圈别之○；或每句解毕，另有评语，亦加一小圈别之。①

批抹圈点符号各有其特定涵义，评点人通过这些符号的使用表达其对文章的理解，可以起到指示要点，引导阅读的作用。

吕留良《晚村先生八家古文精选》凡例对文章段落极为重视，特别标示区分段落的符号，说：

大段落用一，小段落用乚，古文惟段落最要，批古文惟段落最难。盖段落有极分明者，有最不易识者，其间多有过接钩带，显晦断续，反复错综之法，率由古人文心变化，故为此以泯其段落之痕……故段落分则读文之功过半矣。②

这种用符号来区别段落的方式对初学者可起到一定的帮助作用。也有的古文选本评点符号较为简单，如方苞的《古文约选》采用"点"方式只有"○"和"●"两种。精彩的语句，每一字旁加"○"，立意布局的关键所在则加"●"。其目的也是要起到提示读者，引起注意，以达到让读者揣摩、学习文章的作用。

（二）古文选本评语的主要内容

首先是对文章历史背景与思想内容的阐释。

---

① 林云铭：《增订古文析义合编》，清经元堂刻本。
② 吕留良：《晚村先生八家古文精选》，《四库禁毁书丛刊》本，北京出版社1997年版，第312页。

古文选家之所以热衷于对文章历史背景与思想内容的阐释，一是中国古代文人大多都有较为强烈的用世精神，喜欢对历史事件、历史人物发表自己的看法。二是中国古代文论中有"知人论世"的优良传统，古文选家希望通过对历史背景与思想内容的阐释，来促进读者对文章的理解与学习。三是与科举考试有关。八股文作为科举考试的主要文体，要求"代圣人立言"，所出题目限于四书五经，其实是一种以儒家思想为导向的议论文。古文与儒道本有密切的关系，古文评语对文章思想的阐释，也以发挥儒道为宗旨，而这正是八股文写作所必须的。所以我们今天看到的古文选本评语中，对文章思想内容的阐释是其中的重要部分，这也是古文选本为科举服务的一种表现。举例来说，柳宗元的《封建论》是发表其政治看法的大文章，古文选家也多借机发表对封建制的看法，如沈德潜《唐宋八家文读本》说：

> 郡县既设之后，自有不能封建之势。于此而欲复成周之制，虽圣人不能一朝安也。然谓二代圣人不得已而封建，是将圣人公天下之心，尽情说坏矣。盖谓非圣人不能行封建则可，谓封建本圣人之不得已则不可。特其笔力峭拔，可以雄视一切，目无前人。

也是针对柳宗元对封建制的态度，表达自己对此一问题的认识。林纾《古文辞类纂选本》对柳宗元的这篇文章也有长篇大论。这种对于历史背景与思想内容的解说，是古文评语的一项重要内容。

其次是对文章创作经验的总结。

古文选本的评语以指导读者学习古文为直接目的，选家特别注重对文章写作技巧与创作经验的总结。如朱宗洛《古文一隅》[①]对司马相如《喻巴蜀檄》的评语，总结文章使用的写作方法有"补足法"、"回护法"、"落笔轻重法"、"逆迭法"、"顿挫法"、"缴足法"等，选家结合这些写作方法对文章进行深入分析，可加深读者对所选文章的认识。也有的评语侧重于指示创作渊源与作家风格。如方苞《古文约选》对韩愈《读仪礼》的

---

① 朱宗洛：《古文一隅》，清道光三十年（1850）刻本。

第一章　清人编选的古文选本与文学批评

评语是："风味与《史记》表、序略同，而格调微别。"①沈德潜《唐宋八家文读本》对韩愈《对禹问》的评语是："文胎源《孟子》，而议论尤为周密。"②一般来讲，古文评语所总结的创作经验，丰富了文章写作理论，对于读者理解文章、学习写作是有一定启发意义的。

再次是对文章的鉴赏品评。

选家通过对文章的鉴赏品评，引领读者理解文章，欣赏文章，以求达到从思想内容到艺术技巧准确把握所选文章的目的。如林云铭《古文析义》对苏轼《前赤壁赋》的评语：

二赤壁，俱是夜游。此篇十二易韵，以江风山月作骨，前面步步点出，一泛舟间，胜游已毕。坡翁忽借对境感慨之意，现前指点，发出许多大议论。然以江山无穷，吾生有尽，尚论古人遗迹，唏嘘凭吊。虽文人悲秋常调，但从吹箫和歌声中引入，则文境奇。其论曹公之诗，曹公之事，低回流连，两叠而出，则文致奇胜。言曹公英雄，较论我生微细，蜉蝣短景，对境易哀，则文势奇迫。至以水月为喻，发出正论，则《南华》《楞严》之妙理，可以包络天地，玄同造化，尤非文人梦想所能到也。③

评选者对所选文章有较为深刻的理解，所作评语能够抓住作者的思想主旨，对文章的风格、技巧也有较为精当的分析，显示了评选者对文章的品鉴水平。这样的评语，即使在当代也可以作为不错的赏析文章来阅读。选家一般对所选文章都有鉴赏品评，虽然长短不一，水平各异，但它通常是古文评语的一个重要内容。

当然，古文评语的具体情况是复杂的，这里只是略述了几个常见的内容。这几个内容有时候是各有侧重，有时候又是相互融合在一起的。古文评语因为是随文展开，能起到引领读者阅读的作用，对于读者理解文章，

---

① 方苞：《古文约选》，清雍正十一年（1733）果亲王府刻本。
② 沈德潜：《评注唐宋八家古文读本》卷首，民国十二年（1923）扫叶山房石印本。
③ 林云铭：《增订古文析义合编》，清经元堂刻本。

学习写作是有一定启发意义的。

（三）清代古文选本评点与八股文的关系，也是一个应予辨析的问题

多数古文选本的编选目的是为了时文课艺。因此，古文选本在评点方式和评点内容方面往往带有八股文色彩。清代乃至近、现代人们对于古文评点的批评往往也集中于此。如清初人吕葆中在《晚村先生八家古文精选》的凡例中谈到古文评点说："孙月峰、钟伯敬之属则竟是批时文腔，古法尽亡矣。"①章学诚对于古文评点更是强烈反对，他在《文史通义》中说："时文可以评选，古文经世之业，不可以评选也。""惟时文结习，深锢肠腑，进窥一切古书古文，皆此时文见解，动操塾师启蒙议论，则如用象棋枰布围棋子，必不合矣。"②章学诚意谓从八股文角度评点古文，所指示的技巧法度只会让古文写得矫揉造作。古文评点具有时文色彩是章学诚之所以反对古文评点的主要原因。

事实上，并不是所有的古文评点都染有时文色彩。明清很多文人虽然以时文取得科第，但又对时文极为鄙薄，特别是古文家，以古文为文章正宗，往往对时文有所批驳。清代不乏著名文人编纂的古文选本，尤其是桐城派古文家对于古文评选较为热衷，戴名世、方苞、刘大櫆、姚鼐、梅曾亮、曾国藩、林纾等都有古文选本。早在清代就有人认为桐城派是"以时文为古文"，以此来诋诃桐城派古文，认为桐城派的古文评点也出之于时文手眼。钱仲联先生对于这一问题有所辨析：

  桐城派评点古文与评点时文的方法并不相同，围棋谱不应混淆作象棋谱。如明人茅坤《唐宋八大家文钞》那样彩色圈点，用评时文的手眼评点古文的是一种类型，这诚如章氏之所讥。至于如归、方评点《史记》，只是要言启示，已与茅选殊科，方氏《书货殖传后》，就

---

① 吕留良：《晚村先生八家古文精选》，《四库禁毁书丛刊》本，北京出版社1997年版，第312页。
② 章学诚：《古文十弊》，叶瑛校注《文史通义校注》，中华书局1994年版，第509页。

以为《左氏》、韩子之义法显然可寻，而《太史公》则于杂乱而无章者寓焉。这所谓杂乱而无章之法，显然不同于时文评点家所谓承接开阖之法。姚鼐选《古文辞类纂》，虽然有圈有评，但鉴别精，品藻当，下语简，旨在启发人意，和评选时文的蹊径也不相同。①

他认为以茅坤《唐宋八大家文钞》所代表的古文评点，确实出自时文手眼，也认同章学诚的批评。但他也指出桐城派古文家的评点不同于时文评点，尤其是姚鼐《古文辞类纂》的评点方式，完全与时文不同，对于读者阅读古文是有一定启发意义的。钱仲联先生对古文评点的辨析是符合实际情况的。由于亲身从事文章写作，深知创作得失，古文家或是某些著名文人的评点与一般塾课教师是不同的，他们往往能够注意揭示文章的渊源流变，指示文章写作的章法技巧，对于文章的鉴赏也能自出机杼，不乏精彩之语。方苞《古文约选》的圈点和评语都较其他通行的古文选本为少。评语则多指明创作渊源与风格，指陈创作得失，绝无以时文评古文之习气。姚鼐《古文辞类纂》在这方面继承了《古文约选》的风格。其他如吴汝纶、林纾等古文家所作的古文评点也多具真知灼见，是其古文理论的表达，有一定的文学批评意义。因此，古文评点虽然受到八股文评点的影响，但也不能一概而论，甚至一笔抹杀。那些深知文章创作甘苦的古文家的评点，是对文章创作经验的自觉总结，对于学习写作有一定的启发作用，在今天看来也是有一定价值的。

三　古文选本的文学批评意义

选本是中国传统的文学批评方式之一。清代古文选本的编选和评点也具有一定的文学批评意义。

（一）古文选本表达了对儒家正统文学观念的认同，促进了儒家文学思想的传播与接受

与前代社会相比，清代最高统治者对古文选本的编纂极为重视。康

---

① 钱仲联:《梦苕庵论集》，中华书局1993年版，第328页。

熙二十四年（1685）敕修《古文渊鉴》，在御制《古文渊鉴序》中，康熙认为各种文体"靡不根柢于群圣，权舆于六籍"，这是对中国古人"征圣"、"宗经"文学思想的继承。从选篇来看，所选文章注重"词义精纯，可以鼓吹六经者"，义理精纯，可以宣扬儒道是其选篇的思想标准；"即间有瑰丽之篇，要皆归于古雅"①，文辞"古雅"是其选篇的审美标准。"词意精纯"、"文辞古雅"是康熙对儒家正统文学观念的理解，他通过敕修《古文渊鉴》的方式，表达了对儒家正统文学观念的推崇。乾隆即位以后，继承了康熙时代的文化政策。乾隆三年（1738），敕修《唐宋文醇》。在御制《唐宋文醇序》中，乾隆以周公的"言有序"和孔子的"辞达而已矣"、"言有物"为衡文标准，提出"夫序而达，达而有物，斯固天下之至文也"②的文章审美理想，体现了他对儒家正统文学思想的认同。《古文渊鉴》以"精纯"、"古雅"为文章写作原则，《唐宋文醇》以"醇"标题，以"言之犹'雅'者"（《唐宋文醇序》）为选录标准，表明其对"醇雅"文风的强调。康、乾两部敕修古文选本，都要求文章思想要纯粹，合乎儒家之道，语言要雅洁，避免浮靡之辞。康熙年间，清王朝确立了"尊孔崇儒"的文化政策，敕修古文选本是康、乾二帝在文学领域推行儒家正统文学观念的重要举措。

在敕修古文选本的影响下，清代古文选本大都明确地表达了对儒家正统文学思想的认同。清代崇奉理学的高官热衷于古文选本的编选，如张伯行的《唐宋八大家文钞》、蔡世远的《古文雅正》、吴震方的《朱子论定文钞》等，其选文标准与批评观念都以程朱思想为准则，体现了以理学为主导的儒家正统文学观念。清代文人所编以时文课艺为目的的古文选本，如林云铭《古文析义》、浦起龙《古文眉诠》、沈德潜《唐宋八家文读本》等，也都以儒家文学思想为其根本原则。桐城派古文家也以选本的方式表达其文学思想，如方苞《古文约选》、姚鼐《古文辞类纂》、梅曾亮《古文辞

---

① 康熙敕修：《御选古文渊鉴》，《景印文渊阁四库全书》本，台北：台湾商务印书馆1983年版，第1页。
② 乾隆敕修：《御选唐宋文醇》，《景印文渊阁四库全书》本，台北：台湾商务印书馆1983年版，第99页。

略》、曾国藩《经史百家杂钞》、黎庶昌《续古文辞类纂》等，也都崇尚儒家义理，以儒家正统文论为批评标准。如上所述，古文选本作为科举时代的必读之书，在社会上大量刊印，有力地促进了儒家正统文学思想的传播与接受。

（二）古文选本是清代文坛趋向的体现，对于认识清代古文宗尚有一定意义

明代前后七子标举"文必秦汉"，主张学习先秦两汉文章，这在当时文坛有较大的影响，产生了众多以先秦两汉文为主的古文选本。主张学习唐宋八大家文章的唐宋派是明代另一重要古文流派，也以编纂古文选本的方式表达其理论主张。清初文坛，明代前后七子所形成的模拟剽窃文风，仍有较大影响。钱谦益、侯方域、汪琬、魏禧等著名文人经过犹疑取舍，最终都选择了明代唐宋派的文学观念，大力推崇唐宋八大家文章。桐城派是清代影响最大的古文流派，姚鼐所编《古文辞类纂》被桐城文家奉为圭臬。其编选意旨，则是要以桐城派的方苞、刘大櫆接续唐宋八大家以至明代归有光所形成的古文传统，表明了桐城派对唐宋八大家的高度重视。以唐宋八大家文章为学习典范，成为清代文坛的主要趋向，唐宋八大家文章也因此成为清代古文选本的重要内容。一方面是出现了多种专选唐宋八大家文章的断代古文选本。如储欣的《唐宋八大家类选》、张伯行的《唐宋八大家文钞》、吕留良的《晚村先生八家古文精选》、孙琮的《山晓阁唐宋八大家选》、汪份的《唐宋八家文分体初集》、孙志韩的《精选唐宋八家文钞》、戴名世的《唐宋八大家文选》、魏禧的《唐宋八大家文钞选》等。另一方面，在通代古文选本中，形成了以唐宋八大家文章与先秦两汉文章并重的选篇格局，而明代盛行的专选先秦两汉文章的古文选本，在清代则较少出现。清代古文选家对唐宋八大家文章的重视，是清代文坛趋向的反映，体现了清代崇尚唐宋八大家文章的古文风尚。

（三）古文选本促进了清代古文理论的丰富和发展

选本批评是中国古代文人所热衷的一种文学批评方式。清代古文选

本的序言、凡例是选家文学思想与文论主张的重要体现。著名文人所编古文选本尤其是其文论思想的表达。例如，桐城派始祖方苞《古文约选》的《序例》是其古文理论的集中阐释，尤其是古文"义法"论，作为方苞古文理论的核心内容，随着《古文约选》的广泛刊印而为人所熟知。桐城派另一位代表人物姚鼐编选的《古文辞类纂》影响更为深远。姚鼐古文理论的八字要诀"神、理、气、味、格、律、声、色"就是在《古文辞类纂序目》中提出来的。其他如梅曾亮的《古文词略》、曾国藩的《经史百家杂钞》、沈德潜的《唐宋八家文读本》、王先谦的《续古文辞类纂》等也都提出了自己的文学主张，在文学批评方面有一定意义。

  古文选本的评点也有丰富的理论内涵。评点者使用圈点符号和评语对文章进行分析、解读，以引领读者的阅读活动。高水平的评点者对文章的思想内涵、章法技巧、文理脉络等有较为深入的剖析，对古文写作方法有精到的揭示和总结，对文章的鉴赏品评也有较为独到的见解。作为科举教材的古文选本，例如林云铭评点的《古文析义》、浦起龙评点的《古文眉诠》、吴乘权和吴调侯评点的《古文观止》、朱宗洛评点的《古文一隅》等，其评语都具有较高的文学理论价值。清代著名文人所评点的古文选本，如金圣叹的《才子必读古文》、方苞的《古文约选》、姚鼐的《古文辞类纂》、沈德潜的《唐宋八家文读本》，以及晚清吴汝纶、林纾等评点的大量古文选本，其评语可视为评点者文学理论的组成部分，尤其具有重要的理论价值。总体来看，清代古文选本的编选和评点，具有一定的文学批评意义，值得进一步关注和探讨。

第二节　科举考试与清代古文选评

  科举考试是清王朝选拔人才的主要手段，也是广大读书人的终极理想。清代教育以科举应试为最终目标，而时文也即八股文作为科举考试最主要的文体，是清代学校教育的核心内容。在科举时代，人们普遍认为要想提高八股文写作水平,古文是必不可少的学习内容。古文选本作为广大士子学习古文的必读之书,成为清代学校教育的基本教材。清人所编古文选本数量众多,影响广泛,从其编选和评点情况来看,都与科举考试有极为密切的关系。

一 以古文为时文:八股文写作共识与清代古文选本的编选目的

清王朝入关后,沿袭了明代的八股取士制度。学习八股文,参加科举考试,是广大士子生活的核心内容。在明清科举时代,人们认识到学习古文能够提高八股文的写作水平。因此,学习古文对于一般的士子来讲,其主要目的还是写好时文,以应科举之需。

明代不同时期的八股文写作宗尚各异。茅坤、唐顺之、归有光、艾南英等人都兼擅时文和古文,他们主张通过学习古文以提高时文的品格。艾南英在《金正希稿序》里说:"制举业之道与古文常相表里。故学者之患,患不能以古文为时文。"[1]认为八股文与古文互为表里,不能"以古文为时文"是写不好八股文的主要原因。清王朝吸取明朝灭亡的教训,积极加强思想文化统治,对作为科举考试主要文体的八股文高度重视。"以古文为时文"的观念为清代最高统治者所认可,成为清政府的官方态度。乾隆元年(1736),为规范时文文风,乾隆令方苞纂修《钦定四书文》。在《进四书文选表》中,方苞认为明代八股文:

> 至正、嘉作者,始能以古文为时文,融液经史,使题之义蕴隐显曲畅,为明文之极盛。[2]

指出"以古文为时文",将经史融化吸收,才能够使所作八股文文题义蕴显豁畅达,这是提高八股文写作水平的有效途径。

乾隆九年(1744),兵部侍郎舒赫德上疏请求废止八股文,礼部在

---

[1] 艾南英:《天佣子集》卷三,清道光十六年(1836)艾氏家塾刻本。
[2] 刘季高校点:《方苞集》,上海古籍出版社1983年版,第580页。

《议复》中论八股文说：

> 夫时艺所论，皆孔孟绪余，作文者必于圣贤义理融会贯通，而又参之经史子集以发其光华，范之规矩准绳以密其法律，然后得称佳文。①

认为明清八股文名家能够参考经史子集，以古文写作的规矩准绳作为八股文的写作要求，使八股文达到了较高的水平。

乾隆二十四年（1759）奉上谕（皇帝谕旨）：

> 有明决科之文，流派不皆纯正，但如归有光、黄淳耀数人，皆能以古文为时文，至今具可师法。②

乾隆认为归有光等八股文作者"以古文为时文"，在明代是"纯正"一派，可作为师法对象，表达了最高统治者对"以古文为时文"的肯定态度。

清王朝官方对"以古文为时文"的高度认可和反复表达，使这一观念为清代社会所普遍认同。朱珔为梁章钜《制义丛话》所作序称："桐城二方相与辅翼，以古文为时文，允称极则。"③认为方苞和方舟"以古文为时文"的方法是八股文写作的不二法则。晚清冯桂芬论八股文说："有明、国初之时文，未尝不根柢经史，胎息唐宋古文，程墨有程，中式有式，非可鲁莽为之。"④末代探花商衍鎏认为八股文："以史事为骨干。包罗万象，涵盖古今，专以用史为长。"⑤冯桂芬、商衍鎏均为科举出身，他们也都赞赏以经史、古文为根柢的八股文。"以古文为时文"观念为清代社会所普

---

① 贺长龄：《皇朝经世文编》，《近代中国史料丛刊》本，台北：文海出版社1966年版，第2118页。
② 王炜编校：《〈清实录〉科举史料汇编》，武汉大学出版社2009年版，第374页。
③ 梁章钜：《制义丛话》，陈水云、陈晓红校注《梁章钜科举文献二种校注》，武汉大学出版社2009年版，第5页。
④ 冯桂芬著，戴扬本评注：《校邠庐抗议》，中州古籍出版社1998年版，第177页。
⑤ 商衍鎏：《清代科举考试述录及有关著作》，百花文艺出版社2003年版，第255页。

遍认可，成为八股文写作的共识，学习古文也因此成为清代学校教育的重要内容。可以说，科举考试是古文选评活动兴盛的根本原因。清代古文选本，大多以提高八股文写作水平为其编选目的。

雍正十一年（1733），方苞为国子监学生编选的古文教材——《古文约选》，直接表明了以学习古文提高时文写作水平的态度。《古文约选》专选两汉、唐宋八大家文章，方苞认为掌握了古文义法，写作时文便会轻松自如，他编选《古文约选》的一个重要目的，就是要通过学习古文来提高国子监生时文的写作能力。作为著名古文家，方苞还兼擅时文，他对时文写作提出的要求是：

> 欲理之明，必溯源六经，而切究乎宋元诸儒之说；欲辞之当，必贴合题义而取材于三代两汉之书；欲气之昌，必以义理洒濯其心，而沉潜反复于周秦盛汉唐宋大家之古文。兼是三者，然后能清真古雅，而言皆有物。①

认为"理"、"辞"、"气"兼备的时文，才能达到"清真古雅"、"言皆有物"的境界，而要达到这一境界，就必须以先秦两汉、唐宋八家古文为学习对象。这是方苞"以古文为时文"观念的理论表达。

作为国子监教材的《古文约选》，以提高时文写作水平为编选目的，代表了清王朝官方立场。在清代社会，数量更多，流通更广的是坊刻古文选本。这些古文选本的选家大多是私塾、各级学校或书院教师，他们对"以古文为时文"的观念也有明确认识，所编古文选本大多以提高八股文写作水平为目的。康熙十一年（1672），过珙编选《绍文堂详订古文觉斯定本》，所作序文说：

> 周秦两汉以迄唐宋元明大家之文，其言之可传而不朽者，亦道所

---

① 方苞：《钦定四书文·凡例》，《景印文渊阁四库全书》本，台北：台湾商务印书馆1983年版，第4页。

> 由寓，文章中之百川众壑，殊途同归者也，且周秦两汉以下之文，择焉而精，语焉而详，则四子五经之文益彰。①

认为周秦两汉和唐宋八大家之文不但文辞可传，还寄寓了儒家义理，对其讲求学习，有利于写好时文。

康熙四十六年（1707），谢有煇编选《古文赏音》，序文谓：

> 塾师之教子弟者，既卒业于四书五经，必继以古文，诚以古文之作者……能阐绎经书之义理，以发明圣贤之指归，不徒取其文辞之炳蔚，足以照耀古今也。②

可知旧时私塾教育于四书五经之后，以古文为必读科目，所看重的是古文对儒家义理、圣贤指归的阐释有助于理解经书，而这正是写好八股文可供取资之处。

乾隆年间唐德宜选评《古文翼》，所作序文云：

> 夫时文自明迄今，名公钜卿以是擅场者不可胜数，原其得力，类皆泽乎古，故其文闳中肆外，疏宕流逸，而可传于久远。③

认为自明代以来，时文名家"闳中肆外"、"疏宕流逸"的风格得力于对古文的学习。

李扶九《古文笔法百篇》前有李元度序：

> 论时文之极致，又以能得古文之神理、气韵、机局为最上乘。明之震川、荆川、陶庵，昭代之慕庐、百川、望溪皆以古文为时文者。

---

① 过琪：《绍文堂详订古文觉斯定本》，《四库禁毁书丛刊》本，北京出版社1997年版，第549页。
② 谢有煇：《古文赏音》，清红杏斋宋思仁重刊本。
③ 唐德宜：《古文翼》，清乾隆景山书屋刻本。

功令以时文取士，士之怀瑾握瑜者，宾宾然争欲自泽于古，有能导之以古文之意境，宜莹然而出其类矣。①

认为"以古文为时文"是明清两代八股文名家的特点，能够具有古文神理、气韵、机局的时文，乃是最上乘的时文，能够写出具有古文意境的时文，就会在时文作者中出类拔萃。李元度的看法是为清代社会所普遍认可的观念，也说明提高八股文写作水平是清代古文选本编选的主要目的。

"以古文为时文"观念为清代社会所普遍认同，根本原因在于古文写作与时文写作有内在的相通之处。这一点也可以从现代文体学角度进行解释。八股文作为一种文体，可以说是集合了汉语文体的各种特点。清人江国霖论八股文说：

> 故制义者，指事类策，谈理似论，取材如赋之博，持律如诗之严。②

当代学者金克木说：

> 八股文体兼骈散，继承了战国策士的言论，汉魏六朝的赋，唐宋的文，而以《四书》为模范。分析八股文体若追溯本源就差不多要涉及全部汉文文体传统。③

古今学者都认为八股文具有汉语文体的各种特点，那么，从学习写作的角度来看，要想写好八股文就必须熟悉各种文体。而兼具文章写作技巧和儒家义理的古文，成为八股文写作的最佳取法对象。现代读者一般认为古文选本以提高古文写作能力为编选目的，但在科举时代，"以古文为时文"

---

① 李扶九原选，黄麟增补：《古文笔法百篇》，清光绪辛巳（1881）重刊本。
② 梁章钜：《制义丛话》，陈水云、陈晓红校注《梁章钜科举文献二种校注》，武汉大学出版社 2009 年版，第 6 页。
③ 金克木：《八股新论》，见《说八股》，中华书局 2000 年版，第 75 页。

的八股文写作共识，使提高八股文写作水平成为古文选本编选的直接目的。这一观念，实际上也是清代古文选评活动繁荣发达的内在动力。

二 崇儒重教：科举导向与清代古文选本的编纂宗旨

科举考试作为清政府选拔人才的主要途径，对思想观念与社会风气也有至关重要的影响。清代统治者通过科举考试以达到尊奉程朱理学思想，规范社会风气的目的。

《清会典》论学校教育说：

> 凡教学必习其礼事，明其经训，示其程式，敦其士习，正其文体。①

康熙四十一年（1702）颁行直省各学的《御敕士子文》称国家建立学校的目的是：

> 期风教修明，贤才蔚起。

> 穷经考业，毋杂荒诞之谈；取友亲师，悉化骄盈之气。文章归于醇雅，毋事浮华。轨度式于规绳，最防荡轶。②

康熙所作《圣谕》有"隆学校以端士习"条，雍正所作《圣谕广训》说：

> 士品果端，而后发为文章非空虚之论；见之施为非浮薄之行。③

---

① 昆冈等续修：《清会典》，王云五主编《万有文库》第二集，上海商务印书馆1937年版，第346页。
② 王炜编校：《〈清实录〉科举史料汇编》，武汉大学出版社2009年版，第107页。
③ 周振鹤撰集，顾美华点校：《圣谕广训：集解与研究》，上海书店出版社2006年版，第61页。

都极力强调学校教育崇儒重道、端正士习的作用。王德昭《清代科举制度研究》说：

> 清承明制，以科举为抡才大典，学校储才以应科举，而取士用四书文，自亦有其宗旨。传统的政治社会体制所要求于臣民者，首要在做忠臣孝子，而忠孝为儒家所阐扬的伦理之本。君主用士治天下，所以其所期望于士者的必然是沉潜于儒学，而于君、父能尽忠尽孝之人。①

指出通过八股文选拔人才的科举考试，其最终要达到的目的，就是要使选拔的人才符合儒家伦理道德的要求。"崇儒重教"是科举考试所要发挥的作用，也是科举的导向所在。清代古文选家普遍强调对程朱理学的崇奉，重视古文选本的教化作用，"崇儒重教"也是清代古文选本的基本编纂宗旨。这一宗旨与科举导向有着内在的一致性，既受到科举考试的影响，也是对清王朝科举意旨的自觉呼应。

清代绝大多数古文选本是由教师编选、书坊刻印发售的科举教材，这类古文选本数量众多，而且流通广泛，具有很大的社会影响。作为科举教材它们大多对"崇儒重教"思想有明确的表达。《唐宋十大家全集录》是清代极为流行的古文选本，全书五十二卷，刊刻于康熙四十四年（1705），卷首有储欣所作总序，叙其编选原因是不满意明代茅坤所编《唐宋八大家文钞》为时文着想的特点，说："尝即其选与其所评论，以窥其所用心，大抵为经义计耳。"储欣此选的目的则在于使"承学治古文之士"响应"圣天子""崇儒重道，化成天下意"②，所谓"崇儒重道，化成天下"，正是清王朝要通过科举考试发挥的教化作用。储欣此选虽然也是科举教材，但其编选宗旨显然是对清王朝科举考试意旨的呼应。后来乾隆在《御选唐宋文醇》序文中，对储欣的这种立场表示赞赏："本朝储欣谓

---

① 王德昭：《清代科举制度研究》，中华书局1984年版，第121页。
② 储欣：《唐宋十大家全集录》，《四库全书存目丛书》本，齐鲁书社1995年版，第237页。

茅坤之选便于举业，而弊即在是。乃复增损之，附以李习之、孙可之为十大家。欲俾读者兴起于古，毋只为发策决科之用，意良美矣。"①也认为着眼于科举考试，是茅坤《唐宋八大家文钞》的弊端所在，而储欣所选《唐宋十大家全集录》不止作为科举考试的教材，其编纂宗旨是要让读者接受古代圣贤思想的熏陶。《全集录》的编选宗旨为乾隆所赞赏，表明乾隆也认同古文选本应起到端正士习、发挥教化作用的看法，这与清王朝的科举导向是一致的。康熙年间，冯心友所编《古文汇编》卷首有张恕可序，认为此选有"正人心，厚风俗"的作用，编者所作凡例云"是编盖劝善书耳"②，也认为古文选本能够发挥崇儒重道、教化人心的作用。雍正元年（1723）理学名臣蔡世远将其所评选的《古文雅正》十四卷刊刻成书，以"雅正"标题，表明其对儒家正统思想和文风的提倡。卷首有张廷玉序，谓《古文雅正》："其轶简，其义精，而崇实学以黜浮华，明理义以去放诞，信足以赞襄文治，津梁后学。"③指出《古文雅正》阐明义理，崇尚政教的编选宗旨。除《古文渊鉴》、《唐宋文醇》等敕修选本以外，《古文雅正》是为《四库全书》所收录的唯一一部清人所编古文选本，《四库全书总目》说，"世远是集，以理为根柢，而体集语录者不登。以词为羽翼，而语伤浮艳者不录"④，充分表明了清王朝官方对其编选宗旨的认可。作为科举教材的古文选本，不但为广大士子提供学习文章写作的文本，还担负着提升士子思想道德修养以规范社会风气的任务，因此这些古文选本的编纂都以"崇儒重教"为思想宗旨，与科举导向具有内在的一致性。

相对于古文家"文以明道"的观念，自北宋以来的理学家多持"文从道出"的看法，他们视文为末事，更看重文章对儒家义理的阐释作用。清代尊奉程朱理学，理学人士所编辑的古文选本，有一些虽不以提供科举教材为目的，但其编选宗旨，也是对清王朝科举意旨的体现。刁包是清初以

---

① 乾隆敕修:《御选唐宋文醇》,《景印文渊阁四库全书》本,台北:台湾商务印书馆1983年版,第100页。
② 冯心友:《古文汇编》,清康熙刻本。
③ 蔡世远:《古文雅正》,《景印文渊阁四库全书》本,台北:台湾商务印书馆1983年版,第3页。
④ 永瑢等:《四库全书总目》,中华书局1965年版,第1732页。

尊奉程朱理学闻名于世的学者,他所编辑的《斯文正统》以收录宋明理学家文章为主,所作序文说:"服膺乎斯文,教化行而风俗美矣,岂曰小补之哉?"[1]所作凡例称:"斯文之选,专以品行为主。"[2]其以古文选本砥砺士行,推行教化的旨意,与科举导向是一致的。吴震方曾官陕西道监察御史,康熙四十一年(1702)他将朱熹言论所涉及文章汇编为《朱子论定文钞》,实际上是一部古文选本,所作序文说:"我皇上睿学渊深,崇儒重道,右学吁俊,首重理学,两闱以性理试论童子兼小学命题,士风一轨于正。""御制训饬士子文命国学勒石颁行,垂法万世,士子无不恪遵圣训,咸知宗法程朱,以共臻一道。"[3]康熙崇尚理学,实行科举考试是《朱子论定文钞》的编辑背景,编选者通过辑录朱熹所论文章的方式,以达到尊奉朱熹思想的目的。康熙四十九年(1710)理学名臣张伯行编选《古文载道编》,所选皆为宋元以后理学家的文章,序文称此编以"挽时趋,崇正学"为编纂宗旨[4],与科举导向是一致的。王赞元咸丰年间曾官德清县学教谕,所编《古文近道集》(同治七年培槐轩刻本)按文章内容分为正学、洗心、笃亲、明义、植节、翊治、辨惑、积善等类别,每类各选宋、明及清代理学家文章数篇,皆以阐发理学思想为主旨。从伦理道德、政治教化角度进行分类选编,也体现了编选者以古文选本维护世道人心的编选宗旨。与作为教材的古文选本不同,理学人士所编的这类古文选本不看重文章的艺术性,而以思想内涵为取舍标准,其尊奉理学思想,发挥教化作用的编选宗旨,也是对科举考试教化人心、引导士习导向的呼应。

与科举考试相呼应,清代古文选本普遍以"崇儒重教"为编选宗旨,在选篇原则方面也鲜明地体现了这一宗旨。顺治年间,孙奇逢为刁包《斯文正统》所作序文说:"凡不本于六经四书者,虽工弗录。"[5]指出了《斯文正统》以儒家思想为标准的选录原则。张廷玉《古文雅正序》谓《雅正》

---

[1] 刁包:《斯文正统》,《四库全书存目丛书补编》本,齐鲁书社2001年版,第173页。
[2] 同上书,第174页。
[3] 吴震方:《朱子论定文钞》,《四库全书存目丛书》本,齐鲁书社1997年版,第4页。
[4] 张伯行:《古文载道编》,清康熙正谊堂刻本。
[5] 刁包:《斯文正统》,《四库全书存目丛书补编》本,齐鲁书社2001年版,第160页。

所选都是"醇正典则，悉合六经之旨"的文章，而"俶诡幻怪、风云月露之词不与焉"①，是否符合儒家思想和正统文风的要求是《古文雅正》的选篇原则。林云铭《古文析义》凡例表明其选篇原则："文所以载道也，是编凡忠孝义烈大节及时务经济关系于国家兴亡，或小题中立意正大者，方汇入选，其一切排偶粉饰变乱是非之文及有碍于时忌者，虽工致可观，概不敢录。"②编选者对"方汇入选"和"概不敢录"的解释，表明其以儒家思想道德为衡文标准的选篇原则。谢有煇《古文赏音》凡例也有选篇原则："《国语》有补传之未备者，或简质可备法戒者方收入此集，若华赡而不免繁缛，不尽录也。《国策》以诡谲动听，而其气之雄，势之峭，学者所不能无取。然诈伪反复，仪、秦为甚，况仪专以虚声恐吓诸侯，尤无实际，故二子之说六国者尽屏不录，而苏秦只录其说秦惠王一篇以见其概。"③所选《国语》注重"可备法戒者"，也就是能发挥社会教化作用的文章。对于《战国策》"诈伪反复"的文章摒弃不录，明显是以儒家思想道德为去取标准。

三 以时文评古文：科举考试对清代古文评点的影响及其意义

评点是中国传统文学批评的一种方式，由"评语"和"评点符号"组成。"评语"有"眉评"、"夹评"和"总评"等方式，评点符号是评点者在文本上随文批抹的各种特定符号。评点可以起到引领读者阅读活动的作用。清代古文选本的评点，从符号使用到评语内容都深受科举考试的影响。

（一）评点符号的使用受到八股文的影响

古文选本的批抹符号在南宋时期就已出现。清代古文选家多在凡例中阐明批点符号的内涵，使批点符号的使用呈现出系统性、规范化的特点。以提高八股文写作水平为编选目的的古文选本，在批点符号的使用上也受

---

① 蔡世远：《古文雅正》，《景印文渊阁四库全书》本，台北：台湾商务印书馆1983年版，第3页。
② 林云铭：《增订古文析义合编》，清经元堂刻本。
③ 谢有煇：《古文赏音》，清红杏斋宋思仁重刊本。

到八股文评点的影响。光绪年间,黄黻在《古文笔法百篇》增补凡例中,直接从时文写作的角度来解释批点符号的内涵:

> 段落承接处,多用虚字提转。间有于股中而始作提转者,亦有于起处转,接处又转,起处提,接处又提,提而又转,转而又提者。甚有于一篇中用一二句转者,一股中用叠字叠句转者。且有于前后数字作眼目线索者,数句作呼应照应者。皆文章筋节处,多用连"、"以识之。①

八股文讲究"提转",黄黻在这里用八股文眼光分析古文,对古文的"提转"之处进行详细阐释,并且用连"、"作标记,提示读者要从时文角度来阅读、学习古文。

《百篇》增补凡例又说:

> 段落者,文章之起止也。长篇起止,初学者每苦头绪纷繁,因而弃置者有之矣。兹仿时文例,用乚勾画,庶逐层停顿,脉络易寻。

评点者认识到段落划分对于学习古文的重要性,模仿八股文评点用勾画提示文章层次的做法为古文标示段落,这一评点符号的使用明显受到了八股文评点的启发。

(二)古文选本评语受科举考试的影响,主要表现在两个方面

首先是对文章历史背景、思想内容的阐释。

对于历史背景的阐发有助于增加读者的历史文化知识,科举考试所考八股文以及策、论等文体都需要应试者有丰富的历史文化知识储备,需要有对历史人物、事件的辨别分析能力。解读文章的历史文化背景,成为古文选本评语的重要内容。明清八股文要求"代圣人立言",所出题目限于四书五经,其实是一种以儒家思想为主导的议论文。古文选本评语对文章

---

① 李扶九原选,黄麟增补:《古文笔法百篇》,清光绪辛巳(1881)重刊本。

思想性的阐释，也以发挥儒学义理为宗旨，以利于读者更好地把握四书五经的思想意蕴。所以对文章思想内容的阐释成为古文评语的重要内容，这也是古文选评为科举考试服务的一种表现。

其次，从八股文视角总结古文的章法结构、文章技巧，也是古文评语受到科举考试影响的体现。

八股文写作讲究起、承、转、合，这些行文方式用于古文评点，评点者力求从起、承、转、合角度揭示古文的文章结构特点。朱宗洛《古文一隅》评语常以八股文之法剖析古文作法。即以所选第一篇文章《左传》中的《吕相绝秦》为例，评点者于行间夹评一再提示文章行文中语意之"转"，"转"（包括"折"）字共出现十八次，"起"字出现五次，其他"相应"、"相合"、"回应"、"关照"、"关锁"等八股文常用批评术语也频繁出现。篇后总评认为此文妙处在于"善用转笔、折笔、顿笔、跌笔、激笔、提笔"，这些也都是八股文写作的常用笔法。从《吕相绝秦》的评点来看，评点者对文章章法技巧的揭示，都是从八股文眼光出发，其所用词语多为评论八股文写作的常用术语。《古文一隅》卷首有庞大堃序："吕、谢、归诸选仅举作古文之法，此则兼示作时文之法，学者诚能举一反三，可悟古文、时文殊途同归之旨矣。"[①]认为古文和八股文在写作方法上有相通之处。将八股文写作技巧用于古文评点，使读者在学习古文的同时，也可领悟八股文写作的方法，这种古文评点的常见方式，显然也是科举考试影响的结果。

在李扶九原选，黄黻增补的《古文笔法百篇》评语中，编选者明显是从八股文视角对所选古文进行评点的。即以其中首篇文章王禹偁《待漏院记》为例，篇后总评说：

> 以法言，起对、中对乃对偶法，即时文八股之祖也。尤妙在起以"天道"、"圣人"高陪说，极为大方冠冕。中有侧笔、束笔，对股齐整，句调变换，意思周到，收束完密。以脉络用意言，前以"勤"字

---

① 朱宗洛：《古文一隅》，清道光三十年（1850）刻本。

引出待漏院，又从"待"字上想出"思"字，从"思"字生出贤、奸两种，末以"慎"字束，意在为相者当勤慎也……极似一篇近时绝好会元文字。①

《待漏院记》以贤、奸两种宰相行事相比较而成文，文章本身具有对偶的特点，所以被选为《古文笔法百篇》"对偶"笔法的范文。评点者用以分析文章章法结构的"起对"、"中对"、"侧笔"、"束笔"、"对股"、"收束"等词语都是八股文术语。评语指出《待漏院记》所用"对偶法"为八股文的始祖，甚至认为它"极似一篇近时绝好会元文字"，表明评点者从八股文角度分析所选古文的立场。

（三）以八股文之法评点古文的价值

在科举时代，以时文之法评点古文是客观存在的现象，这一现象也成为人们批评古文评点的主要原因。清初人吕葆中在《晚村先生八家古文精选》的凡例中说："孙月峰、钟伯敬之属则竟是批时文腔，古法尽亡矣。"②章学诚在《文史通义》中论古文评点说："惟时文结习，深锢肠腑，进窥一切古书古文，皆此时文见解，动操塾师启蒙议论，则如用象棋枰布围棋子，必不合矣。"③姚鼐也认为"批抹圈点，近乎时艺"，所以其晚年所刻《古文辞类纂》便删去了评点。④从这些批评古文评点的话语中，我们也可以看出古文评点确实深受时文评点的影响。

反对以八股文之法评点古文是自清初以来就较为流行的观点。但是，从今天的眼光来看，以八股文之法评点古文究竟有没有意义呢？这是一个值得思考的问题。古文评点对文章历史背景、思想内容的阐释都是为科举考试服务的，在今天看来，这些内容大多迂腐、陈旧，对于学习古文来讲

---

① 李扶九原选，黄麟增补：《古文笔法百篇》，清光绪辛巳（1881）重刊本。
② 吕留良：《晚村先生八家古文精选》，《四库禁毁书丛刊》本，北京出版社1997年版，第312页。
③ 章学诚：《古文十弊》，叶瑛校注《文史通义校注》，中华书局1994年版，第509页。
④ 吴启昌《吴刻古文辞类纂序》："本旧有批抹圈点，近乎时艺，康公本已刻入，今悉去之，亦先生命也。"（见《正续古文辞类纂》，浙江古籍出版社1998年版，第12页。）

没有实际意义。而以八股文眼光对古文章法技巧、创作经验的总结，笔者认为不应一笔抹杀。清代古文选家从八股文视角出发评点古文，将八股文评点总结出来的章法技巧、创作经验运用于古文评点，对于读者把握古文章法技巧、文理脉络是有一定意义的，客观上也促进了古文理论的丰富和提高。即以《古文笔法百篇》为例，《百篇》按"笔法"分类选录历代古文，其所标示的二十种笔法，以今天的眼光来看，"对偶"、"就题字生情"、"一字立骨"、"波澜纵横"、"曲折翻驳"、"起笔不平"、"小中见大"、"无中生有"、"借影"、"写照"、"进步"、"虚托"、"巧避"等都是具有高度概括性的写作方法。李扶九凡例说："大抵其笔法于时文可通者方录，若于时文不甚合者，虽奇不录也。"①所谓"笔法"，实际上就是文章的写作方法、写作技巧。八股文写作讲究"笔法"，章学诚就有"时文法密"②的说法。时文评点尤其注重对"笔法"的总结。李扶九《古文笔法百篇》一改以作家或文体为主的编排方式，而是以"笔法"分类选录文章，这种对"笔法"的重视，明显受到八股文评点的启发。他所标示的这些古文"笔法"，概括性强，有一定的实用价值，对于学习古文写作是有指导意义的。

受时文评点的影响，在古文评语中，评点者也特别注重对"笔法"的揭示，往往以"笔法"为中心分析古文的章法结构、文理脉络。如朱宗洛《古文一隅》对柳宗元《钴鉧潭西小丘记》的评语：

> 凡前后呼应之笔，皆文章血脉贯通处。然要周匝，又要流动；要自然，又要变化，此文后一段可法。有两篇联络法，如此起处是也；有取势归源法，如此文先言及石之奇，而以"笼而有之"句勒住是也；有有意无意默默生根法，如此文中下一"怜"字，为末段伏感慨之根，下一"喜"字，为结处"贺"字作张本也。③

---

① 李扶九原选，黄麟增补：《古文笔法百篇》，清光绪辛巳（1881）重刊本。
② 章学诚：《论课蒙学文法》，仓修良编《文史通义新编新注》，浙江古籍出版社2005年版，第411页。
③ 朱宗洛：《古文一隅》，清道光三十年（1850）刻本。

《钴鉧潭西小丘记》是柳宗元山水散文名篇，这则评语在当代也经常被引用。"前后呼应之笔"、"两篇联络法"、"取势归源法"、"有意无意默默生根法"、"伏笔"、"张本"等，都是对文章写作技巧的总结。庞大堃《古文一隅序》认为评选者能够"兼示作时文之法"，从时文角度观照古文，所总结出来的这些写作技巧能够抓住文章要点，理出脉络层次，体现了评点者对文章的深刻理解，对于读者的阅读活动可以起到一定的引领作用。

历来评论古文者，往往喜欢使用"自然"、"浑厚"、"高古"等一些较为程式化的名词，不注重对古文写作理论的具体总结。清代一些古文选家从时文视角出发评点古文，对古文的章法结构、文理脉络有较为透辟的分析，并且概括、提炼出很多具体的写作技巧和方法，这对于学习古文写作来讲是有一定启发意义的。所以以时文之法评点古文，从今天的眼光来看并非一无是处，如果能够把握二者的相通之处，对于探索古文写作的一般规律、丰富中国传统文章学理论都是有一定积极意义的，对于当代文章学理论建设也不无启发意义。

第三节 清代敕修文章选本及其对文风建设的意义

明朝覆亡，清王朝入关，这一天崩地裂的历史巨变，对社会文化造成了极大的冲击。康熙年间，清王朝将以理学为主的儒家正统思想确立为意识形态的主导思想。文学作为社会文化的重要内容，清代统治者积极推行以儒家正统思想为主的文论原则。敕修书籍是清王朝加强思想文化建设的重要手段，由此产生了由皇帝亲自过问、主持纂修的大量图书。其中康、乾时代所修的几部文章选本，如《古文渊鉴》、《钦定四书文》、《唐宋文醇》等，从官方立场出发，确立了儒家正统思想在文学领域的主导地位，对清代文风产生了深远影响。

一 康熙前期尊孔崇儒文化政策的确立与《古文渊鉴》的编修

（一）"尊孔崇儒"文化政策的确立

清王朝入关后，军事上以摧枯拉朽之势迅速肃清了各地的反清武装，实现了全国的统一。在社会政治和思想文化方面，则面临着是继续遵守满洲贵族传统的"家法"、"祖制"，还是采用中原地区所固有的儒家思想的重要抉择。因此，满洲统治者的不同抉择将决定清代社会的发展方向。康熙前期，尊孔崇儒文化政策的确立成功解决了这一问题。和顺治不同，康熙对佛法不甚热衷，却对儒学有浓厚的兴趣。他自幼便致力于儒学的学习，亲政以后，努力将儒家思想确立为政治统治的主导思想。康熙八年（1669）四月，康熙采用汉族官员的建议，亲自到太学祭孔。祭礼之后，"驾幸彝伦堂，赐讲官坐，满汉祭酒以次讲《易经》，司业讲《书经》，四品以下翰林官及五经博士，各执事官、学官、监生序立听讲"[①]。康熙九年（1670）十月开始经筵日讲制度，熊赐履、徐文元、陈廷敬、张英等理学名臣入侍内廷[②]，为皇帝讲解经史，有力地加强了皇帝的儒学修养，更重要的是它表明了清廷对儒家思想的高度重视。康熙十六年（1677）十二月，康熙亲作《日讲四书解义序》，说：

> 孔子以生民未有之圣，与列国君、大夫及门弟子论政与学，天德王道之全，修己治人之要，具在《论语》一书。《学》、《庸》皆孔子之传，而曾子、子思独得其宗。明新止善，家国天下所以齐治平也；性教中和，天地万物之所以位育，九经达道之所以行也……道统在是，治统亦在是矣。[③]

康熙明确表示要把儒家道统和清廷的政治统治相结合，尊孔崇儒作为清廷

[①] 《清圣祖实录》卷二十八，中华书局1986年版，第391页。
[②] 见《清圣祖实录》卷三十四，中华书局1986年版，第462—463页。
[③] 《康熙起居注》第1册，中华书局1984年版，第349—340页。

基本的思想文化政策得以确立。这在清代历史上具有重要意义，对意识形态、社会生活的各个方面都产生了极大的影响。

（二）《古文渊鉴》的编修

敕修书籍是清王朝在思想统治、文化建设方面的重要举措。康、乾两朝尤其注重图书的纂修，康熙朝敕修各书籍及年代见表1-1：

表1-1

书名	年代（康熙）	书名	年代（康熙）	书名	年代（康熙）
孝经衍义	二十一	朱子全书	五十二	古文渊鉴	二十四
春秋传说汇纂	三十八	渊鉴类涵	四十九	历代赋汇	四十五
周易折中	五十四	佩文韵府	四十三	全唐诗	四十六
性理精义	五十六	词谱	五十四	历代诗余	四十六
书经传说汇纂	六十	曲谱	五十四	四朝诗	四十八
诗经传说汇纂	六十	康熙字典	五十五	全金诗	五十
				御选唐诗	五十二

如上表所示，《古文渊鉴》编纂于康熙二十四年（1685），是康熙帝敕修的第二部书籍，在众多敕修文学总集中，《古文渊鉴》是第一部，纂修时间要远远早于其他敕修文学总集。康熙前期积极推行尊孔崇儒的文化政策，《古文渊鉴》的纂修也和这一政策有直接的关系。文学是社会意识形态的重要组成部分，在儒家看来文学能够反映社会兴衰。康熙重视文学，在文学领域确立儒家思想的主导地位，是其推行尊孔崇儒政策的重要内容。《古文渊鉴》的纂修表明清王朝要以儒家思想为文学领域的主导思想。康熙在所作《古文渊鉴》序文中论述文学的社会功用和价值，阐释文学源流，明确树立了"宗经"的文学思想。其文曰：

> 夫经纬天地之谓文。文者载道之器，所以弥纶宇宙，统括古今，化裁民物者也。是以乾苞坤络，非文不宣；圣作贤述，非文不著，其

> 为用也大矣。书契以后，作者代兴，简册充盈，体制不一。约而论
> 之，靡不根柢于群圣，权舆于六籍。如论说之类，以疏解为主，始于
> 《易》者也；奏启之类，以宣述为义，始于《书》者也；赋颂之类，
> 以讽喻为指，始于《诗》者也；传序之类，以记载为事，始于《春
> 秋》者也。引而申之，触类而通之，虽流别各殊，而镕裁有体。于是
> 能言之士，抒写性情，贲饰词理，同工异曲，以求合乎先程，皆足以
> 立名当时，垂声来叶，彬彬郁郁，称极盛焉。然而代不乏人，著作既
> 富，篇什遂繁。不有所裒辑，虑无以观其备也；不有所铨择，虑无以
> 得其精也。古来采核之家，载在四部，名目滋多，类皆散佚。其流布
> 人区者，自萧统《文选》而外，唐有姚铉之《文粹》，宋有吕祖谦之
> 《文鉴》，皆限断年代，各为一编。夫典章法度，粲然一王之制，前不
> 必相师，后不必相袭，此可限以年代者也。至于文章之事，则源流深
> 长，今古错综，盛衰恒通于千载，损益非关于一朝，此不可限以年代
> 者也。诸家之选，虽足鸣一代之盛，岂足以穷文章之正变乎？朕留心
> 典籍，因取古人之文，自春秋以迄于宋，择其词义精纯，可以鼓吹六
> 经者，汇为正集，即间有瑰丽之篇，要皆归于古雅；其绮章秀制，弗
> 能尽载者，则列之别集；旁采诸子，录其要论，以为外集①。煌煌乎，
> 洵秉文之玉律、抽牍之金科矣。夫帝王之道，质文互用，而大化以
> 成；圣贤之业，博约并施，而性功以备。是书也，虽未足以尽文章之
> 胜，于圣人游艺之旨，亦庶乎其有当也夫！

康熙此序，从正统儒家思想出发，对文道关系、文章的社会功用、源流正变等问题都作了深入阐释。对于具体的文章风格则以"精纯"、"古雅"为标的。《古文渊鉴》纂修的直接目的就是树立写作文章的"金科"、"玉律"。在清王朝积极进行文化建设的早期，《古文渊鉴》的纂修，以高屋建瓴的姿态，确立了文学领域儒家正统思想的主导地位。与尊孔崇儒的政治

---

① 康熙《古文渊鉴序》里说此书有"正集"、"别集"、"外集"之分，但笔者在文渊阁《四库全书》本和清内府刻五色套印本中都没有看到有"正集"、"别集"、"外集"的区分。

思想相一致，《古文渊鉴》是清王朝早期思想文化建设的重要举措，对清代文风产生了深远影响。

《古文渊鉴》六十四卷，选文从先秦时代的《左传》、《国语》、《战国策》开始，两汉、三国、晋、宋、齐、梁、陈、北魏、北齐、北周、隋、五代、唐、宋各个朝代的文章都有选录，且入选作者众多。比起明代以来以先秦两汉或唐宋八大家为主的文章选本来说，它能够照顾到各个时代，体现了较为全面的特色。《古文渊鉴》每一朝代都首列帝王大臣，选文以奏议、书表、诏令等关系国家政治的实用性文章为主，对抒发性情而无关政教的文章则选录较少。需要指出的是，《古文渊鉴》的"古文"观念，不是唐宋以来相对于骈文的"古文"，而是"古代的文"，所以它并不排斥骈文。魏晋南北朝时期骈文盛行，《古文渊鉴》选录这一时期的文章便以骈文为主。唐代名臣陆贽以骈体奏议著称，《古文渊鉴》所选陆贽文章有一卷之多，皆是骈文。比起形式的骈散来说，《古文渊鉴》更重文章思想的醇正与否。通过所选文章以借鉴历代政治得失，也是《古文渊鉴》编选的一个目的。

（三）《古文渊鉴》编选的理学色彩

古文评选始自南宋。因为古文与道的特殊关系，理学家对古文较为重视。吕祖谦编选的《古文关键》，谢枋得编选的《文章轨范》、真德秀编选的《文章正宗》、楼昉编选的《崇古文诀》等均为著名文章选本，对后世产生了极大的影响。康熙以来尊孔崇儒，逐步确立了程朱理学在政治思想领域的主导地位。《古文渊鉴》对两宋著名理学家的作品选录较多，卷四十六选录了周敦颐、张载、程颢、程颐的文章，卷六十二选录了张栻、吕祖谦、陆九渊的作品，卷六十三选录了真德秀、魏了翁的作品。对于朱熹更为重视，卷五十九、卷六十、卷六十一所选皆为朱熹文章，在《古文渊鉴》所有入选作者中，朱熹的文章多于韩愈和苏轼，是个人文章选录最多的一家，足可看出康熙对朱熹、对理学的尊崇。对唐宋八大家文章的选录也可以看出理学家的影响。《古文渊鉴》对唐宋八大家文章的选录情况是：韩愈文二卷，柳宗元文一卷，欧阳修文一卷，苏轼文二卷，曾巩文二卷，苏辙文一卷，王安石与苏洵合选一卷。可以看出，曾巩文章入选两卷，和韩愈、苏轼一样都是最多的，苏洵和王安石合选一卷，是最少的。对曾巩、王安石的选录，其实是朱熹影响的结果。

朱熹对曾巩的评价很高，他在《跋曾南丰帖》中说："熹未冠而读南丰先生之文，爱其词严而理正。居常诵习，以为人之为言，必当如此，乃为非苟作者。"①在《朱子语类》里又说："南丰文却近质。他初亦只是学为文，却因学文渐见些子道理，故文字依傍道理做，不为空言。""人要会作文章，须取一本西汉文与韩文，欧阳文，南丰文。"②朱熹对曾巩最为推崇，所以《古文渊鉴》选曾巩文章数量较多。朱熹对王安石变法深为不满，对王安石的立身行事也多有苛责之语，如"王安石罪既已明白，后既加罪于蔡确之徒，论来安石是罪之魁，却于其死又加太傅及赠礼，皆备想当时也，道要委曲周旋他，如今看来这般却煞不好，要好便合当显白其罪，使人知得是非邪正"③，"立之问：'君子和而不同，如温公与范蜀公议论不相下之类，不知小人同而不和却如谁之类。'曰：'如吕吉甫、王荆公是也'"④。朱熹对王安石的态度在尊奉理学的明清时代有很大影响，清代的古文选家大多对王安石表示不满。《古文渊鉴》选录王安石的文章数量很少，其实是统治者崇奉理学的反映。在康熙御选的这部古文选本中所表现的理学色彩，与康熙前期开始把理学定于一尊的思想导向是相一致的。纂修书籍是清王朝宣扬思想、加强文化统治的特有手段，成书于康熙前期的《古文渊鉴》，作为清王朝纂修的第一部文学总集，既反映了当时尊孔崇儒，定理学于一尊的政治思想，也表明了清王朝在文学领域对儒家正统文论的推行。对于清初以"醇厚"、"雅正"为主的文风建设起到了推动作用。

---

① 朱熹：《晦庵先生朱文公文集》卷八十三，《四部丛刊》本。
② 黎靖德编：《朱子语类》，中华书局1986年版，第3313页。
③ 同上书，第2964页。
④ 同上书，第1111页。

二 《钦定四书文》与《唐宋文醇》的编修

处在康熙和乾隆之间的雍正皇帝在位时间较短（1723—1735），没有大规模的修书之举。值得注意的是他选有一部《悦心集》。《悦心集》成书于雍正六年（1728），共五卷，选先秦至明诗文三百余首，涉及作者一百三十余人。多数作者只选一首，最多的如邵雍选了二十六首（另有题无名氏者选了三十首）。其中有诗僧十二人，著名者如寒山、拾得等即在其中。所选诗文都是抒发隐逸情趣，或表现看破红尘，与世无争，淡泊自守的情怀，其思想旨趣明显受到释、道二家的影响。雍正序文云：

> ……夫心者人之神明，所以为万化之源、万事之本，而劳之则苦，扰之则烦，蔽之则昏，窒之则滞。故圣贤有存心、洗心之明训；佛祖有明心、寂心之微言。无非涵养一心之冲虚灵妙，使无所累，与天地太和元气浑然流行无入而不自得也。如孔门之春风沂水，仙家之吸露餐霞，如来之慧雨香花，以及先儒之霁月光风，天根月窟。其理同，其旨趣何弗同耶……昔朗禅师以书招永嘉禅师山居。师答曰："未识道而先居山者，但见其山，不见其道；未居山而先识道者，但见其道，必忘其山。见道忘山者，人间亦寂也；见山忘道者，山中乃喧也。"旨哉斯言。知此议者，始可与读《悦心集》。[①]

认为儒、释、道三家义理、旨趣相同，明显表现了雍正融合儒、释、道三家于一炉的思想倾向。雍正执政时期，既尊孔崇儒又崇佛重道，力求融合儒、道、佛于一体以加强其统治，《悦心集》的编纂正体现了这一思想。

雍正融合儒、释、道，使其为己所用的思想显然与康熙尊孔崇儒，定理学于一尊的思想不相一致。《悦心集》所选既是怡情悦性、超尘出世之作，无关于政教风俗，也与《古文渊鉴》所崇奉的"宗经"思想大异其趣。值得注意的是，乾隆即位之后，并未延续雍正的政策与思想，而是采

---

① 胤禛：《悦心集》，清内府刻本。

取了裁汰僧道的措施。思想上继承康熙时期的传统，仍然独尊儒学。《悦心集》虽是"御选"，乾隆纂修《四库全书》，先是收入武英殿聚珍板丛书，后来终究没有收入《四库全书》，从这一点也可以看出，乾隆没有继承也并不认同雍正的思想，他所崇奉的还是儒家的正统思想。

乾隆时期敕修书籍仍然是加强文化建设与思想统治的重要手段。乾隆甫一即位，便通过编修《钦定四书文》与《唐宋文醇》对文风进行规范。乾隆元年（1736）六月下诏，令方苞负责编纂四书文。其诏文曰：

> 国家以经义取士，将使士子沉潜于四子五经之书，阐明义理，发其精蕴，因以觇学力之浅深，与器识之醇薄。而风会所趋即有关于气运，诚以人心士习之端倪，呈露者甚微，而征应者甚巨也……自坊选冒滥，士子率多因陋就简，剽窃陈言，雷同肤廓，间或以此幸获科名，又辗转流布，私相仿效，驯至先正名家之法置而不讲，经史子集之书束而不观，所系非浅鲜也。[①]

八股取士是清王朝选拔人才的重要措施，八股文的文风也反映社会风气、士人习尚。譬如，明代晚期，思想较为自由，士人习尚也大有背离传统的倾向。反映在文风方面，抒发性情，是其长处，但下者也有剽剥词句，浮靡不实之弊。方苞在《钦定四书文》的凡例中，对天启、崇祯年间的八股文表示不满，说：

> 至启、祯名家之杰特者，其思力所造，途径所开，或为前辈所不能到。其余杂家，则佹弃规矩以为新奇，剽剥经子以为古奥，雕琢字句以为工雅，书卷虽富，辞气虽丰，而圣经贤传本义转为所蔽蚀。故别而去之，不使与卓然名家者相混也。[②]

[①]《钦定四书文》卷首，《景印文渊阁四库全书》本，台北：台湾商务印书馆1983年版，第1页。
[②] 同上书，第4页。

第一章　清人编选的古文选本与文学批评

《四库全书总目》对明末启、祯文风批评更为严厉，说：

> 至于启、祯，警辟奇杰之气日盛，而薄杂不醇，猖狂自恣者亦遂错出于其间，于是启横议之风，长倾诐之习。文体鳖而士习弥坏，士习坏而国运亦随之矣。①

在正统眼光看来，明末士风浇薄，反映在文章方面也多有弊端。乾隆及四库馆臣都认为文章风气甚至会关系到国家"气运"，这其实也是儒家认为文学反映社会兴衰的传统观念。乾隆对当时的八股文文风不满，即位之初，便编纂《钦定四书文》，以规范文风，引导士习，由此可以看出他对文风的高度重视。

《钦定四书文》共选明文四百八十六篇，分为四集：化、治四书文；正、嘉四书文；隆、万四书文；启、祯四书文。清朝四书文选入二百九十七篇。原本不分卷，编入《四库全书》时分为四十一卷。方苞擅长时文，也是古文名家。在所作《钦定四书文》凡例中，方苞表明其选录标准是："凡所录取皆以发明义理，清真古雅，言必有物为宗。"那么，这个标准的具体内容是什么，又如何才能达到这个标准呢？方苞说：

> 唐臣韩愈有言，文无难易，惟其是耳。李翱又云，创意造言，各不相师，而其归则一，即愈所谓是也。文之清真者，惟其理之是而已，即翱所谓创意也。文之古雅者，惟其辞之是而已，即翱所谓造言也。而依于理以达其辞者，则存乎气。气也者，各称其资材，而视所学之浅深以为充欠者也。欲理之明，必溯源六经，而切究乎宋元诸儒之说；欲辞之当，必贴合题义而取材于三代两汉之书；欲气之昌，必以义理洒濯其心，而沉潜反复于周秦盛汉唐宋大家之古文。兼是三者，然后能清真古雅，而言皆有物。②

---

① 永瑢等：《四库全书总目》，中华书局1965年版，第1729页。
② 《钦定四书文》卷首，《景印文渊阁四库全书》本，台北：台湾商务印书馆1983年版，第4页。

方苞认为时文文风应以"清真古雅"为标准，而要想达到这个标准，就要从"理、辞、气"三个方面下功夫，尤其要学习"周秦盛汉唐宋八家之古文"，要求以学习古文来提高时文的品格。"古雅"一词本是康熙在《古文渊鉴》序文中所提出的衡文标准。"清真古雅"不仅是对时文文风的规范，而且也代表了清王朝的文学审美观念，对清代文风产生了深远影响。

《唐宋文醇》五十八卷，编纂于乾隆三年（1738），据乾隆所作序文可知，这部选本是在储欣所选《唐宋十大家全集录》的基础上，有所增删而成。所选作家除通行的唐宋八大家以外，还有唐代的孙樵、李翱。书前有乾隆御制序文一篇，基本上代表了他的文学思想。其文曰：

> 不朽有三，立言其一。言之无文，行而不远。若是乎言之文者乃能立于后世也。文之体不一矣，语文者说亦多矣。群言淆乱，衷诸圣，当必以周孔之语为归。周公曰"言有序"，孔子曰"辞达而已矣"。无序固不可以达，欲达其辞而失其序，则其为言奚能云粼波折而与天地之文相似也。然使义则戈戈，而言有枝叶，妃青媲白，雕琢曼辞，则所谓八代之衰已。其咎同归于无序而不达。亦又有进焉。文所以足言，而言固以足志，其志亦荒，文将奚附？是以孔子又曰"言有物"。夫序而达，达而有物，斯固天下之至文也已。昌黎韩愈生周汉之后几五百年，远绍古人立言之轨则，其文可谓有序而能达者。然必其言之又能有物，如布帛之可以暖人，菽粟之可以饱人，则李瀚所编七百篇中，犹且十未三四，况昌黎而下乎！甚矣，文之至者不易得也！明茅坤举唐宋两朝中昌黎、柳州、庐陵、三苏、曾、王八大家，荟萃其文各若干首行世，迄今操觚者脍炙之。本朝储欣谓茅坤之选便于举业，而弊即在是。乃复增损之，附以李习之、孙可之为十大家。欲俾读者兴起于古，毋只为发策决科之用，意良美矣。顾其识之未衷，而见之未当，则所去取与茅坤亦未始径庭。朕读其书，嘉其意，而亦未尝不惩其失也。夫十家者，谓其非八代骈体云尔。骈句固属文体之病，然若唐之魏郑公、陆宣公，其文亦多骈句，而辞达理诣，足为世用，则骈又奚病？日月丽乎天，天之文也；百谷草木丽乎土，地

之文也。化工之所为，有定形乎哉？化工形形而不形于形，而谓文可有定形乎哉？顾其言之所立者何如耳。敕几之暇，偶取储欣所选十家之文，录其言之尤雅者若干首，合而编之，以便观览。夫唐宋以来，名儒硕士，有序有物之嘉言，固不第十人已矣。虽然，尝鼎一脔，亦足以知道腴之可味，况已斟其雅膏哉！①

乾隆的这篇序文，完全以儒家的传统文学思想为立论基调。首先申明"立言"为"三不朽"之一，这是对儒家传统价值取向的肯定。对于普通士子来讲，"三不朽"中的"立德"和"立功"并不能轻易做到，而"立言"则较为现实。作为最高统治者，乾隆提倡"立言"，显示了他重视文学的态度。且自叙其选文目的与储欣一样，是要读者"兴起于古"，而不只是"发策决科"，也就是要求广大士子不要只为写作八股文，参加科举考试而读书，而是要学习儒家的文化和思想。乾隆元年（1736）纂修《钦定四书文》就是有惩于广大士子对"先正名家之法置而不讲，经史子集之书束而不观"的现象，而以"钦定"选本规范时文文风。乾隆三年（1738）纂修的这部古文选本，引导士习使之趋向于儒学的目的就更为明显了。乾隆的文学思想，则主张以周公的"言有序"、孔子的"辞达而已矣"和"言有物"为衡文的最高标准，所谓"夫序而达，达而有物，斯固天下之至文也"。康熙敕修《古文渊鉴》明确提出文学当以"宗经"为主的思想。乾隆则在"征圣"、"宗经"的前提下，提出了衡量文学的具体标准，表明乾隆在文学领域对康熙"尊孔崇儒"文化政策的继承。

乾隆在这篇序文里对骈体文的态度也值得注意。自唐宋以来古文家严格散体与骈体的界限，认为骈体文盛行是文章之衰弊，韩愈大力倡导散体古文，苏轼给他以"文起八代之衰"的评价。宋以来的古文选本，也多不收骈体文。康熙的《古文渊鉴》没有严格骈体与散体的区别，对魏晋南北朝唐代的骈体文都有收录。乾隆在《唐宋文醇》的序文中也表明了自己对骈体文的

---

① 乾隆：《御选唐宋文醇》，《景印文渊阁四库全书》本，台北：台湾商务印书馆1983年版，第4页。

态度。他举唐代擅写骈文的魏徵、陆贽为例，认为骈文"辞达理诣，足为世用"则不为病。又说："文可有定形乎哉？顾其言之所立者何如耳。"明显是以内容而非形式来区分文章优劣。乾隆认为文章之道原本于"自然"，"天之文"、"地之文"都是"化工"所成，而不拘泥于形式，那么"人之文"也应以"道"为内容，而不应拘泥于形式的骈散。这是他不反对骈文的理论根据。康熙和乾隆强调要以内容而非形式的骈散来评价文章优劣，表现了最高统治者对于文学创作的宏通态度，实质上还是突出了儒家思想对文学创作的主导地位，这也正是《古文渊鉴》和《唐宋文醇》编纂的主要目的。

三 敕修文章选本对清代文风的影响

康熙《古文渊鉴》以"精纯"、"古雅"为文章准则，乾隆《钦定四书文》以"清真古雅"来规范文风，《唐宋文醇》以"文醇"为题，且明言"取储欣所选十家之文，录其言之犹'雅'者"，都是对"醇雅"文风的强调。也就是要求文章内容要纯粹，合乎儒家之道；文章语言要雅洁，避免浮靡不实之辞。康熙、乾隆大力推行以儒家思想为主导，以"醇雅"为标准的文论原则，对清代文风产生了较大的影响。譬如，桐城派的创始人方苞，论文讲究"义法"，他对"义法"含义的解释是"义即《易》之所谓'言有物'也；法即《易》之所谓'言有序'也"[①]。这与乾隆在《唐宋文醇》中所提出的衡文标准是一致的。方苞在古文写作方面还提倡"雅洁"，与他在《钦定四书文》凡例中阐释的"清真古雅"原则相一致。方苞的文论主旨，契合于统治者所倡导的文风，这是日后桐城文派能够发展壮大的一个重要条件。清初著名文人朱彝尊标举"言志"的"诗教"传统，在诗、文、词等各个领域都提出"醇雅"的审美标准，与统治者标举的正统文风相一致。清代中期以后，沈德潜主张学习唐诗，提倡"温柔敦厚"的诗教原则，晚年更以诗受宠于乾隆，其文学主张亦是正统文风之反映，对当时文坛影响颇大。康、乾两朝，经过清初的动荡不安，

---

① 方苞：《又书货殖列传后》，刘季高校点《方苞集》，上海古籍出版社1983年版，第58页。

社会逐渐走向繁荣稳定，在最高统治者的大力提倡和文人的自觉追求下，"醇雅"成为文坛风尚。《古文渊鉴》、《钦定四书文》、《唐宋文醇》这几部敕修文章选本对于清代正统文学思想的形成和文风建设都起到了相当大的作用。

第四节 方苞《古文约选》的编选、评点及其影响

桐城派是清代影响最大的古文流派，其重要成员往往借选本的方式阐释古文理论。戴名世、方苞、刘大櫆、姚鼐以及曾国藩、梅曾亮等都曾编选过古文选本。其中，桐城派始祖方苞的《古文约选》虽然还很少为当代研究者所注意，但它在编选、评点方面都具有鲜明特色，且对其后的古文选本如《古文辞类纂》等的编纂产生了广泛影响。

一 《古文约选》的编选

《古文约选》是方苞在雍正十一年（1733）编选的一部古文选本，目的是给在国子监就读的八旗子弟提供学习古文的范本。此书是方苞应当时国子监祭酒果亲王允礼之请而编选，书前序和选例也是方苞所作，但署名是允礼，这是符合当时习惯的做法。今人所编书目，如《中国古籍善本书目》对《古文约选》作者的著录就是允礼，读者如果不加考察，就会误认为此书是允礼所编，而埋没了方苞的著作权。方苞所作的这篇序和选例（合称《古文约选序例》）收入《方苞集集外文》卷四①，标有"代"字。桐城后学苏惇元所作《方望溪先生年谱》②对方苞代果亲王允礼编选《古文约选》一事亦有记载。允礼文集《自得园文钞》③虽也收有此序，其实是误收。有的书目，如《清代内府刻书目录解题》的《古文约选》条下，认为

---

① 见刘季高校点《方苞集》，上海古籍出版社1983年版，第612页。
② 同上书，第865页。
③ 见允礼《自得园文钞》，《四库未收书辑刊》第八辑第29册。

此序是允礼所作，显然是不对的。

　　中国古人历来重视选本编纂，清代社会经济、文化高度发达，古文选本的编选、评点，始终呈现繁荣景象。在方苞《古文约选》之前，也已出现了一些影响较大的古文选本，比如，康熙的《御选古文渊鉴》、吴楚材和吴调侯的《古文观止》、谢有煇的《古文赏音》、林云铭的《古文析义》、浦起龙的《古文眉诠》、蔡世远的《古文雅正》等。清初的古文选家，对于"古文"的概念，并没有严格的界定，所选文章，多以先秦两汉、唐宋八大家的散文为主，但是，一般都少量收有六朝、唐以来的骈文。如《古文渊鉴》所选大致是以"宗经"、"古雅"为原则的古代文章，所以收有一定数量的六朝骈文。《古文观止》、《古文雅正》等虽以散文为主，但也都收有少量的骈文。古文选本中兼收骈文，这在清初是较为普遍的现象。方苞作为当时专力于古文创作的名家，比起其他的古文选家来，他的古文观念极为明确。《古文约选》所收，限于两汉、唐宋八大家的散文，一改当时古文选本兼收骈文的做法。方苞在古文写作方面一贯鄙薄"俪语"，他将这种崇散拒骈的古文理论贯彻到《古文约选》的编选之中。这种对所选文章从文体上进行严格去取的做法，与编选者作为有独到理论建树的古文家的身份是相一致的，也对其后的古文选本产生了影响。

　　清初的古文选本，选篇一般自《左传》、《国语》始，包括《公羊传》、《穀梁传》、《檀弓》、《战国策》、《国语》、《史记》、《汉书》和唐宋八大家的文章，有的古文选本还收有元、明古文家的作品。方苞此选，仅限于两汉、唐宋八大家的单篇文章，对其他古文选本常选的先秦文和《史记》等文章，他都不予选录。"选"与"不选"，直接体现了方苞的古文理论。

　　从"不选"的方面来看。他不选先秦文和《史记》，一方面是从古文"义法"角度考虑，认为《春秋》三传、《国语》、《国策》、《史记》等，都是最为杰出的古文作品，所谓"古文正宗"、"自成一体"，从学习古文"义法"的角度来看是不可分割的，必须熟读全书才能得其精髓。认为先秦诸子文章"精深宏博，汉、唐、宋文家皆取精焉"。不选这类文章是因为"但其著书,主于指事类情,汪洋自恣,不可绳以篇法",认为诸子文章虽好,但在"义法"方面没有自觉的讲求,所以不在所选之列。一般古文家都认为古文之衰,始于东汉,方苞认为这种看法是不对的。他说:"西汉惟武帝以前之文,生气奋动,倜傥排宕,不可方物,而法度自具。昭宣以后,渐觉繁重滞涩……盛汉之风邈无存矣。"①"盛汉"以后文章不合"义法",所以选取较少。

他不选先秦文和《史记》的另一原因在于,从初学者角度考虑,"始学而求古求典,必流为明七子之伪体"(《古文约选序例》),明代前后七子以"文必秦汉"相标榜,以至于流为模拟剽窃的习气,受到唐宋派乃至清初文人的批评,方苞在学习古文方面也引以为戒。

从"选"的方面来看。他之所以选两汉、唐宋八大家的文章,主要是因为这些文章"义法"具备,且又有迹可寻,便于学习,能够"俾承学治古文者,先得其津梁,然后可溯流穷源,尽诸家之精蕴耳"(《古文约选序例》)。学习古文要从唐宋八大家入手,然后上溯到两汉、先秦文,最终掌握古文"义法",这是方苞对于古文学习的看法,也是他编选《古文约选》的一个指导思想。与清初的其他古文选本相比,《古文约选》在编选方面表现出诸多独创性的特色,是方苞古文理论的很好体现。

二 《古文约选》的评点

评点是选本的一项重要内容,选家通过评点来解读作品,表现自己的立场和观点。评点因为是随文而发,能够直接介入读者的阅读过程,引导读者的阅读活动,所以能够给人留下较为深刻的印象。在我国传统文学批评中,评点是一种重要方式。方苞的《古文约选》也有评点。方苞采用的"点",方式较为简单,只有"〇"和"●"两种。精彩的语句,每一字旁加"〇",立意布局的关键所在则加"●"。圈点的作用,主要在于提示

---

① 方苞:《古文约选序例》,刘季高校点《方苞集》,上海古籍出版社1983年版,第612页。

读者，引起注意，以达到让读者揣摩、学习的作用。相对于"点"来讲，"评"对今天的研究者更有价值。选本的"评"，一般有"眉评"、"夹评"、"尾评"等几种方式。方苞所采用的多数是"尾评"，间有"眉评"。需要特别指出的是，方苞《古文约选》的"序例"早已为研究者所重视。但对于《古文约选》的"评语"，就笔者所见，尚无论及。戴均衡《方望溪先生集外文补遗》收有邵懿辰所集方苞《史记》评语数则[①]，而《古文约选》的评语却不曾收入。《古文约选》虽在过去的时代流传较广，但自民国后不曾有影印或校点本出现。它的评语也就不为一般的读者和研究者所熟悉了。方苞服膺程朱理学，受理学家视文章为末事的观念影响较深，虽然以古文名家，但他留存的作品并不是很多。《方苞集》中对古文理论和文章创作的论述也并不多见。《古文约选》的评语都是针对具体作家、作品而发，既与其一贯的理论主张相一致，又有很强的针对性，是研究方苞古文理论的宝贵文献。

自唐代韩愈、柳宗元以来，古文家一向注重对前代作品的学习与借鉴，力求在此基础上形成自己的风格。方苞尤其注重创作渊源与作家风格的关系。他推崇韩文，一个重要原因是因为韩文渊源于先秦经子，风格纯正。他贬抑柳文，是因为柳文"其根源杂出周、秦、汉、魏、六朝诸文家"[②]，所以风格不够纯正。《古文约选》评语的一个重要方面，就在于较多地论述了作家创作渊源与风格的关系。譬如，他在欧阳修文的评语中多次指出欧文取法韩文和《史记》，从而形成了自己的风格。他说：

> 欧公苦心韩文，得其意趣，而门径则异。韩雄直，欧变而迂余；韩古朴，欧变而美秀。惟此篇骨法形貌皆与韩为近。(《与高司谏书》评语)

> 欧公叙事仿《史记》，诸体效韩文，而论辩法荀子。其反复尽意

[①] 见刘季高校点《方苞集》，上海古籍出版社1983年版，第849页。
[②] 方苞：《书柳文后》，刘季高校点《方苞集》，上海古籍出版社1983年版，第112页。

及复叠处皆似,观此篇及《秦誓论》可知其凡。(《春秋论下》评语)

欧公志诸朋好,悲思激宕,风格最近太史公。(《太常博士尹君墓志铭》评语)

欧文渊源纯正,且有自己的风格,在八大家中,除韩文外,最为方苞所推重。

他评苏洵文章说:

老苏文劲悍恢奇,或过于大苏,而精细调适处则不及。盖由时过而学,仅探晚周诸子及《国策》之奥蕴,而出入于贾、晁、韩、柳数家,胸中实俭于书卷也。此集中杰出之文,而按其根源,亦适至是而止。(《上韩枢密书》评语)

分析了苏洵文章的风格和不足,指出苏洵文章不是根源于六经和《左传》、《史记》,且"俭于书卷",所以只能达到这样的成就。

他评曾巩文章说:

凡叙事之文,义法未有外于《左》、《史》者,《左传》详简断续,变化无方,《史记》纵横分合,布勒有体。如此文在子固记事文为第一,欧公以下无能颉颃者,其不过明于纵横分合耳。(《序越州鉴湖图》评语)

曾巩因为明了《左传》、《史记》义法,所以文章能取得极高的成就。方苞在《古文约选》中,对唐宋八大家文章的渊源和风格都有简要评述,很好地体现了他的古文理论。

《古文约选》评语的另一个方面,即在于总结创作经验,评论创作得失。方苞以"义法"为准绳衡量各家作品,对不事因袭模拟,有独特创造性的文章,往往能指示其优点。他评欧阳修《释秘演诗集序》说:

47

> 古之能于文事者，必绝依傍，韩子《赠浮屠文畅序》以儒者之道开之。《赠高闲上人序》以草书起义，而亦微寓针石之义。若更袭之，览者惟恐卧矣。故欧公别出义意，而以交情离合缨络其间，所谓各据胜地也。

评曾巩《上仁宗皇帝言事书》说：

> 欧苏诸公上书，多条举数事，其体出贾谊《陈政事疏》，此篇只言一事，而以众法之善败经纬其中，义皆贯通，气能包举，遂觉高出同时诸公之上。

评曾巩《诗义序》说：

> 三经义序，指意虽未能尽应于义理，而词气芳洁，风味邈然，于欧、曾、苏氏诸家外别开户牖。

对于这些在创作上无所依傍、独具风格的文章，他极为推崇。

对于各家文章的不足，方苞也多有指摘。他评苏洵《书论》说：

> 其论世变可谓独有千载，惜首尾及中间抟挽处，义脉不清，治古文者所宜明辨。

评苏轼《超然台记》说：

> 子瞻记二台，皆以东西南北点缀，颇觉肤套，此类蹊径，乃欧、王所不肯蹈。

评曾巩《梁书目录序》说：

> 前半言圣人之道处，理亦无颇，惜词冗而格卑，气亦不振。

对于各家文章不足之处的指摘，体现了方苞作为一个有独到理论建树的古文家的批评眼光，从一个侧面反映了他的古文理论。

三 《古文约选》的影响

《古文约选》的影响主要体现在两个方面。

首先，《古文约选》促进了方苞以"义法"为核心的古文理论的传播，扩大了其古文理论的影响。在《古文约选》的序例中，方苞第一次全面系统地阐发了他的古文理论。方苞的古文理论散见于各种书序、题跋、墓志铭、杂文，以及读书笔记之中，多是随事随感而发，没有系统的阐释。雍正十一年（1733）方苞六十六岁时所作的这篇《古文约选序例》第一次从多个方面，系统地阐释了他的古文理论，尤其突出了"义法"这个核心内容。这篇《古文约选序例》可以视作方苞古文理论的宣言。

《古文约选》本是方苞应果亲王允礼之请，为国子监生员学习古文而编写的示范性读本，从这一点上来讲，它具有官修教材的意义。清代所修两部《国子监志》对《古文约选》都有记载[①]。《古文约选》的书版原藏于国子监，后归入武英殿。乾隆三年（1738），清帝下诏，内务府各处所藏书版"应听人刷印"，并且"坊间有情愿翻刻者，听其自便"，《古文约选》等书"具于学术有裨，自宜广为传习"[②]。允许民间书坊印刷，便把作为国子监教材的《古文约选》推向了全国。清代官修的古文选本，只有康熙的《御选古文渊鉴》、方苞的《古文约选》、乾隆的《御选唐宋文醇》等几种。《古文渊鉴》六十四卷，《唐宋文醇》五十八卷，卷帙都较为浩繁，而《古文约选》在分量上只相当于它们的六分之一左右，更加便于印刷、购买和学习。在实行八股取士的科举时代，广大士子学习古文的一个重要

[①] 见清梁国治等撰《国子监志》卷五十一《经籍》，台北：台湾商务印书馆《景印文渊阁四库全书》本。清文庆等撰《国子监志》卷六十六《经籍二·书版》，《续修四库全书》本。

[②] 素尔讷等撰：《钦定学政全书》，《续修四库全书》本，上海古籍出版社2002年版，第193页。

目的,就是提高八股文的写作水平以应科举之需,作为官修科举教材的《古文约选》因此得到了广泛传布。

方苞以"义法"为核心的古文理论,开始并非为时人所普遍接受。雍正六年(1728)方苞在《光禄卿吕公墓志铭》中说:"余尝以古文义法绳班史、柳文,尚多瑕疵;世士骇诧,虽安溪李文贞不能无疑,惟公笃信焉。"①可见"义法"说作为方苞具有独创性的古文理论,它的接受是有一个过程的。作为官修教材,《古文约选》的广泛传布,对于促进方苞"义法"说的接受无疑具有一定的推动作用。

其次,《古文约选》对桐城派的另一部重要古文选本《古文辞类纂》产生了不小的影响。从编选方面看,《古文约选》所选都是两汉、唐宋八大家文章。而《古文辞类纂》收文七百余篇,且增入辞赋一类,扩大了古文学习的范围,篇目上大大超出了《古文约选》,但它主体上仍以两汉、唐宋八大家文章为主。其中两汉文一百三十篇,八家文五百零九篇,共计六百三十九篇,占全书(七百七十篇)的百分之七十强。《古文约选》中韩文和欧文数量最多,分别为七十一和五十九篇。《古文辞类纂》中,韩文一百三十篇,欧文六十五篇,数量上也是最多的。《古文约选》所选文章,绝大部分为《古文辞类纂》所收入。这些都反映出《古文辞类纂》在编选取舍方面与《古文约选》旨趣相通,有一定的继承关系。

评点方面。明清的古文评点,多注重文章的起承转合、谋篇布局等写作技巧。圈点也多从文章的起伏变化、提缀呼应处入手。当时人就有"以时文评古文"之讥。《古文约选》的圈点和评语都较其他通行的古文选本为少。评语则多是指明创作渊源与风格,指陈创作得失,避免了以时文评古文的习气。《古文辞类纂》在这方面继承了《古文约选》的风格。道光初年合河康氏刻本《古文辞类纂》有圈点,据李承渊《校刊〈古文辞类纂〉后序》②可知康氏刻本是姚鼐早年(乾隆年间)定本,而后来的道光五年(1825)江宁吴启昌刻本删去了原有的圈点。吴刻《古文辞类纂》

---

① 刘季高校点:《方苞集》,上海古籍出版社1983年版,第282页。
② 见光绪辛丑春滁州李氏求要堂刻本《古文辞类纂》卷尾。

序说："本旧有批抹圈点，近乎时艺，康公本已刻入，今悉去之，亦先生命也。"吴氏刻本为姚鼐晚年主讲钟山书院时所授，是其最后定本。方苞《古文约选》的圈点已较其他古文选本为少，姚鼐晚年索性删去圈点，都是力求避免以时文之法评古文，其意旨是相通的。《古文辞类纂》的评语也较少，且多侧重于指明文章的渊源与风格，某些评语明显受到《古文约选》的影响。譬如，一般人认为古文之衰始于东汉，而方苞在《古文约选》中指出，西汉自昭、宣以后的文章"渐觉繁重滞涩"、"盛汉之风邈无存矣"。姚鼐在《古文辞类纂》中也有类似的说法："雄肆之气，喷薄横出，汉初之文如此，昭宣以后盖稀有矣，况东京而降乎！"（贾山《至言》评语）[1] 司马相如《封禅文》后姚鼐先引姜坞先生（姚范）对扬雄、司马相如的批评，然后说："观扬、班之作，而后知相如文句句欲活。"[2] 这种贬抑扬雄、班固，推崇司马相如的态度，与方苞《古文约选》的论调是完全一致的。可见，《古文辞类纂》的评语在一定程度上确实接受了《古文约选》的影响。

第五节 《唐宋八家文读本》与沈德潜的古文理论
——兼及沈德潜古文理论与诗歌理论的互通与互补

沈德潜是清代著名诗人，所著《说诗晬语》是集中阐释其诗论主张的诗话名作。中国古代文人多诗文兼工，沈德潜的古文也有其自身面目，郑方坤《国朝名家诗钞小传》说："归愚积学工文，古文词跌宕夷犹。"[3] 作为著名文人，沈德潜热衷于诗文评选，他编选的《唐诗别裁集》等多种诗歌

---

[1] 姚鼐：《古文辞类纂》，中国书店1986年版，第232页。
[2] 同上书，第1191页。
[3] 郑方坤：《国朝名家诗钞小传》，周骏富编《清代传记丛刊》本，台北：明文书局1985年版，第415页。

选本,至今仍有广泛影响,他评选的古文选本《唐宋八家文读本》①直至民国仍广为流传。评点是传统文学批评的重要方式,《唐宋八家文读本》的编选与评点也是沈德潜古文理论的集中展现。而且,作为著名理论家,沈德潜的古文理论与诗歌理论存在着互通和互补的关系。

一 《读本》选篇与沈德潜的"文道合一"观

《唐宋八家文读本》三十卷,选文三百八十篇,以书、论、序、记、表、状等文体为主。《读本》是沈德潜晚年著作,据其自订《年谱》②记载,从乾隆二年(1737)开始批选唐宋八家文,至乾隆十五年(1750)刊刻成书,历时多年。《读本》从选篇到评语都是其理论主张与批评实践的体现。

沈德潜《唐宋八家文读本》在篇目选择上有自己的原则。在所作凡例中,他说:

> 文不嫌于熟,然太熟而薄,则不能味美于回。昌黎如《与张仆射书》、《与李秀才书》、《送何坚序》之类,庐陵如《醉翁亭记》,东坡如《喜雨亭记》之类,编中汰之,嫌其熟,实嫌其薄也。若昌黎《上于襄阳书后》、《二次上宰相书》、《与陈给事书》、《代张籍与李浙东书》之类,此又因其推挫浩然之气,当分别观之。

沈德潜不选的这些篇章多是名文,历来为选家所重视。他不选这些文章的原因首先是"嫌其薄"、"不能味美于回"。缺乏回味的余地是他对"薄"的解释,沈德潜论文崇尚含蓄蕴藉的审美标准,他排斥"薄",表明了他选文的艺术标准。从这一标准出发,他认为《醉翁亭记》等文章叙事说理

---

① 沈德潜《唐宋八家文读本》流传较广,在清代有多种刻本,还传到日本。据《中国馆藏和刻本汉籍书目》(杭州大学出版社1995年版),有沈德潜《唐宋八家文钞》的日本刻本十四种,其中还有不少是日人评注本。本书所用《唐宋八家文读本》为清乾隆刻本,序文、评语等不加注释。

② 沈德潜自订《年谱》,见清教忠堂刻本《沈归愚诗文全集》。

过于直接,缺乏令读者回味的余地,因此不选。其次是"因其推挫浩然之气"。"浩然之气"的说法本于孟子,与作者的德行修养有关,属于"道"的范畴。韩愈的《上宰相书》共有三篇,沈德潜选取了第一篇,在篇末总评中说:"二篇陈情以感之,故情隘词蹙;三篇直辞以折之,故声色近厉,文极变态,而身份不无太贬矣。所以独存首篇。"不选《上宰相书》的后两篇,是因为韩愈在这两篇上书中哀告求官,在沈德潜看来缺乏儒家所提倡的浩然之气,思想道德方面有所欠缺。沈德潜对"推挫浩然之气"的文章表示不满,体现了他选文的思想道德标准。由此可见,沈德潜在选篇方面既有艺术标准,也有思想道德标准。要求文章艺术品味与思想道德相统一是沈德潜"文道观"的体现。

文与道的关系历来为古文家所重视,唐代古文家韩愈、柳宗元主张"文以明道",要求文章要阐明儒家道理。宋代理学家如朱熹等人则主张"文从道出",就是以"道"为根本,"文"为末事。沈德潜的文道观受宋代理学家影响较深。他要求文章写作以"道"为根本,所谓"夫文章之根本在弗叛乎道",要求文章写作"折中乎六经四子之旨","以归于道,则文章之根本立矣"①,认为不离儒道是写作文章的根本所在。作为封建时代的正统文人,沈德潜论文崇尚道,有强烈的道学色彩。但他毕竟是文人而非道学家,在《答滑苑祥书》中,他说:

> 自两汉以降,如贾谊、董仲舒、司马迁、刘向、王通、韩愈、欧阳修、曾巩之徒,见乎道而醇驳参焉者也。他如庄周、列御寇诸子之文汪洋恣肆而磔裂乎道,萧统氏编辑之文辞采灿然,而不根乎道。有宋诸儒之文几于道矣,而于修辞养气又不能与贾谊、董仲舒以下诸人比坿。②

在他看来,包括唐宋八大家在内的历代文家都有不合乎道的地方,而宋代道学家虽有道德修养,但在文章的修辞养气方面又有所欠缺,因此他都有

---

① 沈德潜:《沈归愚诗文全集》卷十五,清教忠堂刻本。
② 同上。

所批判。在《唐宋八家文读本序》中，沈德潜提出"文之与道为一"的观点，也就是要求作者既能"根乎道"而又能注重"修辞养气"，我们可以称之为"文道合一"观，这是沈德潜论文的宗旨所在。《读本》以文章艺术品味与思想道德相统一为选篇标准，正是沈德潜"文道合一"观的直接体现。从这一观点出发，他对韩愈的《原道》极为推崇，说："本布帛菽粟之理，发日星河汉之文，振笔直书，忽擒忽纵，董之纯粹，运以贾之雄奇，为《孟子》七篇后第一篇大文字。"《原道》是《读本》所选第一篇文章，沈德潜从思想和艺术方面给予极高评价。作为《读本》的开篇评语，沈德潜将《原道》立为文章典范，表达了他"文道合一"的论文宗旨。

沈德潜"文道合一"的文道观，是康乾时代正统文学思想的体现。清代统治者思想上尊奉程朱理学，论文也以儒家文论为指归。康熙《御选古文渊鉴序》说："（文）靡不根柢于群圣，权舆于六籍。"[①]论文以"宗经"为主。乾隆在《御选唐宋文醇序》中论韩愈文说："然必其言文又能有物，如布帛之可以暖人，菽粟之可以饱人，则李瀚所编七百篇中，犹且十未三四，况昌黎而下乎！"[②]《唐宋文醇》所选文章以唐宋八大家为主，乾隆以"言文而又有物"也就是"文道合一"为衡文标准，认为包括韩愈在内的诸家文章合乎这一标准的并不是很多。如前所述，沈德潜论文也以"文道合一"为标准，对唐宋八大家的学行修养、人品文章都不无訾议，这种论调与《唐宋文醇》相一致，代表了清代正统思想影响下的理论主张，虽然打上了鲜明的时代烙印，但却具有广泛的影响。

二 复古与新变相统一：《读本》评语与沈德潜古文理论的基本原则

沈德潜论诗以《诗经》为标准，以儒家"诗教"为原则，其《说诗晬语》开篇便亮出"仰溯《风》、《雅》，诗道始尊"[③]的观点，强调《诗经》

[①] 康熙：《御选古文渊鉴》，《景印文渊阁四库全书》本，台北：台湾商务印书馆1986年版，第1页。

[②] 乾隆：《御选唐宋文醇》，《景印文渊阁四库全书》本，台北：台湾商务印书馆1986年版，第99页。

[③] 沈德潜：《说诗晬语》，王夫之等撰《清诗话》本，上海古籍出版社1999年版，第523页。

的伦理教化作用和文学价值,具有鲜明的"宗经"色彩。在古文理论方面,沈德潜也以"六经"为论文准则,表现了鲜明的"宗经"意识。在《唐宋八家文读本》评语中,沈德潜对《诗经》极为重视:

  井井整整、肃肃穆穆,如读《江汉》、《常武》之诗。西京后第一篇大文字。(韩愈《平淮西碑》评语)

  柳《表》清而健,原本周《雅》。(柳宗元《献平淮夷雅表》评语)

  端庄肃穆,亦得《江汉》、《烝民》气象。(欧阳修《太尉文正王公神道碑铭》评语)

  奉诏撰文,自应端重醇正,得《雅》、《颂》之遗。(欧阳修《中曼公神道碑铭》评语)

在沈德潜看来,《诗经》不但是诗歌创作的标准与典范,也是写作古文的楷模。端重醇正、蕴藉深厚的古文文风,最为沈德潜所欣赏,而《诗经》是其源头所在。

  从"宗经"出发,沈德潜论文强调复古。在《读本》评语中,除宗尚《诗经》以外,他对两汉文章极为推崇,以之为文章写作的理想境界:

  文笔朴老,犹近西京。(韩愈《送水路运使韩侍御归治所序》评语)

  古质淋漓,直逼西汉。(韩愈《潮州刺史谢上表》评语)

  整洁峻削,近东汉人。(柳宗元《箕子碑》评语)

>抑扬顿挫,得《史记》神髓。(欧阳修《伶官传叙论》评语)

>低回俯仰,颇近孟坚。(欧阳修《五代史一行传叙论》评语)

朴老古质、整洁峻削、浑厚朴茂的文章风格,浑浩流转、抑扬顿挫、低回俯仰的章法结构、写作方式,在沈德潜看来大都接近两汉文章的风貌,体现了他在古文理论方面的复古思想。从复古观念出发,沈德潜论文重视文章的源流演变。在《与李客山书》中,他说:"六经马班诸史之类,文之源也;唐宋以下诸家,文之流也。"认为要写好文章就要"讨源六籍,泛澜诸史,而后旁及乎子集以畅其支流"①,要求作者学习先秦两汉、唐宋八大家的文章以提高写作水平是沈德潜的一贯主张。在《读本》的评语里,他注重对各家文章渊源流变的阐发,反复指出八家文章深受《诗经》、《尚书》、《孟子》、《庄子》、《史记》、《汉书》、扬雄、贾谊等文章的影响,甚至注意到了匡衡、刘向、习凿齿、《水经注》的影响。可谓探幽抉微,深入揭示了八家对前代文章的广泛学习。

沈德潜论文主张复古,但对以复古著称的明代文风深为不满,说:

>往见有明中叶,一二钜公倡导天下,谓作文当师先秦汉京,句取其拗,字取其僻,而先秦汉京之精神不存焉,其病在袭。于是诋諆其后者,救之以唐宋八家,以平坦矫其拗,显易矫其僻,而唐宋八家之精神不存焉,其病在庸。(《答渭苑祥书》)

在沈德潜看来,明代前后七子以"文必秦汉"为宗旨,但却落入因袭模拟的窠臼,丧失了秦汉文的精神;唐宋派主张学习唐宋八家文,但也没有得其精神面目。在《说诗晬语》中沈德潜提出复古的关键在于能否得其"神理",说:"试看李太白所拟(按指古乐府),篇幅之短长,音节之高下,无一与古人合者,然自是乐府神理,非古诗也。明李于鳞句摹字仿,并其

---

① 沈德潜:《沈归愚诗文全集》卷十三,清教忠堂刻本。

不可句读者追从之，那得不受人讥弹？"①李白与李攀龙乐府诗的区别就在于李白学习古乐府能得其"神理"，而李攀龙只是一味模仿，丧失了乐府诗的精神面目。复古要得其"神理"，也就是要把握精神实质，而不是局限于字句的模仿，这是沈德潜对于复古的要求。

主张"复古"是沈德潜论文的宗旨所在，但在古文写作的具体方法上，沈德潜追求新变。在《说诗晬语》中，他论学古与新变的关系说："诗不学古，谓之野体。然泥古而不能通变，犹学书者但讲临摹，分寸不失，而己之神理不存也。"②他论诗主张学古，但同时要求不泥于古人而有所新变。这种复古和新变相结合的观点也体现在他的古文批评上面。在《读本》的评语中，沈德潜特别注意从"新变"角度评论所选文章：

> 末从张籍口中述于嵩述张巡轶事，拉杂错综，史笔中变体也。（韩愈《张中丞传后序》评语）

> 序中略带传体，又是一格。（欧阳修《释惟俨文集序》评语）

> 文章变态，于斯极矣。（苏洵《礼论》评语）

> 通篇只叙其游侠隐沦，而不及于世系与生平行事，此传中变调也。（苏轼《方山子传》评语）

以上都是从"变"的角度来评论文章，认为各家文章在创作方法或文章风格上不守常规，追求新变，所以才形成了个性化的特点。沈德潜所说的"变"就是创新。明代前后七子提倡复古，但反对创新。何景明说："夫文靡于隋，韩力振之，然古文之法亡于韩。"③韩愈在古文写作方面力主创新，

---

① 沈德潜：《说诗晬语》，王夫之等撰《清诗话》本，上海古籍出版社 1999 年版，第 529—530 页。
② 同上书，第 525 页。
③ 蔡景康：《明代文论选》，人民文学出版社 1993 年版，第 115 页。

有"惟陈言之务去"(《答李翊书》)的说法,何景明认为"古文之法亡于韩",实则反映了七子复古而不求创新的态度。沈德潜则主张在复古的基础上进行创新,在韩愈《答刘正夫书》评语中说:"不师古圣贤人,雷同剿说而已,如何立异,如何能自树立?近人将师古与立异看作两层,所以诡幻百出,文品日下。"指出明代前后七子将"师古"和"立异"截然分开的做法是导致文品日下的原因,认为文章写作要在复古的基础上有所创新,才能真正形成个人风格。在《说诗晬语》中,沈德潜也反复强调诗歌要追求新变,如认为唐代七言诗"不相沿袭,变态备焉"①。追求新变是沈德潜古文理论和诗歌理论的共同宗旨。但过度求变,也有弊端。《说诗晬语》论晚唐诗用"破"、"聚"、"泼"、"扑"等字说:"求新在此,不登大雅之堂正在此。"②诗歌用字过度求新,反落俗套。沈德潜认为诗歌追求新变,应以不失雅正为前提,这个看法可补其古文理论之不足。

复古与新变是古代文人经常谈论的话题,刘勰《文心雕龙》专设《通变》一篇谈论师古与创新的问题。皎然说:"作者须知复变之道,反古曰复,不滞曰变。"③吴乔说:"诗道不出变、复。变谓变古,复谓复古。变乃能复,复乃能变,非二道也。"④沈德潜在《读本》评语和《说诗晬语》中注意从复古与新变的角度来谈诗论文,认为应在复古的基础上追求新变,以最终形成自己的风格特点,这种观点体现了他对传统文论思想的继承,是其文学理论与批评的基本原则。

三 重视体法:《读本》评语与沈德潜的古文创作理论

沈德潜对文章创作的体式方法极为重视,在《答滑苑祥书》中论文章"体法"说:

---

① 沈德潜:《说诗晬语》,王夫之等撰《清诗话》本,上海古籍出版社1999年版,第535页。
② 同上书,第541页。
③ 李壮鹰:《诗式校注》,人民文学出版社2003年版,第330页。
④ 吴乔:《围炉诗话》,郭绍虞编选,富寿荪校点《清诗话续编》本,上海古籍出版社1983年版,第471页。

> 体与法有不变者，有至变者。言理者宗经，言治者宗史，词命贵典要，叙事贵详晰，议论贵条畅，此体之不变者也。有辟有阖，有呼有应，有操有纵，有顿有挫，如刑官用三尺，大将将数十万兵，而纪律不乱，此法之不变者也。引经断史，援史证经，词命中有叙事，叙事中兼议论，此体之至变者也。泯阖辟呼应操纵顿挫之迹，而意动神随，纵横百出，即在作者亦不知其然而然，此法之至变者也。吾得其不变者，而至变者存焉。

他所说的"体"是指说理、叙事、议论等文章写作的基本方式以及与之相适应的基本要求，而"法"是指文章的谋篇布局、章法结构、写作技巧等。"体"和"法"的基本原则是不变的，但在具体的写作过程中，在掌握其基本原则的前提下，对"体法"则要求能够灵活运用，这与他在写作方法上追求新变的基本原则是一致的。在批评实践中，沈德潜特别注意对具体体法的探讨与总结。在《读本》评语中，沈德潜注重对"体"的探讨。韩愈的《圬者王承福传》，为王承福立传，全篇以记其言论为主，沈德潜的评语说"此史家记言体也"。《黄陵庙碑》以考释典籍中对娥皇、女英的记载为主，沈德潜称其为"训诂体"。欧阳修《释惟俨文集序》兼叙惟俨的立身行事，且与石曼卿相比较，是一种独特的写作思路。沈德潜评云："叙中略带传体，又是一格。"王安石《泰州海陵县主簿许君墓志铭》有感于许平仕宦不遇于时而感慨议论，并不注重叙述其生平事迹。沈德潜评语说："中间藏过一'命'字，郁屈瑰奇，空中发论，志铭中别开一体。"从这些评语可以看出，沈德潜特别注重对文章体式的探讨，尤其善于总结不守常规、富于变化的体式，这对学习文章写作是有启发意义的。

《读本》评语对于"法"的探讨尤为详细。

首先，沈德潜注重对长篇文章作法的总结。苏轼《上神宗皇帝书》篇幅较长，沈德潜评语说："三大段中藏得无数小段落，作大片段文字者，须知此法。"所谓大段落中藏小段落，就是要求长篇文章段落清楚、层次分明。王安石《上仁宗皇帝书》长达万言，沈德潜评语云："其行文布勒有方，如大将将数十万兵而不乱，中间丝联绳牵，提挈起伏，照应收缴，动娴法则,极长篇之能事。"又如曾巩《移沧州过阙上殿疏》评语说:"长篇文字,最易筋懈肉缓。文中节节关锁,层层提挈,重规叠矩,脉络贯通,绝无懈缓之病,学者宜究心焉。"针对长篇文章的易犯之病,指出所选文章的特点。

沈德潜认为文章作法对长篇诗歌的写作也有影响。《说诗晬语》说:

> 五言长篇,固须节次分明,一气连属。然有意本连属而转似不相连属者,叙事未了,忽然顿断,插入旁议,忽然联续,转接无象,莫测端倪,此运《左》、《史》法于韵语中,不以常格拘也。①

认为长篇五言诗作法灵活多变,是将《左传》、《史记》的文章作法运用于诗歌而产生的艺术效果,对于读者从互通与互补的角度揣摩诗歌理论与古文理论颇有启发意义。

其次,沈德潜在文章评语中,注重总结带有规律性的写作方法:

> 古人叙事,举其重且大者,帅河南北六州归命,此忠孝之大,余俱可删弃也。作古文者宜知弃取之法。(韩愈《魏博节度观察使沂国公先庙碑铭》评语)

> 每段中各有纲目,通体中有大纲目,此大将将兵,大匠造宫法也。(欧阳修《太尉文正王公神道碑铭》评语)

> 同一事而备论之,层层拓开,忽然收转,作论须得此能放能收之法。(苏轼《范文子论》评语)

> 建一亭无甚关系,故只就山川险远上着笔,此作枯寂题法,于无

---

① 沈德潜:《说诗晬语》,王夫之等撰《清诗话》本,上海古籍出版社1999年版,第534页。

出色处求出色也。(曾巩《道山亭记》评语)

贤魏郑公以破焚稿之谬,此借题立论法。(曾巩《书魏郑公传》评语)

沈德潜总结这些文章所使用的写作方法,将其概括为"弃取之法"、"大将将兵,大匠造宫法"、"能放能收之法"、"作枯寂题法"、"借题立论法"等,体现了他对具有一定规律性的写作技法的认识与把握,即使在今天对于指导写作也是有一定意义的。

与论文一样,沈德潜论诗也善于总结具体"诗法",《说诗晬语》总结杜甫诗歌有倒插法、反接法、透过一层法、突接法等,又说李商隐和温庭筠善用"逆挽法",可以起到"化板滞为跳脱"的作用[①],道出了诗法的价值。从诗文互通的观点来看,文法对于文章写作也有同样的意义。

再次,沈德潜注重总结文章写作的起结方法。

先来看其对文章起句的总结。韩愈《原道》开篇点明尊崇儒道的观点,沈德潜评论说:"此单刀直入法也。"柳宗元《永州新堂记》开篇写造作园林之难,沈德潜评语说:"起手陡然而来,倚天拔地。"苏洵《上田枢密书》开篇眉评说:"古人作文极争起句,一篇都从此出,此水之有源头,木之有本根,昌黎后,老泉时有。"可见其对起句的价值极为重视。

再来看其对文章结尾的评论。韩愈《讳辩》结尾用"比于宦者宫妾",对以"名讳"为孝表示强烈反对,沈德潜评论说:"一结笔墨夭矫,如神龙卷舒于绛霄。"指出《讳辩》结尾具有说理透辟有力的特点。苏轼《超然台记》结尾借苏辙巧妙点出"超然"的精神内涵,沈德潜评语说:"通篇含超然意,末路点题,亦是一法。"王安石《给事中孔公墓志铭》评语说:"末以轶事作收,位置极佳。"所谓"位置极佳"是说章法布置巧妙,对文章以轶事作结表示欣赏。其对文章结尾方式的赞赏,说明他对文章结

[①] 沈德潜:《说诗晬语》,王夫之等撰《清诗话》本,上海古籍出版社1999年版,第541页。

尾的高度重视。

　　沈德潜论文重视章法，但不盲从章法，反对对于章法技巧的生搬硬套。《说诗晬语》认为《楚辞》反复抒情，是其感人之处，而"后人穿凿注解，撰出提挈照应等法，殊乖其意"[①]。对以章法结构分析《楚辞》的做法深为不满。对蔡琰《悲愤诗》"灭去脱卸转接之痕"[②]，也就是没有明显的章法结构表示欣赏。又以沈佺期和崔颢作品为例说："所谓章法之妙，不见句法，句法之妙，不见字法者也。"[③] 能够把字法、句法、章法融合无迹才是章法技巧所追求的原则。这与他"不拘法而能化于法"（苏轼《论隐公里克李斯郑小同王允之》评语）、"合以神不必合以迹"（苏轼《潮州韩文公庙碑》评语）的文章章法原则是一致的。沈德潜关于章法技巧的论述，亦是其古文理论与诗歌理论互通与互补的体现。

　　中国古代诸文体，既有各自的文体特点、程式规范，也有共同的艺术方法、审美原则。而作家或主一体，或兼擅众体，文心艺理多存在交融互摄，彼此影响的现象。沈德潜以论诗名家而评选古文，《唐宋八家文读本》集中体现了他的古文理论。与其诗歌理论相互参照，可以发现诗文会通是沈德潜评文论诗常用的思维方式。认识这一思维方式，对于我们理解中国古代理论家的思维特点，深入把握古代诗论与文论及其相互关系不无启发意义。

第六节　姚鼐《古文辞类纂》的编选与刊刻

　　桐城派是清代延续最久、人数最多、影响最大的文学流派，它肇始于清初的戴名世、方苞，经刘大櫆至姚鼐而形成极盛之势，至五四时期

---

　　① 沈德潜：《说诗晬语》，王夫之等撰《清诗话》本，上海古籍出版社1999年版，第528页。
　　② 同上书，第531页。
　　③ 同上书，第540页。

才渐至消亡,绵延近两百年。姚鼐是桐城派形成的关键人物,他所编选的《古文辞类纂》被奉为桐城派的圭臬,成为乾嘉以后学习古文的必读之书。

一 《古文辞类纂》的文体分类与选篇

(一)《古文辞类纂》的文体分类特点

姚鼐在《古文辞类纂》中将文体分为十三类,这种分类方法在我国文体学史上是一个创见。我国的文体分类开始较早,南朝齐、梁时期的两部巨著《文心雕龙》和《文选》已经有十分详细的文体分类。《文心雕龙》分文体为三十三类,有的文体下还有更详细的分类。《文选》分为三十九大类,大类下的小类,则更为详细。这两部书对后世的文体分类产生了深远影响。后世如宋姚铉编《唐文粹》将包括诗赋在内的文体分为二十三大类。宋吕祖谦的《宋文鉴》分文体为五十八类。明代吴讷《文章辨体》也分诗文为五十八类。至明徐师曾的《文体明辨》更分文体为一百二十一类,某些文体下还有细类,有的文体还有正、俗、雅、变之分,这样的分类显然过于繁复,四库馆臣批评说:"千条万绪,无复体例可求,所谓治丝而棼者欤!"[①] 分类过繁,致使体类混乱,会给阅读和学习写作带来困难。

姚鼐《古文辞类纂》将文体分为十三类,比起前代来说大为简化,大类之下,不再分细目,简洁明了,基本上概括了各种文体。与前代相比,姚鼐的文体分类,是在对各种文体的源流变化、实际功用进行了详细考察后的归类,他更加充分地注意到了各种文体"名异实同与名同实异"[②] 的现象。所谓"名异实同",就是以功用和内容为主,对各种文体进行概括。如"论、辨、议、说"等是功用相近的文体,姚鼐将其归入论辨类下。韩愈的《伯夷颂》历来选家都收入"颂"类,但它的实际内容以论为主,姚鼐将其收入论辨类,是符合它的实际情况的。"奏议类"是"臣下告君之

---

① 永瑢等:《四库全书总目》,中华书局1965年版,第1750页。
② 姚永朴:《文学研究法》,黄山书社1989年版,第29页。

辞",姚鼐说:"汉以来有表、奏、疏、议、上书、封事之异名,其实一类。"(《古文辞类纂序目》)也是把相关文体汇为一类。这种按照功用和内容对文体进行的概括,避免了前代文体分类过于琐碎的弊病,体现了以简驭繁的特点。

所谓"名同实异"就是以功用和内容为主,对文体进行区分。我国文学发展很早,有些文体在历史发展过程中有所演变,导致"名同实异",姚鼐对这一现象有充分的注意。例如,"说"这一文体在历史发展中有较大变化。《文心雕龙·论说》篇云:"说者,悦也;兑为口舌,故言资悦怿;过悦必伪,故舜惊谗说。说之善者,伊尹以论味隆殷;太公以辨钓兴周;及烛武行而纾郑,端木出而存鲁,亦其美也。""凡说之枢要,必使时利而义贞;进有契于成务,退无阻于荣身。"刘勰所论之"说",从内容和功用来看,明显是指游说之辞。其实早在晋代陆机就认为:"说炜晔而谲诳。"李善《文选》注说:"说以感动为先,故炜晔谲诳。"①也认为"说"是指游说之辞。秦汉以后,随着社会环境的变化,作为游说之辞的"说"已经消失了,"说"演变成说明事理的一种文体。明吴讷在《文章辨体》中对"说"的解释是:

> 按:说者释也,述也,解释义理,而以己意述之也。说之名起自吾夫子之说卦,厥后,汉许慎著《说文》,盖亦祖述其名,而为之辞也。魏晋六朝文载《文选》而无其体,独陆机《文赋》备论作文之义,有曰:"说炜晔而谲诳",是岂知言者哉?至昌黎韩子悯斯文日弊,作《师说》,抗颜为学者师。迨柳子厚及宋室诸大老出,因各即事即理而为之说,以晓当世,以开悟后学,由是六朝陋习,一洗而无余矣。②

考察吴讷这番话,他似乎没有注意到"说"曾经作为一种专指游说之辞

---

① 萧统编,李善注:《文选》,中华书局1977年版,第241页。
② 吴讷:《文章辨体序说》,人民文学出版社1990年版,第43页。

的文体，所以对陆机的解释表示不能理解。吴讷所说的"解释义理"是"说"在汉代以后的功用，有论说、说明的意思，其实已经是一种新文体。姚鼐注意到了"说"这种文体的变化，他的"书说"类中的"说"，意义同于陆机和刘勰，收战国秦汉时期以"说服"为目的的文章。把后世以"说"命名，具有说理性质的文章归入论辨类，这是符合唐宋以来"说"这种文体的实际情况的。以"说服"为目的的"说"，虽然作为一种文体已经消失了，但它是战国、秦汉时期的一种重要文体，产生了很多优秀篇章，姚鼐所选从先秦文开始，把"说"列为一体，主要目的在于学习它的文辞。

"赠序"类的单独列出是姚鼐的创举。褚斌杰在《中国古代文体概论》中说："古代以'序'明篇的文章，有赠序一类，是专门为了送别亲友而写的。在文体分类上，过去把它与序跋合为一类，直到清代姚鼐编《古文辞类纂》才把它单独列出，称为赠序类。"[①] 赠序在唐代开始大量出现，并成为一种广泛使用的文体，它和书序题跋不是一类，《文苑英华》的"序"下有"赠别"一类，《唐文粹》的"序"类下也有"饯别"一目，都是把它与书序题跋编为一类，显然不符合文体发展的实际情况。姚鼐把"赠序"类单独列出，使他的文体分类更为合理。又如他在"杂记"类中说："柳子厚记事小文，或谓之序，然实记之类也。"把柳宗元的《陪永州崔使君游宴南池序》、《序饮》、《序棋》等文章收入"杂记"类，都体现了他对"同名异实"情况的仔细辨析。姚鼐充分注意到了各种文体的历史演化，按文章的功用和内容而不是名称来分类，使《古文辞类纂》的文体分类，比以往的分类方法更为简要且准确。姚鼐对文体的"十三类"分法，在中国文体学史上是有一定意义的。

辨析文体在学习文章写作过程中有重要意义。明人吴讷的《文章辨体序说》云："文辞以体制为先。"[②] 姚永朴《文学研究法》的《门类》篇开篇便说："欲学文章，必先辨门类。"[③] 中国古代的文章多是各种实用性

[①] 褚斌杰：《中国古代文体概论》，北京大学出版社1990年版，第382页。
[②] 吴讷：《文章辨体序说》，人民文学出版社1962年版，第9页。
[③] 姚永朴：《文学研究法》，黄山书社1989年版，第28页。

强的应用文体,这些文体在社会生活中发挥着重要作用,在长期的历史发展过程中形成了各自的体例、规格,在实际功用、语言风格方面都有很大的不同。对于初学写作的人来说,把握各种文体的特点是十分必要的。《古文辞类纂》撰成于扬州的梅花书院,是姚鼐教授古文的教材,他的十三类分法简明得当,便于学习写作,这也是《古文辞类纂》后来在社会上被广泛接受,且能普遍流行的一个原因。姚鼐的文体分类方法对后来的古文选本有很大的影响。如曾国藩《经史百家杂钞》分文体为三门十一类,吴曾祺《涵芬楼古今文钞》也分文体为十三大类,除把"书说"改为"书牍"外,其他与《古文辞类纂》全同,显然都接受了姚鼐的影响。

(二)《古文辞类纂》的选篇特点

选篇方面,增设"辞赋"类,是《古文辞类纂》的一个鲜明特色。在"辞赋"和"哀祭"两类中,收先秦汉魏晋南北朝辞赋多达七十二篇,《汉书·艺文志》著录屈原赋二十五篇,《古文辞类纂》收有二十四篇,《文选》所收宋玉作品七篇,全被《古文辞类纂》所收入。其他如班固、司马相如、扬雄的大赋,魏晋的抒情小赋都有大量收入。把辞赋纳入古文的学习范围,是姚鼐的创举。桐城派始祖方苞以"义法"和"雅洁"论文,对古文写作要求较为严格,说:"古文中不可入语录中语,魏晋六朝人藻丽俳语,汉赋中板重字法,诗歌中隽语,南北史佻巧语。"[①]对古文限制较多,给古文学习造成困难,也不利于古文自身水准的提高。姚鼐扩大了古文的学习范围,向对中国文学产生了极大影响的辞赋学习,可以破除古文写作中狭隘的门户之见,对于提高古文的写作水平有积极的意义。清中叶以后骈文兴起,考据学家多擅长骈文写作,也涌现出一些脍炙人口的作品。在"义理,考证,文章"之争中,姚鼐面临着新的时代思潮的挑战,把辞赋纳入《古文辞类纂》中,拓展古文学习的范围,对于弘扬桐城派的文章之学具有重要意义。

清初以来,古文家继承明代唐宋派古文家归有光等人的余绪,继

---

① 刘季高校点:《方苞集》,上海古籍出版社1983年版,第890页。

续矫正明代前后七子模拟剽窃的文章流弊,学习唐宋八大家文章成为文坛风尚。桐城派前辈戴名世、刘大櫆都有唐宋八家文选本,方苞的《古文约选》虽然包括两汉文章,但也以唐宋八大家文章为主。姚鼐的《古文辞类纂》在唐宋八大家之后,明代选取归有光的文章,清代选取方苞和刘大櫆的文章,这样就建立起了由方苞、刘大櫆经归有光上接唐宋八大家的文章统绪。清代不乏古文名家,姚鼐以桐城人方苞和刘大櫆,接续唐宋八大家以来的古文统绪,桐城派的含义也就不言而喻了。

《古文辞类纂》的《序目》中,姚鼐把他的古文理论概括为"神、理、气、味、格、律、声、色"八字。这是姚鼐对前代古文理论的继承和深化,是他古文理论的精粹。大凡一个文学流派,多以其理论为旗帜,以起到号召和团结的作用。姚鼐古文理论的精粹既写入《古文辞类纂》,也就随着《古文辞类纂》的流传而广泛传播了。姚鼐古文理论的传播,无疑扩大了桐城派的影响,从这一点来说,《古文辞类纂》对于桐城派的形成和发展起到了一定的促进作用。

二 《古文辞类纂》的刊刻与流传

《古文辞类纂》撰成于乾隆四十四年(1779),最初是以抄本形式流传,道光初年[①],姚鼐门人康绍镛始刊于粤东,书上有"合河康氏家塾刻本"的牌记,七十四卷。据李承渊《校刊古文辞类纂后序》可知,康氏刻本是姚鼐乾隆间订本。负责校刊的是著名学者、文学家李兆洛。此后的翻刻本多以此本为底本,是《古文辞类纂》流行最广的一个版本。《中国古籍善本

---

① 关于康刻本《古文辞类纂》刻成的具体时间,康绍镛撰写的《后序》里,落款只有"康绍镛撰"并无时间,李承渊《校刊古文辞类纂后序》说:"至嘉庆季年,先生门人兴县康中丞绍镛始刊于粤东。"孙殿起《贩书偶记》的《古文辞类纂》条下记为"道光间合河康氏刊"。按,康绍镛的《后序》说:"余抚粤东之明年,儿子兆奎师武进李君兆洛申菁来,语次及桐城姚姬传先生《古文辞类纂》一书在其家……因发书取其本校付梓人。"康绍镛调任广东巡抚在嘉庆二十四年(1819),"明年"即嘉庆二十五年,这是嘉庆的最后一年,即李承渊所说的"嘉庆季年"。李兆洛弟子薛子衡说:"(李兆洛)庚辰游粤东,为康中丞绍镛校刻桐城姚姬传先生《古文辞类纂》,因并刊《骈体文钞》。"(薛子衡《养一斋文集序》)"庚辰"即嘉庆二十五年,《骈体文钞》刊成于道光元年(1821),则《古文辞类纂》也应刊成于此年。

书目》所著录的《古文辞类纂》有五种,都是道光合河康氏家塾刻本,而且都是名家批校本,分别是:清钱吉泰校本,存五十八卷;清翁同书批识,并录清梅曾亮批点,清翁同龢跋本;清龙起瑞跋,并录方苞批点本;清刘庠批,宋德育跋本;清项传霖录清姚鼐、梅曾亮批点本。其他如同治己巳(1869)江苏书局刻本也是以康刻本为底本,可见康刻本流行之广。

《古文辞类纂》的另一个原刻本是道光五年(1825),江宁吴启昌刻本,七十五卷,据李承渊《校刊古文辞类纂后序》可知,此本是姚鼐晚年主讲钟山书院时所授,距离初撰之时已二三十年,其间又时加审定,详为评注。又据吴启昌《古文辞类纂序》可知,此本是吴启昌与管同、梅曾亮、刘钦等姚门弟子共同校雠刊刻而成。而且依姚鼐之命删去批抹圈点,以其近乎时艺。此本流行不多,有同治年间楚南杨氏校刊家塾本。

《古文辞类纂》的另一个流传较广的刻本是李承渊求要堂刻本,有"光绪辛丑(1901)春滁州李氏求要堂校刊"的牌记,七十五卷。附有"吴序"和"康序"。李承渊撰有《校刊古文辞类纂后序》,可知他以康、吴两本互为校勘,又取有关此书的各种旧刻本互校,后又得到桐城学人苏惇元过录姚鼐少子姚雉家藏本,这是姚鼐晚年的圈点本,李承渊把其中的圈点过录到他自己的校本上,又为初学者考虑增加了句读,这就是我们今天看到的李承渊求要堂刻本,后面附有李承渊的校勘记。

《古文辞类纂》自康氏刊刻以后,广为流传,且出现了多个评注本和续书。林纾有《古文辞类纂选本》,吴汝纶有《古文辞类纂评点》,沈伯经有评点本《古文辞类纂》,徐又铮有《古文辞类纂标注》,王文濡有《评校音注古文辞类纂》,王先谦和黎庶昌各有《续古文辞类纂》。可以看出,桐城派文人对于《古文辞类纂》一书极为重视,通过对它的评点、注释来阐发自己的古文理论。《古文辞类纂》至民国以后仍然是人们学习古文的重要读本,民国时期中华书局出版《四库备要》将此书收入其中,《民国时期总书目》收有新式标点本《古文辞类纂》三种[1],著名学者高步瀛曾花费

---

[1] 它们是上海新文化书社1926年4月版,樊筱迟句读;上海国学整理社1935年9月初版,宋晶如、章荣注释;上海广益书局1947年8月新1版,周青萍注。见《民国时期总书目》,书目文献出版社1986年版,第1112—1113页。

多年心血作《古文辞类纂笺》，都可以看出此书的价值和影响。桐城派以古文写作而著称，《古文辞类纂》自产生以后，就是广大读书人的必读之书。正如钱基博在《现代中国文学史》中所说："让清中叶，桐城姚鼐称私淑于其乡先辈方苞门人刘大櫆，又以方氏续明之归氏而为《古文辞类纂》一书，直以归、方续唐宋八家，刘氏嗣之，推究阃奥，开设户牖，天下翕然号为正宗，此所谓桐城派者也。"[①] 在一定意义上，此书不仅是一部古文学习的范本，还是联系桐城派的纽带，对桐城派的形成和发展起到了促进的作用。

[①] 钱基博：《现代中国文学史》，上海书店出版社2004年版，第28页。

第二章 清人编选的清代古文选本与文学批评

第一节 清人所编清代古文选本的文献价值与文学批评意义

中国古人对于选本编纂历来十分重视。当代人编选的当代文章选本，最早当出现于北宋①。南宋吕祖谦编纂的《宋文鉴》、元代苏天爵编纂的《元文类》、明代张时彻编纂的《明文范》等都专收本朝文章，有很大的影响。降及清代，古文居于文章写作的主导地位，出现了大量清人编选的清代古文选本。

一 清当代古文选本的编选

清人对于当代古文的编选早在清初顺康时期便已开始。笔者已知的有田茂遇的《燕台文选》、钱肃润的《文瀫初编》、周亮工的《赖古堂文选》、陈玉璂的《文统》②等，前三种在乾隆时期遭到禁毁，陈玉璂的《文统》则已不存。其中周亮工的《赖古堂文选》旨在弘扬以唐宋八大家为指归的古文，体现了明末清初论古文者对明代前后七子复古思潮的反拨，具

---

① 《四库全书总目》有无名氏《宋文选》三十二卷，四库馆臣推断其编成年代当在北宋时代。云："所选皆北宋之文，自欧阳修以下十四人。惟取其有关于经术、政治者，诗、赋、碑、铭之类不载焉。"这是笔者所知最早的当代人编选的当代文章选本。

② 《文统》，陈玉璂编选，已佚。陈玉璂《学文堂集》卷二有《文统序》。云："吾自丁未（1667）为是选，迄今逾六七年，四方投赠之文不啻万计，又恐深山穷谷之中其人身名不见于世者多致湮灭，广为探取，又得千百篇有奇，精而择之，共得若干篇。一文经数十番阅……求弗叛乎圣贤之道者而后登之。"

第二章 清人编选的清代古文选本与文学批评

有一定的文学批评意义。

乾嘉时期，清人编纂的清代古文选本数量较多。如乾隆四十年（1775）陆燿编纂的《切问斋文钞》，所选以切于世用的实用性文章为主。徐斐然编选于乾隆六十年（1795）的《国朝二十四家文钞》，将清初以来的二十四位古文作者汇为一编，并且进行了评论。王昶的《湖海文传》虽然是在同治年间刊刻成书，但是编成于嘉庆年间。作为朴学家，王昶编选《湖海文传》以保存本朝文献为目的，其编选宗旨则是以讲求实学、兼顾辞章之美为主。这一时期，清人编选的清代古文选本大多具有一定的文献价值与文学批评意义。

道光以降，清人编选的清当代古文选本开始较多地出现。这一时期，清人编选的清代古文选本一般具有以下几个特点。

首先，这些选本是清代古文创作繁荣发达局面的反映。清王朝建国以后，社会经济文化逐步趋向繁荣。统治者宗奉程朱理学，康乾两朝尤其重视文教，最高统治者以好古尚文著称。以儒家义理为指归的唐宋以来的古文传统在清代得到进一步的继承和弘扬，清代古文创作呈现出前所未有的繁荣兴盛景象。道光以后，文人开始重视本朝古文的编选，有意识地对清初以来的古文创作进行总结和评论，出现了几部规模较大的清人所编当代古文选本，如姚椿的《国朝文录》、吴翌凤的《国朝文征》、朱琦的《国朝古文汇钞》、李祖陶的《国朝文录》及《续编》等。这些古文选本大多以保存本朝文献为目的，对清初以来的古文创作进行了有意识的总结与批评。

其次，鸦片战争和太平天国运动对社会经济文化造成了极大的冲击，一部分士人希望通过宋学义理来挽救世道人心，以宋学义理为指归的古文受到重视，一些古文选本的编选具有挽救世道人心的目的。如王先谦编纂《续古文辞类纂》，就是有感于太平天国运动之后文化凋敝的社会现实，希望通过弘扬以宋学义理为指归的桐城派古文来挽救世道人心。题名西湖寄生的《国朝文警初编》，编选者叙其编选缘由，也是有感于鸦片战争之后"学者张皇失措"，因此，编选以宋学义理为指归的古文选本来挽救世道人心。胡嘉铨编选《国朝文栋》，在自序中表明其编选宗旨是"扶世翼教"、

71

"正人心，维风俗"。这一时期出现的清人所编清代古文选本，体现了鸦片战争之后，面对社会的巨大变革，编纂者希望以儒家传统文化挽救世道人心的努力。

最后，鸦片战争之后，内忧外患的社会现实促使经世致用思潮广为传播。在文学领域，曾国藩于桐城派传统的"义理、考证、文章"之外，有意突出了"经济"，以其经世致用思想有力地拓展了桐城派的文学理论，对于晚清文学思想有较大的影响。"经世致用"成为清当代古文选本的一个显著特点。王埁的《国朝文述》选文分为七类，"经世"是其中一类，所选文章数量很多。吴翌凤的《国朝文征》选取经世文章较多。"经世致用"文章成为清代道光以后清人所编清代古文选本的重要内容。

二 清当代古文选本的文献价值

清代曾出现大量的古文选本，这些古文选本多以先秦两汉文和唐宋八大家文为主要选录对象，大多作为科举教材，以提高八股文写作水平为编选宗旨。清人编选的当代古文选本与作为科举教材的古文选本是完全不同的，它们大多具有较为突出的文献价值。

保存本朝文献是清人编选当代古文选本的一个重要目的。中国古人认为文运兴替是世运兴衰的反映，因此向来重视总集的编纂。清人致力于本朝文章总集的编纂，为此不惜耗费巨大精力。如姚椿编纂《国朝文录》，沈曰富所作"述例"，谓其"搜罗历四十年，缮写者非一手"，姚椿为此选花费的时间、精力可想而知。李祖陶长期任教书院，名位不显，但他毕生致力于清人文集的收藏与阅读，以一人之力纂成《国朝文录》及《续编》，收录作者七十六人，收文达一百四十八卷之多。保存一代文献是这些古文选家的重要目的，王昶在所编《湖海文传》的"凡例"中说："我朝崇尚古文，作者林立，余欲仿吕氏《文鉴》之例，辑订成书，俾无散佚。"方宗诚编纂《桐城文录》[①]也是有感于桐城人文之盛，想以选本的方式保存

[①] 《桐城文录》七十六卷，方宗诚辑。此书未见刻本流传，方宗诚《柏堂集》次编卷一有咸丰八年（1858）所作《桐城文录序》。

乡邦文献。编纂于清王朝结束前夜的《国朝文汇》卷帙浩繁，收录清代作者达一千三百五十六人之多，其编选目的也在于"保存国粹"，"备一代之典要"。

清代文化发达，文章著述极为宏富，清文没有经过历史的淘汰，数量巨大。中国古人一贯有厚古薄今的思想，清人文集除一些有定评的大家之外，流传不广，读者对清文的阅读与检索存在着较前代文章更大的困难。清人编选的一些文章选本规模较大，经过编选者的去取，将众多文章或按文体或按作家收为一编，使选本在文献上具有一种"集合"的价值。如姚椿的《国朝文录》按文体分类编排，其中"序跋"类收文达十二卷之多，姚椿是宗奉理学思想的古文家，清初以来重要理学著作的序跋多有收录。对汉学著作的序跋姚椿也并不排斥，有相当数量的汉学著作的序跋也收入其中。各家为归有光、方苞等古文名家文集所作的序跋姚椿也广为收录。这些序跋汇为一集，便于检阅，充分发挥了选本在文献方面的"集合"价值。清人编选的当代古文选本有的收录作家、作品较多，将众多的清人文章汇为一编，为清文的阅读与检索提供了方便，同时也促进了清文的传播。

清代古文作者数量众多，有名声显赫者，也有不为人所知者。王昶在《湖海文传》"序例"中说："其人本无专集，偶见他书，必急为采取，盖吉光片羽，弥足宝贵。"明显有"以文传人"的目的。事实上，一些作者的文章也确实是仅赖选本而得以保存。清代古文，作者之多、数量之大，堪称前所未有。目前，《清史稿·艺文志》、《清史稿艺文志拾遗》、《清人别集总目》等是反映清人著述情况较为全面的著作。某位清人是否有文集传世，我们基本上可以通过这些工具书来认定。清文选本所收录的作者如果不在这几种工具书中，其人就可能没有文集传世，或是文集已经散佚了，其文章就有可能是仅赖选本而得以保存。在几种规模较大的清当代古文选本中，都可以发现不为上述几种工具书所收录的作者。如姚椿的《国朝文录》保存了盛敬、陆世仪、王汝骧、蔡上翔等人的文章，这些人虽然知名于时，但都已经没有文集传世。李祖陶的《国朝文录》及《续编》收录作者较多，他有感于自己所收都是天下繁华富庶地区的文章作者，因此有意要收录"卓然自为于荒江穷谷之中,而未行于世者"之文章,便向友人致书索取。《续编》收录的刘龖、熊景崇,文集都未经刊刻,文章仅赖此选而得以保存。吴翌凤《国朝文征》选录的作者,有一些是《清人别集总目》中没有著录的。如:李作楫、彭鈫、钱云、徐晟、王鸣雷、葛芝原、何绛、唐大陶、王概、王钟渊、温睿临、杨节广、杨世达、苏梦篆、谈樵、仇巨川、林衍潮、释晓青、释光鹫等。选本于传世文集之外保存了一定数量的文章,这是其文献价值的突出表现,将来如编纂《全清文》,或可为一助。

三 清当代古文选本的文学批评意义

选本是中国古代文学批评的一种方式,本身具有文学批评的含义。清人编选的清代古文选本的一个独特价值,在于它是清人对清当代作家与文章的批评,具有时代特色,可以帮助我们了解清代作家和作品在当时的传播与接受情况,对于研究清代文学和文学批评具有一定的意义。下面列举几种清人编选的清代古文选本,对其文学批评意义略作说明。

徐斐然的《国朝二十四家文钞》以作者系文,每一作者目录后,有编者所作"书后"一篇,评论作者及其文章。又有"丛谈",罗列各家对所选作者的评论。"书后"对作家作品的评论有一定的文学批评意义。如论清初作家王猷定云:

> 轸石文不沿窠臼,独写性灵,其心花之所结撰,往往情文相生,沁人肺腑,而骨节姗姗,风神奕奕,读者有餐霞吸露之思焉。当是时,士竞为公安、竟陵之文,诡琐俚碎,或类于俳优者之所为,得此不啻拨云雾而见青天也。自后名流辈出,咸知通经学古为高,先生其开风气之先者欤?

王猷定的文章不为后世研究者所注意,但是徐斐然给予很高评价,认为其在清初公安、竟陵文风大盛的时候,能够通经学古,有开风气之先的作用。这种观点还是值得当代研究者注意的。

对一些著名作家,徐斐然不但能指出其文章的优长之处,对其缺点也有所指摘。如评论侯方域文章说:

> 盖方域步骤史迁而才足以达之,故行文矫变不测,如健鹘摩空,如鲸鱼赴壑,读之目眩魂精,令人嗟绝,顾矜心作意而为之,未能自然流出,此其大较也。虽然,学史迁而得其呜咽顿挫潇洒神韵,尧峰、青门、望溪诸君间有之矣,若才情横溢,震荡雄奇,直摩史迁之垒者,则商丘所独也。

对侯方域文章学习司马迁而达到的成就给予高度肯定,但也指出其文章有刻意而作、不够自然的缺点。

评论袁枚文章说:

> 随园之文,才思坌涌,笔阵沉雄,其透辟奇创,道人所未尝道,开拓万古之心胸,推倒一世之豪杰,殆庶几焉。随园固以才胜而未始无法者,盖其提顿呼应,离合断续之间,颇有条理。病在贪多务得,细大不捐,好引僻书,喜用奇字。

袁枚文章注重抒发性灵,敢于不为礼教所束缚,清代颇有人对其文章表示不满。徐斐然则对袁枚文章给予极高的评价,对其缺点也有所指摘。

李祖陶《国朝文录》及《续编》收录清初至同治年间的古文作者七十六人,都是从各家专集中采录而成,每家选文多者三四卷,最少者也有一卷,经过鉴别去取,基本上能够反映各家的文章创作情况。李祖陶在各家《文录》的卷首都作有一篇"引"文,介绍所选作者的生平,评论文章创作,对于文章渊源、风格特点、创作得失的论说不乏真知灼见。在《国朝文录》的自序中,李祖陶认为清代古文之所以兴盛,其中一个重要原因在于古文以理学为宗尚。历来论古文者特别注重古文的思想性,李祖陶也把思想醇正作为衡量文章的重要标准,他论文基本上是以程朱思想为主导,以醇雅为宗尚。

阳湖派古文家陆继辂编选《七家文钞》，收录了方苞、刘大櫆、姚鼐、朱仕琇、彭绩、张惠言、恽敬等人的文章。《七家文钞序》云：

> 乾隆间钱伯坰鲁思，亲受业于海峰之门，时时诵其师说于其友恽子居、张皋文。二子者始尽弃其考据骈俪之学，专志以治古文。盖皋文研精经传，其学从源而及流。子居泛滥百家之言，其学由博而返约。二子之致力不同，而其文之澄然而清，秩然而有序，则由望溪而上求之震川、荆川、遵岩，又上而求之庐陵、眉山、南丰、新安，如一辙也。

陆继辂阐明了阳湖文派创始人张惠言、恽敬学习古文的原因及其师承关系，对张、恽二家的学问、文章有简要的概括，指出他们与唐宋八大家，明代归有光、唐顺之，清代方苞、刘大櫆是同一文统，也就是说阳湖派文人所继承的是自唐宋八大家以来的古文正统。陆继辂于桐城三家之外选取了在当时亦以古文名家的朱仕琇和彭绩，则有表明阳湖文人不惟桐城是尊，而要广收博取的意思。

古文作为唐宋以后广为流行的一种文章体裁，在清代呈现出繁荣发达的创作局面。深入发掘清人所编清代古文选本的文献价值与文学批评意义，对于我们研究清代文学与文学批评具有一定意义。

第二节　李祖陶的清文选本与清文批评

李祖陶（1776—1858），字钦之，江西上高人，少年失父，家境贫寒，立志读书，嘉庆十三年（1808）中举。祖陶博览群书，工古文，有文名，平生遍游天下，晚筑尚友楼，藏书数万卷。著有《迈堂文略》。《清史列传》卷七十三有传。

李祖陶长期在书院任教，工于古文创作，尤其喜好评论文章，自云：

第二章 清人编选的清代古文选本与文学批评

"予生平不自揣量,颇好论次古今之文,所作论文之文不下数十百首。"① 清代以来,古文写作普遍推崇唐宋八大家,对于元明和清当代古文没有给予足够重视,甚至有"宋以后无文"的说法。李祖陶在文论方面的鲜明特色,就在于他对元明清古文给予高度重视,不遗余力地反驳"宋以后无文"的说法。他编选了《金元明八家文选》②,所选为元好问、姚燧、吴澄、虞集、宋濂、王守仁、唐顺之、归有光八家。又编选了专收清代作家的《六家文选》,所选为魏禧、汪琬、朱彝尊、李绂、方苞、恽敬。其编选目的就是为了表明元明清古文亦有可采之处,应该引起人们的重视。在《书徐东松论文绝句一百七十五首书后》一文中,李祖陶对元明两代古文家及其创作进行评论,给予充分肯定。

清人对于本朝文集不大注意收藏,李祖陶则专门收藏本朝文集,进行了广泛的阅读。继《六家文选》之后,他又编纂了《国朝文录》及《续编》。《国朝文录》八十二卷,道光十九年(1839)瑞州府凤仪书院刻本。《国朝文录续编》六十六卷,同治七年(1868)李氏刻本。

《国朝文录》收录作者四十人,《国朝文录续编》收录作者三十六人。为编辑此书,李祖陶遍观各家文集,每家选文多则三四卷,少则一卷。各家"文录"之前有李祖陶所作"引文",叙述作者生平,评论其文章得失,有一定的文学批评价值。每篇选文都有圈点,文后有李祖陶对文章的简要评论。

李祖陶《国朝文录》及《续编》收录作者达七十六家之多,其中大多为闻名于世者,但也有不为世人所知者,李祖陶特意收录这些不为世人所知者的文章,明显有"表扬幽隐"的目的,事实上也因此保存了文献。在《白鹤堂文录引》中,李祖陶感慨自己所收都是天下繁华富庶地区作者的文章,因此有意要收录"卓然自为于荒江穷谷之中,而未行于世者"之

---

① 李祖陶:《书徐东松论文绝句一百七十五首书后》,《续修四库全书》本《国朝文录续编》附《迈堂文略》卷一,上海古籍出版社2002年版,第256页。
② 钱仲联在为"明清八大家文选丛书"所作序言中说:"清人李祖陶编有《金元明八大家文选》五十三卷,其书仅有原木刻本,流行不广。"张之洞《书目答问》范希曾补正说此书有"上高李氏家刻本"。

文章，便向友人致书索取，得四川彭端淑、云南刘大绅等人文章，予以收录，并给予较高的评价。

李祖陶留意收录文集未经板刻者的文章。如刘黻，笔者没有查到关于他的任何资料，从《丛桂堂文录引》中，可约略知道其生平事迹：刘黻，彭泽人，字东桥，举乾隆壬子（1792）科江西省乡试第一。久居京城，曾学诗于翁方纲，学文于赵佑，在纪昀家做过多年塾师。李祖陶评其文云，"文章高雅，浩瀚中悉归典则"，但其文集不曾刊刻行世，《丛桂堂文录》是李祖陶从其子所藏稿本中摘录而出，刘黻文章仅赖《丛桂堂文录》得以保存。又如熊景崇，事迹见于《国朝耆献类征初编》，知其字玉辉，号海崖，新昌人，乾隆五十三年（1788）举人。其文章仅见于《国朝文录续编·海崖文录》，李祖陶《海崖文录引》略叙其生平事迹，对其文章有较高的评价，同时也感慨其文章湮没无闻，对于这类作者的收录，使《国朝文录》及《续编》在表扬幽隐、保存文献方面具有一定的价值。

《国朝文录》卷首有道光十七年（1837）许乃普序，道光十八年（1838）朱锦琮序，又有李祖陶自序。李祖陶自序对顺治、康熙、乾隆、嘉庆各朝的古文家及其创作有总体的论述。值得注意的是，李祖陶论各朝文章都以朝廷要员，功业卓著者为首，如认为顺治朝"能古文者首推熊钟陵先生"，熊钟陵即熊伯龙，曾任内阁学士兼礼部侍郎，有文名，史称"朝中制册诏诰多出自其手"。康熙朝首列张玉书、陈廷敬、李光地、汤斌等人，乾隆朝首列方苞、李绂、陈兆仑等人。这些人基本上都是朝中要员，李光地、汤斌、李绂等人本身是理学名臣，除方苞外，都不以古文著称。对这些作者的选录，说明李祖陶对古文作者的功业和理学修养极为重视。朝中要员所写的文章以实用性的政论、奏疏为主，这也正是古文的应用价值所在。李祖陶重视古文，与古文的这种实际价值有直接的关系，所以他论述历朝古文的时候，把功业卓著者置于首位。这也体现了经世致用思想对于清代古文选本的影响。清代古文之所以兴盛，其中一个重要原因在于古文以理学为宗尚，所以论古文者特别注重古文的思想性，李祖陶也把思想醇正作为衡量文章的重要标准。他论乾隆中叶古文说，"（乾隆）中叶以后，学术多歧，文体亦因之猥杂"，"盖谈经既菲薄程朱，论文亦藐视唐宋"。所谓"学术多歧",应指乾隆时期汉学兴盛,汉宋之争中,宋学处于不利地位,汉学家所作古文与宗奉宋学义理为主的古文还是有所不同的,唐宋以来"文以载道"的古文传统有所动摇,所以李祖陶认为此一时期的古文有的不够醇正,可知李祖陶论文基本上是以程朱思想为主导,以醇雅为宗尚。

李祖陶在选文上不主一家一派,力求通过所选各家文章来表明"一代文章源流升降之故",表现了较为宏通的批评眼光。自叙其选文标准是:

> 不名一辙,反复数过,务取诸家之长。故有明道之文而近肤者不录,有论事之文而大横者不录,有纪功述德之文而过谀者不录,有言情写景之文而涉浮者不录。

这是李祖陶编纂《国朝文录》的选录原则,也是他对文章创作的总体要求。

《国朝文录》及《续编》对清代著名古文家的创作都有评论,这是清人对清代古文的评价,对于清代文学批评研究有一定参考价值。略举其较为显著者,从中可以窥见李祖陶的文学批评思想。

姚鼐是桐城派创始人之一,在清代文坛享誉较高。李祖陶选有《惜抱轩文录》,对姚鼐有褒誉也有批评,显示了其对姚鼐古文创作的独立思考。《惜抱轩文录引》说:

> 惜抱轩先生之文,渺众虑而为言者也。盖生方、刘二公之后,欲如望溪之正大而不能,欲为海峰之横肆而不敢也,亦实有矫之之意焉……于是冥搜于内,莫可端倪,潜跃无常,卷舒不测。险者凿之使平,直者纡之使曲,繁者约之使简,刚者镕之使柔。总期展齿所经,为人迹之所不到,庶可别树一帜,而不为方、刘二家之所掩也。然而取径太狭,虽能深入而不能旁开,虽皆绵邈有神,而未尽安详有度。故以矫海峰之失虽有余,而以登望溪之堂则不足。何也,以望溪文体简严,而风裁实大,惜抱翁加以幽邈,则边幅狭而体格小矣。要之三

家皆为正宗,而惜抱轩亦多合作。

李祖陶首先对姚鼐不为方苞、刘大櫆所束缚,另辟蹊径,独树一帜的开创精神给予肯定,但也指出姚鼐文章由于追求幽邈而显体格狭小,魄力不足,在对姚鼐总体肯定的基础上也有所批评。在《读惜抱轩文书后》中,李祖陶对姚鼐文章也进行了批评,他说:

> 惜抱翁为望溪再传弟子,其刊落与望溪同,又变为遥邈幽深,不易窥测,所作序记,寥寥短幅,无大波澜,淘汰销融,淡之又淡。传志大人物,亦只以一段了之,以视嘈杂之篇,洵萧然而绝俗矣。然而力浑于神而终觉力怯,气敛于味而终觉气单。①

李祖陶批评姚鼐文章遥邈幽深,过于简洁,以致显得气力单薄。他举姚鼐传记大人物而过于简单为例,说明其古文创作过于讲究"义法",气力不够浑厚,因而有枯涩之弊。在举世宗奉桐城派古文的时代,李祖陶对姚鼐古文创作的批评有一定的个人见解,是值得重视的。

朱仕琇(1715—1780),字斐瞻,号梅崖,福建漳浦人,以古文著称。李祖陶在《国朝文录续编》中,选有《梅崖文录》二卷,对朱仕琇的文章进行了评论。认为朱仕琇一反清初以来尊崇唐宋八大家的风尚,主张取法周秦诸子,在这一点上与明代前后七子相似,但所作文章能够避免前后七子模拟之弊,有其可取之处。李祖陶认为朱仕琇在当时掀起了不学唐宋八家古文的风气,从学习古文的角度他对朱仕琇表示了不满,但又承认朱氏文章是不可磨灭的。对自己不欣赏的文章风格,李祖陶也能够给予客观的评价,表明其论文不主一家一派,具有宏观通达的批评眼光。

李祖陶致力于收藏清人文集,进行了广泛阅读,对清代古文创作是十分熟悉的,他往往在对各家文章的比较中展开他的批评。如他对刘大櫆文

---

① 李祖陶:《迈堂文略》卷一,《国朝文录续编》附,《续修四库全书》本,上海古籍出版社 2002 年版,第 258 页。

章的批评就是通过与方苞的比较而展开的,他说:

> 望溪学人之文也,海峰才人之文也。学人之文约六经之旨,才人之文取百家之长。约六经之旨,则简而愈该,咀之而其味愈出。取百家之长,则奇而或诡于正,即正亦一览无遗蕴矣。《易》曰"修辞立其诚",望溪之文之谓也。《礼》曰"辞欲巧",海峰之文之谓也。然而善学望溪者,要推海峰,择取其洁朴者存之,固俨然当代一作手矣。

以"学人之文"和"才人之文"来概括方苞与刘大櫆两家文章,抓住了两家的特点。通过与方苞的比较来说明刘大櫆的文章风格,并且给予了较高的评价。

他对陈弘绪[①]文章的批评也是通过与艾南英、魏禧相比较而进行的:

> 盖千子长于论文,辨体裁,明法律,针砭时病,诚中俗士膏肓,而骂讥笑侮,不免伧父面目。叔子长于论事,揣时势,度情理,衡量古今,足为万世龟鉴,而纵横阖捭,不免策士胸襟。先生则盱衡抵掌,酝酿深醇,挥麈有名士风流,抱膝近儒者气象。其文亦空所依傍,不同艾氏之喜袭虚腔;自在流行,迥殊魏氏之务深蹊径,洵明末国初一作手矣!

认为艾南英和魏禧的文章各有优长,但是又各有缺点,而陈弘绪的文章兼有艾、魏二家之长而无二家之短。通过与艾南英和魏禧相比较而指明了陈弘绪文章的特点,虽然是以批评陈弘绪文章为主,但同时也表明了他对艾、魏两家文章的看法,这种比较批评的方法无疑增加了批评的广度与深度。

又如侯朝宗在清初较早提倡学习唐宋八大家文章,成就较为卓著,李

---

① 为避"弘历"讳,清人将陈弘绪改陈宏绪,《国朝文录》即作"陈宏绪"。

祖陶也是通过与钱谦益、艾南英相比较来评论侯朝宗对于明末清初文风转变的作用及其文章特点的。他说：

> 盖古文至明季几亡，杰出者为虞山、东乡两家。然虞山文尚排偶，工涂泽，仅为变体之六朝；东乡文遵矩绳，讲调法，又不过假面之八家，其于韩、欧皆未有当。朝宗天负异禀，以其迈往无前之气，卓荦不群之才，矫夭独雄之风调，崛起中原，遂能变异天下耳目，扫明季之陋而振国初之风，其文纯以神行，而自中法度，所谓放之千里，息焉则止于闲者也，可不谓豪杰之士乎哉！

通过与钱谦益、艾南英相比较，充分肯定了侯朝宗在明末清初文风转变过程中的作用，对侯朝宗古文风格有自己的独立思考，给予了较高的评价。这种比较批评是李祖陶经常使用的方法，他对各家文集较为熟悉，所作批评基本上能够不落俗套，自出己见，而又切中肯綮。

李祖陶虽然不甚知名于世，但他所编纂的《国朝文录》及其《续编》使众多清代作家的文章汇为一编，为人们阅读清文提供了方便。《文录》及其《续编》保存了一些没有文集传世，或是文集已经亡佚者的文章，具有一定的文献价值。他对各家文章所作的评论表明他有自己的批评原则和方法，在具体的批评实践上体现了较为独特的见解，表现了他作为古文选家的批评眼光，为我们了解清代文章创作，了解清人对本朝文章的批评，提供了有益的帮助。《国朝文录》及其《续编》作为选本来讲，在保存文献和进行文学批评方面都具有一定的价值。

第三节 《续古文辞类纂》与王先谦的古文观念

王先谦（1842—1917），字益吾，号葵园，湖南长沙人，一生撰著多种朴学著作，成就斐然，是晚清著名朴学家。王先谦还十分重视选本编

第二章 清人编选的清代古文选本与文学批评

纂,曾编辑多种诗文选本。其中《续古文辞类纂》作为王先谦所编古文选本,是其文章学理论的集中体现。

《续古文辞类纂》成书于清光绪八年(1882),选录乾隆至咸丰的古文作者三十九人。《续纂》延续了姚鼐《古文辞类纂》的体例,按文体分类编纂,除奏议、说、诏令、颂、辞赋等几类没有以外,其余都与《古文辞类纂》相同。序例之后有"姓氏爵里志略",对所选作家的生平、事迹、著述有简要介绍。《续纂》偶有评语,置于文章末尾,因文而发,或是评述事理,或是记述作者事迹,或是指示章法技巧,评论创作得失,言简意赅,与姚鼐《古文辞类纂》评语风格相近。

王先谦编纂《续古文辞类纂》的目的,人多以为是赓续姚鼐,为桐城派张目。李慈铭说:"得王益吾长沙书,并诒新刻《续古文辞类纂》,专续桐城家法,甄别审慎,多有可观。"①支伟成说:"(王先谦)又仿姚姬传编《续古文辞类纂》二十八卷,亦严谨有义法。王湘绮尝谓曰:'《经解》纵未能抗行芸台,《类纂》差足以比肩惜抱。'"②都从延续桐城派的角度对《续古文辞类纂》给予充分肯定。实际上,王先谦编纂《续古文辞类纂》的目的并不是为桐城派张目。当时社会上流行"桐城派"的说法,又有所谓"阳湖派",文坛上有很多人趋附二派。王先谦明确表示了自己对文派的反对意见,说:"宗派之说起于乡曲竞名者之私,播于流俗之口,而浅学者据以自便,有所作,弗协于轨,乃谓吾文派别焉耳。近人论文,或以桐城、阳湖离为二派,疑误后来,吾为此惧。更有所谓不立宗派之古文家,殆不然与!"③王先谦指出世俗所谓的文派之说不过为不讲文章轨范的作者提供口实,而且疑误后人。当时桐城派声势日盛,社会上颇有人以此为标榜,更不乏趋附者。有些学者对这种现象颇为不满,如吴敏树在《与筱岑论文派书》中说:"文章艺术之有流派,此风气大略之云尔,

---

① 李慈铭:《越缦堂日记》,广陵书社2004年版,第9722—9723页。
② 支伟成:《清代朴学大师列传》,《清代传记丛刊》本,台北:明文书局1985年版,第641页。
③ 王先谦:《续古文辞类纂》,《续修四库全书》本,上海古籍出版社2002年版,第75页。

其间实不必皆相师效,或甚有不同;而往往自无能之人,假是名以私立门户,震动流俗,反为世所诟詈,而以病其所宗主之人。"①对于文派之说表示反对。王先谦《续古文辞类纂》卷十一收有此文,后有按语:"宗派之说,良为误人,此文足以开拓学者心胸。"李慈铭在刚刚读到《续古文辞类纂》的时候认为"专续桐城家法",但在其后所作的《王选古文辞类纂跋》中,认为姚鼐《古文辞类纂》中除唐宋八大家外,明代只选取归有光,清代只选了方苞、刘大櫆,显然是"自为一家之学而已",而王先谦的续书从乾隆到道光已选了三十九家,"非姚氏之本旨矣"②。王先谦极力反对文派之说,他编选《续古文辞类纂》并非要为桐城派摇旗呐喊。在与萧穆信中,他说:"仆为《续纂》,既异乎姚氏所处之时,欲宽以收之,庶天下晓然于文果当理,皆出于同一,化其门户畛域之习,故于姚氏以后各家网罗遍及。"③明确表示他编纂《续古文辞类纂》是要张扬合乎义理的文章观念,以破除桐城派标榜门户的积习。这也是他编辑《续纂》的目的之一。

王先谦旗帜鲜明地反对文派之分,当然不会以桐城文人自居。近代学者刘声木在《桐城文学渊源撰述考》中说:"(王先谦)私淑桐城文学,其为文一以姚鼐宗旨为归。"④认为王先谦是"私淑"桐城文学,实际上没有将他列入桐城派文人的行列,但同时也指出王先谦对姚鼐文章学理论的认同。王先谦对姚鼐确实极为推崇,在《续古文辞类纂序》中说:"惜抱自守孤芳,以义理、考据、词章三者不可一阙,义理为干,而后文有所附,考据有所归。"⑤"义理、考证、文章"是姚鼐所谓的"学问之事",针对乾嘉时期汉宋学术各立门户的现象,他认为三者应该相济成文,不可偏废。⑥"义理为干,而后文有所附,考据有所归",也就是用"义理"来统

---

① 王先谦:《续古文辞类纂》,《续修四库全书》本,上海古籍出版社2002年版,第196页。
② 舒芜:《近代文论选》,人民文学出版社1959年版,第342页。
③ 王先谦著,梅季校点:《葵园四种》,岳麓书社1986年版,第846页。
④ 刘声木:《桐城文学渊源撰述考》,黄山书社1989年版,第333页。
⑤ 王先谦:《续古文辞类纂》,《续修四库全书》本,上海古籍出版社2002年版,第73页。
⑥ 姚鼐:《述庵文钞序》,《惜抱轩全集》,世界书局1936年版,第46页。

摄"文章"和"考据",这是王先谦对姚鼐古文宗旨的概括,当代学者称这一概括"很得要领"①。王先谦不但领悟了姚鼐的文章学理论,而且表示极大的推崇,认为其理论"如规矩准绳,不可逾越。乃古今天下之公言,非姚氏私言也"②。把姚鼐的文章学理论上升为天下公理,实际上也是他自己文章学思想的表达。王先谦的弟子苏舆对此深有领会,在《虚受堂文集序》中说:"吾谓考据以博古,义理以明道,此非姚氏之私言,即昌黎所自期,与其教人为文之旨,端在于是。"③也认为文章以"义理"和"考据"为主,是自韩愈以来的古文正统,并非姚鼐一家之言。在义理、考证、文章三者的关系中,王先谦认同姚鼐以义理为主的观念,但是从汉学家立场出发,王先谦对考据也极为看重,认为儒家义理和考据学问是文章的根本,这是他与姚鼐文章观念有所不同的地方。在《虚受堂文集》中,王先谦屡次表达了其对"儒家义理"和"考据学问"的重视:"夫文以理为干,以修辞为用,然无其本而求美于辞,信美矣,不足以示后。学与识之所积,发而为文,无施而不可。"④"歙县吴淡泉先生……自少邃志道学,深以无成为愧。屡见其意于文,故其根本盛大,发为文章,与世俗之求工于词者绝远。"⑤王先谦在推崇姚鼐文章理论的基础上,形成了以儒家义理和考据学问为核心的古文观念,反映了晚清时代传统士人崇尚义理而又注重实学的文学思想,具有一定的代表性⑥。

王先谦以儒家义理和考据学问为核心的古文观念的形成,有其内在原因。

首先是湖湘学风的影响。从北宋理学家周敦颐到清初学者王夫之,湖南一地形成了以宗尚"义理",注重"经世"为传统的湖湘学风。王先谦

---

① 邬国平、王镇远:《中国文学批评通史·清代卷》,上海古籍出版社1995年版,第568页。
② 王先谦:《续古文辞类纂》,《续修四库全书》本,上海古籍出版社2002年版,第73页。
③ 王先谦:《虚受堂文集》,《续修四库全书》本,上海古籍出版社2002年版,第264页。
④ 同上书,第313页。
⑤ 同上书,第309页。
⑥ 晚清社会崇尚实学,王先谦《硼东诗钞序》说:"光绪中,国史馆续修《文苑传》……初,续修例定专诗集无它经史纂著者不入,杜浮滥也。"可见当时对经史考据之学的看重。

虽以研治汉学为主，但"继承湖湘理学与经世并重的传统学风"是其治学的一个显著特点。近代曾国藩以其卓越功业成为湖湘学派的代表人物，他在《欧阳生文集序》中说："姚先生独排众议，以义理、考据、词章三者不可偏废，必义理为质，而后文有所附，考据有所归。"[1]王先谦推崇姚鼐便直接袭用了曾国藩的言论。王先谦对姚鼐文章理论的认识受到曾国藩的影响，体现了他对近代湖湘学风的继承。

其次是受到清代晚期社会现实的触动。咸丰年间，太平天国运动致使经济衰退，文化凋敝。王先谦编纂《续古文辞类纂》，就是有感于太平天国运动之后，"文物荡尽，人士流徙"，经济文化遭到巨大破坏的社会现实，以"有心世道"的君子自任，希望借以宋学义理为指归的古文来拯救世道人心，恢复正常的社会秩序，重现"声气冥合，箫管龠鸣"[2]的盛世景象。近代学者李肖聃认为王先谦编纂《续古文辞类纂》是"示古文之准绳"，"兹编既出，群士知归"[3]，起到了"宣扬文教"的作用[4]，对王先谦《续古文辞类纂》的价值和意义认识十分准确。

---

[1] 曾国藩：《曾国藩诗文集》，上海古籍出版社2005年版，第286页。
[2] 王先谦：《续古文辞类纂》，《续修四库全书》本，上海古籍出版社2002年版，第73页。
[3] 李肖聃：《湘学略》，岳麓书社1985年版，第209页。
[4] 同上书，第184页。

第三章 清人编选的骈文选本与文学批评

第一节 清人编选的骈文选本概述

骈文选本始于宋代,明代开始较多地出现,晚明王志坚所编《四六法海》是著名骈文选本,直至清代仍然有较大的影响。清王朝入关以后,骈文选本也开始陆续出现。清人编选的骈文选本,可以按照清代历史的发展分为清初、清中期、晚清三个时期。

清初的骈文创作呈现出复苏迹象,陈维崧、吴绮、章藻功、陆繁弨等人致力于骈文写作,取得了令人瞩目的实绩。尤其是陈维崧成就卓著,对后世影响较大,有开风气之先的作用。但清初的骈文选本没有和清初的骈文创作呈现相辅相成的态势。清初致力于骈文创作的人没有选本的编选,更没有借选本的方式来表达其理论批评。清初的骈文选本仍然承袭明代余绪,以实用性为主,一般由书坊操作,有获利的目的。清初著名的骈文选本有李渔的《四六初征》、胡吉豫的《四六纂组》、黄始的《听嘤堂四六新书》、沈志斌的《六朝文苑》、周之标的《四六琯朗集》等。这些选本大多以官场公牍和日常生活交际应酬所需的实用性骈体文为主,以为这方面的写作提供参考和借鉴为编选目的,很少有理论主张的提出和创作经验的总结,所以清初骈文选本在文学批评方面意义不大。

清代中期乾隆、嘉庆、道光年间骈文选本开始较多地出现。这一时期骈文选本的兴盛与骈文创作的繁荣和骈文理论批评的发展有直接的关系。

从骈文发展的历史来看,魏晋南北朝是骈文全面繁荣的时期,唐代承其余绪,骈文在文学创作中仍然占有重要的地位。但唐代古文家,尤其是韩柳大力倡导古文，认为骈文绮靡不实、缺乏兴寄，提倡"文以载道"，要求向先秦两汉的古文学习。北宋欧阳修等人继续提倡古文，推进古文写作的发展，古文逐渐占据文坛的主导地位，骈文走向衰落。元明两代的文章写作仍然以古文为主，明代虽然有秦汉派与唐宋派之争，但都是古文派别。经过唐宋派的倡导，唐宋八大家逐渐成为学习古文的典范。清康熙年间确立"尊孔崇儒"的文化政策，清初文坛，以"文以载道"为己任的古文占据绝对优势。方苞、戴名世等人开创桐城派，桐城派古文在文坛占据优势地位，几与清祚相始终。而骈文作为一种文体，在古文占据优势的宋元明各代，它的创作也从未消亡过。例如，历代朝廷典册一直沿用骈体。但骈体文在题材、内容方面较为狭窄，它的创作无疑是衰落的。清代初期，陈维崧等人在骈文创作方面成就卓著，却远未形成与古文抗衡之势。乾嘉以后，随着考据学的兴盛，汉学占据学术的主导地位。汉学家鄙薄宋学的空谈义理，对以义理为指归的古文也不乏贬抑之词。汉学家本身具有较高的学问修养，擅长使事用典，对以使事用典为特色的骈文多有偏爱。很多汉学家擅长骈文创作，如阮元、洪亮吉、孙星衍、孔广森等以汉学名家，同时亦是骈文好手。随着汉宋学术风气的转换，乾嘉以后的骈文创作也呈现复兴之势。

　　清代中期，相继出现了彭元瑞的《宋四六选》、吴鼒的《国朝八家四六文钞》、彭兆荪的《南北朝文钞》、曾燠的《国朝骈体正宗》、李兆洛的《骈体文钞》、许梿的《六朝文絜》等一些著名骈文选本。

　　这些选本的编选大都以推尊骈体、促进骈文发展为目的，且有很多选本提出了明确的理论主张，具有较强的文学批评意味。这与明代至清前期骈文选本单纯以科举或实用性为编选目的是截然不同的。清代中期骈文虽然呈现复兴之势，但古文仍然占据文坛的优势地位。尤其是桐城派古文家，自方苞起就对骈文持诋斥态度。此时骈文选本的编选者，一般都以为骈文正名，恢复其历史地位为首要任务。阮元等人通过辨析六朝以来的"文笔说"，以"有韵为文，无韵为笔"为立论依据，不承认散体文为"文"，认为骈文才是真正的"文"。这种崇骈拒散的态度，与方苞、姚鼐等桐城派古文家严格拒骈的观念是针锋相对的。而乾嘉以来的骈文选家，在态度上没有阮元激进，他们也努力为骈文正名，但并不以排斥散体为手段，更多地是要求骈散共同发展，不可偏废。正名的主要方式，首先，骈文选家通过追流溯源的方式，从中国文章写作发展的源流出发，认为骈体是从先秦两汉发展而来，与后世所谓"古文"在根源上是一致的。其次，推尊骈体者往往以"阴阳相生"、"奇偶相成"这些中国古代传统观念作为"骈散并重"的理论依据。如李兆洛《骈体文钞序》、曾燠《国朝骈体正宗序》、吴鼒《国朝八家四六文钞序》等皆是如此。

从历史上看，骈文盛行的六朝时期，正是儒家思想统治较为松弛的时代。唐代韩、柳大力倡导古文，提出"文以明道"的要求，就是要恢复儒家思想对文章写作的主导地位。宋、元、明、清统治者都以儒家思想为正统思想，所以古文家所提倡的"文以明道"观念，作为中国文学的一个重要功用，为历代文人普遍接受。清代中期推尊骈体者，大多要求以儒家传统文论来规范骈文的写作。内容上要合乎儒家思想和社会道德，文词上要去除浮靡。吴鼒《国朝八家四六文钞序》论骈文与古文关系说："道则共贯，艺有独工。"曾燠《国朝骈体正宗序》说："古文丧真，反逊骈体；骈体脱俗，即是古文。迹似两歧，道当一贯。"都认为骈文与古文在思想内容和功用方面应该是一致的，所以他们提出以"去俗"、"法古"为骈文创作的准则，力争把古文与骈文的区别仅限于文体形式和创作手段的不同。

以上所论都是清代中期骈文选家为恢复骈文地位，推动骈文创作的发展而作出的努力。清代中期的骈文选家很多本身擅长骈文创作，如吴鼒、彭兆荪、曾燠等都以骈文名家，在当时就有较大的影响。他们采用选本这种易于传播和接受的方式，来表达其骈文理论，以推进骈文创作的发展。因此，清代中期的骈文选本有较强的文学批评意义，与清中期骈文复兴的时代思潮相辅相成，在一定程度上促进了骈文创作的发展。

晚清时期，尤其是光绪年间骈文选本出现较多，较为著名的有姚燮的《皇朝骈文类苑》，张寿荣的《后八家四六文钞》，张鸣珂的《国朝骈体正宗续编》，王先谦的《骈文类纂》、《十家四六文钞》，屠寄的《国朝常州骈体文录》等。这些选本，除《骈文类纂》是通代选本（清人骈文在其中占有较大分量）之外，其余都是清人编选的清人骈文选本。

　　清人编选的清人骈文选本在清初就已出现，李渔的《四六初征》所选基本上是明末和清初作者的文章。嘉庆年间，吴鼒《国朝八家四六文钞》和曾燠《国朝骈体正宗》是著名的清当代骈文选本。在乾嘉骈文复兴的时代思潮中，这两部选本以为骈文正名，树立创作准则为宗旨，在推动骈文发展方面起了很大作用，后世有较大的影响。晚清时期，骈散之争逐渐趋于缓和，古文家不再严格排斥骈体，骈文得到了更为广泛的认同，骈文创作也获得了更大的发展。这一时期，清人编选的清代骈文选本数量较多，影响也最大，这与晚清骈文创作的发展是相一致的，也是晚清骈文选本最具特色的地方。

　　晚清的骈文选本，继承了清代中期骈文选本所树立的文章轨范，以此作为衡量清当代骈文作品的标准。如缪德芬《国朝骈体正宗续编序》，肯定了以徐、庾为代表的六朝文章，对清当代骈文创作的弊端进行了指斥，说："风清骨峻者，非专门而亦存；文丽义睽者，即宗匠而必汰。"明显是要求以儒家传统文论作为骈文的批评标准。姚燮的《皇朝骈文类苑》明确表示要以彭兆荪提出的"矫俳俗，式浮靡"为选录标准。王先谦持"文以明道，何异骈散"的观念，他所编选的《国朝十家四六文钞》也是以儒家传统文论为衡文标准。

　　清人编选的骈文选本，文学批评意义较为显著，在文献方面也有一定的价值。尤其是收有清人骈文的选本，文献价值更为突出。清代古文，以儒家正统思想为宗旨，因此声势显赫，作者众多。骈文在清代虽然有复兴之势，但受重视的程度一般来讲不如古文，骈文作者有很多不显名于时，收有清人骈文的选本，其所选作者很多不甚知名，没有文集传世。如王先谦《骈文类纂》选清代作者六十四人，文章五百零七篇。其中，《清人别集总目》没有著录的作者有谷应泰、徐嵩、蔡枚功等人，他们的骈文作品赖选本得以保存。屠寄编选的《国朝常州骈体文录》，所选都是清代常州籍作者的骈文，对保存乡邦文献有重要意义，其中叶藜凤、方骏谟、钱相初、汪岑孙等人都已没有文集传世，他们的骈文作品赖《文录》得以保存。

选本所选录的作者有的没有文集传世，这些作者的文章被选入选本之中，扩大了他们的影响，他们的作品也赖选本得以保存。因此，清人编选的骈文选本，在保存文献方面也有一定的价值。

第二节 清人所编清代骈文选本的文献价值与文学批评意义

清代中期以后，随着乾嘉朴学兴盛，骈文复兴成为时代思潮。推崇骈文者往往用编辑选本的方式来表达其理论主张。除了以魏晋南北朝、唐宋骈文为主要辑录对象外，蓬勃发展的清代骈文创作也成为选本编选者关注的对象。清人所编清代骈文选本自乾隆以后便不断出现。这些骈文选本在保存清代骈文文献和文本校勘方面具有一定的价值[1]。编选者通过编纂清当代骈文选本表达推尊骈文文体地位的态度，提出骈文创作原则与审美标准，并且对清当代骈文作家、作品进行剖析评论，这些都是清人所编清代骈文选本文学批评意义的体现。

一 清人所编清代骈文选本的文献价值

（一）清人所编清代骈文选本保存了没有文集传世作者的骈文作品

目前，《清人别集总目》、《清人诗文集总目提要》、《中国古籍总目》

---

[1] 清初康熙年间也出现了一些骈文选本，如李渔《四六初征》、黄始《听嘤堂四六新书》等，其辑录对象多为明末清初文人作品，在保存骈文文献方面也具有一定价值。比如李渔《四六初征》是在其婿沈心友的协助下完成的，沈心友没有文集传世，《四六初征》保存了他的几篇骈文作品。《听嘤堂四六新书》的编者黄始也没有文集传世，《新书》和《四六初征》等选本也保存了他的一些骈文作品。但清初骈文选本所收作者多生活于明清易代之际，其作品写作时间属于明末还是清初较难确定，且多有书坊牟利之目的，文学批评方面意义不大，因此这部分骈文选本不作为本书研究对象。马俊良《俪体金膏》、王先谦《骈文类纂》虽是通代骈文选本，但所录清人作品数量较多，所以纳入本书研究范围。

（集部）等书目是收录清代作家别集最为全面的著作。通过这些书目，基本可以确定某位清代作家是否有文集传世。清人所编清代骈文选本中，保存了没有文集传世作者的骈文作品。

1.《国朝骈体正宗》十二卷，曾燠编选，嘉庆十一年（1806）刊刻，选录作家四十二人，文一百七十一篇。所选陈维崧、胡天游、袁枚、吴锡麒、洪亮吉、孔广森、彭兆荪、刘嗣绾等人皆为清初以来的骈文名家，选文数量较多。其余作者大都只选一篇或两篇，可见编选者去取之精。其中，仪征人汪全德不见于《清人别集总目》等书目，据钱仲联主编《中国文学家大辞典·清代卷》该人条目可知其作品赖《箧中词》、《全清词钞》得以保存，《国朝骈体正宗》收录了他的《蘅香馆词序》一文。

2.《皇朝骈文类苑》十四卷，姚燮编选，光绪九年（1883）刊刻。卷首有姚燮序例，又有郭传璞序。从郭序可知，姚燮此书本是未定稿，原分十五类，选录一百二十五家，文章五百三十二篇，不曾刊刻，只存序例和选目。后由张寿荣促成付梓，虽多方征求，还缺文四十余篇。其中《清人别集总目》等书目没有著录的作者有：陈继善，闽县人，字敬堂，诸生，荐举博学鸿词，选有《四海会同赋》；沈埁，钱塘人，字峙公，选有《辞荐举鸿博启》、《复辞赵意林劝驾启》；车文，字彬若，太康人，拔贡生，荐举博学鸿词，选有《黄河赋》；黑璃，字石夫，满族，姓叶赫觉罗氏，叶河人，岁贡生，荐举博学鸿词，选有《秋怀赋》；邵昂霄，字子政，余姚人，选有《阴范王行连珠》。

3.《国朝骈体正宗续编》八卷，张鸣珂编选，光绪十四年（1888）寒松阁刊刻。选录清道光、咸丰以后骈文作者六十家，文章一百五十五篇。从选文情况来看，除方履籛、姚燮和谭莹选录较多以外，其余各家所选多为一篇、两篇或是三篇。所选各家中，蔡召棠在《清人别集总目》等书目中没有文集著录，事迹仅见于盛叔清《中国书画史新编》，《国朝骈体正宗续编》选录了他的《苕雪游记序》一文；顾文彬在《清人别集总目》等书目中有诗集而无文集，据闵尔昌《碑传集补》，顾氏著有《过云庭书画录》及诗、词各若干卷，未提及其有文集传世。《国朝骈体正宗续编》

选录了他的《春水词序》一文。

4.《国朝常州骈体文录》三十一卷，屠寄编选，光绪十六年（1890）刊刻。清代常州地区人文荟萃，屠寄所编《文录》，展现了清代常州地区骈文创作的荦荦大观。《文录》所选既有骈文名家，也有湮没无闻的作者，其中以单篇文章入选的作者就有十家，有五家只选了两篇或三篇文章。屠寄在《叙录》中感慨："钱文多佚，汪字无闻，唯此碎锦，宝之斤斤。"[①]因此，通过"捃摭残佚"以保存骈文文献是其编选《国朝常州骈体文录》的重要目的。《国朝常州骈体文录》在《清人别集总目》等书目中没有著录的作者有：叶蓁凤，事迹见于李桓《国朝耆献类征初编》卷四百三十三全祖望所撰哀辞，屠寄《文录》选录了他的《乾元统天颂》；方骏谟，事迹见于张惟骧《清代毗陵名人小传稿》卷八，屠寄《文录》选录了他代人所作的《同治徐州府志叙录》；钱相初，事迹见于《清代毗陵名人小传稿》卷六，屠寄《文录》选录了他代人所作的《重修广济九龙王祠碑》；汪岑孙，阳湖人，事迹不详，屠寄选录了他的《谈鸿如诗序》；承培元，江阴人，字守丹，李兆洛弟子，事迹见于徐世昌《清儒学案小传》卷十三，《清人别集总目》等书目著录有诗、词集而无文集，屠寄选录了他的《说文解字系传校勘记后跋》一文。

5.《骈文类纂》四十六卷，王先谦编选，光绪二十八年（1902）思贤书局刊刻。《骈文类纂》是通代选本，从先秦至清，各代骈文都有选录。其中选清代作者六十四人，文章五百零七篇，作为选本来讲，数量也较为可观。选文数量最多的是洪亮吉，一百三十一篇，其次是皮锡瑞，九十九篇。也有二十八位作者只有单篇文章入选。其中，《清人别集总目》等书目没有著录的作者有三人，他们是：谷应泰，丰润人，字霖苍，选文是《明史纪事本末论开国规模》、《论燕王起兵》；徐嵩，金匮人，字朗斋，选文是《桃花夫人庙碑》；蔡枚功，字与循，湘潭人，选文是《翁恭人墓志铭》；另外，苏舆，字厚康，平江人，王先谦弟子，撰有《春秋繁露义

---

① 屠寄：《国朝常州骈体文录》卷三十一，《续修四库全书》本，上海古籍出版社 2002 年版，第 711 页。

证》,有诗集,文集未见传世,选文是《五品衔国子监典籍陶君墓志铭》、《药库新修石路碑记(代)》①。

6.《炼庵骈体文选》四卷,沈宗畸编选,清宣统元年(1909)番禺沈氏《晨风阁丛书》本。此书无序跋,选录作家二十九人,皆为晚清人。其中《清人别集总目》等书目无著录的作者有：陈霞章,字孝起,仪征人,选有《王仲颐诔》、《性园诗赋自存稿叙》；曾念圣,字次云,福建人,选有《什刹海观荷花序》；王潜刚,字饶生,霍邱人,选有《答弢庵书》、《游盱山记》；陈士苊,字翼谋,选有《田松亭副戎六十寿序》、《陶诗别录序》；朱点衣,字葆斋,霍邱人,选有《劳绍潭明府五十寿序》。

7.《俪体金膏》八卷,马俊良辑,原刊于马俊良所辑《龙威秘书》第六集,乾隆五十九年(1794)马氏大酉山房刻本。《俪体金膏》前五卷为清代奏进之文,以颂扬功德的表启、奏疏为主,录文一百零一篇,书末"补遗"又有清文六篇。《俪体金膏》所录文章有一部分来自邸报。邸报又称邸钞,是当时政府公文的原始材料,因此此书保存了较多没有文集传世作者的骈文。《俪体金膏》所选作者在《清人别集总目》等书目中无著录的有穆和兰、阿桂、和硕显亲王富寿、李世杰、巴延三、稽璜、张若渟、福康安、蒋赐棨、姚芬、李绶、彭绍观十二人,录文二十三篇。作者皆为清代高官,所录文章可为研究当时社会政治情况提供文献资料。

8.《骈体南针》十六卷,汪传懿编选,初刊于咸丰元年(1851),以同治五年(1866)容我读斋重刻本最为常见。所选皆为四六章奏,意主颂扬,尤以庆贺、陈谢篇章为多。《骈体南针》是编者据邸报整理而成,

---

① 笔者按,据卞孝萱、唐文权《民国人物碑传集》所录杨树达《平江苏厚庵先生墓志铭》,苏舆有《自怡室文集》四卷,"稿藏于家"(团结出版社1995年版,第469页),但各种书目未见著录,台湾"中研院"中国文哲研究所2005年版《苏舆诗文集》和湖南人民出版社2008年版《苏舆集》均未收入,疑已佚失。台湾版《苏舆诗文集》共辑得苏舆文章十九篇,将《骈文类纂》所录《药库新修石路碑记(代)》一文列入书后附录之"相关资料"中,笔者推测此文因题目下有"代"字而被《苏舆诗文集》编者存疑。一般来讲,在中国古代诗文集中,文章题目下标有"代"字者,均为作者代人而作,因而收入作者本集。总集所录文章标明"代"字者,也是作者代人而作。民国学者李肖聃《湘学略》录其为苏舆遗集所作序文称"(苏舆)散词振桐城之绪,俪体承卷葹之风。志陶生之墓,护彼灵华;作火库之铭,寿之贞石"(岳麓书社1985年版《湘学略》,第201页)。赞扬苏舆骈文,所称道的"火库之铭"就是《药库新修石路碑记(代)》("火库"、"药库"即"火药库"之简称)。此文为苏舆所作没有疑问。

保留了大量没有文集传世作者的文章，如程景伊、萨载、初彭龄、汪廷玙、汪滋畹、周兆基、董诰、蓝应元、吴孝铭、张锦枝等。其中不乏著名人士，如《四库全书》副总裁官、《全唐文》总裁官董诰，《四库全书》纂修官蓝应元，《全唐文》副总裁官周兆基等。所录除授谢折，对于研究官员仕履有一定价值。

（二）清人所编清代骈文选本保存了作者传世文集之外的骈文作品

在清人所编清代骈文选本中，有些作者虽有文集传世，但选本保存了其传世文集之外的骈文作品。

1.《国朝八家四六文钞》保存了曾燠《西溪渔隐外集》的作品

《国朝八家四六文钞》九卷，吴鼒编选，嘉庆三年（1798）较经堂刊刻。选录乾嘉时期骈文名家八人，分别是袁枚、邵齐焘、刘星炜、孔广森、吴锡麒、曾燠、孙星衍、洪亮吉。《国朝八家四六文钞》是从各家文集中选录而出。曾燠是乾嘉时期的骈文名家，《国朝八家四六文钞》选有曾燠《西溪渔隐外集》一卷。曾燠作品现存有《赏雨茅屋诗集》二十二卷，《赏雨茅屋外集》一卷。《赏雨茅屋外集》收录了曾燠四十二篇骈文作品，《西溪渔隐外集》却已不见著录。前人谓曾燠有"骈体文"二卷，如张之洞《书目答问》著录曾燠著作为"赏雨茅屋诗集二十二卷，骈体文二卷"[①]，晚清缪荃孙纂录《续碑传集·曾抚部别传》云："公著有《赏雨茅屋诗》二十二卷，《骈体文》二卷。"[②]《清史稿·艺文志》记曾燠作品有："《赏雨茅屋诗集》二十二卷，《骈体文》二卷。"[③] 以上所说"骈体文二卷"，较为笼统，似非书名。据《书目答问汇补》曾燠"赏雨茅屋诗集二十二卷，骈体文二卷"条下所录佚名批补云："乾隆己卯刻本[④]。道光三年重刻定本，诗十六卷，外集二卷。"可知《赏雨茅屋外集》二卷自乾隆末年即

[①] 来新夏、韦力、李国庆：《书目答问汇补》，中华书局2011年版，第859页。
[②] 周骏富主编：《清代传记丛刊》第116册，台北：明文书局1985年版，第194页。
[③] 章钰、武作成：《清史稿艺文志及补编》，中华书局1982年版，第259页。
[④] 笔者按，曾燠出生的乾隆二十四年（1759）即是己卯年，所以《书目答问汇补》所说的"己卯"刻本，疑为"乙卯"（乾隆六十年，公元1795年）之误。

95

已如此,《书目答问》、《续碑传集》、《清史稿·艺文志》等所记曾燠"骈体文二卷",也应是《赏雨茅屋外集》二卷,柯愈春《清人诗文集总目提要》叙嘉庆十七年(1812)刻本《赏雨茅屋外集》也是二卷本①。现当代所修其他各种书目记曾燠著作没有"《骈体文》二卷"的说法,也未见对《西溪渔隐外集》的著录,如孙殿起《贩书偶记》及《续编》对清代中后期书籍有较为全面的记录,所记曾燠著作无《西溪渔隐外集》。《中国丛书综录》记曾燠作品除《赏雨茅屋诗集》、《赏雨茅屋外集》外,只有"《西溪渔隐外集》一卷,《国朝八家四六文钞》本(清刊本,民国本)"②。王绍曾《清史稿艺文志拾遗》据《中国丛书综录》记曾燠有"《西溪渔隐外集》一卷,《国朝八家四六文钞》本"③。近年出版的书目如柯愈春《清人诗文集总目提要》著录曾燠《赏雨茅屋诗集》、《外集》多种,未著录《西溪渔隐外集》,《清人别集总目》著录曾燠作品有《赏雨茅屋诗集》多种,《西溪渔隐外集》一卷,也是《国朝八家四六文钞》本。

包括各种书目在内的文献资料都没有提到曾燠的《西溪渔隐外集》,《西溪渔隐外集》作为曾燠早期骈文文集应已佚失。《国朝八家四六文钞》本《西溪渔隐外集》共有十五篇文章。现存收录曾燠骈文作品的《赏雨茅屋外集》有多种刻本,据嘉庆二十四年(1819)重编、咸丰十一年(1861)补刊本《赏雨茅屋外集》李之鼎跋,重编本《外集》所收骈文与嘉庆年间的原编本相比"无所增损"④,可知后来刊刻的各种《赏雨茅屋外集》保存了嘉庆年间原编本的面貌。《国朝八家四六文钞》本《西溪渔隐外集》所收十五篇文章中,有十一篇不见于《赏雨茅屋外集》,分别是《桐城张氏讲筵四世诗钞序》、《秋湖觞芰图序》、《听秋轩诗序》、《黟县叶氏文会序》、《紫藤吟榭记》、《曹俪生悼亡诗跋》、《自题西溪渔隐图后》、《崇宁寺传宗和尚传戒引》、《秋禊诗序》、《请施狱囚寒衣启》、《叔母赵太孺人七十贞寿征诗启》。二者重合的篇目只有四篇,分别是《依岩吴君墓

---

① 柯愈春:《清人诗文集总目提要》,北京古籍出版社2001年版,第950页。
② 上海图书馆编:《中国丛书综录》,上海古籍出版社2007年版,第1445页。
③ 王绍曾主编:《清史稿艺文志拾遗》,中华书局2000年版,第1837页。
④ 曾燠:《赏雨茅屋外集》,《续修四库全书》本,上海古籍出版社2002年版,第262页。

表》、《张孝女墓碑》、《桃花夫人庙碑》、《重修曾襄闵碑文》。曾燠《西溪渔隐外集》原集已佚,《国朝八家四六文钞》本《西溪渔隐外集》较为集中地保存了曾燠的骈文作品,具有一定的文献价值。

2.《国朝十家四六文钞》保存了周寿昌的《思益堂骈体文钞》

《国朝十家四六文钞》十一卷,王先谦编选,光绪十五年(1889)刊刻。选录清代中后期刘开、董基诚、董祐诚、方履籛、梅曾亮、傅桐、周寿昌、王闿运、赵铭、李慈铭十位作者的一百五十三篇骈文作品。卷首有郭嵩焘序和王先谦自序。王先谦在自序中有"不使西河侯君失文汉代,东海何生缺美萧选"的说法,可知其编辑此书有保存文献、表扬幽隐的目的。所选十家大都为知名作者,但也有不显名于世者,如傅桐和赵铭身份不显,少为人知。周寿昌以史籍考订闻名,但生前没有文集刊刻。

《国朝十家四六文钞》中周寿昌的《思益堂骈体文钞》具有一定的文献价值。周寿昌文集《思益堂集》为王先谦与人共同出资刊刻,刊行时间为光绪十四年(1888)夏,计收入诗六卷、文两卷、词一卷、日札十卷,周寿昌所作骈文没有收入集中。王先谦在《思益堂集序》中称赞周寿昌"于骈文义法尤精",说:"(周寿昌)四十以前积稿盈寸,先生南归时,家人在都鬻书自给,误售之,存才卅余篇,今又仅见其半,余既刊之十家骈文中矣。"① 可知《国朝十家四六文钞》中《思益堂骈体文钞》所收十六篇骈文就是周寿昌仅存的骈文作品。与一般选本从作者文集中择取作品不同,王先谦在《思益堂骈体文钞》中收录了周寿昌可见的全部骈文作品。《思益堂骈体文钞》在周寿昌文集之外保存了其骈文作品,具有一定的文献价值②。

(三)清人所编清代骈文选本具有文本校勘价值

清人所编清代骈文选本所录文章与作者别集对勘,有的基本没有差别,有的在字词、行文方面有一定差别,甚至差别较大。这种差别的存

---

① 周寿昌:《思益堂集》卷首,《续修四库全书》本,上海古籍出版社2002年版,第591页。

② 岳麓书社2011年版《周寿昌集》仅据王先谦编刻本《思益堂集》整理,《国朝十家四六文钞》本《思益堂骈体文钞》未见收入。

在，使选本在文本校勘方面具有一定价值。即以曾燠《国朝骈体正宗》为例。

《国朝骈体正宗》录有王芑孙《詹鳞飞独茧诗钞序》一文，与嘉庆九年（1804）刊，嘉庆二十年（1815）重编本王芑孙《惕甫未定稿》[①]对勘，发现二者在字句、行文方面有诸多差异。罗列如下：

<blockquote>

《正宗》"长为诸生"，《惕甫未定稿》作"长习诸生家法"。

《正宗》"振奇人也，间好为诗，有《独茧诗钞》一卷"，《惕甫未定稿》作"亦一振奇人也，间好为诗，其诗务在鸣声跃色，大抵沈休文所谓易诵而赏誉者，此独茧诗一卷"。

《正宗》"镂金错采，措手綦难，属序再三，予故迟之"，《惕甫未定稿》作"镂金错采，措手綦难，嗟乎，妙哉！然鳞飞属序再三，而余若故难之，何也？诚以鳞飞振奇人也"。

《正宗》"少陵有佳句之惭，子云有少作之悔，予序鳞飞当有待矣"，《惕甫未定稿》"予"后有"之"字，"有待矣"下有"而鳞飞请予益勤，无已，则为君颂所闻乎"。

《正宗》"夫诗之为事，不在高谈，求端晋宋，亦云易诵矣"，《惕甫未定稿》无"夫"、"矣"两字。

《正宗》"不惟一篇之内逆萌追媵，且复"，《惕甫未定稿》"且复"作"而且"。

《正宗》"因先士之茂制，发吾人之本怀"，《惕甫未定稿》作"凡先士之茂制，皆以发吾人之本怀"。

</blockquote>

细按这些差异，显然不是由于抄写、刊刻的偶然致误。与此文的较早刊本《惕甫未定稿》相比，《正宗》删削了一些较为繁冗的语句，个别用词也有所增删、改动，显然《正宗》行文更为简洁整饬。《正宗》所录《詹鳞飞独茧诗钞序》是艺术水平更高的一种版本。

[①] 见《续修四库全书》第1480册，上海古籍出版社2002年版，第642页。

刘嗣绾《尚絅堂集》有骈文二卷，刊刻时间在嘉庆十三年（1808）之后，晚于《国朝骈体正宗》刊刻时间。以《正宗》所录刘嗣绾文章与《尚絅堂集》①对勘，在字句方面也有差异，如《贻友人书》"长江帆驶，闻在杪秋，道出鸠兹"，《尚絅堂集》作"足下邗江之棹，窃意道出鸠兹"。《与张皋文书》"足下胸藏凤毛"，"凤毛"，《尚絅堂集》作"凤尾"。《与蔡浣霞书》"厌其青坛"，"青坛"，《尚絅堂集》作"青毡"。《正宗》本《祭吴季子庙文》自"世纪克修，墟里犹识，故剑去陇，遗碑卧涂。晋吏戒荆榛之除，梁贤表蘋蘩之荐，尚友自昔，清尘在兹"三十八字为《尚絅堂集》所无，《正宗》可能据初稿本录入。

乐钧《青芝山馆骈体文集》刊刻于嘉庆九年（1804），早于《国朝骈体正宗》的刊刻时间。《正宗》所收乐钧《重修朝云庙碑》自"如废垒者焉"以下，作"明湖十里，春水犹香，小山四围，晚霞如绣。立石奠埋香之宅，汀水伊侯；濡毫洒堕泪之碑，临川乐子"，乐钧《青芝山馆骈体文集》作"客舣偶滞，冒雨来寻，村酿莫陈，持花申吊，巡愁台而彳亍，仰徽灵而恻伤。爰告太守伊侯，亟加修葺，遂征鄙制，将琢贞珉，属工役未遑，故岁月不具，盖有待耳。明湖十里，春水犹香，小山四围，晚霞如绣，埋香之宅，生金之碑，以永斯丘，并念来者"②。《正宗》所录与乐钧原集差异较大，细按文意，《正宗》对原集进行了删削调整，较原集更为精炼。

胡敬《崇雅堂骈体文钞》为道光二十六年刻本，晚于《国朝骈体正宗》的刊刻时间。以《正宗》所录胡敬《重修会稽大禹陵庙碑》与胡敬原集相较，有多处文字差异较大。如《正宗》"风雨连朝，春秋何祀？邑之缙绅"，《崇雅堂骈体文钞》③作"风雨连朝，梁匪梅而亦化；春秋何祀？山有木以宜刊。于是邑之缙绅"。《正宗》"封泥表堠。石泉都远，耀华虎于巴江；金柳城高，建丛祠于夏邑。湘潭矶上，虹光腾鬵帝之金；蟠冢严前，珠滴泻漏池之水。丰碑岌峏，蛇灵衔岣嵝之文"，《崇雅堂骈体文钞》

---

① 见《续修四库全书》第 1485 册，上海古籍出版社 2002 年版，第 386—387 页。
② 见《清代诗文集汇编》第 481 册，上海古籍出版社 2010 年版，第 313 页。
③ 见《清代诗文集汇编》第 493 册，上海古籍出版社 2010 年版，第 652 页。

作"封泥表埌。湘潭矾上，虹光腾鬵帝之金；蟠冢岩前，珠滴泻漏池之水。建丛祠于夏邑，金柳城高；耀华庑于巴江，石泉都远。丰碑岌岊，蛇灵衔岣嵝之文"，《正宗》所录可视为胡敬此文的另一版本。

二 清人所编清代骈文选本的文学批评意义

（一）推尊骈文文体地位

乾嘉时期，随着朴学兴盛，骈文创作也在蓬勃发展。面对古文独尊，骈文衰敝的文坛局面，骈文尊体成为时代思潮。骈文选家编辑当代骈文选本的一个重要目的，就是要表达他们对骈文文体地位的推尊。阐明骈散同源，肯定骈文文体特征是他们推尊骈文文体地位的理论路径。

1．阐明骈散同源

清当代骈文选本的编选者多从辨析文章源流的角度，指出骈散都出自先秦两汉文章，骈文并非六朝"道弊文衰"的产物，从而得出骈散同源而异流、不可偏废的观点，以此作为肯定骈文地位的理论基础。吴鼒《国朝八家四六文钞序》说：

> 夫一奇一偶，数相生而相成；尚质尚文，道日衍而日盛。旸谷、幽都之名，古史工于属对；觐闵、受辱之句，葩经已有俪言。道其缘起，略见源流……而必左袒秦汉右居韩欧，排齐梁于江河之下，指王杨为刀圭之误，不其过与！[①]

吴鼒认为"奇偶"、"质文"是相生相成、日衍日盛的关系；追源溯流，《尚书》和《诗经》中已有骈俪语句。因此，只要运用得当，骈文一样能够发挥作用，那种推崇韩、欧古文而排斥骈文的做法是不对的。

《国朝骈体正宗》的编选者曾燠肯定骈文地位说：

[①] 吴鼒：《国朝八家四六文钞》卷首，清较经堂刻本。下引《国朝八家四六文钞》的序文和各家"题词"均出自此本，随文标出，不再注释。

> 夫骈体者，齐梁人之学秦汉而变焉者也。后世与古文分而为二，固已误矣。①

强调骈文的源头也在秦汉文章，明确反对从古文角度区别骈散的做法，实际上也是从骈散同源观点出发对骈文地位的肯定。古文家经常把古文源头追溯到六经，清代推崇骈文者以具体例证说明先秦经典也有骈偶句式，从而把骈文源头追溯到先秦儒家典籍，得出骈散同源的观点，这是骈文选家为骈文正名，提高骈文地位的理论基础。

2．肯定骈文文体特征

讲究对仗，精于辞藻炼饰是骈文文体的主要特征，而古文家反对骈文对语言文辞、形式技巧的追求，抨击骈文"卑靡"、"浮艳"。在乾嘉骈文尊体思潮中，清当代骈文选本的编选者通过肯定骈文文体特征的方式来推尊骈文文体地位。吴鼐《国朝八家四六文钞序》说：

> 盖琴无取乎偏弦之张，锦非倚乎独茧之剥。以多为贵，双词非骈拇也；沿饰得奇，偶语非重台也。

用单弦不成琴，独茧不成锦的道理来说明骈偶表达方式的合理性。

谭献《续骈体正宗叙》：

> 故知文章源于天道，若夫篇体皆出后起。

> 士有憔悴失职，婉约言情。单词不足鸣哀，独思岂能无俪。②

用"文章源于天道"，说明骈散都出于自然，都具有合理性。认为从抒发

---

① 曾燠：《国朝骈体正宗序》，《国朝骈体正宗》卷首，《续修四库全书》本，上海古籍出版社 2002 年版，第 1 页。下引此文随文标出，不再注释。
② 谭献：《复堂类集》文集卷四，《丛书集成续编》本，台北：新文丰出版公司 1988 年版，第 109 页。

情感的角度来说,"单词"、"独思"显然不如骈偶的词语形式更富于表现力。

屠寄在其所编《国朝常州骈体文录》的《叙录》中说:

> 昔扬雄论文,旨归于丽则;萧统著《选》,事出于沉思。诚以睢涣之水,不濯魏文之衣;黄池之会,无取越人之裸。孔子曰"言之无文,行之不远",润色之业,断可知矣!自楚汉以降,骚赋代作,遗风余烈,事极开皇,莫不图写丹青,神明律吕,被龙文于绨椠,发凤音于珍柯。虽体势殊诡,而情藻则一。

也认为修饰润色是文章应有之义,用孔子"言之无文,行之不远"的名言来说明润色文章的重要性。从楚汉至隋文帝开皇年间,文章写作都具有注重辞藻修饰、音韵和谐的特征,屠寄对此予以充分肯定,表明他对骈文文体特征的高度认同。

(二)提出骈文创作原则与审美标准

为挽救骈文衰敝局面,推动骈文创作的进一步发展,清代中期以后推崇骈文者以编辑当代骈文选本的方式,从创作原则与审美标准两个方面为骈文树立轨范。

1. 清当代骈文选本编选者在创作方面提出"复古"的主张

"复古"是中国传统文学思想的重要内容,它往往和"宗经"结合在一起,以学习前代经典作品为创作宗旨。清当代骈文选本的编选者大多主张以经史为骈文创作的根柢,以汉魏六朝、初唐骈文为学习对象。吴鼒在《国朝八家四六文钞》中认为骈文必须"师古",得古人真义,才能避免"皮剥肤附"、"浮佻晦涩"(《思补堂文集题词》)之弊。他赞扬孔广森的骈文说:"子颙轩太史四六文乃兼有汉魏六朝初唐之盛,尝从戴氏受经,治《春秋》、三《礼》,故其文托体尊而去古近。"(《仪郑堂遗稿题词》)认为孔广森的骈文创作有汉魏六朝、初唐的风貌,因为师从戴震,有深厚的经学修养,因此他的骈文体貌尊严,与古人相近。在《有正味斋续集题词》中，吴鼒评吴锡麒骈文说："先生不矜奇，不恃博，词必择于经史，体必准乎古初。"也是赞扬吴锡麒骈文有经史根柢，能得古人风貌。乾嘉时期著名骈文家彭兆荪谈到《国朝骈体正宗》的编选情况，说："立准于元嘉、永明，而极才于咸亨、调露。文匪一格，以远俗为工；体无定程，以法古为尚。"① 提出要以元嘉、永明为代表的六朝，以咸亨、调露为代表的初唐作为骈文取法对象，主张以"法古"作为创作原则，这与吴鼒"师古"的观点是一致的。在"师古"的基础上，吴鼒阐释了他所理想的骈文境界："夫排比对偶，易伤于词。惟叙次明净，锻炼精纯，俾名业志行不掩于填缀，读者激发性情，与《雅》、《颂》同，至于揽物起兴，似赠如答，风云月露，华而不缛。然后其体尊，其艺传。"（《问字堂外集题词》）优秀的骈文作品，应该笔法精炼，去除辞藻浮靡、堆砌填缀之病，能够与《雅》、《颂》一样引起读者情感上的共鸣。在吴鼒看来骈文应该发挥《雅》、《颂》激发性情的作用，达到《雅》、《颂》所代表的审美理想。吴鼒的目标是让骈文做到"其体尊，其艺传"，从而把骈文纳入儒家文艺思想的轨范之中。这是吴鼒在推崇骈文、为骈文树立准则方面所作的努力。曾燠认为骈文"以六朝为极则"，对于六朝骈文作家，他最推崇的是徐陵、庾信、任昉、沈约，认为这四人"其体约而不芜，其风清而不杂。盖有诗人之则，宁曰女工之蠹"（《国朝骈体正宗序》）。以"诗人之则"评论六朝时期的骈文代表作家，表明曾燠认为骈文也继承了《诗经》的文学传统，这是对六朝骈文的充分肯定，同时也是对鄙薄骈文者的有力反驳。以"宗经"为基础的"复古"主张，代表了清当代骈文选家对骈文创作原则的理解，对于推尊骈文文体地位，指导骈文创作都具有一定意义。

2. "雅正"是清当代骈文选本编选者所提倡的骈文审美标准

清人对骈文流弊的批评多集中在辞藻的繁复浮靡、内容的陈词滥调以及写作手法的模拟堆砌等方面，这些弊病的产生与骈文多用于应接酬答的场合、骈

---

① 彭兆荪：《与姚春木书》，《小谟觞馆文集》卷三，《续修四库全书》本，上海古籍出版社2002年版，第646页。

文审美标准庸俗化等有直接的关系。因此，"去俗"成为清当代骈文选本编选者的共同呼声。作为两淮盐运使曾燠的幕僚，彭兆荪曾参与《国朝骈体正宗》的纂辑工作，在谈到此书的编选情况时，他强调骈文应"以远俗为工"，认为其编纂目的是"欲以矫俳俗，式浮靡"，自叙其骈文创作宗旨是"窃欲矫厉肤庸，归诸渊雅"①，面对骈文创作中的低俗之病，他用"雅"进行矫正，可谓有十足的针对性。吴鼒在《国朝八家四六文钞》的《小仓山房外集题词》中谈到对袁枚骈文的选录说："凡先生文之稍涉俗调与近于伪体者皆不录。雅音独奏，真面亦出。"不选录袁枚骈文中的"俗调"、"伪体"，暗寓杜甫"别裁伪体亲风雅"的含义，明显是以"雅正"为骈文审美标准。曾燠在《国朝骈体正宗序》中说："古文丧真，反逊骈体。骈体脱俗，即是古文。""脱俗"就是要向"雅正"靠拢，这是曾燠针对骈文创作普遍存在低俗之病而提出的审美理想。道咸年间，姚燮编选《皇朝骈文类苑》也明确表示要以彭兆荪提出的"矫俳俗，式浮靡"为选录标准②。自清初以后，以诗、古文为代表的正统文学便确立了"雅正"、"醇雅"的传统。渊博多识、学有根柢是乾嘉朴学时代读书人的普遍追求。清人所编清代骈文选本提倡"雅正"的审美标准，自觉将骈文纳入儒家正统文艺思想的轨范之中，这与清王朝所提倡的正统文风是一致的。"雅正"的骈文审美标准随着骈文选本的广泛刊印，在清代产生了较大影响，具有一定的代表性。

（三）对清代骈文创作的总结与评论

嘉庆以后，清当代骈文选本较为集中地出现，表明骈文作家和理论家对清当代骈文的重视。骈文选家以编纂选本的方式，对清当代骈文创作进行总结与评论。

1. 对清代骈文创作总体上予以高度评价

清当代骈文选本编选者对清代骈文的成就总体上予以充分肯定和极高评价。姚燮在其所编《皇朝骈文类苑》的序文中说：

---

① 彭兆荪：《与姚春木书》，《小谟觞馆文集》卷三，《续修四库全书》本，上海古籍出版社2002年版，第646页。
② 见《皇朝骈文类苑序》，《皇朝骈文类苑》卷首，清光绪七年（1881）刻本。

第三章 清人编选的骈文选本与文学批评

> 我圣朝景霈绵祥，人文荟起，扬葩振秀，辞理相宣，妍淡各当，有不止摩卯金之垒，辟典午之障者。吁，何瑰盛哉！①

认为清代骈文创作的成就超过了汉晋二代，予以热情赞颂。

王先谦在《骈文类纂》的序文中论清当代的骈文创作说：

> 昭代右文，材贤踵武。格律研而愈细，风会启而弥新。参义法于古文，洗俳优之俗调。选词之妙，酌秾纤而折中；行气之工，提枢机而内转。故能洸洋自适，清新不穷。俪体如斯，可云绝境。②

认为清代骈文作者学习古文义法，去除绮靡俳俗的习气，从而做到秾纤得中，气韵充沛。"俪体如斯，可云绝境"，王先谦对清代骈文创作给予高度评价。

屠寄编选《国朝常州骈体文录》，对乾嘉以后常州地区的骈文创作成就予以高度赞扬：

> 乾隆、嘉庆之际，吾乡盛为文章。稚存、伯渊齐金羁于前，彦文、方立驰玉轪于后。皋文特善词赋，申耆尤长碑铭。诸附丽之者，亦各抽心呈貌，流芬散条，亹亹乎文有其质焉。于时海内属翰之士，敦说其义，至乃指目阳湖，以为宗派。自时厥后，清风盛藻，尝稍替矣，然犹腾骞步，蹑退轨，振逸响，荡余波③。

列举洪亮吉、孙星衍、董祐诚、张惠言、李兆洛等人，对其骈文成就予以充分肯定。

2. 对清初骈文作家多表示不满，有所指摘

---

① 姚燮：《皇朝骈文类苑》卷首，清光绪七年（1881）刻本。
② 王先谦：《骈文类纂》卷首，清光绪壬寅（1902）思贤书局刻本。
③ 屠寄：《国朝常州骈体文录叙录》，《国朝常州骈体文录》卷三十一，《续修四库全书》本，上海古籍出版社2002年版，第711页。

值得注意的是，嘉庆以后清当代骈文选本的编选者虽然对清代骈文总体上予以肯定，但对清初骈文作家及其创作往往表示不满，有所指摘。吴鼒在《国朝八家四六文钞》中，赞扬刘星炜的骈文说：

> 笺启序记，名贵光昌，尽去国初诸君浮侈晦塞之弊，卓然可传。（《思补堂文集题词》）

又说：

> 近代能者或夸才力之大，或极摭拾之富。险语僻典，欲以踔跞百代，睥睨一世，不知其虚矫易尽之气，为有学之士所大噱也。（《有正味斋续集题词》）

他所谓的"国初诸君"、"近代能者"都是指清初的骈文作家。他用"浮侈晦塞"、"虚矫易尽"进行评论，指出了清初骈文创作的弊病，而他所崇尚的刘星炜、吴锡麒正是摆脱了这些弊病，在骈文创作上取得了很大成就。

彭兆荪协助曾燠纂辑《国朝骈体正宗》，他明确指出《正宗》"以远俗为工"、"以法古为尚"的编选原则，说：

> 其有新声涤滥，烦手滔堙，虽在专门，固从芟薙。或乃浅才薄植，学乏本原，龋齿折腰，意图貌袭，珠砾之似，亦勿容淆。若庑堂集唐一首，则变例收之。尤、陆、吴、章诸家则别裁汰之。揽翻剔毛，俱存微旨……要以揩拄哇淫，植立轨范。①

彭兆荪对骈文创作的弊病作了深刻揭示，明确表示对于清初的尤侗、陆繁

---

① 彭兆荪：《与姚春木书》，《小谟觞馆文集》卷三，《续修四库全书》本，上海古籍出版社2002年版，第646—647页。

诏、吴绮、章藻功等骈文名家要"别裁汰之",也就是要以杜甫"别裁伪体亲风雅"的态度对其骈文作品进行删汰,这四家都未入选《国朝骈体正宗》,可见曾燠和彭兆荪对他们是采取排斥态度的。

《皇朝骈文类苑》的编者姚燮对清初骈文作家也多持否定态度,说:

> 逮乎国朝,自湖海楼陈氏而下,流为思绮、林蕙、善卷,诸家之觞已滥,而不可为训。①

也认为清初自陈维崧以下,章藻功、吴绮、陆繁诏是清代骈文的滥觞,但"不可为训",认为不能以这几家的骈文作为效法对象。

嘉庆以后的骈文选家关注清当代骈文创作,他们对清初骈文作家大多采取鉴别去取的态度,主要原因在于清初延续元明以来的传统,骈文以交际应酬、官场公牍为主要用途,表现为浮靡、俳俗的风格特征,而乾嘉以后兴起骈文尊体思潮,骈文选家多以"去俗"、"法古"为理论宗旨,因此对清初骈文作家多持否定态度。他们认为乾嘉以后的骈文作家以两汉、六朝、初唐为宗法对象,扭转了骈文以"应俗"为主的创作风尚。吴鼒对"近代能者"的批评,揭示了清初骈文家的弊病,同时他也赞扬吴锡麒"合汉魏六朝唐人为一炉冶之,胎息自深,神采自旺,众妙毕俱,层见迭出",认为向"汉魏六朝唐人"学习是吴锡麒骈文取得成就的重要原因。彭兆荪否定"尤、陆、吴、章"四位清初骈文名家,提出"立准于元嘉、永明,而极才于咸亨、调露"的骈文创作准则,认为以南朝和初唐为取法对象,才是骈文创作的正途。姚燮认为胡天游、袁枚、洪亮吉、彭兆荪四家"辟重冈之积莽,开九陌之通逵,回数世之狂澜,转一时之风气,人稍稍知两汉六朝之学"②,以两汉、六朝为效法对象,骈文创作才真正扭转了自宋代以后形成的积弊,取得了显著成就。清当代骈文选本的编者对清初骈文作家多持否定态度,对乾嘉以后的骈文作家予以充分肯定,将其树立

---

① 姚燮:《皇朝骈文类苑》卷首,清光绪七年(1881)刻本。
② 姚燮:《与陈云伯明府书》,《复庄骈俪文榷》卷七,《续修四库全书》本,上海古籍出版社 2002 年版,第 418 页。

为学习楷范,由此可见清代骈文创作风气的转变,也是乾嘉以后骈文尊体思潮的体现。

3. 注重对清代骈文作家、作品风格的评论

清当代骈文选本编选者对其所选录的骈文作家、作品进行评论,特别注重对作家、作品风格的评论。吴鼒《国朝八家四六文钞》对所选八位骈文作家的创作风格都有所评论,如赞扬孙星衍骈文:"风骨遒上,思至理合。"(《问字堂外集题词》)评论洪亮吉骈文:"朴质若中郎,遒宕若参军,肃穆若燕公。"(《卷葹阁乙集题词》)在《玉芝堂文集题词》中说:"太史序其兄亶承文云:'清新雅丽,必泽于古,非苟且率牵以娱一世耳目者。'答同年王芥子书云:'每观往制,于绮藻丰缛之中,存简质清刚之质。'皆词家无等等咒,亦自道得力也。"则是通过引用他人的相关评论来表明自己的态度。

屠寄在所编《国朝常州骈体文录》的《叙录》中,对所选各家的骈文风格都有简要评述,从中可以窥见他的论文旨趣。如论孙星衍骈文说:"少作虽悔,文采自遒。气润金石,律谐管箫。存此逸响,以振庸调。"论赵怀玉和恽敬骈文说:"敦心风雅,华不伤雕,朴不苦窳。惟子居文变而弥古,率意言事,亦追迁固。"论董祐诚骈文说:"奇葩天丽,雕篆云缛。"论董士锡骈文说:"揩华词,哀声含激,逸情隐秀。"论刘承宠骈文说:"馨悦枝茎,瑚镂月露,荽斐麟石,是宗鲍谢。"可见屠寄论文强调文采的修饰,声律的和谐,并且要求达到文质相附的审美效果。主张向以古文著称的司马迁、班固和以骈文著称的鲍照、谢灵运学习,说明屠寄有"融通骈散"的理论倾向。

光绪年间张寿荣将姚燮对《国朝骈体正宗》的评语和自己对此书的评语加以整理,刊成《国朝骈体正宗评本》[①]一书。姚、张二人的评语也多有对骈文风格特征的揭示。如姚燮评陈维崧《周栎园先生尺牍新钞序》:"雅近初唐,而用笔亦极推波助澜之致。"评陈维崧《上龚芝麓先生书》:"奇崛中有俊爽气。"评吴锡麒《与黄相圃书》:"飙厉霜摧,哀逝赋之遗

---

① 张寿荣:《国朝骈体正宗评本》,清光绪十一年(1885)花雨楼刻本。

响也。"张寿荣评胡天游《拟一统志表》:"渊懿朴茂,古藻纷披。"评袁枚《与延绥将军书》:"行神如空,行气如虹,排奡中仍典赡风华。"评吴锡麒《李石渠先生陇西宦迹图记》:"闲情幽景,纷葩相引,极感慨苍凉之致。"二人都注重从风格角度对骈文作品进行剖析。

《国朝骈体正宗》以为骈文创作树立准则为编选目的,当日有较大影响,但姚、张二人对其所选作家、作品并不盲目尊崇,也予以辨析指摘。吴锡麒作为骈文名家,声望颇著,姚、张二人在评语中对其骈文风格多有褒赞之词,但也有所剖辨。如姚燮评吴锡麒《寄两广制府长牧庵同年书》:"叙事有经而振采不力,得毋流入时响哉!"评《李泌论》:"持论亦允,惜无翻空出奇之笔以驾驭之,故读之觉庸淡无奇。"对吴锡麒作品的特点予以肯定,同时对其不足也有清醒的认识。张寿荣在《李泌论》的评语中对清人崇尚吴锡麒的现象予以辨析说:"自吴山尊氏极力推崇其师,学者于《有正味斋集》几如望洋登岱,无敢少存一轩轾之思。今读姚先生诸评语,庶可化其拘见,求进乎上。"姚燮是晚清骈文名手,张寿荣在当日也颇有声望,他们对清当代骈文名家的风格能予以实事求是地剖析分辨,这对于读者认识清代骈文创作、骈文风格是具有一定启发意义的。

乾嘉以降,推崇骈文者热衷于清当代骈文选本的编选。与清初以"应俗"和"获利"为编选目的的四六文选本相比,他们的编纂态度极为严谨,所编骈文选本发挥了保存骈文文献的作用,无论是整理作家别集,还是将来编纂汇聚清代文章的全清文或全清骈文,都可作为重要的资料来源,有不少选本还可以发挥文本校勘作用,其文献价值值得重视。这一时期的清当代骈文选本大多有明确的理论宗旨和编纂原则。与乾嘉骈文尊体思潮相呼应,编选者表达了推尊骈文文体地位的态度,提出了符合儒家正统思想要求的骈文创作理论和审美理想,对清当代骈文作家、作品进行了卓有见地的剖析评论,这对于规范清代骈文创作、促进骈文发展、丰富骈文理论都有重要意义。

第三节 清乾嘉以降骈文选本的"尊体"批评

乾嘉以降，清人编纂的骈文选本数量众多，其中不乏产生较大影响者，如《宋四六选》、《国朝八家四六文钞》、《南北朝文钞》、《国朝骈体正宗》、《骈体文钞》、《六朝文絜》、《国朝骈体正宗续编》、《后八家四六文钞》、《国朝十家四六文钞》、《骈文类纂》等。此一时期编纂的骈文选本与清初以"应俗"为特征的四六选本完全不同，选家多为有一定社会影响的骈文作家和理论家，他们编辑骈文选本的态度极为严谨，所作序文是其骈文理论、批评思想的体现，篇目选择也较为精审。从文学批评方面来讲，清代中期以后，随着朴学兴盛，骈文创作呈现繁荣局面，骈文尊体思潮也应运而生。选本是中国传统文学批评方式之一。与时代思潮相呼应，乾嘉以降推崇骈文者通过编辑选本的方式进行骈文"尊体"批评，"尊体"成为此一时期骈文选本的主要理论宗旨。

一 阐明骈散同源，肯定骈文特征：乾嘉以降骈文选本对骈文文体地位的推尊

面对以古文为正宗，鄙薄骈体的传统观念，推尊骈文文体地位，成为乾嘉以降骈文选本"尊体"批评的首要任务。

（一）骈散同源，不可偏废

从辨析文章源流的角度，指出骈散都出自先秦两汉文章，从而得出骈散同源而异流，不可偏废的观点，这是乾嘉以降骈文选本推尊骈文文体地位的一个理论支点。刊印于嘉庆三年（1798）的《国朝八家四六文钞》是清代较早表达"尊体"观念的骈文选本，编选者吴鼒在序文中说："旸谷、幽都之名，古史工于属对；觏闵、受辱之句，葩经已有俪言。道其缘起，略见源流。"[①]用《左传》和《诗经》中有"属对"和"俪言"的现象，

[①] 吴鼒:《国朝八家四六文钞》卷首，清较经堂刻本。

说明骈偶的表达方式在先秦经典中就已经出现了。古文家经常把古文源头追溯到六经，吴鼒以具体例证说明先秦经典也有骈偶句式，从而把骈文源头也追溯到先秦儒家典籍，以此阐明骈散同源，不可偏废的主张。通过表达"骈散同源"观念，以达到骈文尊体的目的，这种方式为清代骈文选家所认同。刊印于嘉庆十一年（1806）的《国朝骈体正宗》是继《八家四六文钞》之后出现的又一部清人所编清代骈文选本，其编选者曾燠肯定骈文地位说："夫骈体者，齐梁人之学秦汉而变焉者也，后世与古文分而为二，固已误矣。"[①]强调骈文的源头也在秦汉文章，骈文与古文同源而异流，明确反对从古文角度区别骈散的做法，实际上也是从骈散同源观念出发对骈文地位的肯定。

刊刻于道光元年（1821）的《骈体文钞》是清代影响最大的骈文选本之一，其编选者李兆洛在序文中说："六经之文，班班俱存，自秦迄隋，其体递变，而文无异名，自唐以来始有古文之目，而目六朝之文为骈俪。"指出骈俪是唐以后出现的名称，唐前并无骈文、古文的区别。"文之体至六代而其变尽矣。沿其流，极而溯之，以至乎其源，则其所出者一也。"[②]认为六朝骈文是秦汉古文的流变，明确表达了骈散同源的观点。为了强调骈散同源，李兆洛在《骈体文钞》中，特意选取了司马迁《报任安书》和诸葛亮《出师表》，说："《报任安书》，谢朓、江淹诸书之蓝本也；《出师表》，晋宋诸奏疏之蓝本也。皆从流溯源之所不能不及焉者也。"[③]强调两汉散文是后世骈文的源头所在，也是采用追源溯流的方式，肯定骈散同源，从而达到推尊骈体的目的。

道光五年（1825），许梿将其历经多年编选而成的《六朝文絜》刊印成书。在序文中，许梿肯定骈文价值，自叙其对于徐、庾等六朝骈文"习稍稍久，恍然于三唐奥窔，未有不胎息六朝者，由此上溯汉魏，裕如

[①] 曾燠：《国朝骈体正宗序》，《国朝骈体正宗》卷首，《续修四库全书》本，上海古籍出版社2002年版，第1页。
[②] 李兆洛：《骈体文钞》，《续修四库全书》本，上海古籍出版社2002年版，第354页。
[③] 李兆洛：《答庄卿珊书》，《养一斋文集》，《续修四库全书》本，上海古籍出版社2002年版，第119页。

尔"①,所谓"三唐奥窔"是指以韩柳为代表的唐代古文,这是清代士人学习的典范。许梿领悟到唐代古文的奥妙在于对六朝骈文的借鉴和学习,由六朝骈文入手,进而取法汉魏文章,那就绰有余裕了。许梿从辨析文章源流的角度,将六朝骈文和唐宋古文的源头都追溯到汉魏文章,实际上也是以骈散同源的观念,表达他对骈文地位的肯定。

骈文选家认为骈散二体均出自先秦两汉文章,将骈文源头也追溯到先秦两汉儒家经典,有一定的理论意义。一方面,通过阐明古文家历来崇尚的先秦两汉古文中也有骈俪句式,从而说明古人文章并不排斥骈偶,后世古文家以先秦两汉文章为散文典范而排斥骈偶句式的做法是没有根据的。另一方面,古文家鄙薄骈文,认为骈文产生于六朝,以六朝"道弊文衰"作为否定骈文的理由②。骈文选家通过辨析文章源流的方式,指出骈散均出自先秦两汉文章,骈散同源而异流,作为文章写作的不同形式,骈散各有价值,不应偏废,从而有力批驳了古文家将骈文与六朝"道弊文衰"相联系,因而鄙薄骈文的传统观念。彭兆荪的《南北朝文钞》、李兆洛的《骈体文钞》、许梿的《六朝文絜》等骈文选本,以魏晋南北朝骈文为选录对象,突出此一时期骈文的典范意义,以此说明六朝骈文并非"道弊文衰",充分肯定了骈文地位。

(二)肯定骈文文体特征

对骈文文体特征的肯定是乾嘉以降骈文选本推尊骈文文体地位的另一个理论支点。这些骈文选本从自然现象的角度出发,认为阴阳、奇偶出之于自然,并生共存,缺一不可,而文章作为自然的产物,骈散的文体形式都具有天然的合理性。《国朝八家四六文钞》的编选者吴鼒在序文中说:"夫一奇一偶,数相生而相成;尚质尚文,道日衍而日盛。"③吴鼒从数字是奇偶相生相成的现象肯定奇偶的合理性。"尚质尚文"是"道",也即自然万

---

① 许梿:《六朝文絜》,《续修四库全书》本,上海古籍出版社2002年版,第143页。
② 陈子昂《与东方左使虬修竹篇序》称"文章道弊五百年矣";苏轼《潮州韩文公庙碑》认为"自东汉以来,道丧文弊",赞扬韩愈"文起八代之衰,道济天下之溺",唐宋以后古文家常以"道弊文衰"为鄙薄骈文的口实。
③ 吴鼒:《国朝八家四六文钞》卷首,清较经堂刻本。

物和人类社会发展的规律，那么从文章写作角度来讲，散体质朴，骈体华丽，都合乎事物发展的规律。吴鼒用奇偶相生，质文递变的道理肯定骈文文体形式的合理性，在歧视骈文的时代，这种看法实际上是对骈文地位的肯定。

李兆洛在其所编《骈体文钞》的序文中说："天地之道，阴阳而已。奇偶也，方圆也，皆是也。阴阳相并俱生，故奇偶不能相离，方圆必相为用。道奇而物偶，气奇而形偶，神奇而识偶。"又说："吾甚惜夫歧奇偶而二之者之毗于阴阳也。毗阳则躁剽，毗阴则沉膇，理所必至也，于相杂迭用之旨均无当也。"①也从阴阳、奇偶、方圆都是自然现象的角度说明骈散相互依存，不可分离，以此阐明骈文文体具有天然的合理性，表达他对骈文地位的肯定。

同治年间，方濬师将蒋士铨评选的《四六法海》刊刻成书，在所作序文中说：

> 窃尝论之，天地之道，不能有奇而无偶。《易》画八卦，演之而六十四，皆偶耳。东汉经术尚已，顾骈体文亦俶落于此。少陵江河万古之句，不废王杨卢骆，良有以也。《唐文粹》专取古文，不录骈体，惜抱老人《古文辞类纂》不收王禹偁《待漏院记》，以为近于骈体习气，殆亦见之偏欤。②

认为天地之道，本来就是奇偶并存，举《周易》由八卦演为六十四卦的现象，说明骈偶的重要性，得出骈文文体具有天然合理性的观点。又对《唐文粹》、《古文辞类纂》等鄙薄骈体的做法予以否定，从而表达他对骈文文体地位的肯定。

光绪二十八年（1902），王先谦在其所编《骈文类纂》的《序例》中说："文章之理，本无殊致，奇偶之生，出于自然。"③也认为骈体与散体都出于自然，它们只是文章写作的不同形式，在道理上并无区别。

---

① 李兆洛：《骈体文钞》，《续修四库全书》本，上海古籍出版社2002年版，第354页。
② 蒋士铨：《评选四六法海》卷首，清藏园刻本。
③ 王先谦：《骈文类纂》卷首，清光绪壬寅（1902）思贤书局刻本。

乾嘉以降的骈文选家强调骈文文体出于自然，具有天然的合理性。他们认为骈文追求对仗、工于藻饰、多用典故、音律和谐等特征也是符合"自然之道"的表现，从而对骈文的文体特征给予充分肯定。嘉庆二十五年（1820），陈均在其所编《唐骈体文钞》序文中说："骈俪之制，若日星之有珠璧，卉木之有鄂不，所谓物杂而后成文，音一勿能为听也。"①用自然界有"珠璧"、"鄂不"，以及事物杂错成"文"、单音不成曲调等现象，说明骈文润色雕饰也具有天然合理性的道理。谭献《续骈体正宗叙》："故知文章源于天道，若夫篇体皆出后起。""士有憔悴失职，婉约言情。单词不足鸣哀，独思岂能无俪。"②认为文章出于自然，散体不能充分表达情感，骈俪也为抒情所必须。吴育为李兆洛《骈体文钞》所作序文称：

> 夫人受天地之中，资五气之和，故发喉引声，和言中宫，危言中商，疾言中角，微言中徵、羽，此自然之体势，不易之理也。其一言之中，亦莫不律吕相和，宫徵相宣，而不能自知。然则骈俪之文，不由是而作者耶！论者往往右韩柳而左徐庾，殆非通论也。③

认为人所发声音的高低缓急与五音暗合，是自然之理，那么讲究声韵的骈俪之文也就是自然的产物，由此说明那种推崇韩柳散文、贬斥徐庾骈体的态度，不是通达之论。从合乎自然的角度阐明骈文声韵和谐的特征具有天然合理性，这是对骈文文体特征的肯定。

乾嘉以降骈文选本从符合自然之道的角度肯定骈文特征，也有一定的理论意义。

以自然现象为根据说明人文现象的合理性，是中国古人的传统思维方式。刘勰《文心雕龙·原道》认为文章与日月、山川一样都是"自然之道"的产物，《丽辞》篇专论骈偶对句，开篇便说："造化赋形，支体必

---

① 陈均：《唐骈体文钞》卷首，清光绪乙未（1895）刻本。
② 谭献：《复堂类集》文集卷四，《丛书集成续编》本，台北：新文丰出版公司1988年版，第109页。
③ 李兆洛：《骈体文钞》，《续修四库全书》本，上海古籍出版社2002年版，第343页。

双;神理为用,事不孤立。"① 从四肢两两相成,说明事物常以偶对的形式呈现,这是普遍的自然现象。刘勰把这种自然现象作为俪词偶句存在的理论基础。从《原道》到《丽辞》,刘勰阐释文章的产生及其骈偶对句的特点,都以"自然之道"作为立论根据。清代崇尚骈文者对《文心雕龙》这部六朝骈文时代的理论巨著十分推重,他们从文章出自"自然之道"的角度出发,以自然事物的奇偶相生为根据,说明骈文存在的合理性,正是深受刘勰思想的影响。古文家鄙薄六朝骈文,常以"藻丽"、"绮靡"等词语作为攻击骈文的口实,骈文选家通过文章出于"自然"的观点,说明骈文工于藻饰、绮靡华丽以及骈偶的表达方式都符合"自然之道",是骈文文体特征的表现,有力地反驳了古文家对骈文的攻击,充分肯定了骈文的文体价值。

二 剖析骈文弊病:乾嘉以降骈文选本对骈文衰敝症结的反省与厘清

骈文在六朝时期达到极盛,唐宋也不乏名家。但自元明以来,骈文创作逐渐呈现衰弱不振的局面。乾嘉以降的骈文选家,以振兴骈文为己任,他们认识到骈文创作中普遍存在的弊病是其衰敝的重要原因。因此,剖析骈文弊病成为骈文选家所热衷的话题。骈文选家对骈文弊病的剖析,其目的在于通过反省骈文创作,厘清骈文衰敝的症结,从而为骈文发展指出方向。因此,剖析骈文弊病,实际上是乾嘉以降骈文选家开展骈文"尊体"批评的一个重要方式。

(一) 从骈文发展史的角度反省骈文弊病

骈文为何走向衰敝,其弊病到底表现在哪里?骈文选家从骈文发展史的角度,对骈文创作进行反省。

徐达源在为《南北朝文钞》所作序文中说:

> 迨南北瓜分,自永初之元,迄开皇之季,中间世历数祀,代挺雅材,摛藻敷华,珠零锦粲,蔑乎莫之尚矣。有唐而降,厥风渐颓,流及天水,古意浸微,几邻俳俗。②

---

① 刘勰著,范文澜注:《文心雕龙注》,人民文学出版社1958年版,第588页。
② 彭兆荪:《南北朝文钞》,《丛书集成初编》本,商务印书馆1935年版,第1页。

认为南北朝是骈文创作高度发达的时期,而唐代渐趋颓靡,宋代则有"俳俗"之弊。

曾燠在《国朝骈体正宗序》中说:

> 有如骈体之文,以六朝为极则,乃一变于唐,再坏于宋,元明二代,则等之自郐,吾无讥焉。①

认为六朝骈文可以作为典范,而唐代以下都是骈文的衰敝时期。

姚燮在《皇朝骈文类苑叙录》中批评唐代以后骈文不振的情况说:"自唐宋江河势下,轨辙四歧,太古虚悬,广陵同慨,几几乎有崖粉索绝之惧焉。"②也认为唐宋以下骈文不能效法古人,标准淆乱,因此衰敝不振。在《与陈云伯名府书》中,姚燮对唐以下的骈文弊病进行具体剖析说:

> 燮尝以骈俪之文,自唐以还,若宋若元若明,非排比平通、墨守志诰之体,即敷衍卑陋,规模公牍之词。虽亦有鸡群之鹤,棘亩之兰,然可称专门名家者实罕其侣。③

也认为唐宋元明是骈文衰落的时期,"排比平通"、"敷衍卑陋",以及墨守成规、刻意模拟等则是骈文弊病的具体表现。

《国朝骈体正宗续编》卷首有缪德芬序,认为自唐代以后,骈散分途,骈文"格调屡变,藻绘愈工,骪骸弥甚。末学黯浅,徒效伎于俳优;单慧泛剽,惟饰容以铅黛。既支离而构词,亦索莫而乏气"④,指出唐代以后的骈文由于过度追求辞藻修饰,导致用词支离不合,文章缺乏生气的现象。

屠寄在《国朝常州骈体文录》的《叙录》中,对唐代以来的骈文创作

---

① 曾燠:《国朝骈体正宗序》,《国朝骈体正宗》卷首,《续修四库全书》本,上海古籍出版社 2002 年版,第 1 页。
② 姚燮:《皇朝骈文类苑》卷首,清光绪七年(1881)刻本。
③ 姚燮:《复庄骈俪文榷》,《续修四库全书》本,上海古籍出版社 2002 年版,第 418 页。
④ 张鸣珂:《国朝骈体正宗续编》,《续修四库全书》本,上海古籍出版社 2002 年版,第 210 页。

进行评论说:

> 有唐之始,渐趋重磓。昌黎起衰,特歧轨辙。历宋元明,数且千祀,大抵《客嘲》、《宾戏》,辄摩管、孟之流;《封禅》、《河清》,翻同齐、鲁之《论》,无异刳剡以游锦水,持画墁而营建章。遒丽之辞,阙焉靡纪。①

认为唐代文章"渐趋重磓",韩愈倡导古文,为文章写作别开一路,唐以下的文章更是因袭模拟,缺乏"遒丽"之词。

王先谦在《骈文类纂序例》中,对六朝以后骈文创作的弊病进行批评说:

> 六朝以还,词丰气厚,羡文衍溢,时病繁芜。宋元以降,词瘠气清,成语联翩,只形剽滑。明初刘、宋略仿小文,自时厥后,道益榛芜。虽七子大家,缺为斯式。②

他认为,骈文自六朝以后,虽然"词丰气厚",但文章已有繁芜之病;到宋元以下,"词瘠气清",多用前人已有之语,文章便不可取了;明代除刘基、宋濂的小文章外,骈文创作荒芜,即使如前后七子这样的大家也不擅长骈文。王先谦从"词"与"气"两个角度对骈文的历史发展进行批评,对六朝骈文总体肯定,对宋、元、明的骈文创作则持否定态度。

骈文选家从骈文发展史的角度对骈文弊病进行剖析,肯定了六朝骈文的成就,基本达成了唐代以后骈文逐渐走向衰敝,元明两代骈文创作萎靡不振、流弊丛生的共识,从而有力反驳了历来对骈文不加区别而一概否定的论调。

(二)骈文弊病的具体表现

唐宋以后的骈文创作究竟存在哪些弊病?骈文选家多在选本序文中

---

① 屠寄:《国朝常州骈体文录》,《续修四库全书》本,上海古籍出版社2002年版,第711页。
② 王先谦:《骈文类纂》卷首,清光绪壬寅(1902)思贤书局刻本。

对骈文弊病进行剖析。彭元瑞《宋四六选序》、吴鼒《国朝八家四六文钞序》、曾燠《国朝骈体正宗序》和缪德芬《国朝骈体正宗续编序》等选本序文剖析文病较为集中，见表3-1。

表3-1

弊病	序文	宋四六选序	国朝八家四六文钞序	国朝骈体正宗序	国朝骈体正宗续编序
语言文辞	辞藻繁复	袖置双鱼，獭皆欲祭	言不居要，则藻丰而伤繁	徒工獭祭	藻绘愈工，飢骫弥甚
语言文辞	过度雕饰	书衔五凤，虫定勘雕，问奇于三岁不灭之字	铅黛饰容旌旗列仗硬语横空，巧思合绮	飞靡弄巧苦事虫镂，遐搜奇字	饰容以铅黛
思想内容	背离正道		文不师古，则思骛而近谬		文丽义膡
思想内容	贫乏			瘠义肥词	
写作技巧	刻意模拟	必欲摹古于正月始和之文	摆脱凡近，规模初祖，真宰不存，形似取具，屋下架屋，歧途又歧		
写作技巧	生搬硬套		剪裁经文，而边幅益俭	活剥经文，生吞成语	
写作技巧	章法失调			琐碎失统，则体类于疥驼	支离而构词
写作技巧	句式冗长			四字密而不促，六字格而非缓，变以三五，厥有定程，奚取于冗长 累句不恒	
写作技巧	用典低俗		启事则吏曹公言，数典则俳优小说		

续表

弊病 \ 序文		宋四六选序	国朝八家四六文钞序	国朝骈体正宗序	国朝骈体正宗续编序
文章风格	低俗		揣摩时好，而气息愈嚣	援庾、孟为石交，笑曹、刘为古拙 古意荡然，新声弥甚	溺音腾沸，尽类巴渝之讴；缛采纷糅，竞炫红紫之色
	冗赘			沉腽不飞，讵祥比于鸣凤	
	纤弱				索莫而乏气

可以看出，辞藻繁复、过度雕饰、思想不合正道、内容贫乏、刻意模拟、生搬硬套、章法失调、句式冗长、低俗、纤弱等是骈文创作存在的主要弊病，骈文选家认为这些弊病是导致骈文走向衰落的主要原因。正如王先谦在《国朝十家四六文钞序》中所说：

> 夫词以理举，肉缘骨附。无骨之肉，不能运其精神；寡理之词，何以发其韵采。体之不尊，道由自敝。①

骈文创作存在的弊病是骈文"体之不尊"的原因，因为"体之不尊"，也就导致"道由自敝"，骈文走向衰敝。

骈文选家剖析骈文弊病的目的在于挽救骈文衰敝。张寿荣在曾燠《国朝骈体正宗序》的眉评中指出其所揭示的骈文弊病："说尽骈体症结，真可为时俗药石之攻。"②认为曾燠对骈文弊病的剖析可谓对症下药，是对骈文弊病的救治。可见，选本剖析骈文弊病的目的在于挽救骈文衰敝，这实际上也是骈文选家为达到骈文"尊体"目的而采取的批评方式。

---

① 王先谦：《国朝十家四六文钞》卷首，光绪乙丑（1889）长沙王氏刊本。
② 张寿荣：《国朝骈体正宗评本》，清光绪甲申（1884）刻本。

（三）骈文弊病产生的原因

清代骈文选家多为亲身从事骈文创作、深知个中甘苦的作家，他们对骈文弊病的认识和指摘可谓切中肯綮。通过对骈文弊病产生原因的分析，他们将矛头指向浅学无识的末流作者。彭兆荪认为唐以后的骈文创作之所以产生流弊，被人视为"卑滥"，主要原因在于"末流之放失，以至伪体之滋繁"①，末流作者的不尊规矩，导致骈文创作产生了流弊。李兆洛也说：

> 末学竞趋，由纤入俗，纵或类鬼，终远大雅，施之制作，益乖其方，文章之家，遂相诟病。②

缪德芬在《国朝骈体正宗续编序》中说：

> 末学黟浅，徒效伎于俳优；单慧泛剽，惟饰容以铅黛。③

他们所说的"末流"、"末学"，都是指骈文作者浅薄空疏、缺乏学养，认为这是导致骈文创作衰敝的重要原因。骈文选家结合骈文发展历史剖析骈文弊病，阐明弊病产生的原因，以此强调骈文文体自身并没有弊病，不能因为唐宋以后末流作者导致的骈文弊病而否定骈文文体及其在六朝乃至唐宋所取得的成就。通过剖析骈文弊病，选家所达到的是骈文"尊体"的目的。

（四）剖析骈文弊病的意义

剖析骈文弊病，作为骈文选本进行"尊体"批评的重要方式，有两个意义。

一是从编辑选本的角度来看，通过对骈文弊病的认识，形成了选家对作品鉴别去取的标准。彭兆荪曾帮助两淮盐运使曾燠纂辑《国朝骈体正

---

① 彭兆荪：《荆石山房文序》，《小谟觞馆续集》文续集卷一，《续修四库全书》本，上海古籍出版社 2002 年版，第 699 页。
② 李兆洛：《骈体文钞》，《续修四库全书》本，上海古籍出版社 2002 年版，第 126 页。
③ 张鸣珂：《国朝骈体正宗续编》，《续修四库全书》本，上海古籍出版社 2002 年版，第 210 页。

宗》一书，他与友人谈到此书的去取标准说："其有新声涤滥，烦手滔堙，虽在专门，固从芟薙。或乃浅才薄植，学乏本原，龋齿折腰，意图貌袭，珠砾之似，亦勿容淆。""尤、陆、吴、章诸家则别裁汰之。"①吴鼒在《国朝八家四六文钞·小仓山房外集题词》②中谈到对袁枚骈文的选录说："凡先生文之稍涉俗调与近于伪体者皆不录。"陈均在《唐骈体文钞序》中也说："其或练采失鲜，负声乏力，恒词复犯，冗调再讴，执籥秉翟而动容不灵，扬旌比戈而中权无律，若斯之伦，概从删置。"③"新声涤滥"、"意图貌袭"、"俗调"、"伪体"、"冗调"等都是骈文弊病，选家对骈文创作的种种弊病有清醒的认识，正是在这些认识的基础上形成了他们对作品的去取标准。

剖析骈文弊病的另一个意义在于，骈文选家对骈文弊病的反省是他们提出骈文轨范的基础。彭兆荪对骈文创作的种种弊病有极为深入的剖析，他自己编选有《南北朝文钞》，又曾协助曾燠编辑《国朝骈体正宗》，他认为骈文选本的编纂目的是："要以揩拄哇淫，植立轨范。"④在对骈文弊病充分认识的基础上，明确提出要以选本纠正骈文弊病，树立骈文轨范。吴鼒《国朝八家四六文钞》通过对骈文弊病的深入剖析，表明其编选目的在于"综为骈俪之则"，也就是通过去取选择，以选本的方式为骈文创作树立准则。晚清缪德芬在《国朝骈体正宗续编》中对唐代以后的骈文弊病进行了深入的揭示，然后表明"整派依源，悬规植矩"⑤的编选目的。可见，乾嘉以降骈文选本正是在对骈文弊病认识与反省的基础上，提出了骈文创作的轨范，而"复古"与"雅正"是其所提倡的骈文轨范的主要内容。

---

① 彭兆荪：《与姚春木书》，《小谟觞馆诗文集》卷三，《续修四库全书》本，上海古籍出版社2002年版，第646页。
② 吴鼒在《国朝八家四六文钞》中为八家各作《题词》一篇，置于各家《文钞》卷首。《题词》是了解吴鼒文学批评思想的重要资料。以下所引《题词》随文标出，不加注释。
③ 陈均：《唐骈体文钞》卷首，同治癸酉（1873）刻本。
④ 彭兆荪：《与姚春木书》，《小谟觞馆诗文集》卷三，《续修四库全书》本，上海古籍出版社2002年版，第646页。
⑤ 张鸣珂：《国朝骈体正宗续编》，《续修四库全书》本，上海古籍出版社2002年版，第210页。

三 提倡复古与雅正：乾嘉以降骈文选本为骈文树立轨范

乾嘉以降的骈文选家通过对骈文弊病的剖析与反省，找到了骈文衰敝的症结所在。为挽救骈文衰敝，推动骈文创作的发展，骈文选家通过提倡"复古"与"雅正"，从创作原则与审美标准两个方面为骈文树立轨范，这是乾嘉以降骈文选本"尊体"批评的主要目标。

（一）提出"复古"的创作主张与"雅正"的审美标准

面对唐宋以来骈文创作积弊重重的实际情况，骈文选家提出"复古"的创作主张。以"宗经"为基础的"复古"，是中国古代文艺批评的传统思想。乾嘉以降的骈文选本大多主张以经史典籍作为骈文创作的学养基础，以汉魏六朝、初唐骈文作为学习典范。吴鼒在《国朝八家四六文钞·思补堂文集题词》中提出骈文创作必须"师古"的创作主张，彭兆荪认为《国朝骈体正宗》的编选以"法古为尚"，王闿运为《八代文萃》所作序文称"夫词不追古，则意必循今；率意以言，违经益远"[①]，也主张骈文写作应以"师古"为宗旨，才能不背儒家经训。以"宗经"为基础的"复古"主张，代表了清代骈文选家对骈文创作原则的理解，对于推尊骈文文体地位，指导骈文创作都具有一定意义。

"雅正"是乾嘉以降骈文选本所提倡的骈文审美标准。嘉庆四年（1799）徐达源在为《南北朝文钞》所作序文中说："是编也，聊以树规植矩，使希雅音者，若射之有鹄焉。"[②]明确指出《南北朝文钞》以"雅音"作为骈文创作的规矩。彭兆荪自叙其《南北朝文钞》的编选宗旨说："窃欲矫厉肤庸，归诸渊雅。"[③]在批判骈文肤浅庸俗的基础上，明确提出以"渊雅"作为骈文的审美标准。所谓"渊"是指骈文词语、典故、内容、意义等的丰富，而"雅"是指文章风格的典雅、醇正。骈文大量用典，长于词语炼饰的特征应以经史学问为根柢，否则就会流于肤浅，彭兆荪所谓

---

① 陈崇哲、简荣：《八代文萃》，光绪乙酉（1885）富顺考隽堂刻本。
② 彭兆荪：《南北朝文钞》，《丛书集成初编》本，商务印书馆1935年版，第1页。
③ 彭兆荪：《与姚春木书》，《小谟觞馆诗文集》卷三，《续修四库全书》本，上海古籍出版社2002年版，第646页。

的"渊"正是针对骈文肤浅空疏的流弊而提出的救治措施。而"雅"与"俗"相对,如前所述,乾嘉以降骈文选本对骈文流弊的批评多集中在辞藻的繁复浮靡、内容的陈词滥调以及写作手法的刻意模拟、生搬硬套等,这些弊病的存在也是骈文审美标准趋于庸俗化的表现。因此,"去俗"成为骈文选本"尊体"批评的共同呼声。彭兆荪在与友人谈及《国朝骈体正宗》的编选情况时强调骈文应"以远俗为工",认为其编纂目的是"欲以矫俳俗,式浮靡"①,面对骈文创作中的低俗之病,他用"雅"进行矫正,可谓有十足的针对性。吴鼒所编《国朝八家四六文钞》不录袁枚骈文中的"俗调"、"伪体"之作,曾燠在《国朝骈体正宗序》中主张骈文应以"脱俗"为主,都表明其对"雅"的崇尚。陈崇哲在所作《八代文萃序》中说"醇雅之规,砥横流而不溃",王闿运为《八代文萃》作序,谓《文萃》的编选目的是"要以截断众流,归之醇雅"②,陈崇哲、王闿运重视"醇雅"文风,实际上也是对骈文"雅正"审美标准的认同。

(二)"复古"与"雅正"的理论意义

"复古"与"雅正"作为乾嘉以降骈文选家所提倡的创作原则和审美标准,具有较为重要的理论意义。清代崇尚以程朱理学为指归的古文,所以清代古文选本大都明确地表达了对儒家正统文学思想的认同。骈文选家认识到要想真正提高骈文地位,也必须把骈文纳入儒家正统文学思想的体系之中。因此,他们要求以古文的评价标准、审美理想作为骈文创作与审美的原则,要求骈文也要发挥"载道"作用。"载道"是唐宋以后古文最主要的价值、功用,古文因为"载道"功能而获得了普遍的认可和崇高的地位,而古文的价值、功用和审美标准所代表的是中国正统文艺思想的要求。清代骈文选家对于"复古"和"雅正"的提倡,表明他们有意识地用古文"载道"的价值、功用来要求骈文。

吴鼒在《国朝八家四六文钞序》中认为骈文相对于散文而言,"道则

---

① 彭兆荪:《与姚春木书》,《小谟觞馆诗文集》卷三,《续修四库全书》本,上海古籍出版社 2002 年版,第 646 页。
② 陈崇哲、简荣:《八代文萃》,光绪乙酉(1885)富顺考隽堂刻本。

共贯，艺有独工"，指出骈文由于自身的种种弊端，致使"其不得仰配于古文词宜矣"①，明显是以古文的价值、功用及审美理想作为骈文的衡量标准。曾燠在《国朝骈体正宗序》中说："岂知古文丧真，反逊骈体；骈体脱俗，即是古文。迹似两歧，道当一贯。"②要求古文、骈文都要表达真情实感，都不能陈陈相因、浅俗肤廓，骈散虽然文体形式不同，但创作原则是一致的。光绪十年（1884），陈宝琛为《八家四六文注》作序云："朝廷当重休累洽之时，人才辈出，台阁极沉博绝丽之选，文治天昌，骈散何分，达于词而道为之本，偶奇无异。"③认为文章不论骈散，都应以发挥"载道"作用为其根本。王先谦在《骈文类纂序例》中，提出"参义法于古文，洗俳优之俗调"④的观点，明确提出骈文创作要参考、学习古文"义法"，他所说的"义法"虽然没有明确指出是桐城派始祖方苞所阐释的古文"义法"说，但"义"，可以理解为对骈文思想内容的要求，"法"可以理解为对骈文创作方法的要求，显然他是以古文写作规范来要求骈文的。这与他一贯主张的"文以明道，何异乎骈散"的观点是一致的，表明他认为骈文和散文都应以"明道"为宗旨的文章学观念。

骈文选家认为骈散二体都可以阐发儒家义理，这与唐以后人鄙薄骈体，认为骈文是"道弊文衰"产物的传统观点完全不同。骈文与古文同样可以发挥"文以载道"的功能，这是对骈文价值的充分肯定，也反映出推崇骈文者力图用古文的功能用途、价值观念和审美原则来衡量骈文的要求，这是清代骈文选本"尊体"批评的一个显著特点，对于提高骈文地位具有重要意义。

乾嘉以降，骈文创作呈现蓬勃发展之势。面对古文独尊，骈文遭受歧视的文坛局面，"尊体"成为骈文作家和理论家的共同呼声。此一时期，不乏骈文"尊体"的主张，然而正如鲁迅先生所说："凡是对于文术，自

---

① 吴鼎：《国朝八家四六文钞》卷首，清较经堂刻本。
② 曾燠：《国朝骈体正宗》卷首，《续修四库全书》本，上海古籍出版社2002年版，第1页。
③ 许贞幹：《八家四六文注》卷首，民国二十三年（1934）上海扫叶山房石印本。
④ 王先谦：《骈文类纂》卷首，清光绪壬寅（1902）思贤书局刻本。

有主张的作家,他所赖以发表和流布自己的主张的手段,倒并不在作文心,文则,诗品,诗话,而在出选本。选本可以借古人的文章,寓自己的意见。"① 编辑既可提供写作范文,又能表达理论观点的骈文选本,成为乾嘉以降推崇骈文者进行骈文"尊体"批评的重要方式。作为学习骈文写作的典范文本,骈文选本具有广泛的社会需求,它的大量刊印,有力地促进了骈文"尊体"观念的传播。到晚清时期,骈文写作得到普遍认可,骈文基本获得了与古文平等的地位。② 可以说,乾嘉以降骈文选本的"尊体"批评,对于提高骈文地位,促进骈文创作发展都起到了重要的推动作用。

第四节 《南北朝文钞》与彭兆荪的骈文理论

彭兆荪(1768—1821),字甘亭,一字湘涵,江苏镇洋(今太仓)人。少时父彭礼为官山西,兆荪随从。年十五,应顺天乡试,声名满场。后竟多年科举不售,一生困于场屋。父死后,家贫,毅然析家产以偿债。有文名,所交皆当世名士,广有称誉。曾入江苏布政使胡克家幕府,为其校元本《通鉴》,与顾广圻校尤刻本《文选》,成《文选考异》十卷。后入两淮盐运使曾燠幕府,助其编纂《国朝骈体正宗》。彭兆荪为文专力骈体,亦工于诗。有《小谟觞馆诗集》八卷,《诗续集》二卷,《小谟觞馆文集》四卷,《文续集》二卷传世。事迹见于《清史稿·文苑传》、《清史列传》、《清代七百名人传》中。

《南北朝文钞》上、下两卷,嘉庆四年(1799),彭兆荪在友人徐达源帮助下,将其刊刻成书。全书选取南朝宋武帝永初至隋炀帝大业年间文章一百篇,以类相从,但未标类目。以《文选》所收文章及徐陵、庾信文章"同揭日月而行",常见易得,故而不收。书前有徐达源序及彭兆荪

---

① 鲁迅:《集外集·选本》,《鲁迅全集》第七卷,人民文学出版社2005年版,第138页。
② 光绪元年张撰的《书目答问》附录《国朝著述诸家姓名略总目》,列有"古文家"和"骈体文家"条目,各举数人,可见在当时人心目中骈文已具有和古文基本对等的地位。

"引"。多数篇章之下有彭兆荪和徐达源的按语。这些按语多是援引史实,介绍作者生平,间有文字校勘,彭兆荪的按语则间有对所选文章的评论,这些评论在一定程度上是彭兆荪文学批评趣味的反映。《南北朝文钞》的最早版本是嘉庆四年(1799)刻本。另有光绪元年(1875)广东南海伍崇曜《粤雅堂丛书》本,后附伍绍棠跋语;又有光绪二年(1876)广东番禺陈起荣刻本;光绪八年(1892)紫云室刻本等。民国时期商务印书馆《丛书集成初编》也收有《南北朝文钞》,用的是《粤雅堂丛书》本。

一 《南北朝文钞》的选评

乾嘉时期,汉学兴盛,和宋学主于义理相比,汉学家以熟读典籍、精于考辨而著称。他们精熟典籍,对以使事用典为特色的骈文较为偏爱。汉学名家如阮元、洪亮吉、孙星衍、孔广森等亦多为骈文好手。汉学的振兴,可以说是乾嘉骈文复兴的内在动力。彭兆荪精于考校,有深厚的朴学功底。胡克家刻本《文选》有《文选考异》十卷,精邃宏博,久为学界推重,此书虽题名胡克家,但《清史列传·彭兆荪传》说:"(彭兆荪)与长洲顾广圻,同为胡克家校刊元本《通鉴》,尤工椠《文选》,独成《文选考异》十卷。钩稽探索,颇具要领。"[①]据此可知《文选考异》是彭、顾二人共同撰著。彭兆荪精熟《文选》,崇尚以《文选》为代表的六朝骈文。但他并不满足于《文选》,他自己着手编选了骈文选本《南北朝文钞》,以之作为学习骈文的典范,此书成为乾嘉以后流传较广的骈文选本。

选本是中国古代文学批评的一种特殊方式,它往往与当时的社会背景和文学思潮有一定的关系,是选家意旨和批评趣味的反映。彭兆荪生活于乾嘉骈文复兴时期,作为专力于骈文创作的文士,彭兆荪对于骈文创作、骈散之争有深入思考,形成了自己的看法。他编选《南北朝文钞》,就是以为骈文创作提供范文的方式,来表达自己对骈文的态度,推进骈文创作的发展。在《与宁榕坞书》中,彭兆荪谈到他所编选的《南北朝文钞》,说:

[①] 清国史馆编:《清史列传》,《清代传记丛刊》本,台北:明文书局1985年版,第51页。

第三章　清人编选的骈文选本与文学批评

> 课经之余，颇留意六朝偶体，欲复俳俗，归诸古音，曾选百篇，以付剞劂。①

他编选《南北朝文钞》目的是要以选本的方式来扩大骈文声势。"欲复俳俗，归诸古音"是《南北朝文钞》的编选宗旨，也是彭兆荪骈文理论的重要内容。其所谓的"俳俗"，是指那些内容和风格戏谑、不庄重、庸俗、猥琐的文章，而"古音"就是六朝时期优秀的骈文作品。在《南北朝文钞》的序文中，彭兆荪明确表达了他的这一宗旨，说："攻《选》体者，欲挽颓波而趋正轨，此编或药俗之昌阳乎！"②彭兆荪认为骈体文自六朝、唐以下渐趋颓靡，他提倡以《文选》为代表的六朝文章，目的是为骈文创作树立规范，从而破除人们认为骈文"卑靡"的看法，恢复骈文应有的地位。

选本评语是编选者文论思想的重要体现，在《南北朝文钞》的评语中，彭兆荪屡次表达了对于"俳俗"的不满，同时表明了他对于"雅正"文风的推崇。

在释真观《与徐仆射述役僧书》评语中，他说："此篇与虞通之《让婚表》颇为一种俗调作俑。王志坚云，《役僧》一书满纸斋饭酸馅气，大非雅士所赏。言之未免太过，兹姑存之，以备一体。《婚表》更入俳俗，不佣不汰矣。"《与徐仆射述役僧书》是南朝陈宣帝太建十年（578）征讨北周失利，朝中有人提议让僧人充军，释真观写给徐陵，为僧人求情的一封书信。有求于人而不免言辞卑下。《宋文纪》叙述《让婚表》的写作背景说："宋世诸主莫不严妒，太宗每疾之。时光禄大夫江湛孙敩当尚世祖女，上使人为敩作《让婚表》以遍示诸主。"③在后人看来《让婚表》近同儿戏，所以彭兆荪把它和《与徐仆射述役僧书》都作为"俳俗"之作而加

---

① 彭兆荪：《小谟觞馆文集》卷三，《续修四库全书》本，上海古籍出版社2002年版，第645页。
② 《丛书集成初编》本《南北朝文钞》，下引此书序文及评语均出自此本。
③ 梅鼎祚：《宋文纪》卷十八，《景印文渊阁四库全书》本，台北：台湾商务印书馆1983年版，第860页。

以排斥。

梁武帝《为亮法师制涅槃经疏序》评语说："萧梁诸君，多通内典，故言之亹亹乃尔，然如《金刚摩诃忏》及《断酒肉文》，殊近庸猥，不及此文雅令。"评温子升《常山公主碑》说："即以是碑论，其渊雅之致，正不易几。"梁简文帝《大同哀辞》的评语说："帝戒当阳书，'立身需谨重，文章需放荡'，然集中所载诸文，抑何其渊雅而整饬也！"这些都表现了彭兆荪对于"雅正"文风的推崇。

二　以"归诸渊雅"为核心的骈文理论

乾嘉时期，骈文虽有复兴之势，但仍为古文家所排斥而未获普遍接受。彭兆荪提倡骈文，首先要为骈文正名。在《荆石山房文序》中，他说：

> 文章骈格，咸谓肇始东京……盖末流之放失，以至伪体之滋繁。若究其椎轮，审其径遂，义归于渊雅，词屏乎哗嚣，佁色于敦彝，含音乎琴瑟，斟酌华实，遒远淫哇，作者抗行，良无愧矣。①

古文家以先秦两汉文章为古文正统，但一般认为东汉文章已有骈俪气息。彭兆荪则明确指出秦、西汉诸名家之作为骈俪文章的始肇之基，这无疑是对古文家所崇尚的古文正统地位提出了挑战。他还认为魏晋以至陈隋时期，"众制锋起，雅才弥劭"，产生了众多杰出的骈文家和骈文作品，这与古文家一贯认为八代是文章之衰的看法截然相反。彭兆荪又指出，骈体与散体"途异原同"，也就是说骈文和古文都是后起之名，它们都渊源于先秦两汉文章，以此来说明骈文与古文并无优劣之别。阳湖派古文家李兆洛推尊骈体也是从骈散同源而异流这一角度来立论的，说："文之体至六代而其变尽矣，沿其流，极而溯之，以至乎其源，则其所出者一也。"（《骈体文钞序》）李兆洛阐释这一观点的《骈体文钞序》作于道光元年

---

① 彭兆荪：《荆石山房文序》，《小谟觞馆续集》文续集卷一，《续修四库全书》本，上海古籍出版社 2002 年版，第 699 页。

128

（1821），彭兆荪阐释其观点的《荆石山房文序》收在《小谟觞馆文续集》中，《小谟觞馆文续集》所收都是彭兆荪嘉庆十一年（1806）至嘉庆二十二年（1817）之间的文章，由此可知"骈散同源"已经成为这一时期推尊骈体者的共同看法，这一看法是乾嘉时期推崇骈文者为骈文正名的理论依据。彭兆荪还指出"卑滥"之作是骈文中的末流伪体，骈文中优秀的作者和作品比起古文家和古文来说是毫无愧色的，对于优秀骈文给予高度赞扬。

唐宋以后，古文家诋訾骈文往往以"卑靡"为口实。彭兆荪深刻认识到，要为骈文正名，就要努力恢复其"雅正"的面目。在《答姚春木书》中，他自叙其理想说：

> 窃欲矫厉肤庸，归诸渊雅。借见古人文笔，无分整散。不使寡学之士，高语起衰，轻诋骈文，谓为应俗。①

直接驳斥古文家认为八代是文章之衰的看法。所谓"古人文笔，无分整散"，从源头上否定了散文优于骈文的看法，为骈文摇旗呐喊，力图恢复骈文作为一种文体的应有地位。"矫厉肤庸，归诸渊雅"，是彭兆荪骈文理论的核心所在。彭兆荪曾帮助两淮盐运使曾燠纂辑《国朝骈体正宗》一书，他与友人谈论此书，述其编纂目的是"欲以矫俳俗，式浮靡"，详论其编选意旨说：

> 文匪一格，以远俗为工；体无定程，以法古为尚。其有新声涤滥，烦手滔堙，虽在专门，固从芟薙。或乃浅才薄植，学乏本原，龋齿折腰，意图貌袭，珠砾之似，亦勿容淆……要以揩拄哇淫，植立轨范。②

"远俗"、"法古"、"揩拄哇淫，植立轨范"，所体现的正是彭兆荪在骈文创作

---

① 彭兆荪：《与姚春木书》，《小谟觞馆文集》卷三，《续修四库全书》本，上海古籍出版社2002年版，第646页。
② 同上。

方面一贯主张的观点。唐代以后，人们认为六朝文学有绮靡不实之弊。如陈子昂批评六朝诗歌说，"汉魏风骨，晋宋莫传"、"采丽竞繁，而兴寄都绝"①，认为六朝诗歌虽然文辞华丽但是内容不够充实，缺乏儒家传统思想的内涵。韩愈、柳宗元大力倡导古文，提倡"文以明道"，也要求文章写作应以弘扬儒道为宗旨，避免六朝绮靡不实的弊端。彭兆荪为骈文正名，指出"卑靡"之作是骈文末流，"渊雅"才是骈文正宗，在这一点上他努力向古文靠拢，把骈文和古文的区别仅局限于文体形式的不同，力求表明骈文在实质上是和古文一样的。这是他对于骈文创作的一种理想标准，也是他为骈文正名的一个理论基础。

彭兆荪的看法在当时具有一定的代表性。如王芑孙在《小谟觞馆文集序》中说："夫文何有奇偶哉……上者载道，下者载心，其要固一术尔。"②王芑孙也认为文章本无骈散，不能用骈散来判断文章优劣，从文章的主要功能"载道"和"载心"来讲，骈文和散文是一样的。曾燠《国朝骈体正宗》刊刻于嘉庆十一年（1806），其序文说："古文丧真，反逊骈体；骈体脱俗，即是古文。迹似两歧，道当一贯。"持论与彭兆荪相似，都是当时推崇骈文者的共同看法。

三　以六朝为宗尚的骈文创作

乾嘉骈文复兴的时代思潮是在骈文理论和骈文创作共同发展的推动之下而形成的。彭兆荪不但注重骈文理论的阐发，而且专力于骈文创作，是乾嘉时期较有影响的骈文作家。清人易宗夔《新世说·文学》说："八家（按：吴鼒《八家四六文钞》所录八人）之外，以骈体文称者，又有阮芸台、刘芙初、乐莲裳、彭甘亭、查梅史、杨蓉裳、杨荔裳、刘孟涂、梅伯言、郭频伽、吴巢松诸君。其文皆闳中肆外，典丽肃穆，足与八家

---

① 陈子昂：《与东方左史虬修竹篇序》，见周祖譔编《隋唐五代文论选》，人民文学出版社1990年版，第75页。
② 王芑孙：《小谟觞馆文集序》，《小谟觞馆文集》卷首，《续修四库全书》本，上海古籍出版社2002年版，第623页。

并美。"①所举皆当世骈文名家，彭兆荪即与列其中。死后姚椿为撰《墓志铭》，称其"文章鸿博沉丽，力追六朝三唐之作者"。彭兆荪存有《小谟觞馆文集》四卷，刊刻于嘉庆十一年（1806），《续集》二卷，刊刻于嘉庆二十二年（1817），皆为生前自定文集。集内所收基本上都是骈文，各体皆有，但从数量上来看，正续文集只有六卷的分量，尤其是碑、铭、墓志等应酬文章集内所收较少，表明彭兆荪对于自己的骈文相当看重，其集内所收文章显然是有所持择的。

彭兆荪早年随父长于塞外，参加乡试，即获文名，但后来却久困场屋，沉居下僚。困顿失意的人生经历对其文学创作有一定的影响。王芑孙《小谟觞馆文集序》说：

> 湘涵少长边塞……又不幸久困，有羁愁骚屑，摧撞拂郁，以激宕其中之所存。由是倔词异采，匪意横发，长篇短章，随变杂施。持源以往，扶气以立，阳开阴阖，神出鬼没，而一皆以自载其心。

认为生活环境、人生经历等方面对彭兆荪的文学创作有深刻的影响，对其文学风格作了很好的概括。

彭兆荪熟精《文选》，崇尚六朝骈文，从艺术表现来看，所作骈文深具六朝文风。其文以四字、五字、六字短句为主，句法整饬，错落有致；语言朴实，不骛华美，注重对真情实感的抒发。友朋往来的书札在集内所收较多，或述身世，或叙交谊，或谈文论艺，感情真挚，文辞流畅。如《与李散木书》中叙其少时在边塞所见景色：

> 曩在毁齿，随宦边州。地当赵北之陲，壤接幕南之域。紫塞拱其左，黄河绕其右，燕代扼其前，碛卤掎其后。武灵王所拓宇，呼韩邪所蹴骑。每剩春迎夏，风暄草薰，鸣沙卷而柳青，堠锋销而榆翠。长城窟下，水无呜咽之音；都尉营中，花有燕支之色。未尝不俳佪皋

---

① 易宗夔：《新世说》，《清代传记丛刊》本，台北：明文书局1985年版，第278页。

阜，延赏林峦。茛席敷而捆马斝；烟芜平而射雉赋。至于严霜凋节，野莽陨柯，雪互千里，冰横一岸。虎豹夹路，山樵望而不前；雕鹗厉空，翔禽惊而在下。狞飙号昼，曜灵匿其阳晖；大角叫秋，翰音失其恒响。则又随戎将，猎郊坰，扈带鲛函，青茎赤羽。弓如霹雳，鸣饿鹅于泽中；天似穹庐，割黄羊于帐下。普梨一曲，尔朱敕勒之歌；琵琶四弦，公主乌孙之乐。何其甚壮，岂不然欤？①

描摹细腻而气势飞动，语言朴实流畅，间或用典，但能融合无间。彭兆荪的骈文创作宗尚六朝，却毫无绮靡卑弱之感，体现了其在骈文理论方面"欲复俳俗，归诸古音"的一贯主张。

彭兆荪专力于骈文创作，诗歌亦颇有成就。龚自珍《乙亥杂诗》云："诗人瓶水与谟觞，郁怒清深两擅场。如此高才胜高第，头衔追赠薄三唐。"②《清史列传·文苑传》和《清史稿·文苑传》都有彭兆荪传，说明他在文学方面确有一定的成就和影响。就艺术角度来讲，他的骈文和诗歌，各擅胜场，难判高低。但从文学批评史的角度来看，彭兆荪在乾嘉骈文复兴的思潮中，积极阐扬骈文理论，努力为骈文正名，以恢复骈文应有的地位，在当时颇具影响，对清代中期以后的骈文复兴起到了推波助澜的作用。就这一点来说，他的骈文理论和骈文创作更具有一定的时代意义。

第五节 《骈体文钞》选评与李兆洛的文章学理论

李兆洛是清嘉道间阳湖文家中成就较为卓著的一位。他以选本的方式表达自己的文学观念与文学理论，所编《骈体文钞》，对于历史上尤其是清代的骈散之争，提出自己的看法，拓展了清代文章学理论的内涵，在清

---

① 彭兆荪：《小谟觞馆文续集》卷一，《续修四库全书》本，上海古籍出版社2002年版，第701页。
② 《龚自珍全集》，上海古籍出版社1975年版，第520页。

代中晚期的文学批评史上具有较为重要的理论意义。

一 《骈体文钞》的编选及其理论主旨

《骈体文钞》三十一卷,道光元年（1821）合河康氏家塾刻本[1]。全书选录先秦至隋文章七百余篇,分为上、中、下三编,上编"皆庙堂之制,奏进之篇",分为颂、杂扬颂、箴、谥诔、哀策、诏书、策命、告祭、教令、策对、奏事、驳议、劝进、贺庆、荐达、陈谢、檄移、弹劾等类别。中编是"指事述意之作",分为书、论、序类、集颂赞箴铭、碑记、墓碑、志状、诔祭等类别。下编"多缘情托兴之作",分为设词、七、连珠、笺、杂文等类别。

中国的文章写作,自唐代韩愈、柳宗元倡导散体,以矫正六朝骈文之失,经宋代古文运动,而使古文压倒骈文占据了文章写作的主流地位。清代桐城派自其始祖方苞起,在古文理论方面就严格拒骈,方苞说:"古文中不可入语录中语,魏晋六朝人藻丽俳语。"[2]姚鼐在《古文辞类纂序目》中也说:"古文不取六朝,恶其靡也。"古文家排斥骈文是为了保持古文自唐代韩柳以来的纯正性,但是到了乾嘉以后,随着考据学的蓬勃发展,骈文创作高涨,大有复兴之势。自唐宋以来所形成的古文独尊的局面面临着前所未有的挑战。李兆洛在《骈体文钞》中提出援骈入散,骈散融通的文章学理论,代表了古文家在新的形势下,在古文写作和理论方面积极谋求新变的努力。

在多数古文家严格拒骈的情况下,李兆洛对骈体文采取了尊重并为其正名的态度,在《答庄卿珊书》中,他说:

---

[1] 《中国古籍善本书目》收有《骈体文钞》七种,均为名家批校评点本,它们是清陈澧批校本、姚永概录清陈澧批校本、清翁同龢录清翁同书批点本、清李慈铭批校本、清谭献批并跋郭拱辰跋本、邵章录清谭献批并跋本。以上六种是以清合河康氏家塾刻本为底本的名家批校本,另有以清合河康氏家塾刻同治六年娄江徐氏印本为底本的平步青批校本。《（稿本）中国古籍善本书目书名索引》所收录《中国古籍善本书目》的七种外,还有一种是清合河康氏家塾刻同治六年娄江徐氏印本,周之桢录谭献、庄士敏、杨佩瑗批校,陶北溟跋。

[2] 刘季高校点:《方苞集》,上海古籍出版社1983年版,第890页。

> 今日之所谓骈体者,以为不美之名也,而不知秦汉子书无不骈体也。窃不欲人避骈体之名,故因流以溯其源,岂第屈司马、诸葛以为骈而已,将推而至老子、管子、韩非子等皆骈之也。①

在《答汤子厚》中,他也表达了尊重骈体文的态度:

> 曩与彦文论骈体,以为齐梁绮丽都非正声,末学竞趋,由纤入俗,纵或类鬼,终远大雅,施之制作,益乖其方,文章之家,遂相诟病。窃谓导源《国语》及先秦诸子,而归之张、蔡、二陆,辅之以子建、蔚宗,庶几风骨高严,文质相附。要之此事雅有实诣,非可貌袭。学不博则不足以综藩变之理;词不备则不足以达蕴结之情;思不极则不足以振风云之气。②

他以"风骨高严,文质相附"之语对其所列举的作家给予高度评价,认为骈文写作必须有广博的学识、丰富的辞藻、充沛的才思,才能达到较高的艺术境界,这对于认为骈文"纤巧浮靡"的世俗看法是一种有力的反驳。李兆洛本为古文名家,这种来自古文家的尊崇态度,对于扩大骈文影响,使其获得普遍的认同和尊重,有更为积极的意义。当然,李兆洛推尊骈文的目的,并不是要人舍古文而习骈文,作为古文家,他的目的是要援骈入散,突破传统古文写作的藩篱,使古文写作不避骈语,以拓展古文写作的境界。李兆洛在《骈体文钞序》中,表达了他的这种文章学理论。其文曰:

> 天地之道,阴阳而已,奇偶也,方圆也,皆是也。阴阳相并俱生,故奇偶不能相离,方圆必相为用。道奇而物偶,气奇而形偶,神奇而识偶。孔子曰:"道有变动,故曰爻;爻有等,故曰物;物相杂,

---

① 李兆洛:《养一斋文集》,《续修四库全书》本,上海古籍出版社2002年版,第119页。
② 同上书,第126页。

第三章　清人编选的骈文选本与文学批评

故曰文。"又曰："分阴分阳，迭用柔刚，故《易》六位而成章。"相杂而迭用，文章之用，其尽于此乎！六经之文，班班俱存，自秦迄隋，其体递变，而文无异名。自唐以来始有古文之目，而目六朝之文为骈俪，而为其学者，亦以是为与古文殊路。既歧奇与偶为二，而于偶之中，又歧六朝与唐与宋为三。夫苟第较其字句，猎其影响而已，则岂徒二焉三焉而已，以为万有不同可也。夫气有厚薄，天为之也；学有纯驳，人为之也；体格有迁变，人与天参焉者也；义理无殊途，天与人合焉者也。得其厚薄纯杂之故，则于其体格之变，可以知世焉；于其义理之无殊，可以知文焉。文之体至六代而其变尽矣。沿其流，极而溯之，以至乎其源，则其所出者一也。吾甚惜夫歧奇偶而二之者之毗于阴阳也。毗阳则躁剽，毗阴则沉膇，理所必至也，于其相杂迭用之旨，均无当也。

李兆洛从三个方面阐明了其骈散相间的文章学主张。首先，他从"道"的高度，为其学说寻找理论依据。儒家有"一阴一阳之谓道"（《周易·系辞上》）的说法，由此推演出的阴阳学说成为古人对于天地万物的一种解释方式。李兆洛借"阴阳并生，不可相离"的传统观念，作为骈散不能相离的理由。其次，援引儒家经典《周易》，说明其"相杂而迭用，文章之用"的理论主张，这是以圣人之言作为其理论的依据。最后，他从文学发展的角度，说明骈散分路始于唐以后，先秦至六朝并无古文之名。骈散既为同源，那么，从文学本身的角度来讲，区别骈散是不对的。作为阳湖派中卓有成就的古文家，李兆洛通过编选《骈体文钞》，以选本的方式，旗帜鲜明地表明了自己融通骈散的文章学理论。正如曹虹所说："阳湖派散文家李兆洛选编的《骈体文钞》一书，推尊骈体，破除古文藩篱，以期在观念和实践上真正融通骈散，体现了较为鲜明的宗旨。"[①]

值得思考的是，李兆洛既然要融通骈散，是不是就要泯灭骈体和散体

[①] 曹虹：《阳湖文派研究》，中华书局1996年版，第96页。是书第六章第三节《〈骈体文钞〉的选编宗旨》，对《骈体文钞》一书的编选及其理论意义有周详的论述，对本节写作亦颇多启发。

的固有特征，形成一种不骈不散的文章风格呢？李兆洛究竟要怎样来融通骈散呢？我们可以从李兆洛提出其理论的原因及其具体的文章写作实践来考察。

李兆洛之所以要提出这种融通骈散的主张，与他对当代古文写作的不满有直接的关系。他在《答庄卿珊书》中说：

> 洛之意颇不满于今之古文家但言宗唐宋而不敢言宗两汉。所谓宗唐宋者，又止宗其轻浅薄弱之作，一挑一剔，一含一咏，口牙小慧，谫陋庸词，稍可上口，已足标异。于是家家有集，人人著书，其于古则未敢知，而于文则已难言之矣。

相对于骈文来说，古文不用韵、不使事，句式上又长短皆可，所以古文写作从形式上来看难度较小，易流于浅薄。一般而言，唐宋古文较先秦两汉为流易，而当时古文家又以唐宋古文中轻浅薄弱之作为宗尚。因此，李兆洛在与好友庄卿珊的信中，对古文写作表面繁荣而实际上疏于学问、浅于才情的现象深表不满，以至提出"欲宗两汉非自骈体入不可"的骇俗之论，表明其对骈文价值的高度重视。

李兆洛不但自己为《骈体文钞》作序，而且还以好友庄卿珊的名义为《骈体文钞》写了一篇序言。在这篇代作序言中，李兆洛对当世古文家鄙薄骈体，以致流于浅俗的现象进行了批驳。他说：

> 古之言文者，吾闻之矣。曰：云汉之倬也，虎豹之文也，郁郁也，彬彬也，非是谓之野。今之言文者，吾闻之矣。曰：孤行一意也，空所依傍也，不求工也，不使事也，不隶词也，非是为谓之骈。

李兆洛以今文和古文作对比，认为今文之所以不如古文，就是因为今文完全抛弃了骈文的优点。古文之短，正是骈文之长，所以他主张向骈文学习。但李兆洛毕竟是古文家而非骈文家，他学习骈文，目的是以补古文之短。因此，他所谓的融通骈散，从其古文家的角度出发，其实是要援骈入散，不只是在句法格式上，还要在辞藻修饰和使事用典等方面向骈文学习。所谓"学不博则不足以综藩变之理；词不备则不足以达蕴结之情；思不极则不足以振风云之气"（《答汤子厚》），"学博"、"词备"、"思极"这些骈文之长在李兆洛看来正可以补古文之短。

李兆洛不但对当代古文家不满，对骈文家也有微词。在代作《骈体文钞序》中，他说：

> 业此者既畏骈之名而避之，或又甘乎骈之名，而遂以齐梁为宗。夫文果有二宗乎？

齐梁文辞藻繁缛，一般认为是文胜于质，骈文以齐梁为宗，易流于形式技巧。李兆洛对当时古文和骈文写作之末流都表示不满，所以他说：

> 吾友李君申耆，欲人知骈之本出于古也，为是选以式之，而名之曰《骈体文钞》。亦欲使人知古者之未离乎骈也。

对于当世古文与骈文写作的不满，是李兆洛编选《骈体文钞》以阐释其文章学理论的主要原因。李兆洛的这种文章学理论，是其在新的时代背景下，对于古文文论的拓展，对于文学自身的发展有一定的积极意义。李兆洛的《养一斋文集》中，多有对这种理论的实践。聊举一例，以示其特点。如《与毓星甫郡侯书》：

> 化日所临，蔀屋蒙福。徒以野处，未觐清光，时怀罪戾。昨蒙赐示，以官保命兆洛移席钟山，闻命震骇。兆洛行能无似，学植就荒，加以蒲柳之资，崦嵫已迫。既畏惮于川途，复不任于拜谒。是以伏处僻左，以佔毕之旧习，借糊口于四邻。即此抗颜，已为逾分。况省会人文所萃，大贤所临，何以俯率菁莪，仰承乐育？用敢沥情上请，求转达于台台，乞回恩命，诚有方于教旨，实自揣其虚庸。无任

悚息。①

文章借鉴了骈文的写法，散行之中，时有骈句。吸收了骈文句式的特点，多以四字句和六字句为主，但又不拘泥于骈四俪六，使文章简洁而又错落有致。文章偶用典故，如："蒲柳之姿"，出自《世说新语·德行》："顾悦与简文同年而发早白，简文曰：'卿何以先白？'，对曰：'蒲柳之姿，望秋而落；松柏之质，经霜弥茂'"；"崦嵫已迫"，出自《离骚》"吾令羲和弭节兮，望崦嵫而勿迫"；"菁莪"，出自《诗经·小雅·菁菁者莪》，以示乐育人才。使事用典本是骈文所长，李兆洛有所借鉴，但又不堆砌典故，意在借骈文之长，补古文之短。这篇短文很好地体现了李兆洛援骈入散、融通骈散的文章学理论。

二 李兆洛文章学理论溯源

李兆洛的文章学理论并非凭空而来，也有其理论的先导。

清代中期以后，桐城派古文势力很大，而且在文论主张上持拒骈态度。但是骈文复兴已成时代思潮，阮元等人尊奉《文选》，对六朝以来的"文笔说"发表意见，要把无韵之笔排除出"文"的范围，在文学观念上严格拒散，以崇骈体。拒骈与拒散两种文学观念，各自成派，势如冰炭，水火不容。然而，在这两派之外，也有人提出了不拘骈散的文学观念，如袁枚自述其文章好尚是"好韩柳，亦为徐庾"，在《与友人论文第二书》中说：

> 足下之答绵庄曰："散文多适用，骈体多无用，《文选》不足学。"此又误也。夫高文典册用相如，飞书羽檄用枚皋，文章家各适其用……古之文不知所谓骈与散也……安得以其散者为有用，而骈者为无用也。足下云云，盖震于昌黎起八代之衰一语，而不知八代固未尝

---

① 李兆洛：《养一斋文集·续编》卷三，《续修四库全书》本，上海古籍出版社2002年版，第361页。

衰也。何也？文章之道，如夏、殷、周之立法，穷则变，变则通。西京浑古，至东京而渐漓，一二文人不得不以奇数之穷，通偶数之变。及其靡曼已甚，豪杰代雄，则又不屑雷同，而必挽气运以中兴之，徐、庾、韩、柳亦如禹、稷、颜子，易地则皆然者也……盖其词骈，则征典隶事，势难不读书；其词散，则言之无物，亦足支持句读。吾尝谓韩、柳为文中五霸者此也。然韩、柳琢句，时有六朝余习，皆宋人之所不屑为也。惟其不屑为，亦复不能为，而古文之道终焉。①

袁枚首先指出，骈、散应该各适其用，以《尚书》、《周易》为例，说明"古之文不知所谓骈与散也"，所以重散轻骈的观念是不对的。其次，对于韩愈"文起八代之衰"的传统观念给予否定。以"通变"的道理，说明散体与骈体是文学发展变化的结果。徐庾与韩柳以其自身的努力推动了文学的这种变化，并且有所作为，韩、柳、徐、庾于文学来讲都是功臣，厚韩柳而薄徐庾的态度是错误的。最后则尖锐地指出，宋以后古文家严格拒骈，其末流则不读书，言之无物，丧失了古文传统。袁枚大力推尊骈文，批评古文之失，表达了骈散并重的文学观念，是对骈散之争的调和与融通，可以视为李兆洛文章学理论的先导。

骈文思潮的风起云涌，对于恪守传统家法的古文写作无疑产生了一定的震动和冲击。桐城派古文家刘开与同门的梅曾亮、方东树、管同并称姚门四大弟子，颇得姚鼐赏识。刘开虽然以古文名家，但是也不废骈体，道光六年（1826）刊本《刘孟涂集》中，有骈体文两卷。在《书〈文心雕龙〉后》一文中，其表达了尊重骈体，骈散并重的文章学理论：

夫文亦取其适而已，奚得以其俳而弃不重哉？然则昌黎为汉以后散体之杰出，彦和为晋以下骈体之大宗，各树其长，各穷其力，宝光精气终不能掩也。②

---

① 袁枚著，周本淳标校：《小仓山房诗文集》，上海古籍出版社1988年版，第1548页。
② 刘开：《刘孟涂文集·骈体文》卷二，《续修四库全书》本，上海古籍出版社2002年版，第426页。

在《与王子卿太守论骈体书》中,刘开明确地表达了融汇骈散的文章学理论:

> 故骈中无散,则气壅而难疏;散中无骈,则词孤而易瘠。两者但可相成,不能偏废……世儒执墟曲之见,腾坎井之波,宗散者鄙俪为俳优,宗骈者以单行为薄弱,是犹恩甲而仇乙,是夏而非冬也。夫骈散之分,非理有参差,实言殊浓淡,或为绘绣之饰,或为布帛之温,究其要归,终无异致。推厥所自,但出圣经……是则文有骈散,如树之有枝干,草之有花萼,初无彼此之别,所可言者,一以理为宗,一以词为主耳。夫理未尝不借乎词,词亦未尝能外乎理。而偏胜之弊,遂至两歧。①

刘开所表达的文章学理论显然是要在承认骈散区别的基础上,融骈入散,或是融散入骈,使骈文和散文各自汲取对方优点以补己之不足。刘开的文章学理论表明,自方苞至姚鼐为桐城派所恪守的严格拒骈的古文理论,在桐城派后学那里已经有所突破,在骈文复兴的时代背景下,一些古文家也积极在创作和理论上谋求新变,以适应新的时代思潮。乾嘉以后出现的阳湖派在古文写作方面受桐城派影响较深,其文派创始人张惠言、恽敬都服膺桐城派的古文理论,李兆洛也曾"师事姚鼐,受古文法"②。刘开(1784—1824)享年较短,和李兆洛(1769—1841)的生活年代有时间上的交叉,他的这种融骈入散和融散入骈的文章学理论,应该不会晚于李兆洛《骈体文钞》的编成时间(《骈体文钞》初刊于道光元年,即1821年)。考虑到阳湖派与桐城派的渊源关系,刘开的文章学理论极有可能会对李兆洛产生一定的影响。

阳湖派虽然与桐城派有一定的渊源关系,其创始人张惠言和恽敬在古文写作方面受到桐城派的影响,但作为自成流派的古文派别,阳湖派诸人

---

① 刘开:《刘孟涂文集·骈体文》卷二,《续修四库全书》本,上海古籍出版社2002年版,第424页。
② 刘声木:《桐城文学渊源撰述考》,黄山书社1989年版,第275页。

在古文写作方面也有不同于桐城派之处。张惠言编选《七十家赋钞》，表明其对包括六朝骈赋在内的赋体文学的喜好。鉴于骈文与赋的渊源关系，曹虹指出："张惠言对汉魏六朝赋体文学的重视，应是李兆洛选编《骈体文钞》的前奏。"①从具体的文章写作实践方面来看，张惠言和恽敬的文集中，都有散中有骈的篇章。如张惠言《与钱鲁斯书》：

> 野余大兄足下：旷岁退观，一拜嘉命。省书忻然，若觐容色。三年不见，《东山》所为长叹；万里一札，昔人比之漆胶。况孟公之尺牍，安石之简记，弄之以为荣者哉！见所与崔君南书，自说欲以三年之力专学篆书。足下作书不懈及古，于是见矣。夫篆径生隶，隶密生分，分饬生楷，源流体降，不紊由来……若乃汉人之书，碑碣额署，粲然犹存，大都奇肆恣纵宕，鸟骇龙扰。其笔墨之所出入，意向之所来往，隅锷之所激厉，波澜之所动淡，盖亦足以寻其毛角，会其神旨者矣。②

这篇书信从句式上看，或四字成句，两句相对成文；或四字、六字交错，相配以成骈语。后面"笔墨之所出入"四句排偶，则一气呵成。全文给人以文势跌宕，摇曳生姿之感，显然是吸收了骈文句式整饬、使事用典、音韵和谐等特点。说明张惠言在文章写作方面也有援骈入散，以求融通骈散的追求。

虽然张惠言和恽敬不薄骈体，在各自的古文写作中也表现了援骈入散的特点，但他们都没有把这种在古文写作和文论方面的新变用书面理论的方式表达出来，而李兆洛编选《骈体文钞》的意义就在于，他用选本这种最为直接有效的方式，对援骈入散，散中有骈的文章学理论进行了阐释。作为古文家，李兆洛的这种文章学理论，在为骈体文正名和拓展古文写作新境界方面都具有重要的价值和深远的影响。

---

① 曹虹：《阳湖文派研究》，中华书局1996年版，第109页。
② 张惠言：《茗柯文补编》卷上，《续修四库全书》本，上海古籍出版社2002年版，第592页。

三 《骈体文钞》评语与李兆洛的文章学理论

评点是自南宋以来诗文选本中普遍使用的批评方式。《骈体文钞》虽然没有施以圈点,却有李兆洛对所选文章的评语。《骈体文钞》的编纂宗旨是李兆洛文章学理论的荦荦大端,早已备受瞩目,而散见于书中的评语作为李兆洛文章学理论与批评方法的具体实践,却尚未引起研究者的足够关注。揭示《骈体文钞》评语的理论价值,对全面认识李兆洛的文章学理论具有一定意义。

(一)注重特征与规范的文体学观念

中国古代的文章写作特重文体。明人吴讷云:"文辞以体制为先。"[①] 现代文体学认为:"从文体的呈现层面看,文本的话语秩序、规范和特征,要通过三个相互联系又相互区别的范畴体现出来,这就是(一)体裁,(二)语体,(三)风格。"[②] 李兆洛在评语中,注意从特征与规范的角度对文章文体进行认识与把握,体现出较为明确的文体意识。

李兆洛注重对文体风格特征的辨析。评陆倕《新刻漏铭》:"铭……贵核而肃。"[③] 指出"铭"应该具有"详实而严肃"的文体风格。评潘尼《乘舆箴》"箴贵慤而奥",指出"箴"的文体风格是"诚实而深刻"。评钟会《檄蜀文》:"魏蜀强弱形见,故言之磊落,独得文诰体。"所谓"言之磊落"就是文章干净利落、不拖泥带水,李兆洛认为用于军国大事的"檄"应该具备这种文体风格。

中国古代文章以实用性为主,不同门类的文体有不同的功用,功能用途是文体的主要特征,也是不同文体之间的主要区别之一。李兆洛在评语中特别注意辨析文体的功用特征。评司马相如《喻巴蜀檄》说:"教令所颁,亦谓之檄,非只用于军旅也,其体与移文相类。"指出"檄"这种文体也可用于颁布教令,从功用的角度来讲,它与"移文"有相似之处。

[①] 吴讷:《文章辨体序说》,人民文学出版社1962年版,第9页。
[②] 童庆炳:《文体与文体的创造》,云南人民出版社1994年版,第103页。
[③] 本节所引《骈体文钞》评语均出自《续修四库全书》影印清道光合河康氏家塾刻本。

评刘禅《策丞相诸葛亮诏》:"此以诏为檄,辞严义正,誓诰遗风。"指出此"诏"的目的是晓谕敌国,发挥的是"檄文"的作用。评张载《剑阁铭》说:"虽曰铭,其体实箴也。"认为《剑阁铭》虽然题目是"铭",但从文体来看,是"箴"的写法。刘勰《文心雕龙·铭箴》论"箴"的作用是"攻疾防患",而"铭"主要用于褒扬功德,所谓"铭兼褒赞"[1]。据《晋书·张载传》,张载作《剑阁铭》的目的在于"以蜀人恃险好乱,因著铭以作诫"[2]。其功用在于告诫蜀人,以防患于未然,这是"箴"的功用。所以李兆洛认为《剑阁铭》"其体实箴也",是从文体功用角度得出的结论。庾信《思旧铭》评语:"此亦哀诔之文,非施于碑志者。"指出《思旧铭》的内容是哀念故人,从用途来看属于"哀诔"文,而不是通常用于碑刻的"铭"。中国古代的实用性文体,门类众多,不少文体功用较为相近,容易混淆,这与西方文体有显著的不同。李兆洛在评语中从文体功用角度对文章进行深入细致的体察,对于我们认识中国古代文体学的特点是有一定意义的。

现代文体学的基本理论认为,每种文体都有自己的审美特性和表现方法,创作必须遵循文体规范。李兆洛也强调文章写作应符合文体规范。对于文章结构,他认为紧凑、严密才符合文体规范。评班固《典引》:"裁密思靡,遂为骈体科律。""裁密"就是结构紧凑。评陆倕《石阙铭》"词靡裁疏","裁疏"是指文章结构不够紧凑。李兆洛认为文章语言要符合文体规范。评谢庄《宋武帝宣贵妃诔》:"此与文通《齐武帝诔》入后俱不作四言,与哀策之体相乱矣。"李兆洛认为每句四言是诔的语言形式,而谢庄和江淹的两篇诔文在结尾都打破了四言的形式规定,这种写法与哀策相混淆,是不符合"诔"的语言形式的规范的。评李斯《上秦王书》"语既泛滥,意集诙嘲",不符合"陈言之体"。李兆洛认为《上秦王书》语言铺排夸张,有诙谐、嘲讽的语气,不符合"上书"这种文体的体制要求。其他如评李斯《会稽刻石》风格"朴浑"是"知体要也",评蔡邕《东鼎铭》

---

[1] 范文澜注:《文心雕龙注》,人民文学出版社1958年版,第194页。
[2] 房玄龄等:《晋书》,中华书局1974年版,第1516页。

"铭功之体,此最得之",评沈约《梁武帝集序》"属词有体",评公孙弘《对贤良文学策》"切实简当,得开说之体",评钟会《檄蜀文》"言之磊落,独得文诰体"等,其中所说的"知体"、"得体"、"有体"等也是从文体的风格、体貌、结构、构思、语言等角度出发,肯定所选文章符合文体规范,可作为学习的典范。

中国古代文体学内容丰富,但由于古人特殊的表达习惯,文体内涵"互相纠缠",具有"丰富性、复杂性、模糊性"的特点[①]。《骈体文钞》评语,注重从特征与规范的角度把握文章文体的特点,对于我们认识传统文体学具有一定意义。

(二)提倡"醇雅"的骈文文风审美理想

在《骈体文钞》评语中,李兆洛注意对文风进行评论,从中可以看出,他以"醇雅"作为骈文文风的审美理想。

清初以后,文坛致力于扭转晚明以来空疏颓敝的文风。康熙在《御选古文渊鉴》中标举"古雅"的文风;方苞在《钦定四书文》中提出"清真古雅"的衡文标准;乾隆《御选唐宋文醇》,以"醇"标题,表明其选文宗旨。正如有学者所指出的,"当时代表散文创作正宗的是简洁雅正文风以及随之而产生的桐城派古文"[②]。在最高统治者的大力提倡和文人的自觉追求下,"醇雅"成为清代散文创作的风尚。李兆洛评司马相如《上书谏猎》"朴而能华",评李斯《会稽刻石》为"朴浑",评萧子良《言台使表》"以朴语写俚事而不失雅赡",评崔骃《官箴》"雅懿",评《汉修西岳庙记》"醇质",评张华《女史箴》"极醇",评王褒《四子讲德论》"醇厚",评王稚纪《司隶校尉杨孟文石门颂》"以质得古"。从这些评语可以看出,李兆洛以"醇雅"作为评论骈体文章的审美标准,认为优秀骈文也有醇雅的风格特点。

在清代文章学领域的骈散之争中,文人常以"卑靡"评价骈文,姚鼐

[①] 吴承学:《中国古代文体学研究》,人民出版社2011年版,第20页。
[②] 邬国平、王镇远:《中国文学批评通史·清代卷》,上海古籍出版社1995年版,第7页。

在《古文辞类纂序目》中说:"古文不取六朝人,恶其靡也。"①李兆洛在评语中标示"醇雅"的骈文文风,是对以"卑靡"评价骈文者的有力反驳,与他推崇骈文的宗旨是一致的。清代中后期,以古文审美标准评价骈文成为一种批评趋势。吴鼒编选《国朝八家四六文钞》,在《小仓山房外集题词》中说:"凡先生文之稍涉俗调与近于伪体者皆不录。雅音独奏,真面亦出。"②彭兆荪认为骈文创作应该符合"义归于渊雅,词屏乎哗嚣"③的准则,都要求以古雅文风来矫正骈文的俳俗、浮靡,这是当时提高骈文地位的一种努力。李兆洛在《骈体文钞》的评语中,将作为清代古文和诗歌批评标准的"醇雅"树立为骈文文风的审美理想,是其"融通骈散"文章学理论的重要体现,具有一定的时代意义。

(三)为骈文语言树立"丰腴华美"的审美标准

中国古代批评家十分重视文章语言。《骈体文钞》评语中所说的"辞"、"词"、"语"、"藻"等指的都是文章语言。德国学者威克纳格认为:"风格是语言的表现形态。"④语言与文章风格之间存在着密切的关系。

李兆洛在《骈体文钞》评语中注重对文章语言特点的概括,为骈文语言树立了"丰腴华美"的审美标准。评匡衡《上政治得失疏》"稚圭深于礼,故其辞尤粹美";评夏侯玄《时事议》"其辞密切";评庾信《周太子太保步陆逞神道碑》"子山诸篇,密藻丽思,无以复过";评陆倕《新刻漏铭》"密藻可观";评班固《窦车骑北伐颂》"其辞奥美";评萧纲《大法颂》"文之华腴不下颜、鲍";评司马相如《难蜀父老》"藻丽绝特";评徐陵《与王僧辩书》"孝穆文惊采奇藻,摇笔波涌,生气远出"。这些文章都是骈文名篇,从评语可以看出,李兆洛对骈文"粹美"、"繁密"、"奥美"、"华腴"的语言风格表示欣赏,我们可以把这些风格概括为"丰腴华美",可以说"丰腴华美"代表了他对骈文语言的审美

---

① 王镇远、邬国平选:《清代文论选》,人民文学出版社1999年版,第577页。
② 吴鼒:《国朝八家四六文钞》,清较经堂刻本。
③ 彭兆荪:《小谟觞馆文续集》,《续修四库全书》本,上海古籍出版社2002年版,第699页。
④ 歌德等著:《文学风格论》,王元化译,上海译文出版社1982年版,第18页。

标准。

清代古文称盛,桐城派代表人物方苞、姚鼐极力排斥骈文语言,认为骈文语言俳俗、浮靡,是当时社会较为普遍的观念。古文家虽然排斥骈文,但古文末流也存在言辞浅陋的弊端。李兆洛在《答庄卿珊书》中说:"洛之意颇不满于今之古文家但言宗唐宋而不敢言宗两汉。所谓宗唐宋者,又止宗其轻浅薄弱之作,一挑一剔,一含一咏,口牙小慧,谫陋庸词,稍可上口,已足标异。"①对古文末流浅陋平庸的语言表示不满。清代中后期的学者认识到骈文在语言方面的特点。袁枚认为骈文擅长修饰语言,说:"骈体者,修词之尤工者也。"②邵齐焘认为骈文语言应有"绮藻丰缛"③的特点。"丰腴华美"作为《骈体文钞》评语中所标示的语言风格,代表了李兆洛对骈文语言的审美趣味。用丰腴华美的骈文语言矫正古文末流粗疏浅陋的语言,这也是李兆洛编选《骈体文钞》的用意之一。

四 李兆洛的文章学批评方法

作为有重要理论建树的批评家,李兆洛的文章学批评方法也值得关注。从《骈体文钞》评语中,可以看出李兆洛常用的批评方法。

(一)推源溯流:对"融通骈散"理论宗旨的阐释

推源溯流是中国古代文学批评的重要方法,其核心理念在于将"一个时代的作家、作品","放在历史发展的前后联系,亦即文学传统中予以衡量、评价"④。在对所选文章进行评论时,李兆洛经常采用推源溯流的方法,站在统观文章写作历史发展的立场上,指示文章承传演变的轨迹。

李兆洛使用推源溯流的方法,经常从某一方面的写作特点立论,具体指出某些文章是后世文章的源头。评颜延年《三月三日曲水诗序》:"隶事之富,始于士衡;织词之缛,始于延之;词事并繁,极于徐庾。"评刘孝标《广绝交论》:"以刻酷抒其愤恚,真足以状难状之情,《送穷》、《乞

---

① 李兆洛:《养一斋文集》,《续修四库全书》本,上海古籍出版社2002年版,第119页。
② 袁枚著,王英志校点:《袁枚全集》,江苏古籍出版社1993年版,第199页。
③ 邵齐焘:《玉芝堂文集》,《四库全书存目丛书》本,齐鲁书社1995年版,第804页。
④ 张伯伟:《中国古代文学批评方法研究》,中华书局2002年版,第104页。

巧》皆其支流也。"评曹植《平阳懿公主诔》:"其模容写貌,则安仁《金鹿》等篇所自出也。"评伏义《与阮籍书》:"幽异恣肆,似出鸿宝。其铲句凿字,亦江、鲍所祖。"这些评语从使用典故、组织词语、文风、抒情、容貌描写等角度指出所选文章对后世文章的影响。评王吉《谏昌邑王疏》"下开匡、刘";评邹阳《上书吴王》"尚是战国遗响";评终军《白麟奇木对》"此下诸篇,为后来即事应制所昉"。这些评语都是从大处着眼,不做具体探讨,指出前后文章的源流关系。

对于六朝骈文,李兆洛尤其善于用推源溯流的方法进行观照。从"源"的角度,他指出六朝骈文的源头出自先秦两汉文章。在《答庄卿珊书》中,他批评古文末流的平庸肤浅,认为"欲宗两汉非自骈体入不可",指出"《报任安书》,谢朓、江淹诸书之蓝本也;《出师表》,晋宋诸奏疏之蓝本也。皆从流溯源之所不能不及焉",用推源溯流的方式,指出了六朝骈文与两汉文章的源流关系。在具体文章的评语中,评张载《剑阁铭》"亦是步趋子云";评郑朋《奏记萧望之》"亦从《战国策》出";评王稚纪《司隶校尉杨孟文石门颂》"以质得古,出于《凡将》、《滂喜》者也";评嵇康《养生论》"此等文自《论衡》出"。这几条评语与其一贯的理论主张相一致,都指出六朝骈文的源头出自先秦两汉文章。

从"流"的角度,他指出六朝骈文对唐宋文章的影响。评温子昇《寒陵山寺碑》"唐初《等慈》、《昭仁》诸文嚆矢";评薛道衡《老氏碑》"此初唐四杰之先声";评张华《女史箴》"极醇,实是宋人所宗";评李德林《天命论》"舂容茂美,固足下开燕、许";评邵说《贤良对策》"东京之流裔,汴宋之先驱"。这些评语说明初唐四杰、燕(张说)、许(苏颋)、韩愈(见上引刘孝标《广绝交论》评语)以及宋代作家在文章写作方面都受到六朝骈文的影响。

明清两代,古文在文章写作中占据主流地位。李兆洛反对古文独尊,说:"文之体至六代而其变尽矣。沿其流,极而溯之,以至乎其源,则其所出者一也。吾甚惜夫歧奇偶而二之者之毗于阴阳也。毗阳则躁剽,毗阴则沉腼,理所必至也,于其相杂迭用之旨,均无当也。"(《骈体文钞序》)从文章源流角度,明确表达了他认为骈散同源,要求融通骈散的文章学理

147

论。在《骈体文钞》评语中，李兆洛运用推源溯流的方法，通过对具体文章的分析，既强调先秦两汉文章是六朝骈文源头，又揭示了六朝骈文对唐宋文章的影响，充分地阐释了他"骈散同源、融通骈散"的文章学理论。

（二）比较：对文风特点的把握

在《骈体文钞》评语中，李兆洛经常使用比较批评的方法。

首先，李兆洛运用比较的方法来评论作品的风格特点。把阮籍《为郑冲劝晋王笺》与任昉的同类作品相比较，得出二者都"意寓规切，故语无惭色"的观点。把魏收《为东魏檄梁文》与慕容绍宗《檄梁文》相比较，得出"彼似整劲，此则序事较密"的看法。评陈霸先《答贞阳侯书》："颇有义正词严之致，胜于僧辩答书。"推崇司马相如《难蜀父老》"气壮情骇"、"文有生气"，说："《四子讲德论》仿之必俗，此文（按：指《难蜀父老》）仿之必骇也。"这些评语都是通过比较显示了作品的风格特点。李兆洛还用比较的方法对自己不满意的作品进行批评。把李公辅《天命论》与班固《王命论》相比较，认为二者"有雅郑之别"，批评《天命论》不如《王命论》合乎正统思想。认为陆倕《石阙铭》"以典章法度之所系而绝无尊严闳钜之思，词靡裁疏，不及《刻漏铭》远矣"，把《石阙铭》与《刻漏铭》相比较，指出《石阙铭》在主旨、措辞、文章布局方面存在的不足。评陆云《盛德颂》"风骨不逮《功臣颂》，而织词甚缛"，把《盛德颂》和《功臣颂》相比较，指出《盛德颂》存在缺乏风骨，并且词语过于繁复的缺点。通过比较指明缺点和不足，有利于加深读者对所选作品的理解。

其次，李兆洛还注意运用比较的方法评论作者的风格特点。评阮籍《答伏义书》"骏迈似东方生"；评干宝《晋纪总论》"雄骏类贾生，缜密似子政"；评史孝山《出师颂》"薄于子云，劲于中郎"；评陆机《豪士赋序》"神理亦何减邹、枚"；评曹植《陈审举表》"其沉痛殆不减子政"；评袁宏《三国名臣序赞》"神采壮于士衡"；评班固《典引》"语无归宿，阅之觉茫无畔岸，此其所以不逮卿、云"。这些评语都是通过作者比较，让读者对某一作者的风格特点获得了更为深刻的认识。

最后，李兆洛还运用比较的方法评论一个时代的文风。颜延年《三月三日曲水诗序》评语在指出"隶事之富，始于士衡；织词之缛，始于延之；词事并繁，极于徐庾"之后，说："而皆（按：指陆机、颜延之、徐陵、庾信等）骨足以裁之，初唐诸作则惟恐肉之不胜也。"这里用"骨"与"肉"作比喻，说明六朝骈文具有"骨"的特点，而初唐骈文具有"肉"多，也即文辞过于繁复的缺点。评王褒《上庸公陆腾勒功碑》"方之齐梁，浮响尚少"；评高伯恭《北伐颂》"以视齐梁繁响，则此固为雅奏"，也是通过比较指示作品特点，同时也表明了认为齐梁文风繁缓、卑靡的看法。

比较批评是中国古代批评家经常采用的批评方法。在《骈体文钞》评语中，李兆洛运用比较的方法，指示文章特点，评论创作得失，让读者对所选文章获得了更为深刻的认识，从而能更好地把握不同作品、不同作者以及不同时代文章的风格特点。

（三）知人论世：对文章内涵的揭示

孟子首创知人论世的批评方法。这种方法强调在解读文学作品时要对作者所处的时代背景和生平经历有所了解，这样才能全面深刻地认识作家、作品。在中国古代文学批评中，知人论世是最为常用的批评方法之一。作为著名散文家和理论家的李兆洛，在《养一斋文集》中，我们经常可以看到他运用知人论世的方法进行文学评论。如认为文章是时代气运的体现，说："一代之治承乎一代之气运而文章亦随之。"[1]认为文章是人格修养的体现，说："文章之道君子之道也。贵近信，贵远暴慢，贵远鄙倍。"[2]认为文学创作和作者的身世经历有关，指出姚石甫"少衅隐忧，长厄群忌"，所以才能将"憔悴之音，托于环珮；悲愤之思，惨若风霜"[3]，使其文学创作获得了感人的艺术效果。

在《骈体文钞》的评语中，李兆洛也经常使用知人论世的批评方法。

---

[1] 李兆洛：《养一斋文集》，《续修四库全书》本，上海古籍出版社2002年版，第22页。
[2] 同上书，第51页。
[3] 同上书，第50页。

评庾信《周大将军怀德公吴明彻墓志铭》："同病相怜，故言哀入痛，志文之绝唱也。"结合庾信的身世经历，指出他与吴明彻在人生经历上有共同之处，所以能在吴明彻的墓志铭中抒发真情实感，取得很高的艺术成就。评嵇康《太师箴》说："此为司马氏言也，若讽若惜，词多迂回。"联系嵇康所处的时代背景，及其不与司马氏合作的政治立场，可理解其在《太师箴》中对司马氏既有讽谏又有惋惜的态度，因此词语表达也就迂回婉转、不直截了当。评潘尼《乘舆箴》："彦和讥其义正词繁，信然。然当晋武骄盈之时，独发谠论，故随事指陈，反复致意，自序所谓意诡词野，亦其苦心也。"结合晋武帝司马炎实行强权政治的时代背景，认为潘尼能够正直敢言，就一些具体事件发表看法，虽然言辞繁多，但考虑到当时的政治背景，可以理解作者的苦心所在。曹植《文帝诔》评语："至其旨言自陈，则思王以同气之亲，积积谗之愤，述情切至，溢于自然，正可以副言哀之本致，破庸冗之常态。"李兆洛联系曹植与曹丕本是亲生兄弟，但在曹丕称帝后，遭遇坎坷的身世经历，认为曹植在《文帝诔》中，既抒发兄弟离世的悲哀之情，又有对饱受迫害的愤恨，一腔真情自然流露，其写法符合抒发哀情的特点。与其他同类文章相比，李兆洛认为《文帝诔》为抒情需要而不主常规，破除庸冗，是值得称赞的。评皇甫谧《释劝论》："设论诸篇类怀不遇之感，独士安以不应辟召，恐见逼迫，故其情危，其辞婉。"李兆洛联系皇甫谧不应朝廷辟召，因而恐怕受到逼迫的实际情况，指出《释劝论》在表达情感方面有戒惧谨慎的特点，因而措辞委婉含蓄。李兆洛采用知人论世的批评方法，结合作者身世经历和时代背景对作品进行分析。虽然用语不多，往往点到即止，但这些评语对揭示作品的思想内涵、艺术特征具有一定的认识价值。

《骈体文钞》编成之后，产生了广泛影响。晚清著名学者谭献也提倡"融通骈散"的文章学理论，民国学者金秬香说："夫骈散不分之说，自汪中、李兆洛等发之，其后谭献即以此体倡浙中，其风始盛。"①谭献倡导其文章学理论的一个重要方式就是评点《骈体文钞》。李兆洛和谭献的名

---

① 金秬香：《骈文概论》，商务印书馆1934年版，第141页。

家身份，使他们的评语为读者所看重。民国时期编辑的大型丛书《四部备要》收录的就是有李兆洛和谭献评语的《骈体文钞》，世界书局整理的《骈体文钞》也是李、谭二人评本。1949年后，上海书店据世界书局本影印出版，成为《骈体文钞》最为常见的版本。评本《骈体文钞》的广泛刊印、受到读者欢迎的事实，说明选本和评点相结合的方式，对于文学和文学观念的传播确实会起到难以估量的作用，而评语作为评点者理论和批评的体现，也具有一定的研究价值。

第六节 《国朝八家四六文钞》与《国朝骈体正宗》的编选、批评旨趣及影响

　　清当代骈文选本的编选，大致可以分为清初和嘉庆以降两个时期。清初康熙年间的骈文选本，因袭晚明风尚，所选以日常生活和官场酬应所需的笺启类实用文体为主，多为明末清初人作品，且都由书坊操作，有明显的营利目的，而较少文学理论批评价值，李渔的《四六初征》、黄始的《听嘤堂四六新书》等可为代表。嘉庆以降，随着骈文创作的繁荣兴盛、骈文"尊体"思潮的蓬勃开展，以清当代骈文为选录对象的骈文选本不断出现。其中，《国朝八家四六文钞》与《国朝骈体正宗》作为嘉庆年间最早出现的两部清当代骈文选本，在选本编选和批评旨趣方面都有较为鲜明的特色。从后世注本、评本、续书的出现以及诸家评论来看，这两部选本都深得读者认可，产生了广泛的影响。它们堪称清当代骈文选本的典范，对于清中期以后骈文理论和创作的发展都产生了一定的影响。

　　一　《国朝八家四六文钞》与《国朝骈体正宗》的编选

　　《国朝八家四六文钞》与《国朝骈体正宗》作为嘉庆年间最早出现的两部骈文选本，一改清初骈文选本以"应俗"、"获利"为主要目的的编选方

式,在选家身份、作品选录、编选目的等方面都呈现出较为鲜明的特点。

(一)选家身份

从选家身份来看,《国朝八家四六文钞》的编选者吴鼒、《国朝骈体正宗》的编选者曾燠都是乾嘉年间的著名骈文作家。吴鼒擅长骈体文,《清史列传》云:"鼒所作骈体,沉博绝丽。大兴朱珪爱其文,谓合任昉、丘迟为一手。奏御文字多命其嘱稿,故其名达于九重。"[①]谭献对吴鼒骈文极为推崇,称吴鼒"为唐人正脉足自名家也"[②],"独于骈偶之篇,奄有唐贤之体。任、沈清英而不疏,齐、梁绮丽而不缛。闳深若张燕公,开阖若杜牧之,所以郎伯齐名(孙伯渊),青蓝谢色(刘圃三)"[③]。认为吴鼒擅长骈文,与孙星衍齐名,胜过刘星炜,给予其极高评价。曾燠亦工骈体文,《国朝先正事略》称其"文擅六朝初唐之盛"[④],谭献谓其骈文"虽时堕宋调,而清刚可味,固是名家"[⑤]。吴、曾二人以著名骈文家的身份而编辑骈文选本,其所编选本在社会上广为流通。正如李慈铭论《国朝骈体正宗》所说:"曾氏此选与吴山尊《八家四六》皆以当家操选事,并风行于代。"[⑥]指出吴鼒、曾燠以骈文家的身份而编辑选本,是这两部选本风行于世的原因。其后出现的清当代骈文选本的编选者也大多为骈文作家,如姚燮、张寿荣、张鸣珂、屠寄、王先谦、孙雄等,都以选本的方式表达其理论主张。以骈文作家的身份编辑选本,所编选本是其骈文理论的表达,这是嘉庆以降清当代骈文选本的共同特点,而《文钞》与《正宗》开其先河,在这一类选本中具有典范意义。

(二)作品选录

作品选录是选家文学思想与编纂意图的直接体现。吴鼒《国朝八家

[①] 王钟翰点校:《清史列传》,中华书局1987年版,第5941页。
[②] 谭献著,范旭仑、牟晓朋整理:《谭献日记》,中华书局2013年版,第250页。
[③] 谭献:《吴学士集序》,吴鼒《吴学士文集》卷首,《续修四库全书》本,上海古籍出版社2002年版,第376页。
[④] 李元度:《国朝先正事略》,《清代传记丛刊》本,台北:明文书局1985年版,第523页。
[⑤] 谭献著,范旭仑、牟晓朋整理:《谭献日记》,中华书局2013年版,第232页。
[⑥] 李慈铭著,由云龙辑:《越缦堂读书记》,上海书店出版社2000年版,第1208页。

四六文钞》所选作者，均为其素有交谊的师友或为其所私淑者，都为乾嘉时代的骈文名家。选录情况：袁枚二十五篇，邵齐焘十八篇，刘星炜十二篇，孔广森十九篇，吴锡麒五十四篇，曾燠十五篇，孙星衍七篇，洪亮吉十九篇，共计入选文章一百六十九篇。从入选数量上来看，吴鼒最推崇的骈文作家是吴锡麒。

吴鼒编选《八家四六文钞》影响极大，关于八家人选，后人也有所议论，尤其是对于不选汪中，颇为人所不解。徐珂《清稗类钞》说："国朝骈文，以山阴胡稚威为第一，而江都汪容甫中亦表表者，皆在吴彀人之前，而山尊选本，宁缺不录，又何疏耶？"① 吴鼒所选皆为与自己有交谊或是私淑景慕之人，胡天游年辈较早，与吴鼒没有交集，自然不在所选之列。汪中为乾隆时期的骈文名家，后人多以其为乾嘉乃至清代骈文的代表人物，吴鼒在《问字堂外集题词》中也述及与汪中的交谊，却没有将其选入《文钞》。对于不选汪中，吴鼒在《卷葹阁文乙集题词》中有所说明："容甫遗文，有《述学》内外篇，经术词术，并臻绝诣。所为骈体，哀感顽艳，惜皆不传。"② 吴鼒以汪中骈文失散不传为不选理由。笔者认为，汪中骈文骈散相间，尤其擅长以四字成句，排比而下，绝无齐梁以后骈文四六对句的写法，其名作《哀盐船文》、《汉上琴台之铭》、《经旧苑吊马守真》等莫不如是。王念孙论汪中骈文说"至其为文则合汉魏晋宋作者而铸成一家之言"③，指出汪中骈文以"汉魏晋宋"为宗尚，"汉魏晋宋"骈文特点是语句整齐，骈散相间，但并不追求四六对句。而吴鼒为文宗尚齐梁至唐代的"四六"一派，如前所述，朱珪谓其"合任昉、丘迟为一手"，谭献谓其"为唐人正脉"，其个人所作文章及所选《八家四六文钞》皆有四六对句，汪中骈散相间的骈文风格显然与《文钞》所录各家骈文风格不相一致，所以也就不为吴鼒所推崇，这恐怕是他不选

---

① 徐珂编：《清稗类钞》，中华书局1986年版，第3891页。
② 吴鼒在《国朝八家四六文钞》中，对所选各家均作有《题词》一篇，叙述生平交谊，谈论词章学术，是了解吴鼒文学批评思想的重要资料。本节所引《题词》随文标出，不加注释。
③ 王念孙：《述学序》，汪中《述学》，《续修四库全书》本，上海古籍出版社2002年版，第385页。

汪中的内在原因。因此，不选汪中，实际上是吴鼒骈文观念的体现。对于入选作家，吴鼒也有作品选录的原则。比如他对袁枚骈文不录"俗调"与"伪体"，以求"存先生之真"（《小仓山房外集题辞》），对于洪亮吉骈文中"数典繁碎"（《卷葹阁乙集题词》）的作品也不予选录，这些都是其骈文观念的体现。

《国朝骈体正宗》选录作家四十二人，文一百七十一篇。从《国朝骈体正宗》的选录情况来看，第一卷选录清初六位作者，陈维崧八篇，毛奇龄五篇，毛先舒二篇，陆圻、吴兆骞、吴农祥各一篇。其余十一卷均为乾嘉时代骈文作家。其中，胡天游十一篇，袁枚十二篇，吴锡麒十二篇，洪亮吉十五篇，彭兆荪十二篇，孔广森十篇，刘嗣绾八篇，孙星衍、邵齐焘、乐钧均为六篇，这些是选文数量较多的作者。从选文数量来看，曾燠最推崇的骈文作家是洪亮吉。值得注意的是，《正宗》所录各家选文只有一篇和两篇的多达二十二位，可见其搜罗之广泛，持择之精审，这也是《国朝骈体正宗》在作品选录方面较为鲜明的特点。

《国朝八家四六文钞》与《国朝骈体正宗》在作品选录方面，也有意旨相通之处。据笔者统计，《国朝八家四六文钞》除曾燠外，其余七家均入选《国朝骈体正宗》，如表3-2所示：

表3-2

作者 \ 篇数	《文钞》（篇）	《正宗》（篇）	二者相同（篇）
孙星衍	7	6	6
洪亮吉	19	15	11
孔广森	19	10	10
刘星炜	12	2	2
邵齐焘	18	6	6
袁枚	25	12	9
吴锡麒	54	12	6
总计	154	63	50

《正宗》选七家文共计六十三篇,几近总选文数(一百七十一篇)的三分之一,其中与《文钞》相同者有五十篇,重合率较高,这说明曾燠与吴鼒在文章选录方面有较为相似的旨趣。《正宗》于汪中骈文只选三篇,相对于汪中骈文名家的身份,数量较少。《正宗》所录骈文并不执守"骈四俪六"的观念,但通篇绝无四六对句的文章,除汪中外,极为少见。这说明曾燠和吴鼒一样,对汪中骈文并不十分推崇。这也是他们在骈文观念方面的意旨相通之处。

(三)编选目的

《国朝八家四六文钞》与《国朝骈体正宗》都以弘扬乾嘉骈文、树立骈文"正宗"为编选目的。骈文在清初即呈现复兴之势,出现了一批较有影响的作家,但吴鼒和曾燠对清初骈文都较为排斥。《国朝八家四六文钞》所选皆为乾嘉时代的骈文名家,从吴鼒对表兄汪存南言论的转述中,可以看出他对清初骈文的态度:

> 余年廿有一始从表兄汪存南先生学为四六之文。先生讥弹近日作者,谓陈其年学庾开府,只见其叫豪;章岂绩学徐仆射,适形其蹇弱;吾家园次以下,比之自郐。(《问字堂外集题词》)

汪存南对清初陈维崧、章藻功、吴绮等骈文作家皆持否定态度,认为这三家之外,更是不值一提。这种否定清初骈文的态度,也为吴鼒所认可。在《国朝八家四六文钞》的各家《题词》中,他也屡屡表达对清初骈文的不满,如赞扬刘星炜骈文说:"尽去国初诸君浮侈晦塞之弊,卓然可传。"(《思补堂文集题词》)又论吴锡麒骈文说:"近代能者或夸才力之大,或极撦拾之富。险语僻典,欲以踔跞百代,睥睨一世,不知其虚矫易尽之气,为有学之士所大噱也。"(《有正味斋续集题词》)"国初诸君"、"近代能者"都是指清初骈文作者,吴鼒对清初骈文"浮侈晦塞"、"险语僻典"等弊病进行了尖锐批评。在他看来,刘星炜、吴锡麒等乾嘉骈文作者正是因为摆脱了清初流弊,其骈文创作才取得了较高成就。

《国朝骈体正宗》于清初骈文只选一卷，包括陈维崧等六位作者的十八篇文章，很多清初名家未予选入，说明在曾燠看来，清初骈文作者大多并非"正宗"。彭兆荪曾协助曾燠纂辑《国朝骈体正宗》，在与友人书信中，谈及《正宗》的选录情况说：

    其有新声涤滥，烦手滔堙，虽在专门，固从芟薙。或乃浅才薄植，学乏本原，龋齿折腰，意图貌袭，珠砾之似，亦勿容淆。若庑堂集唐一首，则变例收之。尤、陆、吴、章诸家则别裁汰之。揽翾剔毛，俱存微旨。①

表明《正宗》有明确的去取标准。从其去取标准出发，清初尤侗、陆繁弨、吴绮、章藻功虽为骈文名家，但曾燠"别裁汰之"。所谓"别裁"，显然暗含杜甫"别裁伪体亲风雅"之义。对这四家骈文的摒除，表明曾燠对清初骈文除少数作者以外，多持否定态度。《四库全书总目·陈检讨四六》条说：

    国朝以四六名者初有维崧及吴绮，次则章藻功，《思绮堂集》亦颇见称于世。然绮才地稍弱于维崧、藻功，欲以新颖胜二家，又遁为别调。譬诸明代之诗，维崧导源于庾信，气脉雄厚如李梦阳之学杜；绮追步于李商隐，风格雅秀如何景明之近中唐；藻功刻意雕镂，纯为宋格，则三袁、钟谭之流亚。平心而论，要当以维崧为冠。②

四库馆臣认为陈维崧为清初骈文冠冕，对吴绮、章藻功并不十分推举。《国朝骈体正宗》对清初骈文的选录，显然有受《总目》影响的痕迹。曾燠和吴鼒都看重乾嘉骈文，他们编辑骈文选本的目的在于"综为骈俪之

―――――――――
  ① 彭兆荪：《与姚春木书》，《小谟觞馆文集》，《续修四库全书》本，上海古籍出版社2002年版，第646页。
  ② 永瑢等：《四库全书总目》，中华书局1965年版，第1524页。

则"(《国朝八家四六文钞序》)①、"植立轨范"②,都有把乾嘉骈文作为典范,为骈文创作树立"正宗"的目的。

二 《国朝八家四六文钞》与《国朝骈体正宗》的骈文批评旨趣

选本是中国文学传统的批评方式之一。《国朝八家四六文钞》与《国朝骈体正宗》的编选者通过编辑选本的方式进行骈文批评,其批评旨趣主要有三个方面:

(一)肯定骈文文体地位

骈文自宋代以后被视为六朝"道弊文衰"的产物,古文家以"浮靡"、"俳谐"作为攻击骈文的口实。清王朝崇尚程朱理学,以理学为指归的古文占据文坛主流地位,骈文尤其受到鄙薄。作为清中期最早出现的当代骈文选本,《国朝八家四六文钞》与《国朝骈体正宗》都以肯定骈文文体地位为主要批评旨趣。吴鼒《国朝八家四六文钞序》和曾燠《国朝骈体正宗序》都表达了对骈文地位的肯定态度:

> 夫一奇一偶,数相生而相成;尚质尚文,道日衍而日盛。旸谷、幽都之名,古史工于属对;觏闵、受侮之句,葩经已有俪言。道其缘起,略见源流。盖琴无取乎偏弦之张,锦非倚乎独茧之剥。以多为贵,双词非骈拇也;沿饰得奇,偶语非重台也。要其拇扯虽富,不害性灵;开合自如,善养吾气。敷陈士行,蔚宗以论史;钩抉文心,彦和以谈艺。而必左袒秦汉,右居韩欧,排齐梁于江河之下,指王杨为刀圭之误,不其过与!(《国朝八家四六文钞序》)

> 夫《咸》、《英》既遥,诗声俱郑。籀、斯屡变,草书非古文之衰

---

① 本节所引吴鼒《国朝八家四六文钞序》和曾燠《国朝骈体正宗序》分别录自清嘉庆三年(1798)较经堂刻本《国朝八家四六文钞》和《续修四库全书》影印清嘉庆十一年(1806)赏雨茅屋刻本《国朝骈体正宗》,以下随文标出,不加注释。
② 彭兆荪:《与姚春木书》,《小谟觞馆文集》,《续修四库全书》本,上海古籍出版社2002年版,第646页。

也，运会为之哉！（《国朝骈体正宗序》）

夫骈体者，齐梁人之学秦汉而变焉者也。后世与古文分而为二，固已误矣。（《国朝骈体正宗序》）

吴鼒认为骈文偶对、散文单行，骈文华美、散文质朴，好比是数字的奇偶相生、大道的质文相衍，都具有天然的合理性。针对古文家认为古文源自先秦经典，而骈文产生于六朝的观点，吴鼒追源溯流，指出"古史工于属对"、"葩经已有俪言"，在《左传》和《诗经》中已经有骈偶属对的表达方式了，从辨析源流的角度，证明骈文与古文均出自先秦经典。又以范晔《后汉书》的"史论"和刘勰《文心雕龙》为例，说明以"双词"、"偶语"为特征的骈文，只要运用得当，一样能够发挥作用，产生了不起的著作。对社会上尊崇秦汉古文，重视以韩愈、欧阳修为代表的唐宋八大家，而鄙视齐梁骈文，指斥王勃、杨炯的态度，吴鼒直接表达了不满。曾燠则用文字演变来说明文体也因时运际会而变化的道理。他认为骈文是齐梁人学习秦汉文而产生的文体，其源头也在先秦文章，那种将骈文与古文对立的观点是错误的。吴鼒、曾燠在各自的序文中，都强调骈文的合理性，表达了对骈文文体地位的肯定态度。

（二）剖析骈文弊病

面对元明以来骈文衰敝不振的局面，吴鼒和曾燠认为骈文创作中存在的种种弊病是导致骈文衰敝的原因，他们对骈文弊病进行了深刻而具体的剖析：

然而醇甘所以养生，或曰腐肠之药；笙簧所以悦听，或曰乱雅之音，是故言不居要，则藻丰而伤繁；文不师古，则思骛而近谬。铅黛饰容，夫岂盼倩之质；旌旗列仗，乃非节制之师。虽复硬语横空，巧思合绮，好驰骤而前规亡，贪挦撦而真精失。其有摆脱凡近，规模初祖，真宰不存，形似取具，屋下架屋，歧途又歧。又其下者，剪裁经

第三章 清人编选的骈文选本与文学批评

文,而边幅益侈;揣摩时好,而气息愈嚣。启事则吏曹公言,数典则俳优小说。其不得仰配于古文词宜矣。(《国朝八家四六文钞序》)

乃有飞靡弄巧,瘠义肥词,援扰孟为石交,笑曹刘为古拙。于是宋玉《阳春》,乱以《巴人》之和矣;相如典册,杂以方朔之谐矣。若乃苦事虫镌,徒工獭祭,莽大夫退搜奇字,邢子才思读误书,其实树旂于晋郊,虽众而无律也;买椟于楚客,虽丽而非珍也。琐碎失统,则体类于骄驼;沉腯不飞,讵祥比于鸣凤。亦有活剥经文,生吞成语,李记室之褴褛,横遭同馆之割;孙兴公之锦段,付诸负贩之裁。掷米成丹,转自矜其狡狯;炼金跃冶,使人叹其神奇。古意荡然,新声弥甚。且也四字密而不促,六字格而非缓,变以三五,厥有定程,奚取于冗长乎?尔乃吃文为患,累句不恒,譬如屡舞而无缀兆之位,长啸而无抗坠之节,亦可谓不善变矣!(《国朝骈体正宗序》)

针对骈文弊病,吴鼒和曾燠进行了细致而全面的揭示。语言文辞方面,辞藻丰富,长于炼饰本来是骈文特点,但过度运用辞藻,就会出现繁芜杂乱之病。吴鼒所说的"藻丰而伤繁"、"硬语横空,巧思合绮"、"好驰骤"、"贪掎摭",曾燠所说的"飞靡弄巧,瘠义肥词"、"苦事虫镌,徒工獭祭",都是针对骈文辞藻过度繁复、刻意求新现象而进行的指斥。他们还注意到"词"与"义"的关系,吴鼒"思骛而近谬"、曾燠"瘠义肥词"的说法,都是指骈文写作徒有华丽辞藻而缺乏思想内涵的现象。写作技巧方面,二人对骈文在创作方面一味模拟剽窃的现象也进行了剖析,吴鼒所说的"形似取具,屋下架屋"、"剪裁经文",曾燠所说的"活剥经文,生吞成语",都是对骈文刻意模拟、生搬硬套之病的揭示。其他如吴鼒所指出的因"揣摩时好"而气息浮躁、喜欢运用小说中的典故;曾燠所指出的句式"冗长"、声韵蹇涩,也都是骈文创作中的常见弊病。作为乾嘉时期亲身从事骈文创作的作家,二人对骈文弊病的剖析可谓切中肯綮。他们认为正是这些弊病,致使骈文"其不得仰配于古文词宜矣",导致元明以来的骈文创作衰敝不振。吴鼒和曾燠在其所编骈文选本中对骈文弊病的清醒

159

认识，是他们提出骈文创作主张的理论基础。

（三）提出骈文创作主张

面对元明以后骈文创作流弊丛生的局面，吴鼒和曾燠以编辑选本的方式矫正骈文弊病，为骈文创作树立轨范。"师古"和"去俗"是他们在骈文创作方面提出的两个重要主张。

首先来看"师古"。

中国古代的文学创作，历来都有"师古"的主张。清代学习古文者以先秦两汉、唐宋八大家文章为典范，已成为社会共识。而学习骈文，却没有较为统一的看法。从骈文选本来看，清初所编骈文选本都以明末清初骈文作品为选录对象，且局限于笺启等实用性文体。乾隆年间，彭元瑞编辑《宋四六选》，则表达了以宋代骈文为学习典范的态度。经过骈文创作发展和理论积淀，以汉魏六朝、唐代骈文为学习对象，成为乾嘉时代骈文作家和理论家较为普遍的看法。吴鼒和曾燠在所编骈文选本中，都提出了要求骈文创作"师古"的主张。他们所说的"师古"，一方面是要以六朝、唐代骈文为学习对象；另一方面，则是强调作者的学养。

吴鼒在《国朝八家四六文钞序》中说"文不师古，则思骛而近谬"，明确指出骈文创作师法古人的重要性。在《国朝八家四六文钞》的《思补堂文集题词》中，吴鼒认为刘星炜："于孟坚、孝穆、子安三家致力最久而才气书卷足以副之。小儒好议论，以为入古太浅，非徒刻深，直是孟浪。"刘星炜以班固、徐陵、王勃为学习对象，这三家是汉、六朝、初唐骈文的代表作家。吴鼒认为刘星炜的"才气书卷"，也就是个人学养，能够支持其对三家的效法学习，因此其骈文能够取得较高的成就。吴鼒称赞朴学名家孔广森的骈文"兼有汉魏六朝初唐之盛，尝从戴氏受经，治《春秋》、三《礼》，故其文托体尊而去古近"（《仪郑堂遗稿题词》），认为孔广森骈文有"汉魏六朝初唐"的风貌，而师从戴震，经学修养深厚，是其骈文体貌尊严，与古人相近的原因。评吴锡麒骈文说："先生不矜奇，不恃博，词必择于经史，体必准乎古初。""合汉魏六朝唐人为一炉冶之，胎息自深，神采自旺，众妙毕具，层见迭出。"（《有正味斋续集题词》）也是赞扬其有经史学养,所作骈文能得古人风貌。评曾燠骈文:"都转深于《选》学,所作擅六朝唐初之盛。""而于四六之文,则首推都转,以为其体正而诣深。"(《西溪渔隐外集题词》)曾燠因为有深厚的《选》学修养,所作骈文具有"六朝唐初"的风格,因此在吴鼒看来,其骈文具有体貌纯正、造诣深厚的特点。评洪亮吉骈文:"余读《卷葹阁乙集》,朴质若中郎,逌宕若参军,肃穆若燕公,盖其素所蓄积,有以举其词。"(《卷葹阁乙集题词》)洪亮吉是深通经史考证之学的朴学名家,深厚的学养积累,令其骈文具有蔡邕、鲍照、张说的风格。从吴鼒的这些评论可以看出,他所推崇的骈文作家,都以汉魏六朝、唐代骈文为取法对象,而深厚的经史学养,是他们能够取得骈文成就的重要因素。

彭兆荪曾协助曾燠纂辑《国朝骈体正宗》,认为《正宗》选录标准是"体无定程,以法古为尚",具体则是"立准于元嘉、永明,而极才于咸亨、调露"①,也就是要以元嘉、永明为代表的六朝,以咸亨、调露为代表的初唐作为骈文学习对象。曾燠以"法古"为骈文创作原则,与吴鼒"师古"的观点是一致的。在《国朝骈体正宗序》中,曾燠认为骈文应"以六朝为极则",他最推崇徐陵、庾信、任昉、沈约,说:"徐、庾影徂而心在,任、沈文盛而质存。其体约而不芜,其风清而不杂。盖有诗人之则,宁曰女工之蠹。"认为六朝骈文作家也具有"诗人之则",表明曾燠认为骈文也能够继承《诗经》的文学传统,这是对骈文的高度肯定。吴鼒和曾燠都认为不能"师古",是导致骈文创作出现弊病的主要原因。吴鼒说:"文不师古,则思骛而近谬。"(《国朝八家四六文钞序》)"后生末学,入古不深,求工章句,乃日流于浅薄佻巧,于是体制遂卑,不足俪于古文词。"(《问字堂外集题词》)曾燠也对"古意荡然,新声弥甚"的骈文创作进行严厉批评。吴鼒和曾燠认为骈文以"师古"为创作原则,就能够达到与古文一样的境界,这也代表了乾嘉时代骈文作家和理论家对骈文创作的看法。

---

① 彭兆荪:《与姚春木书》,《小谟觞馆文集》,《续修四库全书》本,上海古籍出版社2002年版,第646页。

其次来看"去俗"。

彭兆荪在与友人书信中强调,"以远俗为工"是《国朝骈体正宗》的选录标准,其编纂目的是"欲以矫俳俗,式浮靡"①,"俳俗"、"浮靡"是宋代以后骈文创作存在的普遍弊病,曾燠以"正宗"二字命名其所编辑的骈文选本,本身就具有矫正弊病的目的。吴鼒在《国朝八家四六文钞》中谈到对袁枚骈文的选录说:"凡先生文之稍涉俗调与近于伪体者皆不录。雅音独奏,真面亦出。"(《小仓山房外集题词》)不选录袁枚骈文中的"俗调"、"伪体",表明吴鼒认为骈文创作应"去俗"的态度。曾燠在《国朝骈体正宗序》中说:"古文丧真,反逊骈体。骈体脱俗,即是古文。迹似两歧,道当一贯。"他认为"俳俗"是骈文最为致命的弊病,因此特别强调骈文创作要"脱俗"。认为骈文"脱俗"则具有与古文一样的价值,可见他是以能否"脱俗"作为评判骈文好坏的标准。骈文只有在语言辞藻、写作技巧、文章内容、情感表达等方面去除俗调,才能真正获得自身的艺术品格。如何才能"去俗"?吴鼒认为"师古"是"去俗"的最好方法。他在《问字堂外集题词》中谓孙星衍"独好余所为四六文,以为泽于古而无俗调",骈文创作取法古人,有古人风貌自然就不俗了。"后生末学,入古不深,求工章句,乃日流于浅薄佻巧,于是体制遂卑,不足俪于古文词,矫之者务为险字僻义,又怪而不则矣。"(《问字堂外集题词》)不能"师古"是骈文"流于浅薄佻巧"、"体制遂卑"的根本原因。

吴鼒和曾燠在所编选本的序文中,对骈文弊病的揭示,涉及文章写作的各个方面,而这些弊病实际上都是元明以来骈文逐渐庸俗化的表现,骈文要想获得"其体尊,其艺传"(《问字堂外集题词》)的价值,就必须"去俗",摆脱俳俗、浮靡的习气。"去俗"和"师古"作为吴鼒与曾燠在所编骈文选本中提出的理论主张,对于挽救骈文衰敝,规范骈文创作都具有较为重要的意义。

---

① 彭兆荪:《与姚春木书》,《小谟觞馆文集》,《续修四库全书》本,上海古籍出版社 2002 年版,第 646 页。

三 《国朝八家四六文钞》与《国朝骈体正宗》的影响

《国朝八家四六文钞》与《国朝骈体正宗》编选于乾嘉骈文蓬勃发展之际，是刊印最多、流传最广的清当代骈文选本。从注本、评本及续书的出现和后世评价两个方面，可以看出这两部选本的广泛影响。

（一）注本、评本及续书的出现

首先来看注本、评本。

光绪十一年（1885），许贞幹刊成《八家四六文注》。书前有陈宝琛序，对吴鼒所选八家各有简要评价。后有洪亮吉之孙洪熙跋，称许贞幹"乃以八家传流既久，笺注无闻"而撰成此书，"其为不朽之作，断可识矣"[1]，给予极高评价。从许贞幹的"例言"可知，他对孙、洪、孔、刘、邵、曾六家进行了注释，袁、吴二家则采用旧注，而有所补益。光绪十八年（1892），陈衍作《八家四六文补注》八卷，采用摘句条列的形式，不载八家原文，有陈衍自序[2]、萧穆序。吴鼒所选八家，除袁枚、吴锡麒外，其余六家都无注。许贞幹和陈衍首次为这六家作注，使《国朝八家四六文钞》更加便于阅读与流传，也扩大了它的影响。许贞幹《八家四六文注》和陈衍《补注》的合订本较为常见，有光绪十八年（1892）上海图书集成印书局本、民国二十三年（1934）上海扫叶山房石印本等。

光绪十一年（1885），张寿荣将姚燮对《国朝骈体正宗》的评点加以整理，自己又施以眉评，刊成《国朝骈体正宗评本》十二卷。书前有冯可镛序，谓《评本》"析其源派，玑镜在握，瑜瑕莫掩"、"巧示匠心"、"暗传绣谱"，"作文家衮钺，为来哲梯桄。缘指求端，摹体定习，庶无惑已"[3]，认为姚、张二人对《正宗》所作评点，辨析源流、评判优劣，能够为骈文创作指示门径。又有张寿荣序，谓：

---

[1] 许贞幹：《八家四六文注》，民国二十三年（1934）上海扫叶山房石印本。
[2] 陈衍的《八家四六文补注自序》不载于他的《石遗室文集》。《自序》主要谈论注书之难，列举注书之弊十二条，研究陈衍者可资参考。
[3] 冯可镛：《国朝骈体正宗评本序》，《国朝骈体正宗评本》卷首，清花雨楼刻本。

> 至我邑梅伯姚先生出，用知曾氏是选，轮扁其用心尚非轮扁其技。综核全编，则上者江、鲍之艳，徐、庾之遒，长卿、子云之古藻骏迈，云谲波涌，殆十之三。其次彦升简练，简文清思与夫幽峭玲珑、鲜华朗映，颉颃于玉溪、金荃之间，又十之五。下此委苶沉赘，啴缓繁冗，间或滥厕者十之二。先生一一为之点窜品题，不少假借，是言轮扁之言，而复心其心，技其技，意者其所造而至，将不第如曾氏乎！
>
> 庶几言骈俪者人知目寓中存，求所谓不徐不疾，有以得于手而应于心也。是则予以其书广诸艺林之意焉而。①

认为姚燮所作评点能够指示《正宗》所选文章的优劣得失，为学习骈文者提供创作的方法、门径。《国朝骈体正宗评本》有光绪十一年花雨楼朱墨套印刻本，民国时期上海文瑞楼、鸿章书局有石印本，1961年台湾世界书局有影印花雨楼本。

其次来看续书。

光绪年间，继《国朝八家四六文钞》而编选的续书有：

《后八家四六文钞》八卷，张寿荣辑，清光绪辛巳（1881）刻本。所选八家是张惠言、乐钧、王昙、王衍梅、刘开、董祐诚、李兆洛、金应麟，共计一百一十三篇文章。卷首有张寿荣序，认为吴鼒所选《八家四六文钞》"剖辨乎法，明白晓畅"，对于学习骈文有指导作用，他编辑《后八家四六文钞》"则循是而为八家文之选，要仍不离乎前八家之法，庶乎其足尚焉"②，道出了以《国朝八家四六文钞》为取法标准的编选宗旨。

《国朝十家四六文钞》，王先谦辑，光绪十五年（1889）长沙王氏刻本。选录清代中后期的骈文作者十人，分别是刘开、董基诚、董祐诚、方履籛、梅曾亮、傅桐、周寿昌、王闿运、赵铭、李慈铭，共计一百五十

---

① 张寿荣：《国朝骈体正宗评本序》，《国朝骈体正宗评本》卷首，清花雨楼刻本。
② 张寿荣：《后八家四六文钞序》，《后八家四六文钞》卷首，清光绪辛巳（1881）刻本。

三篇文章。前有郭嵩焘序,对吴鼒所选《国朝八家四六文钞》予以极高评价,然后说:"益吾祭酒继之有十家骈文之刻,以此诸贤,方轨前哲。"①指出王选《国朝十家四六文钞》是对吴选的继承。王先谦自序说:"网罗众家,窃附全椒之例;推求正宗,或肖南城之心。"②表明《十家四六文钞》在体例和编选宗旨方面都深受吴鼒、曾燠二家选本的影响。

《国朝骈体正宗》的续书有:

《国朝骈体正宗续编》八卷,张鸣珂编选,光绪十四年(1888)寒松阁刻本。选录清道咸以后骈文作家六十家,文章一百五十五篇。卷首有缪德芬序,谈到此书的编选情况,说:"搜集宏富,持择谨严,约而不滥,华而不靡。风清骨峻者,非专门而亦存;文丽义睽者,即宗匠而必汰。"③与曾燠在《国朝骈体正宗》中所阐释的骈文选录标准是完全一致的。

《同光骈文正轨》不分卷,孙雄编,宣统三年(1911)油印本。孙雄所作序文云:"余于壬辰、癸巳间客京师,即有继续南城曾氏选辑《国朝骈体正宗》之举,录稿凡六十余家,为文四百余篇,自嘉道以还,同光作者略具。"④明确表示其编辑此书是对曾燠《国朝骈体正宗》的继续。

同光年间,谢增辑有《续骈体正宗》。谭献《复堂类集》有《续骈体正宗叙》一文,徐寿基《酌雅堂骈体文集》也收有此书序文一篇。据谭献日记,可知此书未曾刊刻。

(二)后世评价

《国朝八家四六文钞》和《国朝骈体正宗》编成之后,后世学人多有评论,从中也可看出其影响之大。有关《国朝八家四六文钞》的评论,以嘉庆年间法式善为最早,他在所著《陶庐杂录》中,认为《八家四六文

---

① 郭嵩焘:《国朝十家四六文钞序》,《国朝十家四六文钞》卷首,清光绪十五年(1889)长沙王氏刻本。
② 王先谦:《国朝十家四六文钞序》,《国朝十家四六文钞》卷首,清光绪十五年(1889)长沙王氏刻本。
③ 缪德芬:《国朝骈体正宗续编序》,《国朝骈体正宗续编》卷首,清光绪十四年(1888)寒松阁刻本。
④ 孙雄:《同光骈文正轨》卷首,清宣统三年(1911)油印本。

钞》"骈丽家应奉为圭臬"①,《陶庐杂录》撰成于嘉庆十七年(1812)之前②,而《国朝八家四六文钞》刊刻于嘉庆三年(1798),可见《文钞》刊成不久即为学者所瞩目。光绪八年(1882),梁肇煌为新整理的《吴学士文集》作序,称誉吴鼒所选《八家四六文钞》说:

> 学士识洞三微,言贯九变。韦弦之贽,觌于宙合;山斗之誉,溢于甸外。掩一代之雅,成不朽之业。袁、吴博丽而删其滥音;邵、曾清丽而振其弱体。一篇一什,传之其人。上相倾襟,名流敛手。③

称《国朝八家四六文钞》为"不朽之业",尤其是能够指出《文钞》对袁、吴文章"删其滥音",对邵、曾文章"振其弱体",认为吴鼒通过去取,使所选文章能够代表各家风格,这是对《文钞》价值的真知灼见。

谭献在《吴学士文集序》中,论及《八家四六文钞》,说:

> 全椒吴山尊学士,以千秋一二之才,撰八家四六之集。平章众制,希风建安;品藻群伦,复闻正始。非徒尚友古人,抑亦其中有我,所业在此,来者难诬。④

认为吴鼒所编《文钞》是以建安为宗尚,为骈文树立准则,堪称"正始之音"。又指出《文钞》并非盲目崇尚古人,其中所表达的是吴鼒个人对骈文的见解。

郭嵩焘在为王先谦《国朝十家四六文钞》所作序文中,谈到吴鼒的《国朝八家四六文钞》说:

---

① 法式善:《陶庐杂录》,中华书局1959年版,第112页。
② 据《陶庐杂录》陈预序,可知《杂录》编成于壬申年(1812)之前。
③ 梁兆煌:《吴学士集序》,吴鼒《吴学士文集》卷首,《续修四库全书》本,上海古籍出版社2002年版,第375页。
④ 谭献:《吴学士集序》,吴鼒《吴学士文集》卷首,《续修四库全书》本,上海古籍出版社2002年版,第376页。

> 全椒吴氏八家骈文之选,萃一代之俊雄,汇斯文之渊海,牢笼百态,藻绘群伦,鼓铎以齐声容,膏馥足资津逮。①

对吴鼒所选给予极高评价,认为能够给骈文作者指示门径。

光绪年间,张寿荣辑《后八家四六文钞》,其序文曰:

> 昔吴山尊氏手录骈体文,凡八家,刊以问世。世之为词章之学者,读之玩之,咸取资焉,而有以得乎法之所在,至于今且宗尚弗衰。
>
> 剖辨乎法,明白晓畅,学者可以得夫指归矣。②

指出吴鼒所编选本自问世以来就成为人们学习骈文的范本,盛传不衰,他所标示的骈文法度已经成为学习骈文者所遵循的准则。

清末易宗夔在所著《新世说》中评论《国朝八家四六文钞》说:

> (吴鼒)尝选袁简斋、邵荀慈、刘圉三、孔巽轩、吴穀人、曾宾谷、孙渊如、洪稚存之骈文,称为八大家。——是皆遵循轨范,敷鬯厥旨,堪为一代骈文之正宗。③

称吴鼒所选八家是骈文"八大家",八大家遵循轨范,为清代骈文的正宗。民初徐珂纂辑《清稗类钞》有"国朝骈体文家之正宗"条,也称吴鼒所选为"骈文八大家"④,由此也可看出当时学者对吴鼒所编选本的认可。

《国朝骈体正宗》也一样受人瞩目。

---

① 郭嵩焘:《国朝十家四六文钞序》,《国朝十家四六文钞》卷首,清光绪十五年(1889)长沙王氏刻本。
② 张寿荣:《后八家四六文钞序》,《后八家四六文钞》卷首,清光绪辛巳(1881)刻本。
③ 易宗夔:《新世说》,《清代传记丛刊》本,台北:明文书局1985年版,第276页。
④ 徐珂:《清稗类钞》,中华书局1986年版,第3888页。

光绪元年（1875）张之洞刊成《輶轩语》，为诸生指示读书门径。关于学习骈体文，他认为读曾燠《骈体正宗》"可知骈文指归"[1]，将《正宗》与王志坚所编《四六法海》、李兆洛所编《骈体文钞》并提，认为都是学习骈文的入门之书。

光绪年间，缪德芬在《国朝骈体正宗续编序》中说：

> 南城曾宾谷先生尝辑《骈体正宗》一书，颓波独振，峻轨遐企，芟薙浮艳，屏绝淫哇，取则于元嘉、永明，极才于咸亨、调露。钟釜齐奏，弗淆晋野之聪；珉玉并耀，特具卞和之识。固已辟途径于文囿，示模楷于艺林矣。[2]

对于《国朝骈体正宗》挽救骈文衰敝，树立骈文轨范的意义予以充分肯定。

《国朝骈体正宗评本》有冯可镛序，谓：

> 曾氏《国朝骈体正宗》一书，错比华词，甄综俪格。删宿莽而滋蕙，屏疥驼而获麇。集艳马、班，漱润潘、陆。酌前修之笔海，录定维摩；搴一代之词林，集成明远。承学之士，咸资准的。[3]

又有张寿荣序，谓：

> 曾宾谷氏揭骈体流弊，宗六代正轨，选国朝文百七十二篇，凡四十三家，其所以示人者殆轮扁之用心与。[4]

---

[1] 《张之洞全集》，河北人民出版社1998年版，第9810页。
[2] 缪德芬：《国朝骈体正宗续编序》，《国朝骈体正宗续编》卷首，清光绪十四年（1888）寒松阁刻本。
[3] 张寿荣：《国朝骈体正宗评本》卷首，清光绪十一年（1885）花雨楼刻本。
[4] 同上书。

冯、张二人都认为《正宗》通过删削去取，去伪存真，为骈文创作树立准的，因此给予极高评价。

谭献在所作《续骈体正宗序》中说："游乎著作之林，判乎淄渑之味，都转之书，固为奇作。"①认为曾燠所编选本采择广泛，判别优劣，堪称"奇作"。可见，《国朝骈体正宗》倡导骈文"正宗"的编选宗旨，深为后世推尊骈体者所认可。

《国朝八家四六文钞》与《国朝骈体正宗》都出现于嘉庆前期，编者均为一代骈文名家，在作品选录、编选目的、批评旨趣等方面二者都有相通之处。后世学者也多将这两部选本相提并论，如姚燮《皇朝骈文类苑叙录》："《八家四六》、《骈体正宗》诸选，抗衡千祀，鼓吹一时，鹄立逵通，借存骚雅。"②王先谦序其所选《国朝十家四六文钞》说："网罗众家，窃附全椒之例；推求正宗，或肖南城之心。"③胡念修《四家纂文叙录汇编序》云："国朝力起厥衰，名家专稿，充栋盈车，于是全椒前驱，肇《八家》之选；南城结轨，订《正宗》之编。"④等等，都是如此，这也说明《国朝八家四六文钞》与《国朝骈体正宗》意旨相通，共同得到了后世读者的普遍认可。之后出现的多种清当代骈文选本，在选家身份、编纂宗旨、去取标准、批评旨趣等方面都深受它们的影响。从编选、批评旨趣及后世影响来看，这两部选本都堪称清当代骈文选本的典范，它们的大量刊印和广泛传播，对于清中期以后骈文"尊体"思潮和骈文创作的发展也都具有一定的推动作用。

---

① 谭献：《复堂类集》，《丛书集成续编》本，台北：新文丰出版公司1988年版，第109页。
② 姚燮：《复庄骈俪文榷》，《续修四库全书》本，上海古籍出版社2002年版，第397页。
③ 王先谦：《国朝十家四六文钞序》，《国朝十家四六文钞》卷首，清光绪十五年（1889）长沙王氏刻本。
④ 胡念修：《四家纂文叙录汇编序》，王水照编《历代文话》本，复旦大学出版社2007年版，第6216页。

第七节 《六朝文絜》的编刊及其与文学思潮的关系

《六朝文絜》四卷，是清人许梿①编选的一部著名骈文选本，初刊于道光五年（1825），许氏享金宝石斋刊朱墨套印本②。《六朝文絜》选录作家三十六人，作品七十二篇，按文体分为赋、诏、敕、令、教、策问、表、疏、启、笺、书、移文、序、论、铭、碑、诔、祭文十八类。评语为"眉评"，是编选者对所选文章的鉴赏品评。《六朝文絜》自编成之后，不断刊印，光绪年间还出现了《笺注》本，直至民国，仍有多种重印本和标点整理本出版。清代其他骈文选本虽然有的当日声价颇高，但随着时代变迁，在出版领域多归于沉寂，《六朝文絜》是一部在不同时代都为出版界和读者所欢迎的骈文选本。考察《六朝文絜》的编选、刊印情况，可以发现，它与晚明小品文审美趣味、乾嘉骈文复兴、光绪年间骈文兴盛的文坛局面乃至民国文坛"小品热"都有直接的关系。

一 晚明小品文审美趣味与《六朝文絜》的选篇特点

晚明时期，小品文的繁荣和发展成为盛极一时的文学思潮。受此影响，从晚明至清初产生了大量的小品文选本。《六朝文絜》虽然编选于嘉道年间，但从选篇来看，它明显受到晚明小品文审美趣味的影响。

首先，《六朝文絜》在选篇上具有专选短篇的特点，这一特点深受晚明小品文尚"简"审美趣味的影响。

---

① 许梿（1787—1862）生平事迹见《海宁州志稿》卷二十八、谭献《许府君家传》、《许珊林传赞事实》、《续碑传集》卷七十九、《中国文学家大辞典·清代卷》等。

② 黄裳《清刻本》上编《清代版刻丛谈》中说："道咸间又出现了一位刻书名手——海宁许梿。""他的著名刻书《六朝文絜》是自己手写上板的，有墨印与套朱两种印本，后者与卷中圈挪及书眉评语，都套印朱色，精整已极。初印本用开花纸印，更是精彩纷呈，赏心悦目，实在是雕版艺术精品。"下引《清刻经眼举隅》叙录《六朝文絜》，附秦曼卿和傅增湘跋语。见江苏古籍出版社2002年版《清刻本》，第12、184—185页。

第三章 清人编选的骈文选本与文学批评

骈文作为六朝文章的主要形式，从治国理政的庙堂之制到日常生活的记事抒怀，涉及社会生活的各个领域，当然不乏鸿篇巨制，但《六朝文絜》所选七十二篇文章都具有一个共同特点，那就是篇幅简短。不论是关乎庙堂之制的诏、敕、令、教、策问、表、疏，还是叙人际酬答、纪友朋往还、抒一己之情的书、启、祭、诔等都是简洁明了的短篇。这一选篇特点深受晚明小品文尚"简"审美趣味的影响。

晚明盛行小品文，对小品文"简"的特点十分崇尚。陆云龙说："寸瑜胜尺瑕，语刺刺而不休，何如片言居要？"认为"敛奇于简"、"敛锐于简"、"敛巧于简"、"敛广于简"是小品文的特色所在①。陆云龙所说的"简"，就是以简短的篇幅容纳丰富的意趣，这是晚明小品文在审美趣味上的一个显著特点。在《六朝文絜序》中，许梿说："余盖深韪乎刘舍人之言也，析词尚絜……夫蹊要所司，职在熔裁，薙繁冗而絜是弋，则絜者弥絜矣。繁冗奚虑哉？"②许梿对刘勰以"絜"论文的看法深表赞同。"絜"与"繁"相对，就是"简"的意思。从《六朝文絜》的选篇来看，许梿所谓的"絜"主要表现为篇章形式的短小，这样的文章实际上就是"小品文"。可以说，晚明人对小品文简短特点的欣赏，影响了许梿的文章审美趣味。晚明小品文风尚在清初还略有延续，但很快为清代官方和正统文人所排斥。在许梿生活的清代中期，小品文已不是文学风尚，小品文选本也久已绝迹，许梿在《六朝文絜》中专选短篇，承袭的是晚明以后小品文选本的审美趣味。

其次，《六朝文絜》注重选录抒发性情、具有风韵的作品，这一选篇特点也深受晚明小品文审美趣味的影响。

摆脱了传统文学以儒家义理为指归的价值取向，注重抒发个人真实性情，追求风韵美是晚明小品文最为鲜明的特点之一。袁中道说："近阅《陶周望祭酒集》，选家以文家三尺绳之，皆其庄严整栗之撰，而尽去其有风韵者。不知率尔无意之作，更是神情所寄，往往可传者……今东坡可爱

---

① 陆云龙：《翠娱阁评选行笈必携·小扎简小引》，明崇祯刊本。
② 黎经诰：《六朝文絜笺注》，《续修四库全书》本，上海古籍出版社2002年版，第143页。

者，多在小文小说，其高文大册，人固不爱也。"① 认为在"高文大册"这些正统文章之外，那些有"风韵"、"神情"的小文小说更为可爱，道出了小品文的审美趣味。陆云龙在《叙袁中郎小品》一文中，对小品文的艺术特点进行了阐释："率真则性灵现，性灵现则趣生……意欲其妍，语不欲其拖沓，故予更有取于小品。"② 郑元勋认为小品文具有"怡人耳目，悦人性情"的作用③。吴承学说，晚明小品"其创作倾向是从文以载道向消遣自适转化，其总体风格是空灵闲适，就像箫管之奏，或有遏云裂帛之音，究以悠扬清逸为主"④，道出了小品文在文学审美观念上与正统古文的区别。

　　晚明崇尚性灵，注重风韵和闲适的小品文审美趣味，与六朝时期某些语言华美、内容柔媚、侧重抒情的文学审美观念相一致。六朝时期的这种文学风尚在后世被正统文人视为"卑靡浮艳"，受到批判，但从抒发性灵，具有风韵的文学审美角度来看，符合晚明小品文的审美趣味。《六朝文絜》的编选正是继承了晚明小品文的这种审美趣味。

　　从选篇来看，"赋"类所选十二篇作品都是抒情小赋，其中的《荡妇秋思赋》、《丽人赋》、《春赋》等尤其是柔媚绮艳的抒情之作。"启"作为一种文体，用于臣下向君主言事，《文心雕龙·奏启》认为"启"的特点是"用兼表奏"，可以"陈政言事"或"让爵谢恩"⑤。《六朝文絜》的"启"类收八篇作品，没有一篇涉及"陈政言事"的内容，大多是感谢"赠物"，风格也较为柔媚。"书"类选取十七篇作品，这些书信虽然形式简短但最能体现作者的性情。其中三篇"与妇书"，尤其能体现许梿对抒发真情作品的重视。"铭"作为文体，要发挥"警戒"的作用。《文心雕龙·铭箴》对"铭"的要求是"义典则弘，文约为美"⑥，强调意义的典雅和文辞的简约。《六朝文絜》"铭"类选取的七篇作品，都没有典雅宏大的意义，而更倾向于华艳柔靡的风格。许梿对庾信最为推重，《六朝文絜》收庾信作品

---

① 袁中道：《珂雪斋近集》，上海书店1982年版，第195页。
② 陆云龙：《皇明十六家小品》，浙江古籍出版社1996年版，第105页。
③ 郑元勋：《媚幽阁文娱》，《四库禁毁书丛刊》本，北京出版社1997年版，第8页。
④ 吴承学：《晚明小品研究》，江苏古籍出版社1999年版，第419页。
⑤ 范文澜：《文心雕龙注》，人民文学出版社1958年版，第424页。
⑥ 同上书，第195页。

十三篇，居各家之首，但庾信后期表现亡国之痛、乡关之思的作品无一入选，所选多是庾信早年具有宫体文学特征的作品。

从许梿对所选文章的评语来看，他十分推崇六朝骈文"绮縠绣错"（《玉台新咏序》评语）、"刻镂尽态"（《北山移文》评语）的文风。对于表露真情的文章尤为欣赏，如评《为王宽与妇义安主书》："柔情绮语，黯然魂销。"评《追答刘秣陵沼书》："属词特凄楚缠绵，俯仰徘徊，无限痛切。"《六朝文絜》所选的诏、敕、令、教、策问、表、疏等关涉治国理政、事功性强的短文，也大都着眼于抒发真情实感、语言华美简练的作品。这些文章的评语也绝无古文选家发挥儒家义理的作风，而注重对文章审美特点的评论。如评宋武帝《与臧焘敕》："丽语能朴，隽语能淳，忘其骈偶诰敕之文。如此，奈何轻议六朝？"在皇帝专用的"敕书"中，许梿看到的也是"丽语"、"隽语"，且对六朝文章给予充分肯定。这种批评态度，显然也与晚明小品文审美观念的影响有关。

明朝覆亡之后，清朝统治者和文人对晚明士风与文学持排斥态度。乾隆年间纂修《四库全书》，晚明小品文作者的文集和小品文选本大多遭遇禁毁厄运。但正如吴承学所说："晚明思潮在清代仍然影响着文人思想与创作，晚明小品的精神仍继续发挥其作用。"[1] 编选于清代中期的《六朝文絜》，鲁迅把它看作小品文的代表（详见本节第四部分），当代有学者指出它具有"偏重小品"[2]的特点，也有学者认为"许梿也选了一些轻艳之文"，"其中一部分篇章风格与宫体诗相近"[3]。小品文与轻艳的文学风格都不是许梿所生活时代的主流价值取向，许梿编选《六朝文絜》实际上是深受晚明小品文审美趣味影响的结果。《六朝文絜》的大量刊印传播，说明晚明小品文尽管遭到清廷和正统文人的排斥，但其审美趣味在清代中后期仍有广泛的影响。

---

[1] 吴承学：《晚明小品研究》，江苏古籍出版社1999年版，第452页。
[2] 吴丕绩整理：《六朝文絜笺注》，上海古籍出版社1982年版，第1页。
[3] 刘冰雪：《清代学者许梿著述及刻书考察》，《法律文献信息与研究》2012年第68期。

二 乾嘉骈文复兴思潮与《六朝文絜》的编选宗旨

骈文是六朝时期应用最广、艺术成就最高的一种文体。经唐宋古文运动之后，古文取代骈文，占据文坛主导地位。清代桐城派古文大盛于天下，其代表人物方苞、刘大櫆、姚鼐等都崇散拒骈，维护古文独尊的地位。尽管古文家对骈文极力排斥，清初以来陈维崧、胡天游等人还是以其成就卓著的骈文创作名动一时。在骈文创作实绩的带动下，文章学领域的骈散之争也愈演愈烈。在这场论争中，袁枚认为"骈体者，修词之尤工者也"[①]；阮元以南北朝时期的"文笔说"为理论基础，坚持"用韵比偶"才是"文"的观念，不承认散行的古文为文[②]。孔广森、曾燠、彭兆荪等则不但有理论建树，还致力于骈文创作，成绩斐然。在理论家和作家的共同倡导之下，乾嘉时期，骈文复兴逐渐成为时代思潮。

《六朝文絜》的编选始于嘉庆初年，初刊于道光五年（1825），是乾嘉骈文复兴时代思潮的产物。许梿在序文中说：

> 往余齿舞勺，辄喜绎徐、庾诸家文，塾师禁弗与，夜篝灯窃记之。始未尝不贻盲者镜、予躄者履也。习稍稍久，恍然于三唐奥窔，未有不胎息六朝者，由此上溯汉魏，裕如尔。

许梿对以徐陵、庾信为代表的六朝骈文有自己的认识。"三唐奥窔，未有不胎息六朝者，由此上溯汉魏，裕如尔"的说法尤其值得注意。所谓"三唐奥窔"，应是指以韩愈、柳宗元为代表的唐代古文家在文章写作方面的精妙之处。许梿认为唐代文章的妙处渊源于六朝骈文，熟悉六朝骈文，对理解、学习汉魏文章也大有帮助。显然他认为六朝骈文是承上启下的枢纽。从文学发展演变的角度来看，这是完全符合事实的。但在古文占据文章写作主流地位的清代社会，人们往往鄙视骈文，他们承袭明代以来形成

---

① 袁枚：《小仓山房诗文集》，上海古籍出版社1988年版，第1398页。
② 阮元：《揅经室集》，中华书局1993年版，第605页。

的以唐宋八大家为正统的古文观念，所学唐代文章多是以韩柳为代表的古文，而没有认识到六朝骈文对唐代文章的影响。许梿从文章源流演变的角度肯定了六朝骈文在文章发展史中的地位，在所选文章的评语中也体现了他的这种观点。如评庾信《春赋》："六朝小赋，每以五七言相杂成文。其品质疏越，自然远俗。初唐四子颇效此法。"评《玉台新咏序》："骈语至徐庾，五色相宣，八音迭奏，可谓六朝之渤澥，唐代之津梁。"评《灯赋》："风致洒然，句法为唐人所祖。"对包括赋在内的六朝骈文给予充分肯定，并指出其对唐代文学的影响。在宋武帝《与臧焘敕》的评语中发出"奈何轻议六朝"的感叹，直接表达了对诋斥六朝骈文者的不满。可以说，肯定骈文价值，提高骈文地位是许梿编辑《六朝文絜》的宗旨所在。

在清代中期骈文复兴的时代思潮中，骈文选本大量涌现，如彭兆荪的《南北朝文钞》、吴鼒的《国朝八家四六文钞》、曾燠的《国朝骈体正宗》、李兆洛的《骈体文钞》等。当时提倡骈文者，往往通过编辑选本的方式肯定骈文的文体地位，从而达到推崇骈文、反对古文独尊的目的。《六朝文絜》也以推尊骈文为编选宗旨，在这一点上与上述骈文选本是一致的。它的出现，也是乾嘉骈文复兴思潮的产物。

三　光绪年间骈文兴盛的文坛局面与《六朝文絜》的刊印、笺注

晚清光绪年间，经过骈文作者和理论家的努力，骈散之争呈现缓和态势，人们不再执着于骈散的文体区别。正如著名学者王先谦所说"文以明道，何异乎骈散"[1]，此一时期，骈文地位得到了普遍认可，出现了骈文兴盛的文坛局面。这种兴盛局面，首先表现为骈文创作的兴盛。台湾学者张仁青《中国骈文发展史》中所罗列的清代骈文名家，涉及光绪年间的就有周寿昌、赵铭、刘履芬、王诒寿、李慈铭、谭献、张之洞、王闿运等多人[2]。其次表现为骈文理论的繁荣，李慈铭、谭献、朱一新等人在骈文理论方面各有建树。可以说，光绪年间"骈文创作和理论再度繁荣"[3]，"骈文

---

[1] 王先谦：《虚受堂文集》，《续修四库全书》本，上海古籍出版社2002年版，第494页。
[2] 张仁青：《中国骈文发展史》，浙江大学出版社2009年版，第419页。
[3] 吕双伟：《清代骈文理论研究》，人民出版社2011年版，第211页。

在晚清文章学领域中的地位得到确认"①。

伴随着骈文兴盛的文坛局面,《六朝文絜》在光绪年间出现多个刊印本。光绪三年（1877）上海冯焌光重刊《六朝文絜》，书后跋语说：

> 絜原刻成于道光五年，镂版精致，迄今五十余载。兵燹之后，印本日稀，学者偶得一编，珍若球璧。爰为重付手民，凡朱墨一尊原刻之旧。②

从中可知，《六朝文絜》自初刊之后至1877年，没有刷印，以至于流传稀少，无法满足读者需求。从"学者偶得一编，珍若球璧"，可见此书为时人所重。除此本外，《六朝文絜》在光绪年间还有光绪三年（1877）"巴陵方氏"刻本，四卷，二册；光绪十三年（1887）浦沂但氏刻本，四卷，一册；光绪五年（1879）刻本，四卷，二册；光绪九年（1883）刻本，四卷，二册；光绪七年（1881）适时轩刻本，四卷，二册；光绪辛丑（1901）读有用书斋刻朱墨套印本，书后有冯焌光跋语；光绪间刻《古均阁遗著丛书》本等众多刊印本。

此时期还出现了一种重要的笺注本，即黎经诰的《六朝文絜笺注》十二卷，光绪十五年（1889）枕涩书屋刊刻。书前有谢章铤和张澂序，又有黎经诰自序③。在自序中，作者对许选推崇备至，热情褒赞。又略叙笺注《六朝文絜》的缘起与经过，对于师友相助之谊尤其感念不忘。文中提到的谢师即谢章铤，林、丁二君是林纾、丁芸，谢章铤和林纾是近代名家，丁芸也有著作传世，这篇序文为研究三人的交游、事迹等提供了一份

---

① 吕双伟：《清代骈文理论研究》，人民出版社2011年版，第216页。
② 这篇跋语是清末桐城学者萧穆代冯焌光所作，见于萧穆《敬孚类稿》卷二（《续修四库全书》影印本），题为《重刊六朝文絜后序代冯竹儒观察》。
③ 《续修四库全书》本《六朝文絜笺注》，是据复旦大学图书馆藏"光绪己丑春仲枕涩书屋锓板"本影印，但书前缺少黎经诰自序，今检复旦大学图书馆藏原本，亦缺此序。1949年后，吴丕绩整理本《六朝文絜笺注》(此书有1962年、1982年上海古籍出版社版)也不见此序。就笔者所见，民国五年（1916）上海国华书局木活字本《详注六朝文絜》录有此序，见本书"附录"之《六朝文絜》条。

不为人注意的材料。从许梿《六朝文絜序》称"塾师禁弗与"到光绪年间作为"家塾读本",可见骈文在清末得到普遍接受的情况,也反映出清末社会文化、教育思想的变化。

除《文选》之外,前人对六朝骈文作品的注释极少,仅有江淹、徐陵、庾信等少数几家文集有注本,而骈文本身所具有的讲究辞藻、注重用典等特点,给读者阅读造成了一定困难。黎经诰的《六朝文絜笺注》在词语、典故的注释方面用力甚勤,其体例模仿《文选》李善注,遇有《文选》或《庾子山集》中的篇章,则采用旧注,并对旧注有所补正,多数文章则属首次注释。今人吴丕绩在整理本《六朝文絜笺注》"前言"中,举《相官寺碑》一文注释引佛经达十七种之多,认为黎氏的笺注有"下注细密"的特点,且能够"补旧注之不足","还仔细地做了一番校雠工作"[①]。对黎氏的笺注极为肯定。《六朝文絜笺注》是清人以乾嘉朴学的方法和态度笺注六朝骈文的一项成果,其学术价值值得重视。民国乃至当代出现的各种《六朝文絜》注释本,都是在黎氏《笺注》基础上开展工作的。《笺注》自刊成之后,成为《六朝文絜》在清末、民国以至当代流传最广的一个版本。

晚清光绪年间,不但《六朝文絜》出现《笺注》和多个刊印本,还出现了多种新的骈文选本,可以说骈文创作、理论和选本编刊都形成了继乾嘉道以后的又一高潮。这一现象也表明,选本编刊与一定时期文学创作的繁荣、文学理论的发展,总是呈现出桴鼓相应的互动关系。

四 民国小品热与《六朝文絜》的刊印和接受

民国时期,《六朝文絜》和《笺注》出版多种刊印本。即以扫叶山房为例,有民国二年(1913)石印本《六朝文絜》四卷,民国四年(1915)、民国六年(1917)重印;民国十一年(1922)石印本《六朝文絜笺注》十二卷,民国十五年(1926)重印;民国十七年(1928)影印本《六朝文絜笺注》十二卷等。民国七年(1918),上海中华书局铅印整

[①] 吴丕绩整理:《六朝文絜笺注》,上海古籍出版社1982年版,第2页。

理大型古籍丛书《四部备要》，收录两种骈文总集，《六朝文絜》是其中之一。其他如上海会文堂书局、上海中原书局、上海大达图书供应社、上海朝记书庄、金陵存古书社等也都有多种影印或石印本《六朝文絜》及《笺注》发行。民国年间还出现了新式标点和新注本《六朝文絜》，如民国五年（1916），上海国华书局木活字本《详注六朝文絜》八卷，吴承垣注，在黎氏《笺注》的基础上，删繁就简，有"普及读物"的特点，这也是民国以后出现的各种《六朝文絜》新注本的普遍特征。此书民国十年（1921）又有铅印本印行；民国十四年（1925），上海扫叶山房有陈益新式标点本《六朝文絜》；民国二十四年（1935），上海东方书局有谢苇丰新式标点本《六朝文絜》；民国二十四年（1935），上海大达图书供应社有《白话句解六朝文絜》等。

民国时期，尤其是20世纪二三十年代《六朝文絜》出现了出版热潮，有多种印本刊行。这一现象与民国时期"小品热"文学思潮有直接的关系。

20世纪二三十年代文坛掀起"小品热"。周作人推崇小品文，说："小品文是文学发达的极致，它的兴盛必须在王纲解纽的时代。"[1]他所说的"王纲解纽的时代"指的是晚明。周作人对晚明公安派的小品文极为崇尚，说："公安派的人能够无视古文的正统，以抒情的态度作一切的文章，虽然后代批评家贬斥它为浅率空疏，实际却是真实的个性的表现。"[2]在《中国新文学的源流》中，周作人将文学划分为"载道"和"言志"两派，"载道"是宣扬义理的正统文章，而"言志"则是要抒发个人性情，认为"小品文则又在个人的文学之尖端，是言志的散文"[3]。林语堂创办《人间世》杂志，主要刊登小品文，他对小品文的理解是不谈"正经文章之廓大虚空题目"，而"取较闲适之笔调，语出性灵，无拘无碍而已"[4]。可见周作人、

---

[1] 周作人著，钟叔河编：《知堂序跋》，中国人民大学出版社2011年版，第324页。
[2] 同上书，第328页。
[3] 同上书，第324页。
[4] 林语堂：《叙〈人间世〉及小品文笔调》，《林语堂文选》（下），中国广播电视出版社1990年版，第25页。

第三章　清人编选的骈文选本与文学批评

林语堂等人都主张小品文不做伦理纲常这些传统文章的大题目，而以讲求闲适，抒发性灵为主。周作人、林语堂等人对小品文的理解在当时社会具有一定的代表意义，而这种理解明显受到了晚明小品文观念的影响。

20 世纪 30 年代，正是民族危机深重的时代。鲁迅对当时小品文以"闲适"、"性灵"为主的审美取向十分不满，在《小品文的危机》一文中批评说：

> 然而对于文学上的"小摆设"——"小品文"的要求，却正在越加旺盛起来，要求者以为可以靠着低诉或微吟，将粗犷的人心，磨得渐渐的平滑。这就是想别人一心看着《六朝文絜》，而忘记了自己是抱在黄河决口之后，淹得仅仅露出水面的树梢头。[①]

鲁迅认为小品文是"小摆设"，会起到磨灭斗志的作用，举的例子就是《六朝文絜》，可见在鲁迅眼中，《六朝文絜》是一部以"闲适"和"性灵"为旨趣的六朝小品文选本，这应该可以代表民国时期读者对《六朝文絜》的接受态度。

事实上，鲁迅和周作人这两位新文学大家都喜爱《六朝文絜》。鲁迅爱读《六朝文絜》，从《鲁迅手迹和藏书目录》[②]可知，鲁迅藏有两部《六朝文絜》，一部是清光绪三年（1877）读有用书斋刻本《六朝文絜》，4 卷，2 册；另一部是民国二十三年（1934）金陵存古书社刻本《六朝文絜笺注》，8 卷，4 册。据周作人说："一般六朝文他（笔者按，'他'指鲁迅。下同）也喜欢，这可以一册简要的选本《六朝文絜》作为代表。"[③]"纯粹的六朝文他有一部两册的《六朝文絜》，很精简的辑录各体文词，极为便用。"[④]当代学者顾农也注意到鲁迅爱读六朝文，指出《六朝文絜》对鲁迅文章风格有一定的影响，说："鲁迅很看好此书（笔者按，'此书'指

[①]《鲁迅全集》第四卷，人民文学出版社 2005 年版，第 591 页。
[②] 见北京鲁迅博物馆 1959 年编《鲁迅手迹和藏书目录》（内部资料）第 2 册，第 50 页。
[③] 周作人：《鲁迅的青年时代》，河北教育出版社 2002 年版，第 44 页。
[④] 同上书，第 63 页。

《六朝文絜》),除早年所藏者外,到晚年还买过一部光绪三年(1877)读有用书斋的刻本二册。鲁迅文章中多对偶的句子,也写过骈体文,都从此书得力不少。"①周作人虽然认为中国新文学的源头在于晚明小品文,但对六朝文也较为推崇,在《中国新文学的源流》中说:"《六朝文絜》内所有的文章,平心静气地讲,的确都是很好的,即使叫现代的文人写,怕也很难写得那样好。"②在《我的杂学》一文中,周作人曾表示"骈文也颇爱好","《六朝文絜》及黎氏笺注常备在座右而已"③。《六朝文絜》为鲁迅和周作人这两位新文学大家所喜爱,也可看出这部选本广为接受的程度。在《〈近代散文钞〉新序》中,周作人提出中国古代文章"上有六朝,下有明朝"④的观点,对于六朝文"大抵于文字之外看重所表现的气象与性情"⑤,这一看法道出了民国"小品热"时期崇尚六朝文的文学欣赏趣味。《六朝文絜》恰好符合周作人一派对六朝文的审美趣味。民国时期,尤其是20世纪二三十年代《六朝文絜》出现多个各种形式的印本,而同为骈文选本,李兆洛的《骈体文钞》尽管享誉甚高,但在民国时期的刊印远远少于《六朝文絜》⑥,这种情况也可间接说明《六朝文絜》的大量刊印与当时文坛热衷小品文的文学思潮是有直接关系的。

　　选本是文学传播的媒介,也是传统文学批评的重要方式。《六朝文絜》在不同历史时期,都具有生命力,受到读者欢迎的事实,也可以说明,选本在传播文学作品与文学观念方面确有其不可替代的作用。正如鲁迅在《选本》一文中所说:"评选的本子,影响于后来的文章的力量是不小的,恐怕还远在名家的专集之上。"⑦对《六朝文絜》这样一个勾连了四个时代、产生了广泛影响的选本进行考察,可以加深我们对晚明、乾嘉、光绪、民国时期文学思潮、文学创作、文学批评,以及出版、印刷等的认识,这也

---

① 顾农:《读鲁迅笔记两则》,《书屋》2012年第3期。
② 周作人:《中国新文学的源流》,江苏文艺出版社2007年版,第19页。
③ 周作人:《苦口甘口》,河北教育出版社2002年版,第63页。
④ 周作人著,钟叔河编:《知堂序跋》,中国人民大学出版社2011年版,第326页。
⑤ 周作人:《苦口甘口》,河北教育出版社2002年版,第63页。
⑥ 据《民国时期总书目》,《骈体文钞》在民国时期只有两种刊印本。
⑦ 《鲁迅全集》第七卷,人民文学出版社2005年版,第139页。

是选本研究的独特价值所在。

第八节 《国朝十家四六文钞》《骈文类纂》与王先谦的骈文理论

晚清著名学者王先谦热衷于文章选本的编纂，除前论《续古文辞类纂》以外，他还编有《国朝十家四六文钞》与《骈文类纂》两部骈文选本。王先谦以编辑选本的方式表达其对骈文的推崇，这两部选本是其骈文理论的集中表达。王先谦既编有古文选本，也编有骈文选本，"骈散并重"是其文章学理论的一个鲜明特点。

一 《国朝十家四六文钞》与《骈文类纂》的编选

《国朝十家四六文钞》刊刻于光绪十五年（1889），选录清代中晚期的骈文作者十人。卷首有郭嵩焘序和王先谦自序。选文情况：刘开十三篇，董基诚十一篇，董祐诚十一篇，方履籛十一篇，梅曾亮二十五篇，傅桐十二篇，周寿昌十六篇，王闿运十一篇，赵铭十三篇，李慈铭三十篇。从作者身份来看，董基诚、董祐诚、方履籛是专力于骈文创作的作家，刘开和梅曾亮是桐城派古文家，王闿运、李慈铭是著名学者兼作家，周寿昌以史籍考订闻名，傅桐、赵铭则不甚知名于世。王先谦把这些不同身份的作者编辑到一起，展示了清代中后期骈文创作的实绩，也表明了骈文在社会上被广泛接受的事实。王先谦编纂《国朝十家四六文钞》是有感于"骈散二体，厥失维均，而骈之为累尤剧于散"的事实，说"夫词以理举，肉缘骨附。无骨之肉，不能运其精神；寡理之词，何以发其韵采。体之不尊，道由自敝"（《国朝十家四六文钞序》）。指出由于缺乏"理"，也即内在的思想内容，是导致骈文衰敝的原因。王先谦认为当代骈文创作虽盛，但"标帜弗章，声响将阒"（《国朝十家四六文钞序》），如果不树立准的，不利于骈文创作的进一步发展。因此，他编辑《国朝十家四六文钞》的宗旨在于"推求正宗，或肖南城之心"（《国朝十家四六文钞序》），也就是要效法曾燠编选《国朝骈体正宗》的做法，为骈文创作树立准则。

《骈文类纂》四十六卷，光绪二十八年（1902）思贤书局刊刻，卷首有王先谦所撰长篇序例。全书共分论说类、序跋类、表奏类、书启类、赠序类、诏令类、檄移类、传状类、碑志类、杂记类、箴铭类、颂赞类、哀吊类、杂文类、辞赋类十五类目，选文一千五百一十篇。《骈文类纂》是通代选本，魏晋南北朝、唐代作品入选数量较多。其中庾信作品选录一百三十八篇，居各家之首。值得注意的是，《骈文类纂》十分重视对清代骈文的选录，选录清代骈文作者六十四人，文章五百零七篇。选文数量最多的是洪亮吉一百三十一篇，其次是皮锡瑞九十九篇。但是也有二十八位作者只有单篇文章入选，这些作者大多不甚显名于世，甚至没有文集流传。王先谦将这些作者选入《骈文类纂》，一定程度上也起到了保存文献的作用。《骈文类纂》所选都是历代优秀骈文作品，尤其注意选录同一文体在不同时代具有代表性的作品，以显示此种文体的古今变化。如，"连珠"体，选了班固、曹丕、陆机、谢惠连、颜延之、王俭、沈约、庾信、苏颋、刘基、宋濂、洪亮吉、皮锡瑞等多家作品，足以展示此一文体自汉至清的创作情况。李肖珊认为《骈文类纂》具有"取裁丰赡，断制精严"[①]的特点。《续修四库全书总目提要（稿本）》认为此选："汇历代之珠玑，张百家之锦绣，凡源流莫不尽识，芜杂咸在删除，执此一编，而骈俪之文，均在掌握，方之曾、李，实有过之。"[②]认为此选比曾燠《国朝骈体正宗》和李兆洛《骈体文钞》更有价值，给予极高评价。《四库全书总目》论总集的编纂标准是："一则网罗放佚，使零章残什并有所归；一则删汰繁芜，使莠稗咸除，菁华毕出。"[③]《骈文类纂》以一定的去取原则将历代优秀骈文作品汇为一编，同时也发挥了保存文献的作用，与《四库全书总目》所论完全一致，是一部有独特价值的文章选本。《骈文类纂》的编选宗旨，首先在于"综古今之蕃变，究人文之终始"（《骈文类纂序例》），综览古今文章

---

① 李肖珊：《湘学略》，岳麓书社1985年版，第209页。
② 中国科学院图书馆整理：《续修四库全书总目提要（稿本）》第二十八册，齐鲁书社1996年版，第771页。
③ 永瑢等：《四库全书总目》，中华书局1965年版，第1685页。

的演变,以探究社会文化的发展变化,体现了王先谦对"文章"价值的高度重视。其次在于"推宾谷正宗之旨,更溯其源",表明其要以曾燠《国朝骈体正宗》为准的,通过遴选历代骈文,以求为当代骈文创作树立准则。

二 《国朝十家四六文钞》、《骈文类纂》与王先谦的骈文理论

选本序文是选家文学批评思想的集中体现。李肖珊说:"四六之弁言,骈纂之序例,亦能究义神之窍奥,判雅俗于毫芒,矩矱森然。"①《国朝十家四六文钞序》和《骈文类纂序例》两篇选本序文集中展示了王先谦的骈文理论。

在《骈文类纂序例》中,王先谦以姚鼐《古文辞类纂》的文体分类为基础,将文体分为十五大类,进行了较为详细的解说。王先谦对《文心雕龙》极为推崇,将《文心雕龙》五十篇悉数收入《骈文类纂》。他论辨文体,大量称引《文心雕龙》。《文心雕龙》论说文体以"释名以彰义"、"原始以表末"、"选文以定篇"、"敷理以举统"为原则②,王先谦在《序例》中,解释文体名称,追溯文体源流,提出文体写作要求,其思想方法明显受到这几条原则的影响;以选本的方式为骈文创作树立准的,本身就是"选文以定篇"思想的体现。王先谦注重在《文心雕龙》的基础上考辨文体。如论"铭箴"类,在称引《文心雕龙·铭箴》之后,说:"余谓语其体,则箴峻而铭纡;言其用,则铭广而箴狭。"对铭、箴两种文体的风格和功用作了比较说明。论"赞"类,也是先称引《文心雕龙》,然后指出:"余谓自来赞文,先以论序。前敷宣以馨绪,不害为烦;后约举以縢词,故不伤其促。"认为赞前的序文十分重要,要力求详尽,而赞文本身则以要约不烦为主。

王先谦尤其注重对《文心雕龙》所不收文体的论说。论"序跋"说:"史家类传,乃有序文。所以领厥纲领,陈其命意。"认为沈约《宋书·恩幸传论》实际上是《恩幸传》的序而非论。论"杂记"类说:"齐梁文苑,始创记体。树寺造像,休文有作。孝标《山栖》,亦名曰志,志,记一也。杂记之流,盖于兹托始。"指出了"记"的起源。"唐代亭、堂、石、瀑,

---

① 李肖珊:《湘学略》,岳麓书社1985年版,第209页。
② 范文澜:《文心雕龙注》,人民文学出版社1958年版,第727页。

咸被文章，斯则记类宏开，不仅山川能说矣。又或追存曩迹，畅写今情。迨乎国朝，其流益夥。"对唐代以后，"记"类文体的广泛使用，进行了概括。针对"记"与"序"容易混淆的情况，说："大抵专纪述者，乃登记目；缀吟咏者，方以序称。"对记与序进行了细致区分。又如论"赠序"说："洎乎唐世，乃有序文。发抒今情，敦勉古义，斯朋友之达道也。献寿有文，沿于明代。贵在不溢美，不虚称，反是则滥矣。"追溯了朋友赠别序和寿序的源流，并对两种序文的写作提出了要求。

王先谦曾在翰林院、国史馆任职，对清代政府公文的使用较为熟悉。在《骈文类纂序例》中，他重视对清当代文体特征及其使用情况的总结。针对清代使用表奏的情况，他说：

> 本朝革华崇实，凡有进御，统谓之奏。平论大政，亦或用议。呈书贺捷，皆上表文。殿试、朝考，分题策疏，观乎人文，取存古式而已。

针对清代檄文的使用情况，他说：

> 本国伐叛，但云下符。其小征伐，则用移牒，皆檄之流也。

《序例》对齐梁之后文体的解释，尤其是对清当代文体使用情况的论述可补《文心雕龙》所不备。与明清其他各家选本的文体论相比，《序例》对文体的考辨探析，要言不烦，见解精辟，有一定的文体学价值。

在《骈文类纂序例》中，王先谦对骈文创作理论也有较为集中的阐释，从中可以窥见其对骈文创作方法和审美标准的认识。关于文章创作方法，王先谦认为首先要善于模仿借鉴。他认为承传演变是文学创作的发展规律，所谓"古今文词，递相祖述，胎化因重，具有精理"，文章写作离不开对前人的模仿与学习，他以具体例证，指出历代文章在题目、体裁、句式、语言、立意等方面的因袭递变。他反对不善变通的机械模仿，认为"直抄成文"便会"索然意尽"，提出"造句但可偶摹，无滞迹象。采语缘于兴到，纯任天机。意之为用，其出不穷，贵在与古为新，因规入巧"的创作理念，认为对前人作品的模仿与借用要不露痕迹，自然贴切，要发挥作者的主观创造力，在遵循创作规律的基础上形成自己的创作风格。

其次要善于使事用典。使事用典也称隶事，是骈文特征之一。王先谦对使事用典极为看重，说：

> 至于隶事之方，则亦有说。夫人相续而代异，故文递变而日新。取载籍之纷罗，供儒生之采猎。或世祀悬隔，巧成偶俪；或事止常语，用始鲜明。譬金在炉，若舟浮水，化成之功，直参乎造物；橐籥之妙，靡间于含灵者也。

使事用典贴切自然，能收到言少意多的效果。

王先谦还提出"取人隐事"的具体方法，也就是在使事用典时，以人代事，如"霍显之谋"、"荆轲之事"、"微子之踪"、"陈平之轨"等，都是以历史人物表达特定含义。"取人隐事"的方法概括性强，可让文章更为生动。

使事用典，难度较大，要求作者广泛阅读，熟悉典籍。王先谦以前人文章写作中的具体事例，概括了使事用典经常出现的"属词失当"、"绎文不审"、"使典差谬"、"杜撰不经"、"任意牵附"、"随笔增窜"等失误或不当之处，说：

> 故甄引旧编，取证本事，必义例允协，铢黍无爽。合之两美，则观者雀跃；拟不于伦，则读者恐卧。

认为使事用典必须做到严肃、准确，如切合文章需要，运用得当，会增强文章的生动性；如运用不当，则会妨碍读者的阅读效果。

王先谦对骈文审美有自己的认识。他认为"词丰意瘠，情竭文浮"、"主文客气，玉貌蓬心"（《国朝十家四六文钞序》）是骈文的常见弊病。针对这些弊病，结合骈文自身的特点，王先谦说："盖骈俪之道，言哀不深，则情韵无抑扬之美；取材不富，则体制乏瑰伟之观。"（《骈文类纂序例》）认为以感情深厚、材料丰富为基础的情韵抑扬、体制瑰伟是骈文的文体形态特征。

借鉴古文讲求文气的传统观念,融合骈文擅长修饰辞藻、多用典故的特点,王先谦对骈文创作提出了"词气兼资"的审美标准。他所说的"词",是指文章的文辞、辞藻;"气",是指文章内在的气韵。"词气兼资"也就是文辞和气韵相统一是王先谦对骈文创作的总体要求,也是他衡量骈文作品的审美标准。以此为标准,他认为汉魏文章"其词古茂,其气浑灏",可以作为历代文章的典范;六朝时期,虽然"词丰气厚",但文章已有繁芜之病;到宋元时期,"词瘠气清",文章便无足可取了。明代只有陈子龙"词采既富,气体特高",其余不足称道。

王先谦论清代骈文创作说:

> 昭代右文,材贤踵武。格律研而愈细,风会启而弥新。参义法于古文,洗俳优之俗调。选词之妙,酌秾纤而折中;行气之工,提枢机而内转。故能洸洋自适,清新不穷。俪体如斯,可云绝境。

对清代骈文创作给予极高评价,认为清代骈文学习古文义法,去除绮靡俳俗之习气,辞藻秾纤适中,气韵充沛,代表了其对骈文创作的审美理想。

三　文章选本与王先谦"骈散并重"的文章学思想

清初以后,以宋学义理为指归的古文占据文坛的主要地位。乾嘉时期朴学兴盛,主张考据的汉学和以义理为指归的宋学各守门户,展开了激烈论争。在汉学推动下,骈文复兴成为时代思潮。学术领域的汉宋之争,促进了文章学领域的骈散之争。清代中后期的文章学格局可谓流派纷呈、宗尚各异:姚鼐延续方苞以来桐城文家的立场,固守古文义法,崇散拒骈;阮元一派,严格文笔之辨,崇骈拒散;李兆洛等人则主张融通骈散,以求拓展古文写作之境界。作为晚清著名汉学家,王先谦通过编纂古文选本和骈文选本的方式,表达了其"骈散并重"的文章学观点。

这一观点是以他对骈散两种文体的认识为基础的。在《骈文类纂序例》中,王先谦说:"少读唐柳子厚《永州新堂记》,至于'迤延野绿,远混天碧',诧曰,此俪语也,而杂厕散文,深疑不类。余兄敬吾先生闻之

第三章　清人编选的骈文选本与文学批评

曰，它日可与言流别矣。"区别骈散，认为骈散各有其文体特征，是王先谦自少时便植根于心中的观念。他批评姚鼐《古文辞类纂》兼收辞赋，梅曾亮《古文辞略》旁录诗歌都是"用意则深，论法为舛"，也即没有严格文体区别。认为李兆洛《骈体文钞》收录了《报任安书》、《出师表》等散文作品，是"限断未谨"（《骈文类纂序例》）。姚鼐《古文辞类纂》收录"辞赋"类作品，以求拓展古文的学习范围。王先谦编辑《续古文辞类纂》不收辞赋，认为辞赋是"风雅变体，取工骈俪，国朝诸家尤罕沿袭"①，而《骈文类纂》则列有"辞赋"类，认为辞赋是骈文写作必须学习的对象。这些都表明王先谦对骈散两种文体各自特点的认识。

王先谦认为骈散两种文体都出于自然，说："文章之理，本无殊致，奇偶相生，出于自然。"（《骈文类纂序例》）肯定骈文和散文各有其合理性。他认为骈散两体"各有其独胜之处"，但如果处理不好，也会都有失当之处。说："学美者侈繁博，才高者喜驰骋，往往词丰意瘠，情竭文浮，奇诡竞鸣，观听弥眩，轨辙不修，风会斯靡。故骈散二体，厥失维均。"（《国朝十家四六文钞序》）骈散两体如丧失轨范，就会各有弊端，王先谦对两种文体的态度是十分公允的。他要求骈散都以"明道"为指归，说"文以明道，何异乎骈散"②。要求以"明道"，也就是儒家义理为宗旨统摄骈散，而不是斤斤于骈散的文体之争。骈散都以儒家义理为主，这与王先谦的论文宗旨是一致的。

王先谦骈散并重的文章学思想也有其理论来源和学术背景。

乾嘉时期，文章学领域的骈散之争十分激烈，骈散并重的思想也同时孕育而生。刘开是桐城派代表人物姚鼐的四大弟子之一，他在文章学理论方面突破了桐城派古文独尊的观念，主张骈散并重，说："骈之与散，并派而争流，殊途而合辙。"而骈散的区别"一以理为宗，一以辞为主"③，认为在创作理念上，骈散可以互补，但在文体形式上，骈散应各有其特点。刘开（1784—1824）主要活动于嘉庆、道光年间，他既是桐城派散文家，

---

① 王先谦：《续古文辞类纂》，《续修四库全书》本，上海古籍出版社2002年版，第74页。
② 王先谦：《虚受堂文集》，《续修四库全书》本，上海古籍出版社2002年版，第494页。
③ 刘开：《孟涂骈体文》，《续修四库全书》本，上海古籍出版社2002年版，第425页。

也有《骈体文》二卷传世，在创作和理论上都体现了骈散并重的观念，具有一定代表性。清末王葆心概括了清代中后期文章学领域骈散并重的趋势，"桐城文家多骈散兼工。梅氏始工骈文，继工散文，与刘孟涂辙迹绝同，而孟涂骈文尤特有名，皆亲受学于姚氏者也。案：国朝散文家多兼工骈文，如袁枚、董士锡、李兆洛、龚自珍、陈澧皆然，不第桐城家也"①。清代中后期，骈散兼工并重成为文章创作领域较为普遍的现象，这一现象为王先谦骈散并重的文章学观念提供了理论来源。

乾嘉汉宋学术之争是骈散之争的主要根源，晚清时期汉宋之争渐趋平和。王先谦说："道咸以降，两家议论渐平，界域渐泯，为学者各随其材质好尚定趋向，以蕲于成而已。"②在这种学术背景下，王先谦论文持骈散并重的观点，既反对骈散互相排斥的做法，也不认同骈散互相融通的主张。骈散并重，尊重骈散两体各自的特点，对于骈文和古文自身文体特征的建构与完善是有一定意义的。王先谦"骈散并重"的观念与桐城派的"崇散拒骈"、阮元等人的"崇骈拒散"、李兆洛等人的"骈散融通"等都是清代中后期影响较大的文章学观念，具有一定的理论价值。

民国学者李肖珊认为"续、纂、选、辑"是王先谦治学的基本方式，他所编辑的《续古文辞类纂》、《国朝十家四六文钞》、《骈文类纂》三部文章选本就是以"续"和"选"治学的体现③。三部选本在保存文献，尤其是在清代文章文献的保存方面具有一定意义。在理论方面，将义理和考据视为文章创作的根本，骈散并重，与他兼采汉宋的学术思想是一致的。至于剖析文体，辨别源流，揭示文术，标举理想，则又是其在文章学方面长期涵茹浸染而出之以真知灼见的表现。王先谦虽主要生活于晚清这个中国社会即将发生巨变的时代，其文章学理论却仍然是传统思想的延续，缺乏近代化特征，但也较为鲜明地反映了晚清时期传统士人的文学观念，因此也具有一定的代表性和认识价值。

---

① 王葆心：《古文词通义》，王水照编《历代文话》本，复旦大学出版社2007年版，第7318页。
② 王先谦：《虚受堂文集》，《续修四库全书》本，上海古籍出版社2002年版，第493页。
③ 李肖珊：《星庐笔记》，岳麓书社1983年版，第69—70页。

第四章　清人编选的明文选本与文学批评

明人已有明文之选,如程敏政《皇明文衡》一百卷、张时彻《皇明文范》六十六卷、张士瀹《国朝文纂》五十卷、陈仁锡《明文奇赏》四十卷等。这些明人编选的明文选本,对于研究明代文学有一定的价值。入清以后,黄宗羲、钱谦益、朱彝尊等人致力于明代诗文总集的编纂,借以保存一代文献。其中文章选本以黄宗羲的《明文案》、《明文海》和《明文授读》最具代表性。其他如薛熙的《明文在》、顾有孝的《明文英华》等,在当时也有较大的影响。这些明文选本编选于清初这样一个特定历史时期,以保存明代文学与文献为目的,具有一定的历史文化意义。而且到乾隆年间纂修《四库全书》时,这些选本大多遭到抽毁或禁毁的厄运。本书将这些文章选本单独列为一章,进行探讨。

第一节　黄宗羲的明文选本与明文批评

黄宗羲(1610—1695),字太冲,一字德冰,号南雷,浙江余姚人,学者称梨洲先生,著有《明儒学案》等。黄宗羲为明末清初著名学者,身经明清易代的历史巨变之后,他在清朝拒绝出仕,致力于明代历史、学术、文化等的总结和保存。其编纂的《明文案》、《明文海》和《明文授读》三部文章选本,保存了大量明代文章,为后人研究明代文学、历史、社会、文化等提供了第一手材料,具有重要的文献价值。同时,这些选本的序文和文章评语为我们提供了研究黄宗羲文学批评的重要资料。

一 黄宗羲明文选本的编纂

首先来看《明文案》的编纂。

黄宗羲自1667年开始编纂《明文案》,至1675年编成。全书二百零七卷,选录明代作家三百六十余人,文章两千三百多篇。《明文案》按文体编排,分为赋、奏疏(附诏表)、碑、颂、议、论、书(附启)、传、墓文(附行状)、哀文、记、序、古文(包括铭、赞、箴、戒、原、辨、解、说、考、对、问、文、疏)十三类,广收博采,卷帙较为浩繁。

黄宗羲编纂《明文案》,以保存明代文献为目的。他说:"试观三百年来集之行世藏家者不下千家,每家少者数卷,多者至于百卷……有某兹选,彼千家之文集庞然无物,即尽投之水火,不为过矣。"(《明文案序上》[①])明文虽然极为浩繁,但黄宗羲从自己的选录标准出发,采其精华,去其庸冗,为明文的保存与流传作出了贡献。当时清廷为纂修《明史》征集材料,下令地方官将黄宗羲所有有关明史的著述抄录赴京,《明文案》也在其中。《明文案》为《明史》纂修提供了材料,这也是黄宗羲为《明史》纂修做出的贡献。

《明文案》有残稿存于宁波天一阁中,骆兆平有专文介绍《明文案》和《明文海》稿本的保存与流传情况[②]。浙江图书馆和国家图书馆藏有《明文案》的清抄本。近年出版的《四库禁毁书丛刊》补编第45册收有《明文案》影印本,其底本是浙江图书馆藏清抄本。

其次来看《明文海》的编纂。

《明文案》编成后,黄宗羲意犹未尽,赴昆山徐乾学传是楼中搜罗《明文案》之外的明代文集三百余家,增补而成《明文海》。

---

① 《明文案序》分上、下两篇,见《四库禁毁书丛刊》补编第45册影印浙江图书馆藏清抄本《明文案》卷首。下引此序随文标出,不再加注。
② 见骆兆平《〈明文案〉〈明文海〉稿本述略》,《文献》1987年第2期。

第四章 清人编选的明文选本与文学批评

《明文海》四百八十二卷，目录三卷，收作家五百余人，文章四千五百余篇，全书按文体编排，分二十八类，计有赋、奏疏、诏表、碑、议、论、说、辨、考、颂、赞、铭、箴、戒、解、原、述、读、问答、文、诸体文、书、序、记、传、墓文、哀文、稗。每一文体之下又分子目若干。《明文海》分类较为繁琐，《四库全书总目》讥其"分类殊为繁碎，又颇错互不伦"，但《总目》对《明文海》的文献价值还是给予高度重视，说：

> 明代文章，自何、李盛行，天下相率为沿袭剽窃之学。逮嘉、隆以后，其弊益甚。宗羲之意，在于扫除摹拟，空所倚傍，以情至为宗。又欲使一代典章人物，俱借以考见大凡。故虽游戏小说家言，亦为兼收并采，不免失之泛滥。然其搜罗极富，所阅明人集几至二千余家，如桑悦《南都》、《北都》二赋，朱彝尊著《日下旧闻》时搜讨未见，而宗羲得之以冠兹选。其它散失零落赖此以传者尚复不少，亦可谓一代文章之渊薮。考明人著作者，当必以是编为极备矣。①

四库馆臣认为此书以"尚情"为选录标准，有扫除明代前后七子模拟剽窃文风的作用。又认为此书搜罗广泛，尤其是注意选录散失不传的文章，堪称"一代文章之渊薮"，充分肯定了《明文海》在保存明代文献方面的重要价值。

《明文海》编成后，由于卷帙浩繁，没有刊刻。乾隆时期抄入《四库全书》，所据底本是两淮盐政采进本，此本本来不是足本，而且抄入时受到严格审查，大量文章被抽毁，黄宗羲和黄百家对明文的评语也没有抄入，所以《四库全书》本《明文海》只是一个节本，与原书相差较大。《明文海》的残稿现存于宁波天一阁，另外国家图书馆、上海图书馆、浙江图书馆各藏《明文海》抄本一部。中华书局1987年出版影印本《明文海》，以国家图书馆藏抄本为底本，并据文津阁《四库全书》本抄补佚文十二篇，又据浙江图书馆藏抄本，补辑缺文一百五十九篇，附于全书之后，并且编有目录索引，阅读较为方便。

---

① 永瑢等：《四库全书总目》，中华书局1965年版，第1729页。

最后来看《明文授读》的编纂。

黄宗羲为方便儿子百家课读,从《明文海》和《明文案》中择取部分篇章加以朱圈,后经黄百家整理成《明文授读》,交张锡琨刻印。徐秉义《明文授读序》称:"盖《文海》所以存一代之文,《授读》所以为传家之学,各有攸当也。"从黄百家所作《明文授读发凡》中可知,黄宗羲当年称道归庄、顾炎武等人文章而未见其集,所以黄百家将这些人的文章选取数篇入《明文授读》,且将黄宗羲《明文案》和《明文海》的评语过录于《授读》之上。《明文授读》卷首有康熙三十八年(1699)徐秉义序,康熙三十七年(1698)靳治荆序,又有黄宗羲《明文案》原序两篇,然后是康熙三十七年黄百家序,康熙三十八年张锡琨序,这些序文主要叙述了《明文授读》编选刊刻过程及其价值。《明文授读》的体例编排,大体仿照《明文海》,略加调整。分为奏疏、表、论、议、原、考、辨、解、说、释、颂、赞、箴、铭、疏、文、对、答、述、丛谈、书、记、序、碑文、墓文、哀文、行状、传、赋、经,共计三十类。省略了《明文海》原有的戒、读、问答、诸体文、稗五类,增补了释、疏、对、答、丛谈、行状、经七类。而书、记、序、墓文、传、赋各体又分有子目若干。《授读》共选明代作家二百七十余家,文章七百八十余篇,编选者意在拔优择粹,保存了明代文章的精粹之作。

康熙三十八年,黄宗羲门人张锡琨从黄百家处借得《明文授读》,刊刻行世,这就是味芹堂刻本,流传较广,乾隆时期纂修《四库全书》采入内府,入《存目》,四库馆臣撰有《提要》。《四库全书存目丛书》有影印本①。

《明文案》、《明文海》和《明文授读》三部明文选本的编纂,是饱含黄宗羲故国之思与爱国之情的,其目的是借文章总集的编纂来保存明代的文学与历史资料,所谓"以文传人"、"以文存史"。书成之后,黄宗羲对其子黄百家说:"唐《文苑英华》百本,有明作者轶于有唐,非此不足存一代之书。"(黄百家《明文授读序》)徐秉义《明文授读序》说:"《文海》

---

① 《四库全书存目丛书》影印清康熙三十八年(1699)张锡琨味芹堂刻本,本书所引序文均出自此本。

成而有明一代有全书，更无有埋没阑入之憾矣！"着眼于明代文献的保存，这正是黄宗羲编纂明文总集的宗旨所在。在明清易代的社会背景下，黄宗羲明文总集的编纂具有特殊的历史文化意义。

二 黄宗羲的明文批评

黄宗羲耗费大量心血编纂明文总集，从中可见其对明文的批评。黄宗羲的明文批评，主要见于《明文案》的两篇序文、《明文海》的评语①，以及一些文集序跋之中。

黄宗羲编纂《明文案》与《明文海》，通览一代文集，对明代文章进行了总体评价。他认为明代文章在"国初"、"嘉靖"、"崇祯"出现了三次全盛时期，并对三次兴盛的原因作了分析：

> 国初之盛，当大乱之后，士皆无意于功名，埋身读书，而光芒足不可掩；嘉靖之盛，二三君子振起于时风众势之中，而巨子哓哓之口舌，适足以为其华阴之赤土；崇祯之盛，王、李之珠盘已坠，邢、莒不朝，士之通经学古者耳目无所障蔽，反得以理既往之绪言，此三盛之由也。(《明文案序上》)

黄宗羲分析明文三次兴盛原因，特别肯定了士人"埋身读书"、"通经学古"的重要意义，这与他"文必本之六经，始有根本"②的观点是一致的。这里的"二三君子"是指唐顺之、归有光等唐宋派古文家，把"嘉靖之盛"的原因归为唐宋派古文家的兴起，暗含有对明代前后七子的不满，表明了黄宗羲对明代文学复古思潮的评判。把"崇祯之盛"归为王、李影响逐渐减弱也是此意。

黄宗羲认为明代文章以单篇而论，不乏"至情"之作，能和前代相媲

---

① 《明文海》评语包括黄宗羲的亲笔评语和黄百家追记的"先夫子曰"，骆兆平据天一阁藏《明文海》稿本和浙江图书馆藏清抄本辑出一百八十条，见《〈明文海〉黄宗羲评语汇录》，《文献》1987年第2期。本书引用《明文海》评语出此文。

② 黄宗羲：《论文管见》，《黄梨洲文集》，中华书局1959年版，第481页。

193

美，但明代大家的成就在总体上不如前代大家，说：

> 盖以一章一体论之，则有明未尝无韩、杜、欧、苏、遗山、牧庵、道园之文。若成就以名一家，则如韩、杜、欧、苏、遗山、道园之家，有明固未尝有其一人也。(《明文案序上》)

黄宗羲认为明代之所以没有产生像前代那样的文章大家，其原因在于：

> 此无他，三百年人士之精神，专注于场屋之业，割其余以为古文，其不能尽如前代之盛者，无足怪也。(《明文案序上》)

明代士人专注于科举，在经学修养与文学创作方面用力不足，在黄宗羲看来，这是导致明代文章不够发达的主要原因。

对于明代前后七子的文学复古运动，黄宗羲持否定态度，多所批驳，说：

> 空同矫为秦、汉之说，凭陵韩、欧，是以旁出唐子窜居正统，适以衰之弊之也。(《明文案序下》)

> 乃北地欲以二三奇崛之语，自任起衰，仍不能脱肤浅之习，吾不知所起何衰也？[1]

认为前后七子的复古运动导致了明文的衰敝，黄宗羲痛惜地说："嗟乎，唐、宋之文，自晦而明；明代之文，自明而晦。宋因王氏而坏，犹可言也，明因何、李而坏，不可言也。"(《明文案序下》)对明代文学复古思潮表示了强烈的不满。

"理"与"情"是黄宗羲明文批评中着重强调的两点。

---

[1] 黄宗羲：《庚戌集自序》，《黄梨洲文集》，中华书局1959年版，第385页。

第四章　清人编选的明文选本与文学批评

首先来看"理"。黄宗羲重视"理",强调作家要研习经学,加强儒家思想的修养,以此作为写好文章的重要条件。他评李东阳《重进大明会典表》说:"西涯文气秀美,东里之后不得不以正统归之,第其力量稍薄,盖其功夫专在词章,于经术疏也。学者于此尽心焉,则知学文之法矣。"他认为李东阳文章之所以不够醇厚,是因为其经学修养不足。黄宗羲所提倡的"学文之法",就是"词章"和"经术"并重。他所说的"经术",是指传统的儒学修养,这种儒学修养表现在文章中就是"理",认为只有在这方面多下功夫,才能写好文章。他评艾南英《论宋禘祫》说:"他文模仿欧阳,其生吞活剥,亦犹之模仿《史》、《汉》之习气也。其于理学,未尝有深湛之思,而墨守时文见解,批驳先儒,引后生小子不学而狂妄,其罪大矣!"评唐顺之《答茅鹿门书》说:"鹿门溺于富贵,未尝苦心学道,故只小小结果,辜负荆川如此。"评黄省曾《难柳宗元封建论》说:"五岳之文学六朝,然意思悠长,不仅以堆砑为工,则是阳明问道之力。"黄宗羲在这几条评语里所强调的都是"理"也即儒学修养对文章写作的重要意义,表明了他对唐宋以来"文以明道"文学观念的继承。

其次来看"情"。"情"是黄宗羲文学批评的重要观念。《明文案》的选文标准突出了"情"字。他说:

> ……唯视其一往情深,从而捃摭之……今古之情无尽,而一人之情有至有不至,凡情之至者,其文未有不至者也。(《明文案序上》)

黄宗羲重视真情实感,以此作为衡量文章的重要标准,所谓"凡情之至者,其文未有不至者也"。他认为明文虽然在总体上不如前代,没有产生像前代一样的大家,但如果从"情"的角度来看,明文不乏"一往情深"的"至情"之作。因此,以单篇文章而论,明代也有能和前代大家相媲美的名篇佳作。把文章是否具有"情至之语"作为《明文案》的编选标准,充分体现了他对"情"的重视。

"重理"与"尚情",作为中国古代文学创作的两种倾向,二者之间有着内在的矛盾。黄宗羲阐述"情"与"理"的关系说:

> 文以理为主。然而情不至，则亦理之郭廓耳……古今自有一种文章不可磨灭，真是"天若有情天亦老"者。而世不乏堂堂之阵，正正之旗，皆以大文目之。顾其中无可以移人之情者，所谓刿然无物者也。①

黄宗羲认为，文章当以理为主，但是没有情的理，是空泛的理。所以古今"情至"之文，都具有感动人心的作用，在一定程度上可以称为好文章。相反，表面堂堂正正，内中却缺乏真情实感，这样的文章就算不上好文章。通观黄宗羲的文学批评，"理"是他评论文章的主要立场。然而，除了"理"以外，黄宗羲还表现了对"情"的充分重视。可以认为，以理为主、情理兼顾是黄宗羲批评明文的重要标准。

黄宗羲以理为主、情理兼顾的批评标准有其内在的原因。明朝乱亡之后，清初士人总结历史教训，认为晚明正统儒家思想的衰颓是导致明王朝灭亡的重要原因，向正统儒家思想回归成为清初士人的普遍思想倾向。黄宗羲重视对儒家经典的研究，在文学批评方面，提出了"文之美恶，视道离合"②的观点，把以儒家思想为核心的道或者说是理作为他文论思想的主要内容，这与黄宗羲总体学术思想是一致的。但作为一位有独立见解的学者，他并不像道学先生一样视文艺为末流，他重视文艺创作，要求文学表现人的真实情感，认为"情"在文学创作中具有重要价值。黄宗羲对"情"的认识与晚明"公安派"、"性灵派"有明显的区别，他所谓的"情"，是在正统儒家思想规范下的真情实感，正因为如此，以理统情、情理兼顾成为黄宗羲文学思想的重要内容，也是他批评明文的一个主要标准。

实际上，黄宗羲对明代文章三次高潮的论述，对明代文章总体成就不如前代的解释，对明代前后七子的抨击，对《明文案》、《明文海》选录标准的阐发，以及对明文的评语，都是他"以理为主，情理兼顾"批评标准的体现。

---

① 黄宗羲：《论文管见》，《黄梨洲文集》，中华书局1959年版，第481页。
② 黄宗羲：《李杲堂先生墓志铭》，《黄梨洲文集》，中华书局1959年版，第196页。

第二节　清人编选的其他明文选本

除黄宗羲所编明文选本之外，清初的其他明文选本，也多以保存明代文献为编纂目的。这些选家在文论方面都以儒家正统思想为准则，对于明代前后七子文学复古思潮表示不满，要求以唐宋八大家文章为楷模，主张以"醇雅"为文章宗尚，与清代正统文论步调一致。

1.《明文在》一百卷，薛熙辑，《四库全书存目丛书》影印清康熙三十二年（1693）古渌水园刻本

薛熙，字孝穆，号半园，吴县人，居常熟，师从陈确，康熙时在世，著有《依归集》。

《明文在》一百卷，是薛熙及其弟子花费十五年时间编纂而成的一部明文总集，收文章两千余篇，分类编纂，仿照《文选》而又有所增损，分为：赋、诗、骚、七、演连珠、诏、制、诰、祝、册、谕祭文、策、策问、檄、露布、颂、表、笺、启、奏疏、赞、箴、铭、原、议、论、辨说、书、序、记、碑、铭、墓志、传、行状、录、书事、杂志、冠词、字词、哀诔、祭文、公移、题跋等门类。《凡例》云："是编略于诗赋而详于序、记、志、状。"录有少量诗歌，以明代文章为主。

前有康熙三十二年（1693）薛熙序，叙其编选原因说：

> 今上御宇之十有八年，诏修前明一代之史，良以国可亡而史不可亡，甚盛典也。熙穷居草泽，亦尝与二三子窃念之：史不可亡，而一代之文可以备史编之阙者独可亡乎？顾文集繁芜，观者无所适从，而又囿于明季杂乱之见，虽大儒宿学亦弃置不观，遂以为前明无文，而文亡。即有观者，亦尝选辑而径路不分，弃取未当，遂以为前明之文如是，而文愈益亡。熙窃忧之。

薛熙由"国可亡而史不可亡"想到"国可亡而文不可亡",认为"一代之文"有"可以备史编之阙者"的价值,对明文之亡深感忧虑。因此,他编纂《明文在》有保存一代文献的目的。

在此序中,薛熙对明文进行了评论:

> 明初之文之盛,潜溪开其始,明季之文之乱,亦潜溪成其终。盖潜溪之集不一体,有隽永之文,有平淡之文,有涂泽之文。洪永以及正嘉朝之诸公,善学潜溪者得其隽永,而间以平淡,此明文之所以盛也。隆万以及启祯朝诸公,不善学潜溪者,得其涂泽,而亦间以平淡,此明文之所以乱也。

薛熙认为宋濂对于明文有深远影响,明文的盛衰和后人对宋濂文章风格的学习有直接的关系。"隽永"、"平淡"是其文章审美标准,而"涂泽",也就是注重辞藻修饰,在他看来则不是好文章。又说"彼涂泽者,矫语秦汉",则显然是针对前后七子"文必秦汉"的主张而发,有不满之意。又认为柳宗元文章"尽去涂泽"才有可观之处。可见,薛熙是反对"涂泽"也就是对文章进行过多辞藻修饰的。

又有薛熙弟子钱大镛序,叙此书的编选宗旨与编刊过程。

《明文在》编纂于康熙年间,其时清政府的思想统治不断加强,儒家思想定于一尊,文学领域亦以"宗经"思想为宗尚。《明文在》的编纂者刻意强调了与正统思想的步调一致,薛熙门人钱大镛和徐龙骧所作的《明文在》凡例第一条就说:

> 是编约计诗文二千余首,虽系前明一代之文,必与本朝著作鸿篇有相关者始得登选,以备参考。凡有粗悖字而应删者,先生与镛辈详加披阅,抉摘无遗。

出语极为谨慎。从成书时间上看《明文在》与黄宗羲所编《明文海》几乎同时,都是康熙三十二年(1693),然而《明文在》的编者言辞谨慎,明

显有畏祸心理。因此,《明文在》所表现的完全是正统的文学思想:

> 是编虽取行文,要构新意,翻前案,变换局法,然必原本经史,是非不悖于圣人者录之,以为学古之津梁。

认为文章不管如何变化,都要以"经史"和"圣人"为准则,这和清王朝所提倡的"宗经"思想是完全一致的。

对于明代作家,《明文在》凡例评论说:

> 是编以韩、柳、欧、二苏、曾、王七家文为宗。盖前明大家如宋潜溪、方正学、苏平仲、杨东里、王阳明、唐荆川、归震川诸公,心法相传,以明洁为主,真得《左》、《国》、《史》、《汉》之神理,所以为正派,不则即为异趋。

认为学唐宋"七家"的明代大家是文章"正派",言外之意则是将以秦汉为宗尚的前后七子视为"异趋",表明薛熙及其弟子对前后七子复古思潮是持反对意见的,这基本上是清初以来文坛的共识。

薛熙及其弟子除强调取法唐宋大家外,对于文章的"法"也极为重视,说:

> 选文务要合法,法者一意到底,起承转合,秩然不乱,如人之有耳目口鼻也。耳目口鼻不全者,不合法者也,全者又必姿韵溢出纸上,然后读之可以移人。姿者何?即昌黎所谓言辞之短长也;韵者何?即昌黎所谓音声之高下也。如人面目之有致也,乃登上选。

他们以"姿韵"之说为文章写作的一般要求,强调"法",也即文章技法。在他们看来,能够做到"文以载道",且有章法技巧,即为好文章。

2.《明文英华》十卷,顾有孝辑,《四库禁毁书丛刊》影印清康熙间传万堂刻本

顾有孝(1619—1689),字茂伦,江苏吴江(今属苏州)人,诸生。

康熙十七年（1678）举博学鸿词，不就。以诗文评选著称于世，著有《雪滩钓叟集》。

前有康熙丁卯年（1687）潘耒序，称《文选》、《唐文粹》、《宋文鉴》、《元文类》都有保存一代文献之价值，而明代三百年，不可谓无文章，却没有保存一代文章之总集，因此深有感慨，有意纂辑而未付诸实践。纪述顾有孝之语：

> 近代之文，莫病于多浮词，少实义。三百年文章浩如烟海，吾惟取其有关于朝章国故，民风世变者，与夫贤臣烈士之终始，义夫贞士之事迹则录之。论古足以订讹考异，述今足以发潜表微则录之，其他游谈卮词，佞谀之文，浮夸之语，虽工不载。人则宁遗显而收隐，世则宁略后而详前。

表明顾有孝编辑此选的宗旨，所着重强调的是文章的思想性，正统色彩极为强烈。以"浮词"为病，则是其对文章艺术性的要求。

此书于每篇选文之后都详述作者的生平、仕历、著述等情况，对文中涉及的事件往往与他书参考互证，明显有因文见史、以文传人之目的。此书对了解明代文学、历史有一定价值。

3.《山晓阁选明文全集》二十四卷①，孙琮选评，《四库禁毁丛书丛刊》补编影印清康熙刻本

孙琮，字执升，号寒巢，嘉善人，诸生。室名山晓阁，以诗文评选著称于世。著有《山晓阁诗文集》。

前有康熙丁巳年（1677）孙琮序。其文曰：

> 夫有明之兴，上自洪、永，迄于启、祯，凡二百七十有七年，其建国与唐宋相埒，则论文亦君子所不废也。今试取其一代之文而观之：文宪、文成首辟草昧，其后英流接踵，项背相望，逮乎晚季，犹

---

① 据雷梦辰《清代各省禁书汇考》，孙琮还有《山晓阁续明文选》，今未见。

多崛起之彦，振袂联镳，以自奋于时。大率朝堂之文，鸣锵佩玉，彪炳炜煌；山林之文，孤清隽洁，幽邃峭拔。其间或郁伊以抒情愫，或愉怪以写天真，或抚时而兴怀古之思，或因事而进箴规之论。虽有音节不同，体裁各异，而揆其大旨，要必主之以理，发之以意，昌之以气，而行之以法。夫有理有意，有气有法，则广博言之，而人唯恐其尽；约略言之，而人更畏其严。故其所为文，有一望而可见者，有三复而不厌者，有反复深思而后知其意之所至者。昔人心手之所著，而我一一以目而遇之，视其有理、有意、有气、有法者，为之详其委折，究其指归，使昔人之心手至我而若重加其开辟，则由此而进于八家，而两汉，而周秦，其为一气之通，殆祖孙之相嬗而源流之同归，文章之道所以不息。

孙琮对明文总体上给予较高的评价，认为明文作为一代之文来讲自有其存在的价值，论文者应予以注意。孙琮以理、气、意、法来论文，认为具备这些因素的文章就是好文章。他对这四个要素没有进行解释，从现代眼光看来，这几个要素都是传统文论的内容，孙琮着重提出这四点作为文章写作的规矩，说明他对文章创作理论是进行了深入思考和自觉总结的。孙琮认为经过自己的探究分析，也就是评点，能够揭示出明文的内在价值，能够让人懂得明文与周秦、两汉、唐宋八家之文是一气贯通的，是有源流嬗变之关系的。他认为明文是自周秦以来文章发展过程中的一个环节，是不可偏废的。孙琮的这种看法，在一定程度上具有历史的、发展的眼光，反映了一个优秀选家对中国文章发展的认识。

序文之后有孙琮所作选例，其选例的第一条值得注意：

兹选所载意在反雅还醇，故一以唐宋大家为宗而上及于秦汉。其音节有近六代者，亦偶收及之，盖人性或喜其所近，固未可执一格以相律尔。

孙琮首先标举了"醇雅"的选文标准。经过明朝乱亡之后，清初士人大多自觉归向程朱理学，论文也以"醇雅"相尚。康熙二十四年（1685）康熙在《古文渊鉴序》中提出"精纯"、"古雅"的论文标准，"醇雅"成为统治者所提倡的正统文论。孙琮此选在《古文渊鉴》之前，说明"醇雅"是其对文章风格的自觉追求，在一定程度上反映了清初的论文风气。此条又说"以唐宋大家为宗而上及于秦汉"，明代有"秦汉派"和"唐宋派"之争，清初文坛仍然沿其余绪，但也出现了调和秦汉派和唐宋派的主张，孙琮以唐宋大家为宗，上及秦汉的观点，也是这种主张的反映。对于所谓"六代"也就是六朝文的看法，孙琮没有像后来桐城派古文家那样坚决摒弃，所以对"音节有近六代者"酌情予以收录。选例还说，"骈丽对偶暨骚赋之作，自是文家一体"，可知其对六朝骈俪文并不是一味否定的。总之，这则选例，表现了孙琮以"醇雅"为主，较为通达的文论见解。

此选按作者编次。其中，秦汉派的何景明选一篇，李攀龙没有选，李梦阳五篇，王世贞较多。唐宋派的王慎中、唐顺之、茅坤、归有光等选录较多。有圈点，篇末总评较详细。

4.《明文远》四十九卷，徐文驹、罗景泓辑，《四库全书存目丛书》影印清刻本

徐文驹，字子文，号丹崖，鄞县（今宁波）人。康熙四十八年（1709）进士，任山西怀仁知县。著有《师经堂集》。

此书无序跋，《四库全书存目丛书》影印本题"《明文远》不分卷"，但翻检书中，开篇是第十八卷，至第四十九卷版心都有卷目，之后的卷目被涂抹。

按文体分类编选，每类文体又分细目，奏疏类占相当大的分量。

有圈点，篇后有评语。

5.《元明八大家古文选》十三卷，刘肇虞选评，《四库禁毁书丛刊》影印清乾隆间刻本①

刘肇虞，江西宜黄人，著有《刘广文集》十九卷。

此书前有乾隆二十九年（1764）刘肇虞序，对文章写作有所论述：

　　有其道，必本于六艺，濂、洛、关、闽之所折中；有其法，必本于

---

① 据雷梦辰《清代各省禁书汇考》可知此书被禁毁的原因是"内有艾南英古文一册"。

《史》、《汉》，韩、柳、欧、曾之所变化。以濂、洛、关、闽之旨，运韩、柳、欧、曾之机，而后谓之大家。道不精，则其言肤，虽或提掇纲领，把握机键，中于尺度矣，而非其至也；法不正，则其途歧，虽或幽思渺义，雄情伟论，出人意表矣，而非其至也。

刘肇虞所强调的是"道"与"法"。所谓"道"是指作文当以六经、程朱理学为指归；所谓"法"，是指出于《史》《汉》而为唐宋大家所变化发展的文章之法。他认为文章写作必须是"道"与"法"相结合，二者缺一不可。

对于所选八家，刘肇虞略有评论：

此数人者，揭集毁于兵燹，不睹全璧，杨、艾抑亦偏长。若夫虞、归、唐、二王其高深之分，变化之神，根之以六艺，裁之以《史》、《汉》，而著之以本色之工，元明两代固未有树之敌者。

认为元代的虞集、明代的归有光、唐顺之、王守仁、王慎中是"道"与"法"相结合的典范，在元明两代最为杰出。

此书"凡例"对评点符号有所解释：

此书抹□截—评点。、本唐荆川《唐宋名贤论策文粹》、茅鹿门《唐宋八大家文钞》之例，抹以提其纲，截以分其段，评以解其意，点以着其精。中又有用大圈一字于内，及一字用二三密点者，并篇中着眼之处，与抹同。

读此可知古文评点所常用的方法及原则。

此书选有元代的虞集、揭傒斯，明代的杨士奇、王守仁、归有光、唐顺之、王慎中、艾南英八人文章。所选以明人为主，是以将其放入此章论述。

各家选文情况是：卷一、卷二：虞集；卷三：揭傒斯、杨士奇；卷四、卷五：王守仁；卷六、卷七：归有光；卷八、卷九：唐顺之；卷十、卷十一：王慎中；卷十二、卷十三：艾南英。有圈点，篇末有总评。

附录　清人编选的文章选本知见录

一　以清前古文为主要选录对象的古文选本

1.《才子必读古文》十五卷，补遗一卷，金圣叹辑评，清初刻本

金圣叹（1608—1661），原名采，字若采，明亡后改名人瑞，字圣叹。以批选六才子书闻名于世，后因"哭庙案"被杀。著有《沉吟楼诗选》等。

此书选取《左传》至宋代文章三百五十二篇，评点较为详细，是研究金圣叹思想及文学理论的重要资料。今人张国光有点校整理本《金圣叹批才子古文》（湖北人民出版社1986年版），书前有张国光所作序文，对此书有较为详细的介绍。

2.《斯文正统》十二卷，刁包辑，《四库全书存目丛书》补编影印清道光同治间入怀谨顺积楼刻用六居士所著书本

刁包（1603—1669），字蒙吉，号文孝先生，晚号用六居士，直隶祁州（今河北安国）人。明天启七年（1627）举人，家居教授。著有《用六集》十二卷，《潜室札记》二卷。

是书前有顺治年间孙奇逢所作序文，云："凡不本于六经四书者，虽工弗录。"指出《斯文正统》以儒家思想为标准的选录原则。

又有刁包所作序文，谓："服膺乎斯文，教化行而风俗美矣，岂曰小补之哉？"可知此选以推行教化为目的。

又有凡例数则。

此书以收录宋明理学家文章为主。《四库全书总目·斯文正统》提要云：

> 是编所录历代理学诸儒之文凡二百一十有六篇。其凡例称专以品行为主，若言是人非，虽绝技无取。盖本真德秀《文章正宗》之例，持论可云严正。然三代以前，文皆载道，三代以后，流派渐分。犹之衣资布帛，不能废五采之华；食主菽粟，不能废八珍之味。必欲一扫而空之，于理甚正，而于事必不能行。即如《文章正宗》，行世已久，究不能尽废诸集，其势然也。至苏轼《大悲阁四大菩萨》诸记，因题制文，原非讲学，言各有当，义岂一端？而包于欧阳修《本论》评语中极词诋斥，然则真德秀《西山集》中为二氏而作者不知凡几，包既讲学，不应不见是集，何以置之不言。岂非以苏氏为程子之敌，真氏则朱子之徒乎？恐未足服轼之心也。

对此书有所指摘，不赞同其"专以品行为主"的选录标准，且认为刁包对苏轼的诋诃存门户之见。

3.《古文辑略》不分卷，曹本荣辑，《四库全书存目丛书》影印清钞本

曹本荣（1621—1665），字欣木，湖北黄冈人。顺治六年（1649）进士，改翰林院庶吉士。著有《易经通注》九卷等。

此书无序文，按文体分类编次。选录先秦至明代文章。《四库全书总目·古文辑略》提要云："是书文以体分，各体前俱引《文体明辨》一条，大概因是书而广之。然所分子目，冗琐特甚，舛误尤多。汉文帝《贤良文学策问》、武帝《贤良策问》之类亦往往一文而两载，皆失详检。'铁券文类'止载《唐德宗赐王武俊》一篇，'谕祭文类'止载隋文帝《祭薛浚》一篇之类，亦殊挂漏。至所载之文，每篇删削，尤不免失其本末。"对此书评价颇低。

4.《牍隽》四卷，萧士琦辑，《四库全书存目丛书》影印清顺治刻本

萧士琦，字季公，江西泰和人，明贡生。

此书前有武林方外合释《牍隽》叙，又有茅州张芳叙，又有"缘起"，叙编刻经过。《四库全书总目·牍隽》提要谓："是编选自汉至宋尺牍，分三十二门。卷首有其子伯升所记缘起，大旨主于清省。故所录往往摘一二语，非其全文。又如'龚使者告隗焰妻'一条，原非尺牍，而亦载之，殊不可解也。"指出此书选文以"清省"为标准，对其编选不当之处也有指摘。

5.《战国策去毒》二卷，陆陇其辑评，康熙间刻本

陆陇其（1630—1692），字稼书，浙江平湖（今属嘉兴）人，康熙九年（1670）进士，历官嘉定、灵寿知县、四川道监察御史等职。著有《三鱼堂文集》等。

书前有曾巩《战国策目录序》。

目次后有康熙壬申（1662）陆陇其识语，谓《战国策》"其文章之奇，足以悦人耳目，而其机变之巧，足以坏人心术"，"余惧其毒之中于人也，故取今文士所共读者，指示其得失，使读者知其所以异于孟子者，庶几哜其味而不中其毒也"，表明其编选宗旨。

选取《战国策》文章四十一篇，有圈点、评语。

6.《分类尺牍新语》二十四卷，徐士俊、汪淇辑评，《四库禁毁书丛刊》影印清康熙二年（1663）刻本

徐士俊（1602—1681），原名翙，字三有，一字野君，号紫珍道人、西湖散人，仁和（今杭州）人。工书画、杂剧。著有《雁楼集》。

汪淇（1604—？），字右子，号澹漪，后改名象旭，别号残梦道人，祖籍安徽休宁，生活于杭州，明末清初刻书家，著有《残梦轩集》。

此书前有康熙癸卯（1663）查望序，又有"例言"八则。

全书共收尺牍六百四十九篇，按内容细分为二十四类，每类编为一卷，依次为：理学、政事、文章、诗词、庆贺、游览、赞美、荐举、怀叙、规箴、旷达、感情、嘲讽、翰墨、慰问、邀约、俊逸、请乞、馈遗、隐逸、释道、技术、家庭、闺阁等类别。每类前有题语，篇后有评语。

7.《古文汇钞》十卷，蒋铭评选，清卓观堂刻本

蒋铭（1635—1669），字新又，吴县（今苏州）人，邑庠生。

此书前有储欣序①，略论古文之名及三代秦汉诸古书。

又有康熙五年（1666）蒋铭自序，谓："岁癸丑（1663）天子厘定制科，专以策论取士，海内欣欣，思见文治之成而乐观古学之复也。"康熙二年（1663）开始以策论取士，是蒋铭编选《古文汇钞》的时代背景和主要原因，康熙年间古文选本的繁荣也应与此有一定关系。

《古文汇钞》各卷选目如下：第一卷：《周礼》、《檀弓》、《孔子家语》；第二卷：《左传》；第三卷：《公羊传》、《穀梁传》、《国语》、《战国策》；第四卷：《史记》；第五卷：《汉书》、《后汉书》；第六卷：唐韩、柳集；第七卷：宋欧、苏集；第八卷：宋欧、苏、曾、王集；第九、十卷：历朝文（笔者按，历朝文选录了《楚辞》、汉大赋，六朝、唐代的文及赋，另有明文多篇）。每篇文章有圈点，眉批、尾批都较为详细。

8.《赖古堂名贤尺牍新钞》十二卷，二选《藏弆集》十六卷，三选《结邻集》十六卷，周亮工选辑，《四库禁毁书丛刊》影印清康熙刻本

周亮工（1612—1672），字元亮，号缄斋、陶庵、栎园，河南祥符（今开封）人，明崇祯十三年（1640）进士，官御史，入清官至户部右侍郎。著有《赖古堂集》、《读画录》等。

《尺牍新钞》前有《文心雕龙·书记》篇作为序文，又有"选例"数则，题"康熙元年岁在壬寅六月望日赖古堂识"，有目录一卷。有圈点、眉批。所选皆为明及清初人尺牍。

《藏弆集》前有康熙六年（1667）陈维崧序。有目录一卷。所选亦为明及清初人尺牍。

《结邻集》前有杨彭龄、杜濬、钱陆灿等人所作序文。又有康熙九年（1610）周亮工所作凡例二十二则。有目录一卷。

9.《山晓阁西汉文选》七卷，孙琮辑评，康熙七年（1668）刻本

---

① 此序见于《四部丛刊》本《梅村家藏稿》卷三十二，应是吴伟业所作。

孙琮，字执升，号寒巢，浙江嘉善人，诸生，著有《山晓阁诗》、《山晓阁词集》等。

书前有康熙戊申（1668）孙琮所作序文。

又有"例言"数则。此书评点较详细，多引前代各家之说。

10.《绍闻堂精选古文觉斯定本》，过珙辑评，《四库禁毁书丛刊》影印清康熙十一年（1672）绍闻堂刻本①

过珙，字商侯，锡山（今属无锡）人。

此书前有康熙壬子（1672）过珙序。谓："周秦两汉以迄唐宋元明大家之文，其言之可传而不朽者，亦道所由寓，文章中之百川众壑、殊途同归者也。且周秦两汉以下之文，择焉而精，语焉而详，则四子五经之文益彰。"阐发其"文以载道"的文学观念，认为学习古文有助于理解四书五经。又云此选欲为初学者"渡津之筏"，可知也是以"时文课艺"为目的的古文选本。

选文自两汉至清代。唐宋八大家中，曾文和王文选录极少，各为一篇和两篇。选明文和清文数篇。

有较为详细的眉批和尾批。

11.《古文未曾有集》八卷，王甫白辑评，康熙间武林尊行斋刻本

王甫白，钱塘（今杭州）人，号草堂居士。

前有康熙壬子（1672）来集之序，又有编者自序。

有凡例十则。此书辑录自汉至清的"游戏之文"，如韩愈《毛颖传》之类，按文体分类编选，计有三十三种文体，以明清作者居多。有圈点、批语。

12.《尺牍兰言》十卷，黄容、王维翰辑，《四库禁毁书丛刊》影印清康熙二十年（1681）刻本

此书前有康熙辛酉（1681）潘耒序，谓此书"吾知其裨于维风持教之深矣"，又论尺牍说"虽词取达意，体则词命，然叙事、议论未尝不

---

① 雷梦辰《清代各省禁书汇考》载《古文觉斯》："内载钱谦益文一篇。应摘毁。余书仍行世。"

兼也"。

又有康熙辛酉（1681）黄容自序。有凡例六则。

13.《增订古文析义合编》十六卷，林云铭辑评，清经元堂刻本

林云铭（1628—1697），字西仲，号损斋，闽县（今属福州）人，后寓居杭州。顺治十五年（1658）进士，曾官徽州推官。当时有文名。著有《楚辞灯》、《挹奎楼选稿》等。

此书前有康熙壬戌（1682）林云铭序，谓："因取坊本撮其要者，字栉而句比之，篇末各附发明管见，以课子弟。"可知此选亦是以便于初学为目的。

又有康熙丁卯（1687）《古文析义二编序》，可知当日古文评选需求之盛。

又有康熙丙申（1716）林云铭之子林沅跋，叙述此书的评选刊刻情况。

有编者所作凡例十六则，述其编选意旨与体例。其中对圈点符号有详细说明，对于了解古文评点有一定参考价值。凡例有对坊刻古文选本的评论。

是书选文自先秦至元明，范围较广。每篇文章后有尾批，涉及义理、文章，较为详细。

又有康熙五十五年（1716）文选楼刻本，无林云铭序，卷首有康熙丙申年（1716）林丰玉序，叙述此书的刊刻情况。

此书原为《古文析义》及《古文析义》二编，康熙丙申年（1716）始有合刻本。

14.《古文渊鉴》六十四卷，徐乾学等奉敕辑评，康熙二十四年（1685）内府刻本，《四库全书》本

前有康熙御制序文，肯定文学的功用，认为各种文体均出自六经，选录足以鼓吹"六经"的文章汇为一集，有为文章写作树立准则的用意。

选文自《左传》至宋代，各代文章都有选录。兼选骈体文章，可知其所谓"古文"乃"古代文章"之意，对宋代理学家文章选录较多。

是书有圈点，眉批，注释。

15.《古文观止》十二卷，吴乘权、吴大职辑评，康熙三十四年（1695）刻本

吴乘权（1655—?），字子舆，号楚材，山阴（今绍兴）人。编有《纲鉴易知录》等。

吴大职，字调侯，山阴（今绍兴）人。

前有康熙三十四年（1695）吴兴祚序，谓此选"简而该，评注详而不繁，其审音辨字，无不精切而确当"，可发挥"正蒙养而裨后学"的作用。

是书选录先秦至明末古文二百二十二篇，选文情况：《左传》二卷；《国语》、《公羊传》、《榖梁传》、《檀弓》一卷；《战国策》、李斯《谏逐客书》、宋玉《卜居》、《对楚王问》一卷；两汉文章二卷；唐宋文章五卷；明代文章一卷。先秦两汉文章共计六卷，占全书一半篇幅，唐宋文占接近一半的分量，表明编选者在古文学习方面持先秦两汉文和唐宋文并重的观点。

《古文观止》所选基本上都是历代名文，有圈点，随文夹注、夹评，或解释字义、典故，或指示文章作法，较为简要。篇末总评中，编选者以儒家正统思想为原则对历史人物、事件等发表看法，注意揭示文章的章法技巧，对古文写作有一定的启发意义。《古文观止》的编选者是乡间塾课教师，其编选目的在于学习古文，为科举应试作准备。

《古文观止》是清代以来流行最广的一部古文选本。此书篇幅适中，选文不主一派，且注重选录历代名篇，注释、评点都较为精当，便于初学古文者作为教材使用，因此能够历久不衰，在科举废除之后的民国乃至当代仍然以各种形式不断出版，受到广泛欢迎。

16.《朱子论定文钞》二十卷，吴震方辑，《四库全书存目丛书》影印清康熙间刻本

吴震方，字右弸，号青坛，浙江石门（今属桐乡）人，康熙十八年（1679）进士，散馆改陕西道监察御史。著有《晚树楼诗稿》五卷。

此书前有康熙四十二年（1703）陈廷敬序，又有仇兆鳌序。仇序谓此集是"古文准则"。又有吴震方自序，谓："我皇上睿学渊深，崇儒重

道,右学吁俊,首重理学,两闱以性理试论童子兼小学命题,士风一轨于正。"可知阐扬理学,以与清王朝的文化政策相呼应是其编纂宗旨。

是书选录朱熹言论涉及之文章,汇为一编。编者所作凡例称"非选古文",而事实上其作用等于阐发义理的古文选本。《四库全书总目》谓明末清初王学衰微,转向朱学,是此书编选的思想背景。

17.《唐宋十大家全集录》五十二卷,储欣辑,康熙四十四年(1665)刻本

储欣(1631—1706),字同人,宜兴人,仕途不遇,当时"负东南文望"(《清史列传》),尤以时文著称。著有《在陆草堂集》六卷。

是书前有储欣所作总序,叙其编选原因是不满意茅坤的《唐宋八大家文钞》,主要有两个原因:首先,"(《唐宋八大家文钞》)所载各体甚寥寥","由斯以观,虽曰表章前哲,而挂漏各半,适足以掩遏前人之光。虽曰开导后学,要所以锢牖其耳目,而使其不广者亦多矣",认为茅坤所选不能反映唐宋八大家的全貌,有贻误后学之失。其次,"尝即其选与其所评论,以窥其所用心,大抵为经义计耳",不满茅坤在唐宋八大家文章评选过程中所表现出的为时文着想的特点。储欣此选的目的则在于要使古文学习与"崇儒重道"的时代精神相适合,而不只是着眼于科举考试。对于为什么增入李翱、孙樵,储欣说:"大家有定数哉?可以八即可以十矣!"(《总序》)"选大家而限以八,得毋为坐井之窥乎!"(《凡例》)增入唐代的两位古文作家,明显是要扩大古文学习的范围。但储欣所提出的"十大家"的说法,并没有被广泛接受。而唐宋八大家因为被清代的古文选家和文人所普遍接受,它的历史地位也因此得到进一步巩固并沿袭至今。

"总序"之后接以凡例二十则,之后是全书"总目"。各家文所选卷数为:韩愈文八卷;柳宗元文六卷,外集一卷;李翱文二卷;孙樵文二卷;欧阳修文五卷,外集二卷;苏洵文五卷;苏轼文九卷;苏辙文六卷;曾巩文两卷;王安石文四卷,共计五十二卷。每卷各有目录,按文体分类编选。每家文前有文集原序,后有储欣所作小序,之后附正史本传。每篇文章都有圈点,文章后有"辑评"、"备考"。"辑评"汇集历代评语,"备考"是对词语、典故、名物等的解释。"辑评"之后是储欣自己的评论。

行间偶有夹批,以简洁的语言提示章法结构,讲明文章作法。页眉之上有小字眉批,是对文章的简要评论。

从选本的评语中,可以看出选家对所选作者及其文章的接受。储欣在《唐宋十大家全集录》中,对所选各家及其文章都有评论。

关于柳宗元,历来褒贬不一。储欣对柳宗元的文章给予较高的评价,认为"其文亦遂与韩相上下"(《小序》),维护韩柳并称的地位,对于柳宗元在唐代古文发展中的意义给予充分肯定。

关于欧阳修,储欣认为其文出自韩愈,是宋代古文家的领袖。在总的历史地位上,则认为欧阳修的开创之功不如韩愈,在兼擅各体文章的写作方面也不如韩愈,但不影响他在文坛上泰山北斗的地位。

关于苏洵,前人多认为苏洵文章有纵横家的习气,不合儒道。储欣为之辩驳说:"故言纵横者,先生之术也,而仁义者先生之道也。其意盖曰,以苏秦、张仪之术济吾孟子、韩子之道。"(《小序》)对苏洵及其文章也是充分肯定的。

关于苏轼,储欣同情他的身世遭遇,赞扬他的文章,说:"东坡先生议论纵横无敌,似有天授。"(《凡例》)《四库全书总目》之《在陆草堂集提要》评论储欣文章说:"古文亦谨洁明畅,有唐宋家法,大致于苏轼为近。"储欣对苏轼文章较为偏爱,文章创作受苏轼影响较深。

关于苏辙,赞扬其立身行事"笃于风谊","有古人之烈,此可谓有道君子矣",针对前人认为苏辙文章"衰薄"的看法,储欣辨驳说:"窃谓子由之文好淡好纤。淡似薄而实非薄也,纤似衰而实非衰也。"对于苏辙文章是持肯定态度的。

关于曾巩,储欣评价其文章说:"其文沉雄典博,郁纡乎西京之遗。其至者故已发皇俊伟,崒然耸制作于贾太傅、刘校尉、韩吏部之间,余亦称引故实,无失体裁,虽非其至,然不可废也。"(《小序》)历来对曾巩文章的评价有过高或过低两种观点,储欣认为其文章"有至","有不至",没有过分拔高或贬低,评价还是较为公允的。

关于王安石,储欣对其立身行事极为不满,认为王安石变法是误国之事，说："曾、王之文并出经术，而其人则有舜、跖之别。"（《凡例》）甚至想要不录王安石的文章，说："王介甫之文，余再三欲斥去，勿列大家，既而思之，以人废言，徒足骇怪学者之耳目，甚无谓。然至《答司马谏议书》之类，言辨而伪，不可之尤，余亟削之，无所恤矣。"（《凡例》）对王安石变法后人多有訾议，古文选家往往对其表示不满。如茅坤就说："（王安石）荧惑天子，流毒四海，新法既坏并其文学，知而好之者半，而厌而訾之者亦半矣。"（《唐宋八大家文钞·临川文钞引》）清代古文选家也对王安石多有批评，是其时代局限性的反映。

18.《古文评注全集》十二卷，过珙辑评，民国二十二年（1933）上海锦章书局印本

此书前有康熙癸未（1703）过珙序，谓此书是在之前所评选《古文觉斯》的基础上修订而成。

选文自先秦至明清，有夹注，眉批，尾批。

此书在民国时期有多种整理本印行。

19.《晚村先生八家古文精选》八卷，吕留良辑，吕葆中批点，《四库禁毁书丛刊》影印清康熙吕氏家塾刻本

吕留良（1629—1683），一名光轮，字用晦，又字庄生，号晚村，浙江崇德（今属桐乡）人。入清后，以批选时文为业，在时文批选中宣扬反清思想，死后受曾静一案牵连，成为清代文字狱中的著名人物。著有《吕晚村先生文集》、《东庄诗存》等。

是选前有康熙甲申（1704）吕葆中所作序文，可知此书由其父吕留良选定篇目，吕葆中作圈点评语，目的是"粗示学者以行文之法"，可见此书的编选目的也是为初学者提供古文教材。序文里还记有吕留良的读书法，主要是熟读成诵。

此书录有数条钱谦益所作古文评语，对研究钱谦益文论有一定的参考价值。

20.《古文汇编》，冯心友辑评，康熙四十四年（1705）刻本

前有张恕可序，认为此选有"正人心，厚风俗"的作用。

又有杨中吉序，云："故其古文一选，以秦汉、八家为经，以汉魏六

朝为纬，饮朝露、餐夕英而不为空疏谬悠之文之所混也。"此书选秦汉、唐宋八大家古文与汉魏六朝骈文，可知其所谓"古文"，乃古代文章之意。

有编者所作凡例，云"是编盖劝善书耳"。

选文自先秦经子始，包括汉魏、六朝、唐宋、明，以至清初各代文章。

每篇文章后有评论，多从段落布置、章法、句法入手，便于初学。

21.《山晓阁选唐宋八大家文》二十二卷，孙琮辑评，康熙间刻本

包括《山晓阁选唐大家韩昌黎文集》四卷，《山晓阁选唐大家柳柳州全集》四卷，《山晓阁选宋大家欧阳庐陵文选》四卷，《山晓阁选宋大家苏东坡全集》四卷，《山晓阁选宋大家苏老泉全集》二卷，《山晓阁选宋大家苏颍滨全集》二卷，《山晓阁选宋大家曾南丰文选》一卷，《山晓阁选王临川文选》一卷。

22.《古文赏音》十二卷，谢有煇辑评，康熙四十六年（1707）师俭阁刻本

谢有煇，雍正二年（1724）举人，任怀宁县（今属安徽安庆）教谕。

前有康熙四十六年（1707）谢有煇序，谓"塾师之教子弟者，既卒业于四书五经，必继以古文，诚以古文之作者，道弸于中而襮之以艺，为能阐绎经书之义理，以发明圣贤之指归，不徒取其文辞之炳蔚，足以照耀古今也"。说明塾课学习古文是以义理为主，古文选本的编选多以科举考试为目的。

有凡例数则，说明其编选意旨。

选文以《左传》、《国语》、《国策》、《公羊传》、《穀梁传》、《檀弓》、《史记》，以及两汉、唐宋八大家文章为主，多是当时古文选本的常见篇目。《左传》等用前人注释，八大家文章用茅坤评语。

此书有康熙五十四年（1715）粤东重刊本，增文十七篇。

又有嘉庆三年（1798）宋思仁红杏斋重刊本。宋思仁序谓："国朝文选以渊鉴斋古文为士子作古之绳尺，而塾师乡学逮天资之下者犹苦不能竟读，故坊肆不能版行，而江以南奉为句读者，以《古文赏音》相饷授也。"可知此书在江南极为流行。

23.《唐宋八大家类选》十四卷，储欣辑，乾隆十四年（1749）二南堂刻本

书前有乾隆乙丑（1745）吴振乾序。又有康熙己卯（1699）储欣所作"引言"。

此书分为奏疏、论著、书状、序记、传志、词章等类别。

24.《唐宋八大家文钞》十九卷，张伯行辑，康熙张氏正谊堂刻本，《丛书集成新编》有排印本

张伯行（1651—1725），字孝先，河南仪封（今兰考）人，康熙二十四年（1685）进士，官至礼部尚书，著有《正谊堂集》。

此书前有康熙四十八年（1709）张伯行序，之后是罗伦《元丰类稿序》，再后是茅坤《唐宋八大家文钞》中的《曾文定公文钞引》，其后是张伯行所作的"韩文引"、"柳文引"、"欧阳文引"、"三苏文引"、"曾文引"、"王文引"，表明自己对各家文章的看法。然后接以八家的正史本传。

选篇情况：韩文三卷，柳文一卷，欧阳文二卷，苏洵文一卷（两篇），苏轼文一卷，苏辙文二卷，曾文七卷，王文二卷。每篇文章后有总评，先引茅坤评语，然后是张伯行自己的评语。

作为理学名臣，张伯行对唐宋八大家及其文章的评论是以理学家的观点为出发点的，在文道观上，明显有重道轻文的倾向。在所作《唐宋八大家文钞序》中，他说：

> 虽然，道者文之根本，文者道之枝叶。圣贤非有意于文也，本道而发为文也。文人之文，不免因文而见道，故其文虽工，而折中于道，则有离有合，有醇有疵，而离合醇疵之故，亦遂形于文而不可掩。

可以看出，他以是否合乎"道"作为衡量文章好坏的重要标准。以此为标准，他对八家文章不合"道"处都有指摘。说：

215

> 韩子之文正矣,而三上宰相书,何其不自重也;子厚失身遭贬,而悲戚之意形于文墨;欧阳子长于论事,而言理则浅;曾南丰论学虽精,而本原未彻;至于王氏坚僻自用;苏氏好言权术;而子瞻、子由出入于仪、秦、老、佛之余。此数公者,其离合醇疵,各有分数,又不可不审择明辨于其间,而盖以其立言而不朽者,遂以为至也。

这是从理学家重道轻文的观点出发,对唐宋八大家及其文章的批评。清代持正统理学立场的古文选家往往以"道"为衡文标准,对唐宋八大家有所指摘。张伯行对唐宋八大家及其文章的评论多引朱熹的话语,与朱熹观点一致。认为韩文、欧阳文本于经术,所以评价较高。认为柳文虽工,但对"道"的认识不如韩愈。朱熹对三苏,尤其是苏洵较为不满,认为其文杂出纵横家,根源不正。张伯行持论与朱熹一样,所以三苏只作一"引",选篇也较少。对于王安石,张伯行认为他"以学术坏天下",对其立身行事表示不满,但称赞他是"文章之雄",对他的文章给予较高的评价。张伯行评价最高的是曾巩的文章,说:"南丰先生之文,原本六经,出入于司马迁、班固之书,视欧阳、庐陵几欲轶而过之,苏氏父子远不如也。"(《曾文引》)其主要原因是朱熹对曾巩有较高的评价。从选篇情况来看,选曾文七卷一百二十九篇,远远超出其他各家,足以表明他对曾文的重视。

25.《古文精藻》二卷,李光地辑评,《四库全书存目丛书》影印清道光九年(1829)李维迪刻《榕村全书》本

李光地(1642—1718),字晋卿,号厚庵,福建安溪人,康熙九年(1670)进士,官至直隶巡抚,文渊阁大学士,谥文贞。著有《榕村全集》。

此选前有李光地序文,云此集为乡村诸生学习之用,选文注重"有笔势文采者"。

选《史记》、《汉书》以下古文六十余篇。有圈点。每篇后有尾批,多从文章写作角度立论。

26.《或庵评春秋三传》,王源选评,《四库全书存目丛书》影印清康熙居业堂刻本

王源（1648—1710），字昆绳，号或庵，直隶大兴（今属北京）人，康熙癸酉（1693）举人，从学李塨，为颜李学派成员，著有《居业堂集》。

此书先有《左传评》十卷，前有程城《文章练要序》，又有王源《左传评序》，又有凡例数则，对编选意旨和评点符号有详细解释。书后有康熙丙申（1716）程茂识语。

又有选评《公羊传》、《穀梁传》，均不分卷。

此书王源评语极为详细。

27.《古文七种》，储欣辑评，光绪九年（1883）静远堂重刊本

此书是储欣古文选评本的合刊，计有：

《国语选》四卷，前有雍正戊申（1728）吴景熙序。

《公羊选》四卷，前有雍正六年（1728）史章期序，对刻印储欣选评《公羊传》、《穀梁传》的原因略有说明。

《穀梁选》一卷，有圈点，尾评较详细。

《国策选》四卷，前有乾隆十年（1745）储在文序。又有"例言"数则。

《史记选》六卷，前有乾隆乙丑（1745）春吴振乾序。又有"例言"数则。

《汉文选》四卷，前有康熙后壬寅（1722）储在文序。又有"例言"数则。

《唐宋八大家类选》十四卷，前有乾隆乙丑（1745）吴振乾序。又有康熙己卯（1699）储欣所作"引言"，可知此书分为奏疏、论著、书状、序记、传志、词章等类别。

28.《山晓阁选古文全集》三十二卷，孙琮选评，清遗经堂刻本

此集前有孙琮所作序文。

是书选录《左传》、《公羊传》、《国语》、《战国策》、西汉文、东汉文、唐文、欧阳修文、苏洵文、苏轼文、苏辙文、曾巩文、王安石文等，李清照、朱熹等人文章则略选一二篇。有圈点、夹批，尾评较详细。

29.《古文快笔贯通解》四卷，杭永年辑评，《四库禁毁书丛刊》影印清隆文堂刻本①

---

① 据雷梦辰《清代各省禁书汇考》可知此书被禁毁的原因是"内有钱谦益文一首"。

杭永年，字资能，吴县（今属苏州）人。

前有杭永年序。

选《左传》至元文章，目的是提高时文课艺的写作水平。评点较为详细，自出己见，有些是不错的赏析文字。

30.《古文雅正》十四卷，蔡世远辑评，雍正三年（1725）刻本，《四库全书》本

蔡世远（1682—1733），字闻之，号梁村，别号梁山先生，福建漳浦人，康熙四十八年（1709）进士，官礼部侍郎，谥文勤。著有《二希堂文集》。

此书前有张廷玉序，谓蔡选《古文雅正》："醇正典则，悉合六经之旨，而俶诡幻怪、风云月露之词不与焉，所谓合词命、议论、论事而一贯于理者也。"又云："是文之选也，其帙简，其义精，而崇实学以黜浮华，明理义以去放诞，信足以赞襄文治，津梁后学。"反映了张廷玉注重义理，崇尚政教的文学观念。从张序可知蔡世远入仕之前曾"讲习鳌峰书院"，《古文雅正》编选于康熙己未（1679）也是古文教材。

又有雍正元年（1723）蔡世远自序，云："文虽佳，非有关于修身经世之大者不录也。言虽切而体裁不美备，则贤哲格言不能尽载也。其事则可法可传，其文则可歌可诵，然后录之。""名之曰'雅正'者，其词雅，其理正也。"反映了蔡世远义理与文章并重的文学观念。

选录汉至元古文二百三十六篇，每篇后有总批，评事理、文章技巧，较为详细。

《古文雅正》为《四库全书》所收录，充分表明清王朝官方对其编选宗旨的认可。《四库全书总目·古文雅正》提要谓：

> 世远是集，以理为根柢，而体杂语录者不登；以词为羽翼，而语伤浮艳者不录。刘勰所谓扶质立干、垂条结繁者，殆庶几焉。数十年传诵艺林，不虚也。或以姚铉删《文苑英华》为《唐文粹》，骈体皆所不收，而此集有李谔《论文体书》、张说《宋公遗爱碑颂》诸篇，似乎稍滥。不知散体之变骈体，犹古诗之变律诗，但当论其词义之是

非，不必论其格律之今古。杜甫一集，近体强半，论者不谓其格卑于古体也。独于文则古文、四六判若鸿沟，是亦不充其类矣。兼收俪偶，正世远深明文章正变之故，又何足为是集累乎？

对此选"以理为根柢"、"以词为羽翼"的编选原则予以极高评价。对是书兼收骈体亦予以赞同，表达了馆臣不薄骈体的文学观念。

31.《闻式堂古文选释》八卷，臧岳辑评，清三乐斋刻本

臧岳，康熙四十七年（1708）举人，官淄川县（今属山东淄博）教谕。

此选前有雍正壬子（1732）高玢序。

选文包括《左传》、《公羊传》、《穀梁传》、《国语》、《檀弓》、《战国策》、《庄子》、《楚辞》、《史记》、汉文、晋文、唐文、宋文、明文。

32.《评乙古文》一卷，李塨辑评，《颜李丛书》本

李塨（1659—1733），字刚主，号恕谷，直隶蠡县（今属河北）人。儒学学者。著有《四书传注》、《周易传注》等。

是书前有雍正十年（1732）李塨自序。

此书从《尚书》、《周易》、《周礼》、《礼记》、《春秋》、《论语》、《孟子》、《左传》、《史记》、韩愈、颜元等典籍及作者著作中各取一二篇，评语极为详细。

33.《古文约选》不分卷，题允礼辑，雍正十一年（1733）果亲王府刻本

此选虽题名允礼，实为方苞代允礼所编。前有雍正十一年（1733）题名允礼序例，实则为方苞代允礼而作。序例阐释了方苞以"义法"为核心的古文理论，认为学习古文的最终目的是令人达到仁义、忠孝之境界。

有批点，评语，评语有一定的文学批评意义，研究方苞文论者可资参考。

34.《御选唐宋文醇》五十八卷，清高宗弘历敕选，乾隆三年（1738）内府刻本，《四库全书》本

此书前有清高宗弘历序，以"序而达，达而有物"为文章写作的最高标准。认为茅坤所编《唐宋八大家文钞》、储欣所编《唐宋十大家全集录》均有着眼于科举考试之弊病，又认为骈体"辞达理诣，足为世用"，表达

了不薄骈文的态度。是选以"雅"为选录标准,代表了清王朝官方的文学审美观念。

又有凡例数则,叙其编选情况。

35.《古文翼》八卷,唐德宜辑评,乾隆六年(1741)景山书屋刻本

唐德宜,字天申,昆山人。乾隆元年(1736)荐举孝廉方正,授六品冠带。

此书前有唐德宜序:

> 文所以载道也。道备于圣贤而文莫著于六经四子书,其专发乎经书之旨者则有濂洛关闽诸君子,若《左》、《国》、《史》、《汉》及唐宋诸大家世所号为古文者,似不专发经书之旨矣。然抉两间之秘奥,析大道之精微,文澜壮阔,法度谨严,谓不足羽翼经书吾不信也。国家以制艺取士,煌煌谕旨,令士子一趋于雅正清醇,殆欲羽翼经书,昭明大道,而不流于诡异怪僻也。夫时文,自明迄今,名公巨卿以是擅场者不可胜数,原其得力,类皆泽乎古,故其文闳中肆外,疏宕流逸,而可传于久远。今之庸下者,舍古骛今,徒以肤词蔓语,填砌满纸,观者厌之,高明之士,又别为变格变调,掺入诸子佛经之语,以骇人耳目。呜呼,此不特阴背经书,显违大道,不且与"雅正"、"清醇"煌煌之谕旨大相剌谬乎哉?

表明其以时文课艺为目的的编选宗旨。在文章写作方面,此编也有"鼓吹休明",提倡"雅正清醇"文风的目的。

此书又有常熟季福寰重刊本,前有"同治癸酉暮春常熟黄氏艺文堂刊"的牌记。重刊本有"重订古文翼例言"、"重订古文翼小引",作于道光二十七年(1847)。

36.《古文释义》八卷,余诚辑评,民国间上海广益书局石印本

余诚,字自明,上元(今属南京)人。

此书前有乾隆八年(1743)余诚《重订古文释义序》,可知此本是为童蒙课艺而选,所作解释以浅显详尽为宗旨。因"原板遂已糊涂,不堪印

刷"，这是第二版，也可见以童蒙课艺为主的古文选本在当时社会有广泛的需求。

有凡例三十则，阐发编选者有关古文写作与阅读的态度。

选文以先秦两汉、唐宋八大家为主。评点较为详细。

37.《古文眉诠》七十九卷，浦起龙辑评，清静寄东轩刻本

浦起龙（1679—1762），字二田，号孩禅，江苏无锡人。雍正八年（1730）进士，官苏州府学教授，主讲紫阳书院。著有《读杜心解》、《不是集》等。

此选前有乾隆九年（1744）浦起龙序，云是书自评选至刊刻历时十七年时间，可谓煞费苦心。解释其所以取名"眉诠"之意云："夫五官皆有职于面，眉独无有。虽然，眉弗具，其宇弗表。"取义类似庄子所说"无用之用"，有自谦之义。

编选方面，专取某一书为一"钞"，共有二十七"钞"，除一般古文选本常选的《左传》、《史记》、唐宋八大家等文之外，还有《楚辞钞》、《文选钞》、《徐庾文钞》、《宣公奏议钞》、《文苑英华钞》、《龙川文钞》、《朱子大全集钞》、《文献通考序钞》等，这是《古文眉诠》区别于其他古文选本之处。此选收入六朝文达六十八篇之多，和一般古文选本于六朝文略取几篇相比，浦起龙对六朝文更为重视。

每一"钞"之前，有小序一篇，评论文章，表明自己的态度。如《朱子大全集钞》云："是钞不一味入道学语，而言近旨远，罔非道要。文字光明邃密，断自过江来第一大家。"对朱熹文章予以极高评价。

38.《韩子文钞》十卷，林明伦辑，乾隆二十一年（1756）刻本

林明伦（1723—1757），字穆安，号穆庵，广东始兴（今属韶关）人。乾隆十四年（1749）进士，改庶吉士，授编修。

此书前有乾隆二十一年（1756）林明伦序：

自周之衰，以至于唐，千有余年之间，学圣人之道者，皆不能无杂于老、庄、申、韩之说。勃兴韩氏，师尊孔孟，张皇仁义，诋排佛老，大声疾呼，导群迷而归之正。扶树教道之功，孟氏以来，未见其

221

> 比。而其为文辞必己出，不泥古陈，搜抉怪奇，归于从顺。其至者，先儒以为高出迁、固，魏晋以下，不论也。其学正，故其文醇，其为之也难，故其传之也久。明伦读而好之，为之不能，窃自谓知之。因手录其文，百三十五篇，篇分细段，段注其义法于下，以便观览。

认为韩愈排斥佛老，尊崇儒学，功劳极大，所以其文章也最为醇正。

此书选录韩愈文章，按文体分类编选。

39．《唐宋八家文读本》三十卷，沈德潜辑评，乾隆间刻本

沈德潜（1673—1769），字确士，号归愚，长洲（今江苏苏州）人，乾隆四年（1739）进士，任内阁学士，兼礼部侍郎。著有《沈归愚诗文全集》。

此书前有乾隆十五年（1750）沈德潜序，谓："今就八家言之，固多因事立言，因文见道者。"对八家立身行事各有指摘，说："然则八家之文，亦醇驳掺焉者也。"又说：

> 惟从事于韩柳以下之文，而熟复焉，而深造焉。将怪怪奇奇，浑涵变化，与夫纡余深厚，清峭遒折，悉融会于一心一手之间。以是上窥贾、董、匡、刘、马、班，几可纵横贯穿，而摩其垒者。夫而后去华就实，归根返约，宋五子之学行，且徐趋而辚其庭矣。

可知其论文深受宋代理学家观点之影响，学习唐宋八家文的最终目的是要达到宋代理学家的学行境界。

又有凡例数则，说明其选评情况。

选录唐宋八大家文章三百八十篇，以书、论、序、记、表、状等文体为主。

40．《文章鼻祖》六卷，杨绳武选，《四库全书存目丛书》影印清乾隆二十八年（1763）刻本

杨绳武，字文叔，吴县（今属苏州）人。康熙五十二年（1713）进士，官编修。

此选卷首有乾隆癸未（1763）沈起元序。

又有"例言"，说明选文体例，论读书方法。

选《尚书》、《左传》、《国语》、《史记》、《汉书》文章十二篇，又加《孔雀东南飞》、《哀江南赋》等。有圈点、眉批，为塾课读本。

41.《古文辞类纂》七十四卷，姚鼐辑，道光元年（1821）合河康氏家塾刻本

姚鼐（1731—1815），字姬传，室名惜抱轩，安徽桐城人。乾隆二十八年（1763）进士，任礼部主事、四库全书纂修官等。辞官后主讲于扬州梅花、苏州紫阳、南京钟山等书院。著有《惜抱轩全集》。

是书前有乾隆四十四年（1779）姚鼐所作序目，叙其编纂原因，对所选十三类文体之源流、特点有所论述。又论文章写作理论说："所以为文者八，曰：神、理、气、味、格、律、声、色。神、理、气、味者，文之精也；格、律、声、色者，文之粗也。然苟舍其粗，则精者亦胡以寓焉。学者之于古人，必始而遇其粗，中而遇其精，终则御其精者而遗其粗者。"以"神、理、气、味、格、律、声、色"论文，可视为姚鼐古文理论的精髓所在。

又有康绍镛所作《古文辞类纂后序》，叙其刊刻姚鼐《古文辞类纂》的经过。

此书按文体分类编选，计有论辨类、序跋类、奏议类、书说类、赠序类、诏令类、传状类、碑志类、杂记类、箴铭类、颂赞类、辞赋类、哀祭类。偶有圈点，评语多为姚鼐、刘大櫆、茅坤语。

42.《高梅亭读书丛钞》三十六卷，高塘辑评，乾隆五十三年（1788）广郡永邑培元堂杨氏刻本

高塘（1734—1790），字镇澧，号梅亭，南和（今属邢台）人，乾隆丙戌（1766）进士。评选古文多种。

《丛钞》多为古文选评本，其中包括《左传钞》、《公羊传钞》、《穀梁传钞》、《国语钞》、《国策钞》、《史记钞》、《前汉书钞》、《后汉书钞》、《蜀汉文钞》、《唐宋八家钞》等。所辑文章大多有眉批、行间夹批及篇后总评。

43.《批点唐宋八家钞》八卷，高嵣辑评，道光十五年（1835）新镌本

此选前有道光十五年（1835）龚在燕序，谓新刻高嵣《唐宋八家钞》的目的在于"俾有裨于举业"，可知在科举时代学习唐宋八大家文章多以应试为目的。

又有乾隆五十三年（1788）高嵣原序，认为唐宋八大家"洵古文之极则，制艺之渊源也"。又云：

> 文章一道，随时递降，体裁屡更，诵读之法，与编次之体不同。昔人言秦汉文法宽，唐宋文法严。又云秦汉文法微，唐宋文法显。故初学经书既毕，授以古文，须先从唐宋入手，使有径路可寻，次及《史》、《汉》，层累而上。盖推本以求，由《左》、《国》、《史》、《汉》以下，迄唐宋者，穷源及流之道也。迨溯而往，由唐宋以上，至《左》、《国》、《史》、《汉》者，先河后海之义也。是钞采集较富，体亦独备，如论辩、记序、碑铭等篇，皆前钞所缺，兼可为有志古作者之助，亦不独为举子业，有益时文云尔也。

可知其编选目的，既是有助于科举，又想让读者借此书而学习古文。

此书有圈点、眉评、尾评，行间有批语。

44.《陈太仆批选八家文钞》，陈兆仑辑评，光绪二十六年（1900）天津文美斋石印紫草山房家塾本

陈兆仑（1701—1771），字星斋，号句山，浙江钱塘（今杭州）人。雍正八年（1730）进士，授知县。乾隆元年（1736）举博学鸿词科，授检讨。官至太常寺卿。著有《紫竹山房诗文集》。

此书于八家文前各有序言一篇，是编选者对所选作家及文章的评论。陈氏对王安石极尽诋毁，对王安石变法极为不满，明言选王安石文章不过是充八家之数而已。这种对王安石的诋毁在清代古文选本中较为常见。

有眉批、圈点，尾批较为详细，有一定的个人见解。

45.《唐文粹补遗》二十六卷，郭麐辑，嘉庆二十四年（1819）刻本

郭麐（1767—1831），字祥伯，号频伽，又号邃庵居士、苎萝长者，江苏吴江（今属苏州）人。著有《灵芬馆集》。

前有彭兆荪序，嘉庆己卯（1819）郭麐序，嘉庆二十四年（1819）金勇序。又有凡例数则。按文体分类编纂。

46.《东瓯文录》十五卷，陈遇春辑，道光甲午（1834）梧竹山房刻本

陈遇春（1765—约1842），字镜帆，永嘉（今属温州）人。廪生，官永嘉教谕，著有《梧竹山房文稿》等。

此书前有道光甲午（1834）陈遇春所作序文，谓此选"皆乡先生之能文而不遇者"，"夫瓯栝居浙东僻壤，累代以来，遭兵燹水火之灾，其文之散佚也久矣"，数百年来，"著作虽多，湮没不少"，"断简残编，人又不收拾，以至稀而又稀矣"，"后之读是编者，庶知其人知其地，并知其出处也"，认为"古文亦所以载道"，"以古人为法度，则士习文风从此蒸蒸日上也"，其编选此集也是以有裨于士习文风为目的。

所选皆为从宋至明之文。编选情况：卷一至六，宋文；卷七，元文；卷八至十一，明文；卷十二，赋，从宋代王十鹏开始。卷十三，栝苍先正宋文；卷十四至十五，栝苍先正明文。

47.《续古文雅正》十四卷，林有席辑评，道光二十二年（1842）刻本

林有席（1713—1804），字儒珍，号平园，江西分宜人。乾隆十七年（1753）进士，授东湖县（今湖北宜昌）知县。著有《平园杂著》、《晚学集》等。

此选前有道光丁酉（1837）蒲城王鼎序，黄河清序。

48.《金元明八大家文选》五十三卷，李祖陶辑评，道光二十五年（1845）刻本

李祖陶（1776—1858），字钦之，号迈堂，江西上高人，嘉庆十三年（1808）举人，著有《迈堂文略》。

此选前有道光乙巳（1845）李镕经序。各家文选前有李镕经所作"小引"。

选录情况：元好问《元遗山先生文选》七卷，姚燧《姚牧庵先生文

选》五卷，吴澂《吴草庐先生文选》五卷，虞集《虞道园先生文选》八卷，宋濂《宋景濂先生文选》七卷，王守仁《王阳明先生文选》七卷，唐顺之《唐荆川先生文选》七卷，归有光《归震川先生文选》七卷。总计选录文章六百二十四篇，每家文钞按文体分类编次。

49.《古文一隅》三卷，朱宗洛辑，道光三十年（1850）刻本

朱宗洛，字绍川，无锡人，乾隆庚辰（1760）进士，官天镇县（今属山西大同）知县，著有《易经观玩篇》。

此书前有道光庚戌（1850）庞大堃序，谓："吕、谢、归诸选仅举作古文之法，此则兼示作时文之法，学者诚能举一反三，可悟古文、时文殊途同归之旨矣。"

选录先秦、汉、晋、唐、宋四十四篇文章。有圈点，夹批，尾评。

50.《古文近道集》八卷，王赞元辑，同治七年（1868）培槐轩王氏刻本

王赞元（1815—1873），字莲伯，绍兴人。咸丰二年（1852）举人。主讲稽山书院，任德清县学教谕。著有《穷而未工草》二卷。

此集前有同治七年（1868）杜联序，同治戊辰（1868）汪曰桢序。

按文章内容分为正学、洗心、笃亲、明义、植节、翊治、辨惑、积善等类别，每类题下有所作韵语数句，揭示题义，以崇尚理学思想为主旨。每类各选宋、明及清代理学家如二程、朱熹、王阳明、汤斌等人相关文章数篇。以伦理道德、政治教化作为分类标准，体现了编者以古文选本维护世道人心的编选目的。

51.《古文笔法百篇》二十卷，李扶九原选，黄麟重编，光绪八年（1882）黄氏家刻本

李扶九，滇南人。

前有李元度《古文笔法百篇》序，谓："论文之极致，正以绝处时文蹊径为高，而论时文之极致，又以能得古文之神理、气韵、机局为最上乘。"

又有光绪辛巳（1881）黄麟序，可知其对李扶九原选有所删补。

又有光绪辛巳刘凤仪序，谓是书评语"独抒怀抱，机杼一家，能发前

人所未发"。

有原选凡例数则，增补凡例八则，论古文阅读与写作，极为详细。可知此书为初学入门之书，主要从学习时文着眼，凡例云"大抵其笔法于时文可通者方录"。黄黉重编本增补凡例有"论化古文为时文四则"，从理论上对"以古文为时文"进行了总结，云：

> 古文题亦如四书题，随步换影，各各不同，然总不外因人、事、时、地一切字尽之。故一题来，有当立之意，当用之笔。

> 有明及国朝诸家……以古文之精气笔意为时文也，故其文不可及，然必如此，乃能为时文，乃能为古文也。

> 古文有二句破题者，有无破题如小讲起者，又有无小讲，就题直入者。若中之畅发，后之余波，要皆与中后比同。至法有对偶，乃古文之变格，最近时文。而其正格，大抵段落为是。而段落中又有数法，有先点后作者，有先作后点者，有先后作中间点者，有带作带点者。至句法，其用韵四六，若赋、若铭，固非时文之体，而其章法、段落、字句之间，无不可采取也。取神为上，法次之，字句又次之。而予此集专注在法，盖神味幽妙处，非资学高者不能知，若字句显然易见，则人人能知也。惟笔法不高不下，得一可以化万，故将各种笔法一一标题，俾读者知古文法即时文，亦知时文可以化古也。

表明其以时文之法评析古文的态度。

一般文章选本多按体裁或时代分类，此书则按写作技巧和文章风格分类，在历代古文选本中可谓别具一格。每一种写作技巧选文一卷，分别是：对偶、就题字生情、一字立骨、波澜纵横、曲折翻驳、起笔不平、小中见大、无中生有、借影、写照、进步、虚托、巧避等，这些写作技巧对于学习古文有一定的启发意义。

今天看到的《古文笔法百篇》是光绪年间黄黼在李扶九原选基础上的

重订本，删补篇目，增添评论，撰有作者介绍，有夹批、眉批、评解、书后等，对于文章技巧、立意、典故、词语等有较为详细的解释，有些评论是不错的赏析文字，可资参考。

此书印行后，以其便于初学，盛行不衰。民国时期，上海广益书局、锦章书局都有排印本，近年岳麓书社亦有点校整理本出版。

52.《南宋文录录》二十四卷，董兆熊编，黄彭年重辑，光绪十七年（1891）苏州书局刻本

董兆熊（1806—1858），字敦临，一字梦兰，吴江（今属苏州）人，咸丰初年举孝廉方正，著有《味无味斋稿》。

书前有道光庚子（1840）董兆熊序。

又有《南宋文录录例言》，叙述此书编刊经过甚详。

是书在董兆熊《南宋文录》的基础上，删除已见于庄仲方《南宋文范》之文，十存五六，依文体重加编次，分为三十七类，选录文章三百八十余篇。不录诗歌。

53.《五朝文铎》二十卷，李寿萱辑，光绪十七年（1891）叙州府学刻本

李寿萱（1820—1898），字荫堂，一字映生，号慕莲。同治十年（1871）授叙州府训导。

前有光绪辛卯（1891）聂炳麐序，称此书以"扶翼世教"为编选宗旨。又有光绪辛卯邱晋成序，又有苟春培序。

分类编选历代文章，计有君道、臣道、循良、清廉、子道、友爱、友道、贞烈、师道、持身等类别。

54.《古今四大家策论》十卷，不著编者，光绪辛丑（1901）绍兴会文堂刻本

此书前有光绪二十七年（1901）南浦子叙。

选录宋代何去非、陈亮，清代侯方域、魏禧四家策论。

55.《古文四象》，曾国藩选，光绪戊申（1908）无奈子赵氏刻本

曾国藩（1811—1872），字伯涵，号涤生，官至两江总督、直隶总督、武英殿大学士，谥文正。著有《曾文正公全集》。

此书分四类编选：太阳气势，分为喷薄之势，跌荡之势；少阳趣味，分为恢诡之趣，闲适之趣；太阴识度，分为闳括之度，含蓄之度；少阴情韵，又分为沉雄之韵，凄恻之韵。每类按经、史、百家选录文章若干，少阴情韵类，选录《诗经》较多。

56.《桐城吴氏古文读本》十三卷，吴汝纶辑评，光绪三十年（1904）上海文明书局铅印本

吴汝纶（1840—1903），字挚甫，安徽桐城人，同治四年（1865）进士，授内阁中书。著有《吴挚甫文集》四卷、《诗集》一卷等。

此集选录文章二百九十余篇，目次后有癸卯（1903）常堉璋识语。按文体分类编选，有评点。

二 以清代古文为主要选录对象的古文选本

（一）历朝类

1.《燕台文选》初集八卷，补遗一卷，田茂遇选评，《四库禁毁书丛刊》影印清顺治十三年（1656）李蕃玉刻本

田茂遇，字揖公，号髴渊，又号乐饥居士，青浦（今属上海）人，顺治五年（1648）举人，康熙十八年（1679）举博学宏词。

李蕃玉刻本首页题"皇清文选"。

此选卷首有顺治十三年（1656）魏裔介序，云：

> 今田子下第途穷，不为侘傺无聊之况以抒其悲愤，而顾取公卿贤士大夫著述之业，鳞次栉比，蔚乎可观，以彰我皇清文治之盛，比于古者辀轩之使，其好学深思，兴起后学，功业讵不伟哉？

认为此选有赞扬文治，启发后学的作用。

又有王崇俭序，谓"未、申之际，文士集辇下者多选今人诗，云间田髴渊孝廉复有今人古文词之选"。又记田茂遇语"今人之文未必不及古人，患其散轶而失传，思裒辑以行世"，可见其重视今人文章，其编纂此集有

保存文献的目的。

王崇简又谓：

> 从来作者之精意，多由选者之鉴别而显，故作者恒待选者以为功。每叹选者有所难，复有所忌。广搜之难，断制之难，去取时人之文为难，不得制作之原为难。不广则不能精，不断则不能舍，去取时人则谤易兴，不得制作之原，则真伪莫辨。一忌执己之偏见，一忌徇人以纳交。夫文若水，然从其原而溯之，虽流分派别，惟其有原，故洄衍而无穷。夫江河之水，千里为曲，万里为涛，浩瀚澎湃而靡可测其原。足恃也，文之有原，则六艺是矣。自六艺之旨不传，而文章之弊不一。

论选文之难，颇有己见。认为文章当以六艺为本原，不传六艺之旨，是文弊的根本原因，表现出对以"宗经"为宗旨的儒家正统文艺观念的认同。王序还对近代以来文章写作模拟、刻画之弊深表不满。

有凡例五则，叙述此书的编选体例，对编选经过也有述及。谓所见文章"有经专刻，有未经专刻者。念专刻既不足以行远，而未有专刻更易至漫灭而弗传。用是裒辑成帙，爰付梓人，聊存管见"。表明其编选此集有保存文献的目的。

又有顺治十三年乔钵所作"引例"，对皇帝极尽颂扬之词。

是书按文体分类编次，分别为赋、记、序、传、诏、教、疏、议、制诰、策、表、书、启、论、评、说、铭、赞、颂、檄、碑、箴、书后、题词、杂文、行状、祭文、志铭。所录文章后有吴伟业、田茂遇、周子俶、乔钵等人评语，而以田茂遇评语最多。

2.《今文溯洄集》十卷，魏裔介辑，顺治十八年（1661）刻本

魏裔介（1616—1686），字石生，号贞庵，又号昆林，直隶柏乡（今属邢台）人。顺治三年（1646）进士，选庶吉士。历任左都御史、太子太保、吏部尚书、保和殿大学士、太子太傅等职。著有《兼济堂文集》。

此集前有魏裔介自序，谓当代豪杰之士所作古文"源本六经，研核诸

子,深入而浅出之,兼览而约取之,其识不凡而文亦灿然如星日常新,然后知古今人不甚相违也"。认为今人所作文章能以"六经"为本,予以极高评价。又表明其之所以选辑时贤文章,就是因为"恐没人之善,而国华不表见于后世也",此选有表彰当世文人的目的。

是书按文体分类编次,卷一卷二为论,卷三卷四为序、跋、引,卷五为记,等等,所选也多为明末清初人之文,所录作者有钱肃润、萧震、成性、孙奇逢、周亮工、吴伟业、王崇简、申涵光、李世洽、胡文学、龚策等。

3.《赖古堂文选》二十卷,周亮工辑,康熙六年(1667)刻本

是选前有顺治十一年(1654)钱谦益序,谓:"近代之文章,河决鱼烂,败坏而不可救者,凡以百年以来,学问之谬种,浸淫于世运,熏结于人心,袭习纶轮,酝酿发作,以至于此极也。"把明末以来文章衰敝的原因,归咎于学问的谬种流传,对"经学之谬"、"史学之谬"进行了具体剖析。又说:"文章之坏也,始于佂忉掇拾,剽贼古昔,极于骄债昌披,僵背规矩。"认为模拟袭取古人语言,乃至于不守规矩,任意而为,是文章之坏的具体表现。"是选也,溯古学,搜谬种,穷雅故于经史,甄流别于文字,剪削枝叶,删薙粮莠,恤恤乎其恐失也,愀乎,悠乎,其有余思也。"认为此选有救治文弊的目的。"继自今,相与肆力古学,发皇荡涤,焕然与唐宋同风",从今以后,勉励学古,文学创作就能够达到与"唐宋同风"的境界。钱序对《赖古堂文选》倡言古学给予肯定。

又有康熙六年(1667)徐芳序。徐芳对自古以来的文章聚散、盛衰表示感慨,认为周亮工此选极为精严,堪为"一代雅则",称赞周亮工:"识足以表其微,而力能振其弊,以起其衰,以合其散,栎园之功岂不伟哉!"认为《赖古堂文选》有救弊、起衰,以及保存文献的价值。

又有许自俊序。许自俊不赞同当时社会一味学习唐宋八大家的做法,认为这样只会令天下人"寒胸俭腹","八大家原本于经立论,于史取材",而近人"不穷其源而溯其流",是其文弊所在。指出周亮工所选之文具有"自然元气",得唐宋大家之真义,因此也具有起衰、救弊的作用。

又有康熙六年(1667)周亮工所作凡例数则,谓近数十年来"有志

复古"之士"文章林立",为此选"以志一时之盛"。又可知周亮工在壬午（1642）、癸未（1643）两年已经将所选文章刊印成书，所选都是明末文章，二十年后，又增加数年所见文章，于康熙六年刊刻行世。

所选多为明末清初人，多有入清不仕的遗民。按文体分类编次，共选文三百零三篇。所录作者为：钱谦益、徐世溥、董应举、苏桓、万时华、陈弘绪、顾梦游、艾南英、罗万藻、黎士弘、方文、陈继儒、周镳、黎遂球、萧士玮、谢三宾、陶望龄、陆培、鲁裕、徐芳、龚鼎孳、娄坚、王惟俭、高阜、许豸、宋征舆、雷士俊、王岱、胡介、黄文焕、张芳、汪琬、唐时升、李世熊、倪元璐、曾异撰、洪朝选、金之俊、王介、熊文举、董以宁、龚百药、陈钟玘、程康庄、李爱、朱镒、鲁世爵、张贡、王猷定、王戽、陈玉瑨、李焕章、陈衍、王岩、归子慕、傅占衡、黄景昉、陈南金、吴伟业、严首昇、阮汉闻、顾大韶、徐𤏝、申涵光、施闰章、李廷春、凌炯、李思禅、李流芳、邹祗谟、高兆、林恭章、夏允彝、邓履中、陈孝逸、魏裔介、梅之焕、朱一是、张溥、陆圻、周景濂、黄淳耀、谢良琦、姜承烈、张世经、鲁大奇、詹钟玉、林兆珂、孙泋如、吴绮、宋琬、金堡、文德翼、何采、王有年、王会。

《赖古堂文选》所录没有文集传世者数量较多，因此在保存文献方面有一定价值。

4.《文瀫初编》二十卷，钱肃润选评，《四库禁毁书丛刊》影印清康熙间钱氏十峰草堂刻本

钱肃润（1619—1699），字季霖，号础日，无锡人，明诸生，入清不仕。

是编卷首有康熙二十年（1681）钱肃润序。序文解释了"文瀫"的含义，所谓"瀫者水之文也"。又说："物之相使而文出于其间也，此天下之至文也。今夫文有机焉，有法焉，有神理焉，三者皆无心而出之，而自有触处成文之妙，此其象亦如风水之不相求而适相遭也，文安得不至也。余所为文瀫之义如是而已。"以自然天成为文章的最高境界。

钱肃润论文特重文之根本，说："文之源始于六经，而后及于《史》、《汉》，及于六朝，及于唐宋诸大家，其流有不尽出于源者乎？"又说："人

之为文者，可不于本是务哉？不于本是务，而徒于文之是求，是犹忘其源而究其委也。"认为文章写作当本于六经，这也是古文家较为传统的看法。

是书按文体分类编次，分别是：卷首，熊赐履《遵谕陈言疏》；卷一至二，赋；卷三至十，序；卷十一至十三，记；卷十四至十五，传；卷十六，论；卷十七，书；卷十八，引、碑、诔文等；卷十九，书后、题词、跋；卷二十，说。

5.《国朝三家文钞》，宋荦、许汝霖辑，康熙三十三年（1694）刻本

宋荦（1634—1714），字牧仲，号漫堂、西陂、绵津山人，晚号西陂老人，河南商丘人。累迁江苏巡抚，官至吏部尚书。著有《西陂类稿》五十卷。

许汝霖（？—1720），字时庵，号且然，浙江海宁人。历任礼部侍郎、吏部侍郎等职。著有《钝翁文钞》、《德星堂文集》等。

此集前有宋荦序，谓所选三人皆为已故友人。赞同欧阳修《苏子美集序》认为唐太宗在文章方面"不能革五代之余习"，到韩柳出现，"元和之文乃复于古"的观点，表明崇尚唐宋八大家古文的态度。对清王朝大行文治极尽颂扬之词，谓："本朝之盛，所以跨宋轶唐，夐乎其不可及也。三君际其时，尤为杰出，后先相望，四五十年间，卓然各以古文名其家。"

又有许汝霖序，叙其编选《三家文钞》的缘由，有"是书也，别裁精当，出入谨严"的评价。

又有邵长蘅序，谓"文章与世递降"，认为宋荦所编《三家文钞》，对于三家文章流传后世，不至湮灭有极大意义。

又有宋荦所作凡例数则，表明其编选的原则、宗旨。

每家文钞前，各有宋荦所作作者小传一篇。

6.《今文短篇》十五卷，诸匡鼎辑，康熙间钱塘诸氏刻本

诸匡鼎（1636—？），字虎男，钱塘（今杭州）人，工诗，著有《橘苑诗钞》、《说诗堂集》等。

此书前有方象瑛序，谓诸氏所选"语约而体该，节短而味长，举类小而取义大"，文短义长，是此选的特点。

又有诸匡鼎自序，谓其喜爱今人之短文，因阅明人敖子发《古文短

篇》而受启发，抄录今人短篇，编为十五卷，文近三百篇。认为短篇别具妙处。

《今文短篇》专选短篇文章，实是晚明清初盛行小品文的产物。

7.《今文大篇》二十卷，诸匡鼎辑，康熙间钱塘诸氏刻本

此书前有毛奇龄序，谓：

> 我朝文运弘开，士君子以尊经翼史黜子为业。往者皇上特废八股，使士子舍腐烂无用之时艺，而从事于经史有用之实学，几几乎超明代而上之。不谓暂废而旋复，然从事经史之风由之以兴。故当今之世，作者林立，武林诸子虎男专选今文以彰圣代之盛。

颂扬清初以来文章创作之兴盛。

又有方象瑛序，谓大篇文章：

> 要其指归则必有关于天下后世，故言不足以经世者不以立训，事不可以传后者不以垂型，所谓天下文章盖莫大乎是也。苟徒以篇幅见长，洋洋洒洒累数千万言，而于人心世道绝无所关系，岂不朽之大业哉？

表现出经世致用的文章学观念。

又有诸匡鼎自序，认为"文之盛衰，关乎气运"，"我朝文运蔚兴，作者林立，骎骎乎驾唐宋而轶两汉矣"，对清当代文运之兴极为称赞。还认为："文之短长大小，义各有取，短篇取其警严，大篇取其宏博。读短篇而不读大篇则气不肆，读大篇而不读短篇则理不精。"文章之短长皆有所取，应该相辅而行。

8.《切问斋文钞》三十卷，陆燿辑，乾隆四十年（1775）刻本，有道光乙酉（1825）诚端重刊本

陆燿（1723—1785），字朗夫，吴江（今属苏州）人，乾隆十九年（1754）举人，官至湖南巡抚，著有《切问斋集》。

是书卷首有诚端序文和"重刊切问斋文钞凡例",从"凡例"可知其对原刊本有所删汰。

又有陆燿原序。其论文也以"道"为根本,反对当时训诂考据或空言心性之学问,反对泥古不化,主张今人应写今人应写的文章。说"方今名臣大儒"能"力破空虚之习,切求身世之宜",其文章不务空谈,力求经世致用,因此也值得称赞,他所以编辑此书就是要表彰这类能够有切于世用的文章。可见陆燿所代表的经世学者,不满当时考据、义理两家学派,他们也尊崇儒道,但更注重切于世用,认为文章应以经世致用为原则。

又有陆燿所作"例言"数则,认为文章应该切合实用,实是《切问斋文钞》的编选宗旨。

嘉庆元年(1796)刻本卷首有程晋芳序一篇,叙其乾隆癸卯(1783)阅陆燿《切问斋诗文集》,称赞陆燿之德行、政事、文章,谓其"根柢经训,发为事业,而因时驭变,悉古圣贤化裁权度之宜夫。然后知儒学之可贵,而孔孟、程朱之绪,衍之弥长,扬之愈光,不可一息离也"。称赞陆燿文章以孔孟、程朱为根柢。

《切问斋文钞》实为"经世文钞",所选皆清人有关政治、事功之文章。全书三十卷,分为学术:卷一至三;风俗:卷四至八;教家:卷九至十;服官:卷十一;选举:卷十二至十四;财赋:卷十五至十八;荒政:卷十九至二十;保甲:卷二十一;兵制:卷二十二;刑法:卷二十三;时宪:卷二十四;河防:卷二十五至三十等类别,涉及社会政治、经济、文化的方方面面。

方东树有《切问斋文钞书后》[①]一篇,认为《切问斋文钞》是后来贺耦耕《皇朝经世文编》的嚆矢,对其编纂给予肯定:"其旨以立言贵乎有用,故辑近代诸贤之作建类相比,以备经世之略,大约宪法吕东莱,其用意固甚美矣。"又说:"吾观集中诸贤之制,其意格、境象、字句、辞气,多与古人不同。""窃见诸贤之作,其陈义经物,论议可取者固多矣;而浅俗之词,谬惑之见亦不少。杂然登之,漫无别白,非所以示学者之准法

---

① 见方东树《仪卫轩文集》卷六。

也。""俗言易胜,缪种易传,播之来学,将使斯文丧坠,在兹永绝,亦文章之厄会也。""循陆氏之言,而证以卷中之文。将使义理日以歧迷,文体日以卑伪。"方东树不赞同陆燿从实用性出发的文论,对其文论观点进行了详细的批驳。

9.《今文粹编》八卷,《二编》二卷,赵熟典辑,乾隆五十一年(1786)太平赵氏刻本

赵熟典,字厚五,赵康(今属山西襄汾)人,司工部员外郎。

是编前有乾隆丙午(1786)冬至日赵熟典序,叙其编选、刊印《今文粹编》及《二编》之缘由、经过。

此书选录作者四十三人,文章四百三十篇。《二编》为编者晚年所辑录,收录作者八人,文章七十六篇。卷首有作者小传。

10.《国朝二十四家文钞》二十四卷,徐斐然辑评,乾隆六十年(1795)刻本

徐斐然,字凤辉,号敬斋,归安(今湖州)人,有《敬斋仅存稿》一卷。

是书卷首有嘉庆元年(1796)夏六月吴兰庭序,云此选"大抵有益于人,有用于世,有补于修齐治平",可见其编选宗旨。

又有嘉庆元年(1796)秋七月曾镛序,认为文章当以实用为主,"无学"、"无养"之人,文章自然就写不好。

前有作者目录,对每位作者作了简要介绍。此选录文三百五十一篇。所选二十四家及篇数为:王猷定十三篇、顾炎武十二篇、侯方域二十六篇、施闰章十三篇、魏禧四十七篇、计东六篇、汪琬三十七篇、汤斌七篇、姜宸英十九篇、朱彝尊二十六篇、陆陇其七篇、储欣七篇、邵长蘅十六篇、毛际可五篇、李良年八篇、陈廷敬五篇、潘耒十篇、徐文驹四篇、冯景五篇、方苞二十篇、李绂七篇、毛星莱二十一篇、沈廷芳十三篇、袁枚二十七篇。以作者系文,每一作者目录后,有编者所作"书后"一篇,评论作者及其文章。又有"丛谈",罗列各家对所选作者的评论。"书后"对作家作品的评论有一定的文学批评意义。

11.《国朝文雅正所见集》十六卷,林有席评选,清菜根乐刻本

是集前有嘉庆二十一年（1816）王鼎序，主张程、朱理学家"文以载道"之说，提倡"词雅理正"之文。认为蔡世远评选《古文雅正》："足以辅翼六经，有功人心世道，所关至巨。"谓林有席《续选古文雅正》能"贯穿经史，洞悉道学"，上继蔡选。其文章观念一本于宋代理学家"文以载道"之宗旨。

又有嘉庆六年（1801）林有席自序，其文章观念亦本于北宋以来的道学家，谓清初以来"经学昌明，人文蔚起"，"国家百余年之教泽深矣"，于全祖望《唐贞观比干碑跋》、《慈元全节庙碑跋》篇后总评"二跋皆有关于名教，故并登之"，可见其以维护政治教化为立场的选录原则。

林有席为江西分宜地方名士，此选特别注重选录江西人士的文章，不乏和林氏有所交接的友朋，其中不少文人没有文集传世，其文章赖此选得以保存。篇末评语兼叙作者生平、著述，尤其是与林氏同时代的作者，可补其传记资料之不足。

选录文章四百零八篇，有圈点，文后有总评。

12.《湖海文传》七十五卷，王昶辑，《续修四库全书》影印清道光十七年（1837）经训堂刻本

王昶（1725—1807），字德甫，号兰泉，晚号述庵，青浦（今属上海）人，乾隆十九年（1754）进士。工于诗、古文，时有"通儒"之称。著有《春融堂集》，辑有《金石粹编》等。

是书卷首有阮元复王昶之孙王绍基书，盖当时王绍基致函阮元为《湖海文传》索序，阮元复书云身体衰朽，不便作序，寄银五十两，以资刊刻，有"足见兄孝思不匮，表扬先德，恪守遗书之至意"之语。

又有道光十九年（1839）朱琦序，称颂乾隆朝文章之盛，叙述《湖海文传》的刊刻过程。

又有道光十七年（1837）姚椿序，叙述《湖海文传》的刊刻经过。指出此书的编选宗旨是"一曰征文献，一曰重实学"，称其为"有功学问之书"，此书编选目的则在于"传文以传人"。

又有同治五年（1866）应宝时跋，叙述《湖海文传》的刊刻经过。

又有同治五年王绍基所作《湖海文传归板缘起》，叙述《湖海文传》的刊刻过程。

综合各家序跋可知，《湖海文传》为王昶晚年编选，其"凡例"作于嘉庆乙丑（1805），书未及刊刻而昶卒。三十余年后，王昶孙绍基始谋求刊刻，相国阮元助银五十两。同乡孝廉陈镳力助其事，姚椿司职校勘，于道光十七年（1837）刻成印刷，这是《湖海文传》的初次刊刻。书板藏于青浦城内的尊经阁，1860年太平军攻城，陈镳的两个儿子运板出城，后来二人死难，书板质抵他人。同治五年（1866），李鸿章"慨念先朝文献散佚民间，广为搜辑"，命应宝时以百金赎还书板，藏于王氏家塾，《湖海文传》得以再次印刷。

又有王昶自作凡例数则，可知保存文献，以文传人，是其编纂《湖海文传》的主要目的。

其编选宗旨则是以讲求实学，兼顾辞章之美为主。《湖海文传》虽然专取古文，但王昶并不排斥骈体，认为骈体与散体"分道扬镳，殊途合辙"，有编选《骈体文传》的打算。不为流派所囿，注重实学，兼顾文词之美是其论文宗旨。

编选体例，以事功、学问、内行、文词为类，每一类中以作者"科第"为次。

13.《国朝文录》八十二卷，李祖陶编选，《续修四库全书》影印清道光十九年（1839）瑞州府凤仪书院刻本

是书前有道光十七年（1837）许乃普序，道光十八年（1838）朱锦琮序，又有李祖陶自序，对顺治、康熙、乾隆、嘉庆各朝的古文家及其创作有总体的评述。

此书选录作者四十人，分别是：熊伯龙、顾炎武、陈宏绪、黄宗羲、侯方域、彭士望、王猷定、傅占衡、贺贻孙、汤斌、施闰章、陈廷敬、张玉书、王士正、郑日奎、李光地、宋荦、姜宸英、金德嘉、邵长蘅、朱轼、孙嘉淦、蔡世远、全祖望、陈兆仑、蓝鼎元、彭端淑、黄永年、刘大櫆、钱大昕、姚鼐、纪昀、赵佑、蒋士铨、彭绍升、李荣陛、陶必铨、刘大绅、谢振定、陈庚焕。

14.《国朝文征》四十卷，吴翌凤辑，沈翠岭校刊，咸丰元年（1851）世美堂刻本

吴翌凤（1742—1819），字伊仲，号枚庵，长洲（今苏州）人，嘉庆诸生。

此书前有嘉庆二十二年（1817）夏六月吴翌凤序，感慨历代都有"甄录一代之文"的选本，"而昭代之文尚无选本"，因此"有志搜索"，谓其编选宗旨云：

> 其文不拘一格，总以理明词达为主，若斤斤以八家法律绳之，则隘矣。考据之家易于伤气，若专言心性及二氏之学，愚所不喜，故从舍旃。其忠义节孝有裨风化，或遗文佚事可备掌故者登之。

并不以唐宋八大家为古文写作之标准，对于涉及考据、义理及佛道之学的文章均不予选录，而以"理明词达"为文章写作的标准。

又有道光二十九年（1849）尤崧镇序，谓《国朝文征》所选皆"有裨学术经济之文"。《国朝文征》稿本吴翌凤在世时并未刊刻，道光丙戌（1826）贺耦耕编《皇朝经世文编》，嘱尤氏借此本采入数十篇，此本遂归尤氏，后为友人借去不还。二十余年后，沈翠岭在坊间得到稿本，遂刊刻成书。又谓"集中所录文，典则深醇，足备本朝掌故，而资士大夫之考证"。

又有咸丰元年（1851）沈楸德"识语"，述刊刻经过，与尤崧镇所述略同。又可知《国朝古文汇钞》和此书俱为沈楸德所刊刻。

选录作者近二百家，以人系文，书前有作者目录，对作者有简要介绍。

15.《七家文钞》七卷，陆继辂辑，道光元年（1821）刻本

陆继辂（1772—1834），字祁孙，阳湖（今常州）人，曾任江西贵溪知县。著有《崇百药斋诗文集》。

所选七家为方苞、刘大櫆、姚鼐、朱仕琇、彭绩、张惠言、恽敬。

《七家文钞序》中，陆继辂说："世之沉溺于伪体者，固未尝一日而

息。"他从各家文中"择其尤雅者"编为一集。因此，他编纂此集也有以选本来树立古文典范的目的。

陆继辂编纂《七家文钞》的另一个目的是表彰乡贤。他有感于张、恽二人死后，虽有文集行世，但"学者犹未能倾心宗仰"，他编纂此集，以二家文章为学习范本，有表彰乡贤的用意。

16.《国朝古文所见集》十三卷，陈兆麒辑，道光二年（1822）一枝山房刻本

陈兆麒，字仰韩，安徽休宁人。从其所作《国朝古文所见集》凡例"道光壬午时年六十有三"，可推知生于1760年。著有《兰轩文集》。

此集前有道光二年（1822）管同序，谓能古文之人不多见，"自明归太仆有光死而世无人矣，侯、魏与汪皆不得接乎文章之统，而他何论哉?"又谓方、刘、姚能上继归有光，管同为姚鼐弟子，是以有此标榜门户之论。认为陈兆麒所选有数十人之多，有过宽之嫌。

有陈兆麒所作凡例，对于历来论古文者以唐宋八大家上接秦汉，明代只以归有光为正宗，清代则以方、刘、姚上接归有光的言论表示不满，认为清初以来侯、魏、汪、顾诸人也各有所成，不应一笔抹杀，认为将古文创作视为"绝学"，则会令人生畏，不利于古文创作的发展。陈兆麒的言论，反映出对嘉道年间桐城派设立门户，以古文正统自居的不满。这种不满，在当时也具有一定代表性。凡例还表明其编辑选本的目的，"一以显微阐幽，一以激扬后进"，也就是要表扬名声不著的古文作者，激励后进从事于古文创作。

全书十三卷，按文体分类编次。计有论著、说、序、题跋、书、赠序、寿序、传、碑、墓志铭、记，共选文一百六十篇。

书后有甘煦跋，赞同陈兆麒不囿于桐城流派、广收博取的选文态度。

又有日本翻刻本，有天保甲辰（1844）孟春阿波齐藤象序、淡路山口瑨跋。

17.《国朝古文汇钞》，初集一百七十六卷，二集一百卷，朱琦辑，道光二十四年（1844）吴江世美堂沈氏刻本

朱琦(1769—1850)，字玉存，一字兰坡，安徽泾县人。嘉庆七年

（1802）进士，授编修，官至赞善，迁侍讲。前后主讲钟山、正谊、紫阳各书院。著有《小万卷斋诗文集》等。

此集前有道光六年（1826）朱琦自序，称赞清王朝文治之盛："惟我朝文治光昭，迈越往昔"、"郁郁乎其盛哉"，述及编辑此选的经过，云其曾在史馆编纂文苑传，每遇稿本，则私自抄录，经过二十多年"积成巨帙"。又有感于文献散佚，因此，他编辑此选就是要"表彰"前哲，保存文献。在文章理论方面，他主张"论文正不一辙"，例举唐宋大家之文各有风格，说：

> 然则文非有定品也，徒守一家言，而曰我绳以法，岂足厌天下豪俊之心。余寡学，类钞胥不敢云选，惟欲网罗旧闻，使后人得所据依，知昭代文章炳蔚大观，韶韵鸣而虎凤越，则区区制缉，或未必无小补矣夫。

观其意，似对当时盛行的文派之说颇为不满，桐城派最盛，有针对桐城派之意也未可知。

又有道光二十六年（1846）朱琦序，记吴江沈翠岭为之出资刊刻之事，认为"故是书之刻，上备当代之文献，中表先哲之幽隐，下佐后儒之稽览"，这也是其编辑此选的目的所在。又云此前有见则抄，此次刊刻，有所删汰。

又有咸丰二年（1852）汤金钊序，谓《汇钞》"博而能赅，杂而不越，可谓百氏之网罗，九流之渊海"，"诚巨观也"。谓是书"于忠孝、节义、功绩、学问、传志、碑版之文搜采独多，实足与释经论政者相辅而行"，表明其注重政教与事功的编纂倾向。

有朱琦所作凡例数则，表明其编选原则。

二集目次后有道光丙午（1846）秋八月海宁杨文荪识语，可知杨曾尽出所藏诸家文集，请朱琦增补未备，独任二集删订之任，亦可知保存文献是《汇钞》编选的重要目的。《汇钞》初集选文一百七十六卷，六百二十六家，二集选文一百卷，三百三十二家。

魏源《古微堂外集》卷三有《国朝古文类钞序代陶中丞序》，亦是为朱琦《国朝古文汇钞》所作序文，但未刊入原书。谓此选：

> 既以究一代承学之士心思材力所极，而要沿溯乎当代经术掌故，以求适乎姬、孔之条贯，可谓不离其宗者乎！诚能以昭代之典章文字读六经，而又能以六经读昭代之典章文字，其于是编也，又何穷大失居之有？

认为此选选录当代典章文字，与儒家思想一脉相承。

18.《易堂十三子文选》四卷，王泉之选辑，道光八年（1828）政余书屋刻本

王泉之，字星海，湖南清泉（今衡南县）人，嘉庆十年（1805）进士。历知江西铅山、安仁、进贤等县，升直隶知州，署赣州知府。著有《政余书屋文钞》。

此选前有王泉之序。叙说十三子之由来，又解释"易堂"名号说：

> "易"有"不易"之义，有"变易"之义。十三子父子兄弟师友肥遁邱园，高尚其志，砥砺名节，确乎不拔，则"不易"之义也。然人各有集，成一家之言，不肯剿袭雷同，则"变易"之义也。
>
> 夫《易》上经首"乾"、"坤"而次以"屯"，下经首"咸"、"恒"而次以"遁"，皆陷险退避之象，诸子适丁其际，于郊于野，幸获"同人"之占，以相应相求，讵非正义立而德不孤哉！

解释"易堂"名号的由来，赞扬易堂诸子的节操。又认为文章与气运相终始，十三子生当其时，其文章也是天地正气所赋予。诸子结为易堂，流风余韵为人歆羡。对易堂十三子表示推崇之情，言辞却较为隐晦。诸子文集于乾隆年间为朝廷所禁毁，道光年间文禁稍弛，却也不便极为颂扬。尤其忧心诸子文章之不传，"余于是大惧其文之有传有不传，而不能使人人读

而传之也。因择其尤雅者"编为是集。易堂诸子以经世致用为为文倾向，王泉之以"雅"衡文，则是清代正统文艺观念的体现。

是书共选文一百零七篇，分别是：杨文彩五篇，李腾蛟四篇，彭士望四篇，邱维屏八篇，林时益一篇，魏际瑞十四篇，曾灿四篇，魏禧四十二篇，彭任二篇，魏礼十一篇，魏世杰三篇，魏世效七篇，魏世俨二篇。

19.《国朝古文选》二卷，孙澍选，道光甲午（1834）古棠书屋刻本

孙澍，字雨庵，号雨皋、子皋。嘉庆二十四年（1819）举人，任綦江教谕。期年即告归，与兄建古棠书屋。著有《孙春皋集》二卷。

此书无序跋，难以测知其编选意旨。选取清初以降十五家文章四十五篇，十五家依次为：王猷定、顾炎武、侯方域、魏禧、计东、汪琬、陆陇其、储欣、邵长蘅、冯景、方苞、李绂、茅星来、袁枚、彭端淑。其中，袁枚、彭端淑各六篇，顾炎武、茅星来各五篇，有五人只选一篇。所选文章后均有简略评语一二条，标有批评者姓名。

20.《易堂九子文钞》十九卷，彭玉雯辑，道光丁酉（1837）刻本

彭玉雯，字云墀，江西宁都人，彭士望裔孙，嘉庆二十四年（1819）举人。工诗文，著有《浣香书屋诗集》。

此书前有潘世恩序，谓：

> 予惟九子之文，叔子为最，辨古今得失，指陈时事，廉利透辟，独出手眼。而伯子之严饬，季子之清瘦，分茅设苴，各具经纬。邦士深于《易》，其文多奥博。躬庵则汪洋恣肆，一泻千里，不拘古法，而鸣其所以鸣。确斋惟序一首，高浑肃洁，惜其文残缺，无可搜采。咸斋、青藜二子，文类警达，而草亭则布帛菽粟，采其余者数篇而已。

> 以予观九子之文，所造不一轨，而其志节出处有得于《易》进退存亡之义，消声匿采，不求闻达。《易》曰："同人于野，亨。"其易堂之意欤？

对九子文章特点分别予以评论,又阐释"易堂"名号,赞扬诸子节操。

又有彭玉雯序:

> 不希后世之名与不因文为存没者,九子之志与所树立者然也。因其文以思其人,且因其人以存其文,使之不终没者,则后起之责也。今岁以疾请假于上官,乃取八子之文合先躬庵集,都为一编,而颜之曰《易堂九子文钞》,九子之文可传者,盖不尽于是。是编取立言有合于道者录之云尔。文以载道,九子皆学道之士,存其载道之言,盖九子志也。刊成遂述其意如此。

表明其编纂缘由与旨趣。

此选收文二百三十四篇,包括彭士望《彭躬庵文钞》六卷,六十五篇;邱维屏《邱邦士文钞》二卷,二十四篇;魏际瑞《魏伯子文钞》一卷,十四篇;魏禧《魏叔子文钞》五卷,九十六篇;魏礼《魏季子文钞》一卷,二十篇;李腾蛟《李咸斋文钞》一卷,四篇;林时益《林确斋文钞》一卷,一篇;彭任《彭中叔文钞》一卷,六篇;曾灿《曾青藜文钞》一卷,四篇。

21.《国朝文述》不分卷,王壆辑,道光壬寅(1842)艺海堂刻本

王壆(1786—1843),原名仲壆,字子兼,江苏吴县(今苏州)人,屡试不第,潜心著述,尤以经世致用为务。著有《壑舟园初稿》、《壑舟园次稿》等。

是书前有道光辛丑(1841)王壆自序,表明其以"六经"为宗旨的文章思想。

全书分为阐道、明伦、经世、纪事、论人、考典、游艺、杂体八类。编选宗旨是以儒家义理为指归,兼顾考据与词章。其中经世致用文章选取较多,则是清中期以后经世致用思想在文学领域的反映。《谭献日记》谓《国朝文述》:"去取颇不苟,憾其少耳。"[1]

又有编者所作凡例数则:谓其于当代作家百十部专集、总集中分类选

---

[1] 谭献著,范旭仑、牟晓朋整理:《谭献日记》,中华书局2013年版,第48页。

择"拟成十编";明遗民凡入清者,也予以选录;"骈体及有韵之文,别一宗匠,要当运以古文风骨,乃称高手";"凡关涉二氏之文,概不采录",可见其编选原则。

22.《国朝文录》八十二卷,姚椿辑,咸丰元年(1851)终南山馆校勘本

姚椿(1777—1853),字春木,一字子寿,号樗寮生,娄县(今属上海)人,国子监生,著有《晚学斋文集》。

是书前有咸丰元年(1851)张祥河序,谓书稿成于道光三十年(1850),"一代之文章,一代之学术在焉",认为"国初诸老""有驳有醇,文不一律",至康熙中叶,方苞出而"文一轨于中正",至乾隆末年,文体歧出,姚鼐则提出"义理、考证、文章"予以救正,张祥河与姚椿俱为桐城派姚鼐弟子,所以其论文以方苞、姚鼐为宗尚。又说:"夫文者何?载道而已。事衷于理,而词近于古,则文焉矣!"谓姚椿所选"皆醇乎醇者"。

又有道光庚戌(1850)姚椿自序,云:"自孔孟没而文与道歧,汉唐以来离合参半,自宋朱子出,而始举道与文而一之。"尊奉朱熹,持"文道合一"的观点。认为清当代学者"以韩欧之文达程朱之理"的观点是正确的,对清中叶以后不重儒道而偏于文辞的现象颇为不满。论其编选情况说:

> 向所采获,追逐来往,复恐有所散失,讲业余暇,取而类之,汰其繁芜,去其复冗。其意以正大为宗,其辞以雅洁为主,中间小有出入,要必于理无甚悖者,然后辑焉。凡综录之文,一曰明道,一曰纪事,而考古有得与夫辞章之美,因以附见。愚鄙之识,岂谓足以知诸君子之大且全而永其传,顾或任其放轶,亦非述信好古与?夫不贤者识其小之意也。

可见其论文以朱子"文道合一"为指归,先义理而后词章,这是桐城派文章观念的体现。将"纪事"列为一类,则有注重事功之意,亦是经世思想

之反映。保存文献，防止散佚也是其编选目的之一。又说："窃以为，后之君子，苟欲观历代之会通，综一朝之典要，而求前古圣贤之遗意焉，其亦将浏览于斯。"亦是为后世保存文献之意。

又有沈曰富所作"述例"，说："是录依桐城姚先生《古文辞类纂》例，而卷之离合，序次之先后，微有不同。"表明其以《古文辞类纂》为准的的编选原则。又特别突出"词美"的原则，则是对文章艺术性的强调。

《国朝文录》按文体分为十七类，分别是：论辨、序跋、奏议、书、赠序、杂记、碑、表、志、铭、传状、赋、颂、箴、铭、赞、祭文，大体仿照姚鼐《古文辞类纂》的分类方式。选文一千零一十篇，作者近两百家，规模较为宏大。沈曰富"述例"谓其"搜罗历四十年，缮写者非一手"，可知姚椿为此选耗时费力之多，其编选态度极为严谨。

"述例"后有"国朝文录校勘题名"，谓此选曾与吴德旋、彭兆荪、王芑孙、吕璜、毛岳生等人讨论，而这些人皆已亡故，又列参与鉴定、校勘者近三十人，其中有林则徐、梅曾亮、姚莹等，也可见此选之严谨。

23.《国朝文警初编》四卷，题西湖寄生辑，咸丰辛亥（1851）刻本

书前有西湖寄生序，叙其编选缘由，盖有感于鸦片战争之后，"学者张皇失措"，因此选切于世用文章作为家塾课本，"知吾人性分中大有可恃者，无用张皇错愕为也"，所选皆是以儒家义理为指归的经世致用文章，体现了在鸦片战争之后，面对社会的巨大变革，编纂者希望以儒家传统文化挽救世道人心的努力。

24.《国朝文录续编》六十六卷，李祖陶辑，《续修四库全书》影印清同治七年（1868）李氏刻本

此选前有李祖陶序。每家文钞前有李祖陶所作"引文"一则。

选录作者四十九人，分别是：姚文然、杜濬、顾景星、王宏撰、申涵光、计东、魏际端、邱维屏、徐世溥、张贞生、李振裕、陆陇其、秦松龄、徐乾学、汪懋麟、赵执信、俞长城、赵申乔、王懋竑、谢济世、朱仕琇、杨锡绂、万承苍、纪大奎、汪由敦、方楘如、沈德潜、沈彤、陈宏谋、陈之兰、袁枚、罗有高、刘骥、熊景崇、陆燿、段玉裁、洪亮吉、沈

叔埏、管世铭、茹敦和、李兆洛、许宗彦、张锡谷、焦循、陆继辂、沈大成、陈寿祺、余廷灿、姚文田。

25.《国朝古文正的》五卷，杨彝珍辑，附录薛福辰所选孙依言《逊学斋文钞》一卷，杨彝珍《移芝室古文》一卷，光绪六年（1880）独山莫氏活字本

杨彝珍（1805—1898），字性农，号移芝，湖南武陵（今常德市）人。道光三十年（1850）进士，选翰林院庶吉士，改兵部主事。著有《移芝室文集》。

此书前有光绪己卯（1879）杨彝珍序，谓："文章之盛衰非因时代为升降，士苟欲以文术鸣其所得于天者，既优瘁其心与力，不惜憔悴，专为之，及其成也，未尝不峣然与古作者并，则谓文章以代降而卑，岂笃论哉？"也持秦汉以至唐为文章衰敝的观点，认为韩愈有起衰之功，宋代举欧阳修，明代举归有光为古文代表。认为清初方苞能得唐宋"八家所传之义法"，清中叶则举胡天游、姚鼐、汪中、潘谘、梅曾亮，认为"俱不出方氏下"，其他以古文名家者也"磊磊相望"。又称赞道咸之交，虽逢兵乱，"然治其术益精"，"呜呼盛矣"，对清初至咸丰年间的古文创作予以高度赞扬。可见其论文也以唐宋八大家古文为宗旨，肯定方苞，但不囿于桐城派，胡天游、汪中等也为其所称赞。其编选当代古文选本，是"想海内读是编者当有郁郁乎文之叹也"，以选本体现清代古文之盛，是其编选目的所在。

又有编者所撰凡例，从中可以窥见其选录标准。从凡例可知，是编尊《文选》不录存者之例，可见其编纂态度之严谨。

26.《续古文辞类纂》三十四卷，王先谦辑，《续修四库全书》影印清光绪八年（1882）王氏虚受堂刊本

王先谦（1842—1917），字益吾，号葵园，湖南长沙人。同治四年（1865）进士，曾任国子监祭酒、江苏学政，退官后任湖南城南书院、岳麓书院山长。精于典籍考辨，为晚清著名学者，著有《虚受堂诗文集》。

书前有王先谦序。

选录乾隆至咸丰年间的三十九位作者，分别是：姚范、朱仕琇、彭

绩、彭绍升、罗有高、姚鼐、鲁仕骥、吴定、秦瀛、恽敬、王灼、张惠言、陆继辂、陈用光、姚莹、邓显鹤、周树槐、吕璜、刘开、姚椿、毛岳生、吴德旋、管同、梅曾亮、方东树、张穆、朱琦、冯志沂、曾国藩、吴嘉宾、龙启瑞、彭昱尧、王拯元、邵懿辰、鲁一同、戴均衡、孙鼎臣、管嗣复、吴敏树。按文体分类编纂，分为论辨、序跋、书、赠序、传状、碑志、杂记、箴铭、赞、哀祭等类别。

27.《国朝文栋》八卷，胡嘉铨辑，光绪十二年（1886）刻本

此编为家塾课本，卷首有编者自序，云："……有识之儒思扶世而翼教，于以正人心、维风俗，感怀斯世，制为伟词，诚博观而约取焉，亦当世得失之林也。"可知其编选宗旨是"扶世翼教"、"正人心，维风俗"，强调了文章的政教作用。

28.《续古文辞类纂》二十八卷，黎庶昌辑，光绪十六年（1890）金陵书局刊本，《四库备要》本

黎庶昌（1837—1898），字莼斋，贵州遵义人。任驻欧洲各国及日本使节。辑有《古逸丛书》，著有《拙尊园丛稿》六卷。

黎编《续古文辞类纂》分为上、中、下三编。上编经子，中编史传，下编方苞、刘大櫆前后文章。此书以补姚鼐《古文辞类纂》所不备为主旨，于首见作者名下有简要小传。下编专选清代古文，为此书最有价值之部分，因此列入清当代古文选本部分予以叙录。

黎庶昌是曾国藩弟子，曾国藩给予姚鼐以极高的评价，将其列入《圣哲画像记》。在《续古文辞类纂序》中，黎庶昌对姚鼐《古文辞类纂》及其文章都有高度评价。认为自姚鼐之后的百余年，有"文弊道丧之患"，而曾国藩能"扩姚氏而大之"，认为他是"盖自欧阳氏以来，一人而已"，对曾国藩给予极高评价。

对于桐城宗派问题，黎庶昌认为桐城派的末流已经"浅弱不振"，他认为曾国藩的古文写作虽然深受姚鼐影响，但他没有抱残守缺而是有所开拓进取，因而能成就卓著。他认为桐城派的古文理论作为古文写作的规矩准绳是具有普遍意义的，并非其一门一派之言论，把桐城派理论拓展为天下公理，也就无所谓桐城派了。说明曾国藩、黎庶昌，乃至王先谦等人虽

然受桐城派古文的影响，但并不以桐城派文人自居，不把自己纳入桐城派，保持自己的独立性，反映了晚清以后很多人对于桐城派的态度。

29.《八旗文经》五十六卷，作者考三卷，叙录一卷，盛昱、杨钟羲辑，光绪辛丑（1901）刻本

盛昱（1850—1900），字伯羲，又作伯熙、伯兮，号意园，又号韵莳，隶满洲镶白旗，官至国子监祭酒，著有《郁华阁文集》。

杨钟羲（1865—1940），字悘庵，又字子晴，又作子勤、芷晴，号留垞，晚号圣遗居士，隶汉军正黄旗，光绪十五年（1889）进士，曾任襄阳、安陆、淮安、江宁等地知府。辛亥革命后，避居上海租界，闭户著书，著有《圣遗诗集》、《雪桥词》、《雪桥诗话》等。

此书《叙录》有盛昱所作序文，述其编辑缘起，谓其于同治庚午科顺天乡试出倭仁门下。倭仁云："八旗人为古文词者，未有撰集之本，子盍于举业之暇为之。""因为述八旗文运盛衰之故。盛昱不敢当，亦不敢忘，退而浏览篇章，搜求散佚。"老师倭仁的嘱托是盛昱编辑《八旗文经》的动力，若干年后，又得表弟杨钟羲所助，于"戊戌之冬，杀青斯竟"，最终编成是书。盛昱在序中论及其编辑是书的旨趣云：

八旗之士至今而文教为尤急。文教之所及，则亲上死长之心生。勿汩时趋，勿惑异说，勿以畛域自封，勿以骄贵而不学，敬体列祖列宗开国之心。凡未入旗之满洲、蒙古、汉人，皆吾一体。恂恂焉，竞竞焉，日从事于学问之中，而以文为表见之资。凡利禄、纷华、靡丽之习，不以萌于心而夺其志，则于吾师所以编辑斯文之旨其庶几矣。

可见弘扬文教，端正八旗子弟士习，是其编纂选本的宗旨所在。又云：

彼夫丰沛故人、五陵子弟，夷为皁吏，荡为虫沙，皆由风移俗易而无学以持之也。《典论·论文》曰"文章经国之大业"，讵虚语哉？

《八旗文经》编成于戊戌变法之后，其时清廷内忧外患，岌岌可危，以文

249

教、学问维护八旗统治,是盛昱编辑是书的根本宗旨。

杨钟羲所作叙录,有对每种文体的源流及所选八旗代表作家、作品所作简要评述,从中可以略窥其有关文体学方面的理论。

《八旗文经》收录八旗满洲、八旗汉军、八旗蒙古一百九十七位文人的六百五十余篇文章。按文体分类编次,计有辞赋(一至五)五卷,论辨(六至十)五卷,序(十一至二十)十卷,题跋(二十一至二十四)四卷,奏议(二十五至三十)六卷,表(三十一)一卷,书(三十二至三十五)四卷,记(三十六至四十一)六卷,碑(四十二至四十四)三卷,颂赞(四十五)一卷,箴铭(四十六)一卷,墓碑(四十七至四十九)三卷,传状(五十至五十四)五卷,七、连珠、设词(五十五)一卷,哀祭(五十六)一卷。另有作者考三卷,叙录一卷。

30.《国朝文萃》上下编,钱祥宝辑,宣统元年(1909)铅印本

书前有孔祥霖序,知此书为"国文"科教材。

又有宣统元年(1909)朱寯瀛序,云在"世变日深"的时代,钱氏想以"儒术振世",认为文章当"本四子六经之蕴,发为大中至正之辞"。

又有作者自序,云有感于"欧化东渐,中西学战日益剧烈,少年新进迁视旧学,厌故喜新",因此辑"与学术、人心、风教、政治诸大端"密切相关之文,使青年志士"略窥我国礼俗政教之大义",以有补于保全国粹。编选目的是作为高等小学教材。

书后附钱氏"上彰德顾太尊呈送《国朝文萃》恳请转呈学宪详咨学部审定禀"认为在西学东渐之时,当以有关人心世道之文作为国文教材。

又附"彰德府顾太尊批",认为钱说可行。

《国朝文萃》反映了清末政府推行新式教育之后,守旧派对传统教育思想的坚持,是特定历史背景下的产物。

31.《国朝文汇》,沈粹芬、黄人、王文濡辑,宣统元年(1909)上海国学扶轮社石印本。有北京出版社影印本,《续修四库全书》影印本

沈粹芬,即沈知方(1883—1939),字芝芳,别署粹芬阁主人,浙江绍兴人。1912年与陆费逵等共创"中华书局"并任副经理,1921年创办"世界书局"股份有限公司,担任总经理,曾创办国学扶轮社,刊印古籍。

黄人（1866—1913），原名振元，字摩西，一字羡涵、穆庵，别署江左儒侠，江苏常熟人。南社社员，曾任东吴大学中国文学教习。所撰《中国文学史》是早期中国文学史著作之一。

王文濡（1867—1935），字均卿，浙江吴兴（今湖州）人。清末贡生，民国后寓居上海，从事编辑工作。

此书前有汤寿潜序，谓是书"独不取宗派之说，欲以备一代之典要而观其会通"，"后之学者将以考先正之遗文，进窥学术盛衰之故而世变亦以见焉，其必有取于是书也夫"，认为清代文章总集的编纂具有保存一代文献、反映学术盛衰及社会变迁的重要意义。

又有黄人序，对有清一代文章之盛给予极高赞扬，表明了不立宗派的文学观念。认为近世以来西方、日本思想的输入促进了学术思想的新变。对于中国文学的成就极为自豪。认为此选的意义在于，"二百数十年中之政教风尚所以发达变化其学术思想者，循是或可得其大概，而为史氏征文考献者效负弩之役"。

又有王文濡序，略述清代各朝文章，给予极高评价。有感于"近者日文挽入，欧学输来，先正典型飘摇欲坠，后生迷信，触摸奚由"，因此辑清初以来文章，以"张扬我国宝，鼓吹我文明"，表明了以保存国粹为己任的编纂目的。

又有沈粹芬序，沈是编纂《国朝文汇》的发起与主持者，自叙其先人有编纂清文总集的志向，惜其未成，因此他继承先人遗志，邀集同仁，编成此书。云："自开国以迄今日，鸿章巨制，网罗丰富，抉择请严，作国朝实录观也可，作国朝学案读也可。其曰文而不曰古文者，奇偶同源而不能独古散行也。曰文汇者，譬诸导河，经积石下龙门，统百川而朝宗于海，学者虽生向若之惊，旋得移情之益。"可略见其编选宗旨。

全书按甲、乙、丙、丁分集编纂。甲前集收明末遗民文，甲集收顺、康、雍三朝文，乙集收乾、嘉两朝文，丙集收道、咸两朝文，丁集收同、光两朝文。收录作者一千三百五十六人，卷帙之大，为清文选本之最。所选文章加以句读，而不施圈点、评语。

《国朝文汇》编纂于清王朝即将结束的前夜，其时西学东渐，东西方思想文化强烈碰撞。《国朝文汇》的编纂以保存国粹为目的，强调不立宗派，不主一家，都是当时思想文化潮流的体现，具有较强的时代特色。

32.《国朝文范》二卷，罗振玉辑，贞松堂校印本

罗振玉（1866—1940），字式如，又字叔蕴、叔言，号雪堂，浙江上虞永丰乡人，晚号贞松老人、松翁，生于江苏淮安。为近现代著名学者，著述繁多。

此书为罗振玉入民国后选辑，因其是清朝"遗老"，所以题为"国朝文范"。

前有温肃序，对清代"国朝"文选本，如姚椿《国朝文录》、朱琦《国朝古文汇钞》、徐斐然《国朝二十四家文钞》、王先谦《续古文辞类纂》、王昶《湖海文传》、贺耦耕《皇朝经世文编》等略有评述。认为这些选本"业灿著众人耳目，若以为觉世轨则，则犹病其博而难习也"，而罗振玉所辑《文范》："有物，有序，要以切用为主，非有关世道人心者不录，此所以命名为'文范'也。"又记罗振玉语："天下乱常生于文人，及其极，致彝伦，夷种类，亦必自诬枉斯文始，后死者宜如何，呜呼！""若先生此帙，意在斯乎！意在斯乎！"认为罗振玉编选《国朝文范》以维护世道人心为宗旨。

选录二十六位作者，九十八篇文章。

（二）地域类

1.《山左古文钞》八卷，李景峄、刘鸿翱辑，道光八年（1828）刻本

李景峄（1771—1828），山东邹平人，曾任江苏溧阳、丹徒知县，松江、常州知府。

刘鸿翱（1778—1849），字裴英，号次白，山东潍县人。嘉庆十四年（1809）进士，历任台澎学政、陕西按察使、云南布政使、福建巡抚等职。著有《绿野斋文集》、《太湖诗草》等。

此集前有刘鸿翱序，谓"余悲前代文章之逸，大惧吾乡之著作耳目所能逮者，复久而就湮"，因此编辑此书，以保存文献为目的。又云："大抵

以发明经义为归。经，文之本也。"以"宗经"为编纂指归。

又有道光丁亥（1827）孟冬贾声槐序，认为此选有保存乡邦文献的作用。云："余以文质不可偏废，发于道德则为自得之文，征于事功则为有实用之文，即仅见诸言，而羽翼道术，神明规矩，亦为卓然可传之文。"认为编者"惓惓乡梓，表扬前哲"，功不可没。

又有道光戊子（1828）李景峰序，称赞此选保存乡邦文献的价值。

此书按作者编次，所录作品分为论辨、原说、序记、题跋、书后、墓志、碑铭、状略等类别。选录情况：卷一：张尔岐十三篇，赵进美五篇，李之芳一篇，王隰一篇，宋琬二篇，高珩一篇。卷二：孙廷铨十一篇，孙宝侗九篇，田雯三篇，王㸰一篇，王苹二篇，蒲松龄二篇，蒲立德一篇。卷三：王士正十八篇，赵执信七篇，李焕章二篇。卷四：李澄中八篇，安致远九篇，张贞八篇，张侗二篇，刘以贵二篇，鞠濂七篇。卷五：周正二篇，卢见曾三篇，宋弼一篇，王焊一篇，牛运震二篇，吕润蕃四篇，李翮一篇，窦光鼐二篇。卷六：法坤宏二十篇，臧梦元一篇，马炅一篇，马交一篇，李锳一篇，吴江一篇。卷七：阎循观二十篇，王克捥五篇，丛中芷一篇，杨峒四篇，贾三奇二篇。卷八：韩梦周二十篇，单绍六篇，单作哲一篇，牟绥一篇，牟愿相六篇，李文藻二篇，李文渊二篇，马世珍一篇，王仕一篇。

所选作者名下，系有小传。有圈点、评语。

2.《国朝岭南文钞》十八卷，陈在谦辑评，道光壬辰（1832）七十二峰堂刻本

陈在谦（1782—1838），字六吉，广东新兴人，嘉庆九年（1804）举人，任清远教谕，工书画。著有《梦香居诗集》、《七十二峰文勺》等。

此书前有陈在谦序，谓："在谦弱冠即喜学为古文，洎出而与诸君子游，各悉其得力所在。"又谓此选："以理为主，以气为辅，以有用为率，以不失真为归，非是者略焉。"可知其论文宗旨及编选原则。

全书十八卷，每卷选一人文章，分别为：杨仲兴、林明伦、陈昌齐、冯敏昌、谢兰生、吴应逵、林伯桐、金菁莪、邵咏、张维屏、凌扬藻、黄大干、黄培芳、吴兰、邓淳、温训、曾钊、陈在谦。

卷首有作者小传，每篇文章后有评语，有编者自评，也有引用他人评

语者。有圈点。

3.《国朝中州文征》五十四卷，苏源生辑，道光乙巳（1845）刻本

苏源生（1808—1870），字泉沂，号菊村，河南鄢陵人。道光十七年（1837）拔贡，从钱仪吉学，为学宗奉程朱，主讲文清书院十五年，著有《记过斋文稿》等。

是书前有道光二十五年（1845）钱仪吉序，云："吾之于文也，不见其文也，见言焉。抑不见其言也，见德功焉。德功之正，言之顺，则取之乎尔。盖本立而后文行，乃可征信焉，以待后世。"表明其重视道德、功业的文章思想。谓所选诸家："观其言论风旨，大较正而通，和而毅，直而不肆。以言德，德近于仁矣，以言功，功近于王矣。即以言华且辨，华而质，辨而不流矣。是将以征诸后世而可待矣。"反映出其重视功业、德行，主张文质彬彬的儒家传统文学观念。

又有道光二十五年苏源生自序，云：

（文章）以明道、纪事二者为能得六艺之遗意。盖文之所以不朽有其本焉，不仅在词章之末也。其在桑梓之敬，则尤以纪事为务。

中州奥地广平，风气质朴，其处而明道，出而致治，往往本躬行心得之余，发为文词，不期工而自合于古。而穷巷砥节之儒，白首绩学之士，亦多有以著述自表见者。使不急为鸠集，吾恐阅世既久，散佚必多，而先正之法言，耆旧之行谊，将致无可考信于后世，岂不惜哉！

循而求之，可以辨学术，可以明政治，可以多识前言往行，非敢云前哲赖以不坠，而吾人征文考献或有取焉，是即余区区纂辑之苦心。

表明其以保存乡邦文献为编选目的。文章观念则是"文以明道"的传统儒家文学观，而更重视事功、德行。

凡例略谓，是书以文体分类，一体之中又按事类区别，但不标子目。

依《文选》例，不录存者。

此书按文体分类编选，计有奏疏、状、策、答问、论、议、说、辨、考、释、解、杂著、书、序、引、题跋、记、碑、行状、墓志、墓表、墓碣、传、述、书事、颂、赞、箴、铭、诔、哀辞、吊文、祭文。共选录一百六十五家作者，七百七十篇文章，卷帙较多。

4.《丹溪文钞》，胡鼎辑，民国二十九年（1940）胡朴安刊《朴学斋丛书》本，有《丛书集成续编》本

胡鼎（1843—1912），字爱亭，一字砚樵，安徽泾县人，著有《守拙斋诗存》《守拙斋文存》等。

此书选录清代安徽泾县丹溪胡氏十八位作者的三十九篇文章。选录情况：胡尚衡一篇，胡律圣一篇，胡以旌二篇，胡耸孙二篇，胡一伦一篇，胡蛟龄一篇，胡元辉一篇，胡兆殷一篇，胡承福二篇，胡承谱一篇，胡承谆一篇，胡承琪十篇，胡先联一篇，胡世敦四篇，胡桂一篇，胡贞幹二篇，胡光岱五篇，胡泽顺二篇。所选十八位作者，有十五位没有诗文集传世，其文章仅赖此选得以保存，吉光片羽，弥足珍贵。

所选作者前有小传数语，篇后偶有作者生平行事之介绍。书后有胡朴安跋，谓："吾邑当太平天国时，受蹂躏最酷，先辈著作，或已刻，或未刻，皆已委诸蔓草，化为云烟矣。"其乡邑自经太平天国之后，先辈著作零落殆尽，其父搜辑《丹溪文钞》"于劫灰之余，而所得止此"，《文钞》中所录乡邑山水诸赋，可令"山水物产随文字以流传"。此书对未刊著作序文的保存，更有重要的价值，胡朴安所谓"先父辑《丹溪文钞》，其用意深远矣"。

5.《利津文征》五卷，盛赞熙、徐朝菜辑，光绪九年（1883）刻本

首卷下有序文，可知《利津文征》是编辑《利津县志》的产物，赞扬"有关国是，有系人心"的文章。分为：奏议、禀言、碑记、序、诔、传、墓表、墓铭、诗聚等类别。

6.《国朝金陵文钞》十六卷，陈作霖、秦际唐辑，光绪丁酉（1897）刻本

陈作霖（1837—1920），字雨生，号伯雨，晚号可园，南京人。光绪元年（1875）举人，历任崇文经塾教习，奎光书院山长，上元、江宁两

县学堂堂长等职。著有《可园文存》、《可园诗存》等。

秦际唐（1837—1908），字伯虞，江苏上元（今属南京）人。同治六年（1867）举人，曾主讲凤池、奎光诸书院。著有《南冈草堂诗选》二卷、续一卷，《南冈草堂文存》二卷。

从卷首凡例可知，此选首录遗民，其余按"年辈科分"为先后，骈散兼收，"说经之文，博古之录，亦兼收一二"。又云："贵在因人以存文，因文以传世，亦青浦王氏之义法也。"有保存文献的目的。多收碑、志、传记之作，以为将来"志乘张本"，有为将来编纂地方志收集资料的用意。又表明其选录原则云："是书志在阐幽，凡专集已久风行，则择其有关掌故者录于篇。"对于著作虽多，但没有刊刻的作者，则"博览旁搜，多多益善"。不录存世者文章。

卷尾有光绪二十三年（1897）陈作霖所作叙录，谓金陵"地势雄奇，笃生人杰"，"洎兵燹之余，藏编亦零落殆尽矣。然元结中兴之颂，庾信江南之哀，摩垒交绥，犹张后劲，失今不葺，恐遂缺亡。于是掇撷英华，网罗散佚，目眹手茧，垂三十年"，在诸多同志协助下，最终辑成此编。自认为有"发潜德之幽光"的价值。

又有光绪丁酉（1897）孟春秦际唐后序，谓"金陵自六朝以来，治古文词者代有其人，而独无总集汇纂之刻，抑亦憾事也。表幽阐微吾辈之责"，于是与诸同志勤于搜讨，"三年而成"，简叙金陵一地自清初以来文章发展历程。对于坚持写作古文之人"表而存之，庶不没其苦心，后之来者，沿流以溯源，则是书亦一代文献之征也"，表明此书有表扬乡贤，保存乡邦文献的编选目的。

此书共选录二百一十八家作者，文章五百六十七篇。

7.《茶阳三家文钞》六卷，温廷敬辑，民国十五年（1926）大埔温氏补读书庐铅印本，《近代中国史料丛刊》第三辑影印本

温廷敬（1869—1954），字丹铭，号止斋，笔名纳庵，晚年自号坚白老人，广东大埔人，著有《补读书楼文集》、《三十须臾吟馆诗集》等。

是书前有宣统庚戌（1910）冬温廷敬序，简叙大埔自唐代以来的人文发展情况，认为"于古文辞尤乏"，"盖咸同之间，吾邑一时有志者颇知

励志，诗古文词追古作者，而林太仆达泉、何詹事如璋、邱太守晋昕实为之奎"，又对三家文章源流、特点进行评述，说：

> 就其文以求其实，则林、邱以吏治著，何以外交著，而何之建白尤有关于大局，邱之著述则兼有裨于史，盖三先生之文，皆所谓一国天下之文，而非徒一乡一邑之文也。

对所选三家文章的特点有所论述，且给予极高评价。序文还对西学东渐以后，深受日本影响，而传统文化日渐衰落的现象不满。认为"古文"绝不可废，历述古文之优长，认为古文文体为中国所独有，古文在表词达意方面具有不可替代的作用，表现出清末受到西学冲击之后，部分士人固守传统文化的倾向。他没有宣扬古文的义理价值，而着重强调文体价值，也是时代思潮的体现。

选录情况：何如璋三卷，文二十八篇，林达泉二卷，文二十二篇，邱晋昕一卷，文十三篇。其中，林达泉、邱晋昕没有文集传世，其文章仅有《茶阳三家文钞》本。各家文选前有编者所作本传一篇。所选三家皆为从事吏治、外交之官员，所选文章中也多关涉内政、外交之作，如何如璋多选其有关与日本、朝鲜交涉的文章，林达泉则选有关于台湾事务的文章，反映出晚清以来文章选家重视经世、事功之作的倾向。

三 以清前骈文为主要选录对象的骈文选本

1. 《四六琯朗集》八卷，周之标选评，顺治十年（1653）刻本

周之标，字君建，号宛瑜子、梯月主人、来虹阁主人，江苏长洲（今苏州）人，明末清初戏曲家，刻书家。

此集前有高玮序，叙说作官场书启之难，认为此选可资准的。

此书为四六笺启选本，按官职分为三十类，行间有批点，篇后有词语注释和周之标评语。所选多为明人作品。内封面上有"注释便览笺启"小字一行。书名旁又有识语数行，类似于广告词。与其他清初四六选本一样，都是由书坊操作，以射利为目的。

2.《四六初征》二十卷,李渔辑,《四库禁毁书丛刊》影印清康熙十年(1671)刻本①

李渔(1610—1680),字谪凡,一字笠鸿,号笠翁,浙江兰溪人。屡试不第。居南京,所居曰芥子园。著有《笠翁一家言全集》等。

此书前有许自俊序,吴国缙"撮指"。

沈心友所作凡例,称此集是李渔游历四方,辑录而成,认为"文章之有骈体,犹羞馔之有山珍海错,为世所必需也"。

所选皆是明末清初人作品。全书按门类纂辑,共分二十部:津要部、艺文部、笺素部、典礼部、生辰部、乞言部、嘉姻部、诞儿部、宴赏部、感物部、节义部、碑碣部、述哀部、伤逝部、闲情部、馈遗部、祖送部、戏谑部、艳冶部、方外部。每篇文章后有词语、名物的解释。从分类可以看出,《四六初征》具有便于实用的特点。津要部所选是表奏等政府应用文体,其他各部多是日常生活中交际应酬所需要的文体。将各种应用文体汇为一集,有为日常写作提供借鉴的目的。

3.《四六纂组》十卷,胡吉豫辑,《四库未收书辑刊》影印清康熙间刻本

胡吉豫,字子藏,号立庵,钱塘(今杭州人)。

此集前有康熙十八年(1679)沈荃序。

有胡吉豫所作凡例,云:"此刻摘段采联,增新辑旧,既易翻阅,且便取裁。"全书分门别类,不取全篇,只摘段落,编排方式近似于类书,也是以方便写作为目的。

4.《听嘤堂四六新书》八卷,黄始辑,《四库禁毁书丛刊》影印清康熙刻本②

黄始,字静御,苏州人,著有《听嘤堂集》。

此书前有黄始序,针对世俗重"大家之文"而轻视"比偶之文"的情况说:"是未知大家之文固贵乎法,而比偶之文亦未始离乎法也。""比偶之文与大家之文不得不相辅而并传也。呜呼!不知比偶之法者,不可与

---

① 据雷梦辰《清代各省禁书汇考》可知此书被禁毁的原因是"内有钱谦益序文"。
② 据雷梦辰《清代各省禁书汇考》可知此书被禁毁的原因也是有钱谦益文章。

言大家之文。不深知大家之文者，又何可与言比偶之法哉！"这里所说的"大家之文"，是指唐宋八大家古文，黄始认为古文与骈文各有特点且相互影响，所以骈文当与古文并行而不可偏废。

全书分为启集、表集、诗文序集、文集、疏引集、书集、杂文集等类别。有圈点，篇后有评语，有词语释义。

5.《宋四六选》二十四卷，彭元瑞辑，乾隆四十一年（1776）曹振镛刻本

彭元瑞（1731—1803），字掌仍，一字辑五，号芸楣，江西南昌人，乾隆二十二年（1757）进士，改庶吉士，授编修，官至工部尚书、协办大学士。著有《恩余堂稿》。

此选前有彭元瑞自序，历叙宋代骈文的流派及诸作者的特点，对骈文创作之弊病有深入的剖析。

全书分为诏、制、表、启、上梁文、乐语六类，其中卷一为诏，卷二、三、四为制，卷五为贺表（笺附），卷六为进表（奏状、札子附），卷七、八为谢除授表，卷九为杂谢表（奏状、笺附），卷十为陈乞表，卷十一、十二、十三、十四为贺除授启，卷十五为杂贺启，卷十六、十七为谢除授启，卷十八为谢荐举启，卷十九为杂谢启，卷二十、二十一、二十二为通启，卷二十三为回启，卷二十四为上梁文、乐语。可以看出，前五卷为应制之作，以皇帝名义颁布的政府公文，其作者都为朝廷大手笔。中间十八卷为各种类型的表、启，所施用对象从皇帝、丞相到一般官员，从政府公文到官场生活的社交礼仪文书，可谓无所不包，最后一卷的上梁文和乐语（主要是宴会致辞）等则为日常生活所常用。所选文章皆以实用为主，侧重于官场生活所必需，在一定意义上是清初四六文选本编选旨趣的延续。

此书初刻之后，又有乾隆四十二年（1777）重校本，同治四年（1865）青云楼刻本，宣统二年（1910）南通州翰墨林书局铅印本等。

6.《四六法海》八卷，蒋士铨选评，同治间刻本

蒋士铨（1725—1785），字心余，号藏园，晚号定甫，江西铅山人，乾隆二十二年（1757）进士，官翰林院编修，著有《忠雅堂集》。

此选前有方睿师序，云："是编藏先生文孙云樵观察箧中数十年，同

治辛未年（1871）付梓。"大意谓此书是蒋士铨从明王志坚所编《四六法海》中择取而成，藏于其孙箧中，后来才刊刻成书。又云：

> 明王闻修编辑《四六法海》，实骈体中精善之本。铅山蒋心余先生手自评选，厘为八卷。剥肤存液，崇实黜华，将以辨正体裁，岂仅沉酣藻丽。渊渊乎，盖精而益精，善而益善矣。窃尝论之，天地之道，不能有奇而无偶。《易》画八卦，演之而六十四，皆偶耳。东汉经术尚已，顾骈体文亦俶落于此。少陵江河万古之句，不废王杨卢骆，良有以也。《唐文粹》专取古文，不录骈体，惜抱老人《古文辞类纂》不收王禹偁《待漏院记》，以为近于骈体习气，殆亦见之偏欤！

对于蒋选《四六法海》极为称道，又肯定骈文地位，认为骈文有其天然合理性，骈散不可偏废。

又有宗超伯叙，还有王志坚原序。
有原书凡例七则，接以蒋书凡例九则。
每篇后有总评，先录王书原评，后加蒋评，偶有眉评。
又有蒋士铨识语数则，其中颇有理论价值的有：

> 气静机圆，词匀色称，是作四六要诀。今之作者，气不断则嚣，机不方则促，词非过重则过轻，色非过滞则过艳。

> 圆活是四六上乘，然患其小而庸；典雅是四六正法，然患其质而重。

> 庾子山道逸兼之，所以独有千古。

> 隶事之法以虚活反侧为上，平正者下矣。谋篇之法，以离纵开宕为上，铺叙者下矣。

从中可见蒋士铨关于骈文创作与审美的观念。

7.《南北朝文钞》二卷，彭兆荪选评，嘉庆四年（1799）刻本

彭兆荪（1768—1821），字甘亭，一字湘涵，江苏镇洋（今太仓）人，为文工骈体，著有《小谟觞馆文集》等。

前有徐达源序：

> 夫诗崇正始，赋首丽则，凡厥文辞，贵求初轨，骈俪之制，何独不然？元熙以前，体裁粗创，未极神明。迨南北瓜分，自永初之元，迄开皇之季，中间世历数祀，代挺雅才，摘藻敷华，珠零锦粲，蔑乎莫之尚已。有唐而降，厥风渐颓，流及天水，古意浸微，几邻俳俗。后之作者，欲探源珠海，取法棰轮，舍南北朝其奚适哉！吾友彭子甘亭，少学为沉博绝丽之文，其持论也，宁謇涩以违俗，毋软滑以悖古。投迹高轨，棘棘不阿，间取有宋迄隋数朝文，博观而慎择之，除《文选》所已收及徐、庾不录外，分体诠次，仅得百首，以为学骈文者制轮之寸辖，运关之尺枢，廪廪乎其操约而旨严也。

> 是编也，聊以树规植矩，使希雅音者，若射之有鹄焉。

又有嘉庆己未（1799）彭兆荪所作引文，谓："六朝文为偶语之左海，习骈俪而不胎息于此，庸音俗曲，于古人固而存之之意何居焉。"有感于萧统《文选》之外，"遗珠"尚多，因此，从南北朝史书、《艺文类聚》、《文苑英华》等书中"择其文之尤工者"，"工《选》体者，欲挽颓波而趋正轨，此编或药俗之昌阳乎！"可知彭兆荪此选有救治骈文弊病的用意。

此书选录南朝宋武帝永初至隋炀帝大业年间文章一百篇，不录《文选》及徐陵、庾信文章，有彭兆荪和徐达源评语。

8.《骈体文钞》三十一卷，李兆洛辑，道光元年（1821）合河康氏家塾刻本

李兆洛(1769—1841)，字申耆，晚号养一老人，阳湖（今属江苏常

州）人。嘉庆十年（1805）进士，改翰林院庶吉士，授凤台知县，主讲江阴书院近二十年，精舆地、考据、训诂之学，为阳湖派代表作家之一。著有《养一斋文集》。

书前有吴育序：

> 昔史臣述尧，启四言之始；孔子赞《易》，兆偶辞之端。此上古之玄音，载道之华辞，不徒以文言也。及《左氏传》、《曲台记》，战国之文、百家之书，莫不时引其绪。至枚乘、司马长卿出而其体大备，有《书》之昭明，《诗》之讽谏，《礼》之博物，《左》之华腴，故其文典，其音和，盛世之文也。后生祖述，际齐梁而益工，玄黄错采，丹青昭烂，可谓美矣，然不能有古人之意。其荡者为之，或跌宕靡丽，浮而无实，放而不收，至萧氏父子而其流斯极。然其间如任昉、沈约、邱迟、徐陵、庾信之徒为之，莫不渊渊乎文有其质焉。惜也囿于俗，而不能进厥体，故君子有自桧之讥焉。以至于今，作者代兴，互有工巧，世莫能尚。揆其文，善江、鲍者，艳厥体；善徐、庾者，侈厥文。既其华不既其质，习其流不探其源，不可谓之善学者矣。
>
> 辨志书塾录骈俪之文，区其条为三：上焉者制作之文，中焉者冠冕之制，下焉者则齐梁之篇为多，而古人喻志之作入焉。录自秦始，迄于隋，几以端其途径，道其门户而已。
>
> 夫人受天地之中，资五气之和，故发喉引声，和言中宫，危言中商，疾言中角，微言中徵、羽，此自然之体势，不易之理也。其一言之中，亦莫不律吕相和，宫徵相宣，而不能自知。然则骈俪之文，不由是而作者耶！论者往往右韩、柳而左徐、庾，殆非通论也。余于此，固未尝学，切好讽诵之。大凡庙廷之上，敷陈圣德，典丽博大，有厚德载物之致，则此体为宜。

又有李兆洛自序：

少读《文选》，颇知步趋齐梁。后蒙恩入庶常，台阁之制，例用骈体，而不能致。因益搜辑古人遗篇，用资时习，区其巨细，分为三编。序而论之曰：天地之道，阴阳而已，奇偶也，方圆也，皆是也。阴阳相并俱生，故奇偶不能相离，方圆必相为用。道奇而物偶，气奇而形偶，神奇而识偶。孔子曰："道有变动，故曰爻；爻有等，故曰物；物相杂，故曰文。"又曰："分阴分阳，迭用柔刚。"故易六位而成章，相杂而迭用。文章之用，其尽于此乎！六经之文，班班具存。自秦迄隋，其体递变，而文无异名。自唐以来，始有古文之目，而目六朝之文为骈俪。而为其学者，亦自以为与古文殊路。既歧奇与偶为二，而于偶之中，又歧六朝与唐与宋为三。夫苟第较其字句，猎其影响而已，则岂徒二焉三焉而已，以为万有不同可也。夫气有厚薄，天为之也；学有纯驳，人为之也；体格有迁变，人与天参焉者也；义理无殊途，天与人合焉者也。得其厚薄纯杂之故，则于其体格之变，可以知世焉；于其义理之无殊，可以知文焉。文之体，至六代而其变尽矣。沿其流，极而溯之，以至乎其源，则其所出者一也。吾甚惜夫歧奇偶而二之者之毗于阴阳也。毗阳则躁剽，毗阴则沉膇，理所必至也，于相杂迭用之旨均无当也。

选录先秦至隋文章七百余篇，分为上、中、下三编。上编"皆庙堂之制，奏进之篇"，分为颂、杂扬颂、箴、谥诔、哀策、诏书、策命、告祭、教令、策对、奏事、驳议、劝进、贺庆、荐达、陈谢、檄移、弹劾等类别。中编是"指事述意之作"，分为书、论、序类、集颂赞箴铭、碑记、墓碑、志状、耒祭等类别。下编"多缘情托兴之作"，分为设词、七、连珠、笺、杂文等类别。

9.《六朝文絜》四卷，许梿选评，道光五年（1825）许氏享金宝石斋刊朱墨套印本

许梿（1787—1862），字叔夏，号珊林、乐恬散人，室名红竹草堂、古均阁、行吾素斋，浙江海宁人。历官淮安、镇江、徐州知府，官至江苏粮储道。著有《古均阁文》一卷、《古均阁诗》一卷。

此书前有道光五年（1825）许梿序：

> 余盖深韪乎刘舍人之言也，析词尚絜。然则文至六朝，絜已乎？曰，繁冗莫六朝若矣。或曰，既繁冗之，复絜名之，厥又何说？曰，繁冗奚虑？夫腠要所司，职在熔裁，薙繁冗而絜是弋，则絜者弥絜矣。繁冗奚虑哉？往余齿舞勺，辄喜绎徐、庾诸家文，塾师禁弗与，夜篝灯窃记之。始未尝不贻盲者镜、予蹩者履也。习稍稍久，恍然于三唐奥窔，未有不胎息六朝者，由此上溯汉魏，裕如尔。

表明其"尚洁"的文章创作思想，又认为六朝骈文为唐代文章所取资。

《六朝文絜》选录作家三十六人，作品七十二篇，按文体分为赋、诏、敕、令、教、策问、表、疏、启、笺、书、移文、序、论、铭、碑、诔、祭文十八类。有"眉评"。

光绪年间，黎经诰撰《六朝文絜笺注》十二卷，光绪十五年（1889）枕溢书屋刊刻。书前有谢章铤序、张澍序，又有黎经诰自序，云：

> 美哉！富哉！文之挨于六朝哉！许君薙繁冗而絜是弋，岂漫为采掇哉？崇山之积也，撮土不捐；巨海之邃也，涓流毕汇。许君诚历观文圃，泛览词林，品盈尺之珍，搜径寸之宝，由博而返约者乎！诰深嗜斯选，咀嚼之下，偶有所得，欣然忘倦。窃叹许君雠句比字，务求精核，历二十祀，易稿者数四，用心可谓至矣。而缃帙辉耀，金玉含宝。文体之粲备，可识全牛；艺圃之渊博，借窥全豹。学者咸易钻厉而则法焉。诰尝取此授谟、祥、讵诸弟读之，澄心握玩，亦复欢然有喜。但典实纷披，难尽冰释，有疑义辄求讲解，诰枵腹自愧，每昧通津，初未敢言注缉也。积惑良久，适周君少濂曰："子盍为考往事，发古义乎？"诰曰："难！"周君曰："搜其所可知，缺其所不可知，何难也？"是以不揣樗质，愿其笺释。旧有注者，如李注《文选》，倪注《子山集》，素称博赡，皆备述之，并妄附补正一二焉。其无注者，穷居诸力，弋钩书部，证前贤之遗迹，示词人之美藻。或引经传，或求

训诂，勉深考索，力期谛当，几阅寒暑，亦如许君之数易稿者然。然其中脱略凡几，终不能无歉于许君也。及成帙，邮正谢师枚如。夫谢师之垂爱于诰深矣，音尘契阔，千里如一堂也。流览后尚不遗弃，复命林、丁二君雠校之。噫！二君与诰未识面，乃竟为之考得失，明是非，殆与诰有夙契乎？诰无以报二君，而二君之益诰为非浅也。戊子仲春，谢师以稿本寄还，诰拾之作家塾读本，未敢出示人。秋九月，诰棘围罢归，买舟东下，客广陵，载稿行箧中，时取讽诵，以消余闲。何伯梁、仲吕兄弟见而许可，即劝锓木，惠诸同好。诰曰："未能自信也。斯注浅劣陋略，能无贻当代有目者诮乎？"言再四，并为参校，辞不获已，始付剞劂。今年春，杀青甫就，略述颠末，书之简端，后有博雅君子，匡所不逮，则诰幸甚且感甚。光绪十五年，岁次屠维赤奋若，如月既望，柴桑黎经诰识于广陵之片石山房。

10.《唐骈体文钞》十七卷，陈均辑，同治癸酉（1873）刻本

陈均（1779—1828），一名筠，原名大均，字受笙，号敬安，海宁人，嘉庆十五年（1810）举人，官县令。

是书前有嘉庆二十五年（1820）陈均序。序文首先肯定骈体的合理性，谓："骈俪之制，若日星之有珠璧，卉木之有鄂不。所谓物杂而后成文，音一勿能为听也。"认为唐代骈体文能上继六朝，说："导偶少逋，吹双易促。徽墨约守，既自窘于奥隅；驰骤为雄，亦取诋于雅步。好奇者谀诡不伦，务新者侧媚附俗。"认为骈文创作，恪守成规则格局窘迫，开张驰骤则又有失雅正。好奇则诡异，务新则媚俗。又云："其或练采失鲜，负声乏力。恒词复犯，冗调再讴。执籥秉翟而动容不灵，扬旌比戈而中权无律。若斯之伦，盖从删置。"选家对骈文创作的种种弊病有深入的认识，正是在这些认识的基础上形成了其对作品的去取标准。

书后有谭宗浚跋语，可知陈均曾寓居阮元幕府，自刻所辑《唐骈体文钞》十七卷，后携归浙中，兵乱后，不知原板是否存世。此本是陈古樵重刻本，谭宗浚担任雠校事宜。跋语又谓：

> 窃谓骈俪之文自以沈、任、徐、庾为极则，而善学沈、任、徐、庾者，莫若唐人，虽蹊径稍殊，而波澜莫二。即至寻常率意之作，其气体渊雅，自非北宋以后人所能。
>
> 我朝钦定《全唐文》，鸿篇巨制，裒辑大成。然卷帙浩繁，下里寒儒难于购觅。是编选择精审，中如四杰、温、李采摭较多，要归丽则。窥豹一斑，拾鸾片羽，学者而欲由唐人以进窥任、沈、徐、庾闉奥，则此为嚆矢矣。

认为骈文以六朝作者成就最高，而唐人善学六朝，北宋以后人则不及唐人。这一观点体现了清人以六朝唐代为取向的骈文观念。认为陈均此编选择精审，以"丽则"为指归，表明崇尚骈文者对儒家正统文艺观念的认同。

11.《汉魏六朝文绣》四卷，《续钞》一卷，凌德编选，光绪八年（1882）刻本

凌德，字嘉六，归安（今湖州）人。

此书卷首目次前有凌德识语，谓："刘舍人有言曰：'文章之用，详其本源，莫外经典，而去圣久远，文体解散，辞人爱奇，言贵浮诡，饰羽尚画，文绣鞶帨，离本弥甚。'兹余所录，断自唐前，虽不免捐本逐末，然玩彼华辞，炳若缛绣，爰题其检曰'文绣'，光绪庚辰（1880）冬日归安凌德编次。"

《文绣》选文一百四十五篇，《续钞》选南北朝文三十六篇。

12.《八代文萃》二百二十卷，简荣、陈崇哲辑，光绪乙酉（1885）考隽堂刻本

简荣，富顺（今属四川自贡）人。

陈崇哲，字元睿，富顺人，光绪十一年（1885）举人，官秀山（今属重庆）训导。

是书前有光绪十一年（1885）王闿运序，谓：

> 夫词不追古，则意必循今；率意以言，违经益远。是以陈、周既

合，政术弥乖。文饰者胥尚虚浮，驰骋者奋其私智。故知文随德异，宁独声与政通？欲验流风，尤资总集。

认为文章应以古人为模范，以儒家经典为原则，而总集之编选，可见一时文章之风尚。又论此书之编选说：

> 富顺简君及吾陈子，广甄往籍，精论流别。类分仍夫萧《选》，正副略仿李《钞》。要以截断众流，归之淳雅。使词无鄙倍，学有本根。

可知此书在体例上采用萧统《文选》和李兆洛《骈体文钞》的编纂方式。"淳雅"则是其文章审美的基本原则。

又有陈崇哲所作序例，亦称此集大体以"淳雅"为编选宗旨。其"八代"是指汉魏六朝。不录《文选》篇章，不录骚赋，不录释道之文。

全书分为四集，每集按文体分类，选作者一千三百家。各集所录文体为，一集：制诏、敕、册命、玺书、赐书下书报书、令、教、符檄、移。二集：章表、疏奏、上书上言、封事、驳议、策对、对问、谏说、启、笺、奏记、书。三集：训诫、论、序、记、传、行状、碑文、墓志。四集：颂、赞、铭、箴、告祝、吊祭、哀策、诔、祝盟、设辞、连珠、杂文。陈崇哲对每一集所录文体均有辨析解说。

13.《骈体文略》二十九卷，钟广辑，光绪十四年（1888）刻本

钟广，即杨钟羲，见前《八旗文经》编者简介。

此书前有光绪二十年（1894）编者序言，叙其不乞序于名公的原因。目次后有编者所缀数语：

> 李申耆《骈体文钞》论次精审，间仿梅伯言《古文词略》，别撰简本，见《文选》及姚姬传《类纂》者不录。校补写定，以备吟诵云尔。光绪十四年秋九月，汉军钟广。

可知此编是《骈体文钞》的节取本，按文体分为二十九类，与《骈体文钞》的文体分类大致相同。《骈体文钞》李兆洛评语也一并录入。书坊有重印之举，可见骈文选本在当时社会有较为广泛的需求。

14.《骈文类纂》四十六卷，王先谦编选，光绪二十八年（1902）思贤书局刻本

此书卷首有王先谦所撰长篇序例。

选文自先秦的屈原、宋玉至清末，近两千篇，历代均有，而尤以魏晋南北朝、唐代、清代为多。分十五类目，计有：论说类，一百二十篇；序跋类，一百六十篇；表奏类，一百三十篇；书启类，一百九十七篇；赠序类，二十四篇；诏令类，六十八篇；檄移类，十九篇；传状类，五篇；碑志类，一百二十七篇；杂记类，八篇；箴铭类：四十八篇；颂赞类，一百六十篇；哀吊类，四十篇；杂文类，三百一十八篇；辞赋类，八十二篇。

《骈文类纂》选清代作者六十四人，文章五百零七篇。分别为：谷应泰，一篇；顾炎武，二篇；毛奇龄，一篇；陈维崧，七篇；胡天游，七篇；徐嵩，一篇；杭世骏，一篇；胡浚，一篇；王太岳，一篇；袁枚，五篇；邵齐焘，二篇；刘星炜，一篇；朱珪，一篇；吴锡麒，七篇；汪中，五篇；杨芳灿，二篇；孔广森，六篇；纪昀，二篇；张惠言，二篇；孙星衍，六篇；阮元，四篇；洪亮吉，一百三十一篇；凌廷堪，一篇；朱文翰，一篇；刘嗣绾，四篇；乐钧，三篇；陶澍，一篇；查初揆，三篇；彭兆荪，五篇；朱为弼，一篇；吴慈鹤，二篇；曾燠，二篇；李兆洛，一篇；陈寿祺，一篇；金应麟，二篇；刘开，十一篇；梅曾亮，二十一篇；董基诚，九篇；董祜诚，十四篇；陈均，一篇；龚自珍，一篇；钱仪吉，二篇；方履籛，七篇；袁翼，一篇；谭莹，一篇；谢质卿，一篇；洪齮孙，一篇；顾寿桢，一篇；赵铭，一篇；汪瑔，一篇；周寿昌，十四篇；傅桐，七篇；孙鼎臣，一篇；郭嵩焘，一篇；李慈铭，三十一篇；谭献，一篇；王闿运，十篇；袁昶，一篇；许景澄，一篇；朱一新，二篇；缪荃孙，二十四篇；蔡枚功，一篇；缪祜孙，一篇；皮锡瑞，九十九篇；苏舆，二篇。

268

15.《赏心集》不分卷,樊增祥辑,民国时期石印本

樊增祥(1846—1931),字嘉父,号樊山,湖北恩施人,光绪三年(1877)进士。历官陕西、浙江、江宁等地按察使、布政使等职,著有《樊山集》。

所选皆为宋四六,有圈点。书后有民国二年(1913)汪锡纯跋语。可知此集是樊增祥读书时随手抄录,故自题曰"赏心集"。且谓"书法精妙,选择精严,诚不可多见之秘本也",名家手迹,足资观赏。

四 以清代骈文为主要选录对象的骈文选本

1.《俪体金膏》八卷,马俊良编选,原刊于马俊良所辑《龙威秘书》第六集,乾隆五十九年(1794)马氏大酉山房刻本。又有乾隆世德堂重刊本,题为"名臣四六奏章"。《丛书集成》初编排印本

马俊良,字嵰山,浙江石门(今属桐乡)人。乾隆间进士,官内阁中书。历主书院讲席。辑刊《龙威秘书》十集,校刊《说文系传》四十卷。

此书前有马俊良所作"引"文云:

> 《行厨》、《留青》等集陈陈相因,奏疏略及条陈,殊非体要。夫喜起赓歌,权舆虞代,下及汉世,雍容揄扬,宣上德而尽忠孝,不可缺也。兹集托始《拜飏》,而《奉扬》、《云树》、《台莱》、《絮酒》、《侯鲭》等集,以次付梓,总曰《金膏》,聊资渲染。

可见编者是有感于清初《行厨》、《留青》等选本虽略及奏疏,但陈陈相因、不尽人意的情况,而专选用于歌颂功德的表启、奏疏等朝廷奏御文章,以为此类文章的写作提供范文为编选目的。

全书八卷,前五卷为清代奏进之文,以颂扬功德的表启、奏疏为主,录文一百零一篇:卷一,九篇;卷二,二十二篇;卷三,十六篇;卷四,二十三篇;卷五,三十一篇;卷六为汉、魏、梁、周文;卷七为唐宋文;卷八为补遗。唐代只收三篇,补遗收唐代四篇,宋代收录六十二篇,补遗收录王应麟《词学指南》,又有宋四六摘句若干条,可见其对宋代表奏文

章的重视。补遗又有清文六篇。值得注意的是，卷二、卷三目次上有部分所选文章的题目、作者，在正文中则只以"邸钞"或"邸报"出现，没有题名和作者。可见本书所收文章有一部分来源于邸报，还有一些文章虽然没有标明为邸报，但从格式上来看，也是出自邸报。邸报是当时的原始材料，本书编者能够注意从邸报中收集所需文章，较有特色。

顾之逵辑《艺苑掞华》，有《国朝俪体金膏》，只收录此书前四卷。有同治七年（1868）务本堂刊本。

2.《国朝八家四六文钞》不分卷，吴鼒辑，嘉庆三年（1798）刻本

吴鼒（1755—1821），字山尊，安徽全椒人，受业大兴朱筠之门，嘉庆四年（1799）进士，选翰林院庶吉士，授编修，终侍讲学士。后以母老告归，主讲扬州书院。著有《吴学士文集》。

吴鼒自序云：

> 国家化成万祀，道光八野，人握珠璧，文奋鸾龙，其以立言垂不朽者，不仅数公。兹就鼒师友之间，钻仰所逮，或亲炙言论，或私淑诸人，所知在此也。即鼒卅年游学江湖，受知场屋，钜公明德，辱收之者，亦不仅数公。众制分门，元音异气，兹集局于四六一体，道则共贯，艺有独工，所录在此也。此数公者，通儒上才，或修述朴学，传薪贾、郑；或喁于乐府，嗣响《雅》、《骚》，传世行远，不名一技。兹集发于生徒之请，综为骈俪之则，采片石于抵鹊之山，挂只鳞于游龙之渊，所业在此也。
>
> 夫一奇一偶，数相生而相成；尚质尚文，道日衍而日盛。旸谷、幽都之名，古史工于属对；靓闵、受辱之句，葩经已有俪言。道其缘起，略见源流。盖琴无取乎偏弦之张，锦非倚乎独茧之剥。以多为贵，双词非骈拇也；沿饰得奇，偶语非重台也。要其拌扯虽富，不害性灵；开合自如，善养吾气。敷陈士行，蔚宗以论史；钩抉文心，彦和以谈艺。而必左祖秦汉，右居韩欧，排齐梁于江河之下，指王杨为刀圭之误，不其过与！然而醇甘所以养生，或曰腐肠之药；笙簧所以悦听，或曰乱雅之音，是故言不居要，则藻丰而伤繁；文不师古，则

270

思鹜而近谬。铅黛饰容，夫岂盼倩之质；旌旗列仗，乃非节制之师。虽复硬语横空，巧思合绮，好驰骤而前规亡，贪掎摭而真精失。其有摆脱凡近，规模初祖，真宰不存，形似取具，屋下架屋，歧途又歧。又其下者，剪裁经文，而边幅益俭；揣摩时好，而气息愈嚣。启事则吏曹公言，数典则俳优小说。其不得仰配于古文词宜矣。

藘得友多闻，恭承大雅，伐柯之则不远，吹律之秘可睹。规之前贤，则异代接武；准之《选》理，则殊途同归，用是合为一编。质诸百代，枚、马并世，而迟速不同；卜、颛一师，而与拒相左。诸君语差雷同，出则辙合，所以贵也。至于撰录矜慎，服膺有年，抄撮寡约，染指可饱。今之所集，多少不均，良以方朔万言，阮咸三语，酌理以为富，惬心不尚奢，各有当焉。名山之托，仆非其人，观者谅之，靡苟以例可耳。嘉庆三年，太岁戊午余月丁酉朏，全椒吴藘撰。

全书选录乾嘉时期骈文名家八人，文一百六十九篇。分别是：袁枚二十五篇，邵齐焘十八篇，刘星炜十二篇，孔广森十九篇，吴锡麒五十四篇，曾燠十五篇，孙星衍七篇，洪亮吉十九篇。其中前四家为已故作家，后四家为当世作家。

每家文钞之前，都有吴藘的题词，叙其交谊，间或评论文章，从中亦可窥见其文学理论。择其要者撮录于下：

《问字堂外集题词》：

余年廿有一始从表兄汪存南先生学为四六之文。先生讥弹近日作者，谓陈其年学庾开府，只见其叫豪，章岂绩学徐仆射，适形其蹇弱，吾家园次以下，比之自郐。

风骨遒上，思至理合。

独好余所为四六文，以为泽于古而无俗调。

夫排比对偶，易伤于词。惟叙次明净，锻炼精纯，俾名业志行不掩于填缀，读者激发性情，与《雅》、《颂》同。至于揽物寄兴，似赠如答，风云月露，华而不缛。然后其体尊，其艺传。后生末学，入古不深，求工章句，乃日流于浅薄佻巧，于是体制遂卑，不足俪于古文词，矫之者务为险字僻义，又怪而不则矣。

《小仓山房外集题词》：

凡先生文之稍涉俗调与近于伪体者皆不录。雅音独奏，真面亦出。今世訾议先生之文者颇有人，余不能为干城，而犹欲存先生之真，以不负知己于地下也。

《卷葹阁乙集题词》：

余读《卷葹阁乙集》，朴质若中郎，道宕若参军，肃穆若燕公，盖其素所蓄积，有以举其词。刘勰谓英华出于性情，信哉！太史于经通小学，于史通地理学，自叙所著书与他人说经之书，多用偶语述其宗旨，然数典繁碎，初学效之，易伤气格而破体例，余悉从割爱。

知其不屑与宋人董彦远、洪景卢、周茂振辈排比奇字以斗博也。

《仪郑堂遗稿题词》：

子羼轩太史四六文乃兼有汉魏六朝初唐之盛，尝从戴氏受经，治《春秋》、三《礼》，多精言，故其文托体尊而去古近。

《思补堂文集题词》：

吾师汪存南先生，司寇高弟，述其谈艺四字云"清转华妙"，可谓至言。集中古体赋结响未坚，取材亦宽，然视明卢柟诸人，皮剥肤附以为古者，有上下床之别。其他笺启序记，名贵光昌，尽去国初诸君浮侈晦塞之弊，卓然可传，盖司寇于孟坚、孝穆、子安三家致力最久而才气书卷足以副之。小儒好议论，以为入古太浅，非徒刻深，直是孟浪。

《玉芝堂文集题词》：

太史序其兄亶承文云："清新雅丽，必泽于古，非苟且率牵以娱一世耳目者。"答同年王芥子书云："每观往制，于绮藻丰缛之中，存简质清刚之质。"皆词家无等等咒，亦自道得力也。

《西溪渔隐外集题词》：

都转深于《选》学，所作擅六朝唐初之盛……余所识西江诗人甚夥，而于四六之文，则首推都转，以为其体正而诣深。

《有正味斋续集题词》：

近代能者或夸才力之大，或极摭拾之富。险语僻典，欲以踔跞百代，睥睨一世，不知其虚矫易尽之气，为有学之士所大噱也。先生不矜奇，不恃博，词必择于经史，体必准乎古初。

合汉魏六朝唐人为一炉冶之，胎息自深，神采自旺，众妙毕具，层见迭出。

3.《国朝骈体正宗》十二卷，曾燠辑，嘉庆十一年（1806）赏雨茅屋刻本

曾燠（1760—1831），字庶蕃，一字宾谷，江西南城人。乾隆四十六

年（1781）进士。历官户部主事、户部员外郎、两淮盐运使、湖南按察使、湖北按察使、广东布政使、贵州巡抚、两淮盐政等职。工骈体文，喜吟诗，著有《赏雨茅屋诗集》二十二卷。

此书前有曾燠序：

夫《咸》、《英》既遥，诗声俱郑。籀、斯屡变，草书非古文之衰也，运会为之哉！然而进取之儒，不随颓俗；特立之品，必追前修。大壑有宗，回狂澜于既倒；朝华方谢，启夕秀于未振。作者复起，存乎其人。有如骈体之文，以六朝为极则，乃一变于唐，再坏于宋，元明二代，则等之自郐，吾无讥焉。原其流弊，盖可殚述：

夫骈体者，齐梁人之学秦汉而变焉者也。后世与古文分而为二，固已误矣。岁历绵暧，条流遂纷。尝读陆机之赋曰："象下管之偏疾，故虽应而不和。""悟《防露》与《桑间》，又虽悲而不雅。"亦闻刘勰之论曰："新奇者，摈古竞今，危侧趣诡者也；轻靡者，浮文弱植，缥缈附俗者也。"是故执柯伐柯，梓匠必循其则；以绳缘绳，珠钩岂失其度。乃有飞靡弄巧，瘠义肥词，援颜、孟为石交，笑曹、刘为古拙。于是宋玉《阳春》，乱以《巴人》之和矣；相如典册，杂以方朔之谐矣。若乃苦事虫镌，徒工獭祭，莽大夫遐搜奇字，邢子才思读误书，其实树旆于晋郊，虽众而无律也；买椟于楚客，虽丽而非珍也。琐碎失统，则体类于疥驼；沉腿不飞，诅祥比于鸣凤。亦有活剥经文，生吞成语，李记室之褴襦，横遭同馆之割；孙兴公之锦段，付诸负贩之裁。掷米成丹，转自矜其狡狯；炼金跃冶，使人叹其神奇。古意荡然，新声弥甚。且也四字密而不促，六字格而非缓，变以三五，厥有定程，奚取于冗长乎？尔乃吃文为患，累句不恒，譬如屡舞而无缀兆之位，长啸而无抗坠之节，亦可谓不善变矣！

夫画者谨发，不可以易貌；射者仪毫，不可以失墙。刻鹄类鹜，犹相近也；画虎类狗，则相远也。徐、庾影徂而心在，任、沈文盛而质存。其体约而不芜，其风清而不杂。盖有诗人之则，宁曰女工之蠹。乃染髭须而轻前辈，易刀圭以误后生，其骈体之罪人乎？

  国朝云汉为章，壁奎应象。人称片玉，家有连珠。唯骈体别于古文，相沿既久，或以篆刻太工，为扬雄之小技；喻言虽妙，类《庄子》之外篇。专门之业不多，具体之贤遂少。岂知古文丧真，反逊骈体；骈体脱俗，即是古文。迹似两歧，道当一贯。近者宗工叠出，风气大开，赋不惟《枯树》一篇，碑岂仅韩陵片石。康衢既辟，不回墨子之车；正鹄斯悬，以待由基之矢。仰步学邯郸，目新壁垒，知女子非无正色，愿将军捐其故艺。聊附选文之义，敢云识曲之真。观者幸恕其愚而谅其陋也。南城曾燠。

  选录作家四十二人，文一百七十一篇。分别为：毛奇龄五篇，陈维崧八篇，毛先舒二篇，陆圻一篇，吴兆骞一篇，吴农祥一篇，胡天游十一篇，杭世骏三篇，胡浚一篇，黄之隽一篇，袁枚十二篇，王太岳四篇，邵齐焘六篇，刘星炜二篇，朱珪二篇，吴锡麒十二篇，汪中三篇，杨芳灿五篇，杨揆一篇，赵怀玉二篇，沈清瑞一篇，顾敏恒二篇，杨梦符一篇，孔广森十篇，孙星衍六篇，阮元四篇，王芑孙二篇，洪亮吉十五篇，凌廷堪一篇，朱文翰四篇，刘嗣绾八篇，吴鼒二篇，乐钧六篇，金式玉一篇，查初揆四篇，彭兆荪十二篇，胡敬一篇，朱为弼一篇，郭麐一篇，顾广圻一篇，吴慈鹤四篇，汪全德一篇。

4.《皇朝文典》一百卷，李澄辑，嘉庆二十年（1815）刻本

李澄，扬州府江都县廪贡生。

  李兆洛《皇朝文典序》(《养一斋文集》卷五)云，其在翰林院任庶常（庶吉士）时，留意"朝家宝书鸿典"，曾事搜集，后任职地方，此事遂废。罢官以后，于扬州见前辈人所辑，"遂加厘次，以类相从"，编为七十四卷。又云"其所未备，俟诸博求。卷之大小不齐，盖留编续之地焉"。此书总目后有"扬州府江都县廪贡生李澄恭编"以及"恭录"、"恭校"者的落款，与李兆洛序文所云是书在扬州前辈基础上进行编辑的情况相符合。

  此书为清代满族统治者重要祭文、册文、碑文、诰命等之汇编。分神功圣德碑文，陵寝告祭文，太庙告祭文，列圣、列后祭文及寺庙碑记等。

此书可为研究满族统治者生平事迹及宗教等提供资料。

5.《骈体南针》十六卷，汪传懿辑，同治五年（1866）容我读斋重刻本

汪传懿（？—1852），号絅庵，汉阳人，工骈体书记。

此书前有咸丰二年（1852）杜翰序，云：

《新唐书》谓下之词通于上者六，而庆则有表，谢则有章，体专颂扬，与奏议不同，唐宋至今，皆以骈俪行之。大抵唐人主镕炼精采，令狐楚最擅厥美，尝以之授李商隐。宋则欧苏诸公用经史成语，剪裁属对，以开阖流逸见长。国朝至乾隆以来，兼范唐宋，乃益巨丽闳畅矣。若于文敏、彭文勤、纪文达、曹文正，其尤伟者也。盖遭遇盛隆，仰谟烈之巍焕，睹典章之明备，感激于拔擢眷予之优且异，轩鼙咏蹈，莫罄名言。诸臣又皆鸿通博赡，骋其纷纶藻耀之才，输写丹悃，不复假手门客宾僚。故能雍容扬揄，典则丰蔚，望之若麟凤，才与时适相值则然也。但稿经奏御，外间罕得见，间有传诵，颇乏钞纂，词流艺苑咸以不得博观为憾。汉阳汪君絅庵因其尊公尝从邸钞中取兹体录有成本，遂踵而增之，得若干首，分十有六卷，名曰《骈体南针》……其于操觚家津逮圭臬，岂浅显哉。

又有同治丙寅（1866）孙家鼐《骈体南针》重镌序，叙汪传懿本安徽人，祖上官于湖北，按例不能参加科举，"遂习书记，当道争迎为上客，工六朝文体，家藏有邸报中所录庆贺、陈谢、乞请诸折，本乃其尊公检取而汇存者，复广为搜纂，合十有六卷，颜之曰《骈体南针》"。备述奏御文字外人罕见，编辑困难。谓此书原刊于咸丰辛亥（1851），咸丰二年（1852）壬子，太平天国攻陷武汉，汪传懿死难，书板焚毁，之后其子莲生重镌，"一如前式"。

又有咸丰元年（1851）汪传懿自序："修辞之道首重对君，体要庄严，衷怀纯笃，近臣大僚，乃得上达。唐宋以来，谢表奏章，骈俪尚矣，我朝……寓赓扬之盛于敷奏之中，或华赡而语详，或简重而辞达，取裁经

史,贯穿百家,一义宝于珠船,一字珍于金墨,溯源者可抵昆岷,操觚者可为圭臬。"又叙及此书成书过程说,其父将邸报中有关庆贺、乞请、陈谢的折子收取汇存,自己又广为搜集,最后区别部类,编成此书。

例言云:"国朝四六章奏远胜前代,而其纂组工丽则自乾隆中年以后益进而日臻于盛,兹编虽权舆在是,然采撷第本邸钞,所见无能他访。"

所选皆为四六章奏,意主颂扬,以庆贺、陈谢为主要内容。全书十六卷,庆贺一卷,其余为陈谢。各卷按事由分类,如庆贺分为"万寿"、"奏凯",陈谢,除"巡幸"、"恩科"、"兴学"、"除授"等事由外,其他多按赏赐物品来分类,如"冠服"、"书籍"等。《骈体南针》是编者用邸报整理而成,保留了大量没有文集传世作者的文章。

6.《后八家四六文钞》八卷,张寿荣辑,清光绪辛巳(1881)刻本

张寿荣(1827—?),字鞠龄,镇海(今属浙江宁波)人,同治九年(1870)举人,官教谕,著有《舫庐文存》。

书前有张寿荣序,谓其编选宗旨一准乎吴鼒《八家四六文钞》,以广人闻见。又谓:"昔吴山尊氏手录骈体文,凡八家,刊以问世,世之为词章之学者,读之玩之,咸取资焉,而有以得乎法之所在,至于今且宗尚弗衰。"又云:

> 文者,江湖之胜,太岱之奥也。不得乎法,徒思为极其胜,穷其奥,将有航断港、躐歧径而不知觉,操选政者又胡可不慎重乎其间邪?山尊氏之言曰:"挦扯虽富,不害性灵;开合自如,善养吾气。"明乎法之攸存也。又其于仪郑堂文有取夫托体尊而去古近;于玉芝堂文有取夫绮藻丰缛之中,存简质清刚之质;于小仓山房集谓文之稍涉俗调与近于伪体者皆不录。剖辨乎法,明白晓畅,学者可以得夫指归矣。则循是而为八家文之选,要仍不离乎前八家之法,庶乎其足尚焉。

对为文之"法"极为重视,认为吴鼒所选《国朝八家四六文钞》对于为文之"法"有清晰的剖辨,让学习写作者能够有所遵循,其编选《后八家四

六文钞》仍以吴鼒所选为原则。

所选八家分别是：卷一，张惠言，九篇；卷二，乐钧，十八篇；卷三，王昙，二十篇；卷四，王衍梅，十六篇；卷五，刘开，十篇；卷六，董祜诚，十六篇；卷七，李兆洛，十二篇；卷八，金应麟，十二篇。

7.《皇朝骈文类苑》十四卷，姚燮辑，光绪七年（1881）刻本

姚燮（1805—1864），字梅伯，一字复庄，号野樵，浙江镇海（今属宁波）人。道光十四年（1834）举人，工诗词，善骈体文。著有《大梅山馆集》。

是选前有光绪九年（1883）郭传璞序。从郭序可知，姚燮此书本是未定稿，原分十五类，选录一百二十五家，文章五百三十二篇。只存有序例和选目，不曾刊刻。后由张寿荣促成付梓，虽然多方征求，还缺文四十余首。

姚燮《骈文类苑序例》，叙说其编选的缘起与宗旨，大旨在于骈体不可偏废。鉴于清初以来，骈文创作兴盛，而《八家四六文钞》、《骈体正宗》等选本，未尽其美，于是仿李兆洛《骈体文钞》的分类方式而略为变通，以彭兆荪"矫俳俗，式浮靡"之论为去取标准，选取清初至其当代文章，汇为一编，有"爰厘体制，用式程式"之用意。所分十五类目下，各有小序，对于每一种文体追源溯流，讲明其特征与写作要领。

姚燮对清当代骈文创作予以极高评价："我圣朝景霭绵祥，人文荟起，扬葩振秀，辞理相宜，妍淡各当，有不止摩卯金之垒，辟典午之障者，吁，何瑰盛哉！"

又有张寿荣所作"例言"，叙述刊刻过程，与郭序大致相同，另外提到第一类"典册制诰"有目无文，"今亦不敢妄行操选"。

此书选录作者一百二十五家，文章四百九十篇。所录作者为：允禟、永瑢、毛奇龄、朱彝尊、尤侗、高士奇、胡天游、杭世骏、齐召南、邵晋涵、钱大昕、陈兆仑、王祖庚、程廷祚、叶燮凤、陈继善、吴颖芳、袁枚、姚鼐、邵齐焘、刘星炜、朱珪、吴锡麒、洪亮吉、孔广森、王宗炎、胡浚、严遂成、沈垹、秦蕙田、陈撰、杨芳灿、彭兆荪、王昙、刘开、黄安涛、陈维崧、毛先舒、吴兆骞、陆圻、马荣祖、马日璐、汪中、杨揆、张惠言、赵怀玉、沈清瑞、曾燠、顾敏恒、孙星衍、阮元、王芑孙、凌廷

堪、朱文翰、吴蕡、金式玉、刘嗣绾、查初葵、乐钧、朱为弼、顾广圻、郭麐、吴慈鹤、王衍梅、沈豫、董佑诚、李兆洛、曹埍、方履籛、金应麟、胡敬、厉鹗、秦瀛、黄之隽、陈文述、宋世荦、孙原湘、黄金台、陆繁弨、张九钺、焦廷琥、恽敬、潘德舆、汪琬、徐文靖、沈德潜、李锴、梁机、张锦传、车文彬、黑璟、边连宝、周天度、焦循、张鉴、姜宸英、王太岳、杨梦符、张泰青、王友亮、邵昂霄、李弦、乔重禧。

卷首有诸家姓氏考略，按文体分类编选。

8.《国朝骈体正宗续编》八卷，张鸣珂辑，《续修四库全书》影印清光绪十四年（1888）寒松阁刻本

张鸣珂（1829—1908），原名国检，字公束，号玉珊，晚号寒松老人、窳翁，嘉兴人。咸丰十一年（1861）拔贡，官德兴县知县、义宁州知州。著有《寒松阁诗集》八卷、《寒松阁词》四卷、《骈文》一卷。

是编前有缪德芬序，从中可知其参与了张鸣珂的编选工作。二人在对待骈文的态度方面旨趣相同。缪氏此序首先肯定骈文，说："古来文人才士往往高语秦汉，下视齐梁……不知良工运斤，神自契于造化；巧冶铸剑，光且烛乎斗牛。"对于鄙薄齐梁文章的看法表示不满，对于骈文给予肯定。谈到张鸣珂的编选情况说："搜集宏富，持择谨严，约而不滥，华而不靡。风清骨峻者，非专门而亦存；文丽义睽者，即宗匠而必汰。"所体现的是中国传统的"文质彬彬"的文论思想。缪德芬在序文中对骈文弊端予以抨击，说：

> 夫汉魏递降，奇偶共贯，故徐、庾直与贾、董而联镳；唐宋相承，骈散殊科，自韩、柳即从燕、许而夺席。旗帜各立，格调屡变，藻绘愈工，骫骳弥甚，末学颛浅，徒效伎于俳优；单慧泛剽，惟饰容以铅黛。既支离而构词，亦索莫而乏气。苟勿整派依源，悬规植矩，几何不溺音腾沸，尽类巴渝之讴；缛采纷糅，竞炫红紫之色。则是编也，其犹大辂之椎轮，中流之砥柱乎！

对以徐、庾为代表的六朝骈文予以肯定，承认骈文在发展过程中出现了过

279

于靡丽的流弊，希望通过编辑选本以"悬规植矩"，为骈文写作树立轨范。缪德芬在这里阐述的文章理论，明显受到刘勰《文心雕龙》的影响。其中"索莫乏气"、"溺音腾沸"则直接采自《文心雕龙》。① 以"文质彬彬"的传统文论为骈文写作树立轨则，是乾嘉以后推崇骈文者的共同态度。

《国朝骈体正宗续编》选录清道、咸以后骈文作家六十家，文章一百五十五篇。选录情况：曾燠三篇，刘凤诰一篇，王昙四篇，陈文述一篇，孙原湘一篇，李兆洛三篇，陈寿祺二篇，黄安涛一篇，金应麟三篇，沈涛二篇，王衍梅三篇，刘开四篇，胡贞干二篇，梅曾亮三篇，董基诚二篇，董祐诚四篇，徐士芬一篇，洪符孙一篇，陈均一篇，曹堉一篇，龚自珍二篇，蒋湘南一篇，钱仪吉二篇，黄金台四篇，方履籛十篇，宋世荦一篇，袁翼一篇，董兆雄四篇，谭莹九篇，吴存义三篇，何栻二篇，冯桂芬二篇，许丽京一篇，黄燮清一篇，谢质清三篇，姚燮九篇，汪士铎四篇，顾文彬一篇，俞樾二篇，李肇增一篇，蔡召棠一篇，杨岘一篇，顾复初一篇，刘履芬五篇，储荣槐一篇，洪齮孙五篇，顾寿桢三篇，王诒寿四篇，徐锦四篇，赵铭三篇，郭传璞三篇，汪瑔二篇，张景祁一篇，缪德芬二篇，李慈铭一篇，谭献三篇，沈景修二篇，许景澄二篇，张预一篇，易顺鼎二篇。

从选文情况来看，《国朝骈体正宗续编》收录作者达六十家之多，然而各家选录数量一般较少。最多的是方履籛，选录十首，其次是姚燮和谭莹，各选录九首。其余各家以一首、二首或是三首居多，达四十八家。分别为：选录一首的有二十二家，选录二首的有十五家，选录三首的有十一家。另外，选录四首的有七家，选录五首的有两家。这些作家有的已有文集刊刻，很多作者当时还没有文集行世，从众多作者中各选几首，甚至是一二首作品，可见选家的态度是极为认真的。和《国朝骈体正宗》一样，《国朝骈体正宗续编》所选作家大多并不显名于当时，后世也湮没无闻，虽然多数人有文集刊刻，但流传不广，不为人所知。编选者把数量众多的骈文作品按照某一原则集中起来，给读者提供了一个很好的阅读文本，对于推动骈文写作有一定意义。

---

① "索莫乏气"见《文心雕龙·风骨》，"溺音腾沸"见《文心雕龙·乐府》。

9.《国朝十家四六文钞》四册，王先谦辑，光绪十五年（1889）长沙王氏刻本

书前有郭嵩焘序和王先谦自序。

是钞选录清代中晚期的骈文作者十人。选文情况：刘开《孟涂骈体文钞》，十三篇；董基诚《子诜骈体文钞》，十一篇；董祐诚《兰石斋骈体文钞》，十一篇；方履籛《万善花室骈体文钞》，十一篇；梅曾亮《柏悦山房骈体文钞》，二十五篇；傅桐《梧生骈体文钞》，十二篇；周寿昌《思益堂骈体文钞》，十六篇；王闿运《湘绮楼骈体文钞》，十一篇；赵铭《琴鹤山房骈体文钞》，十三篇；李慈铭《湖塘林馆骈体文钞》，三十篇。

10.《国朝常州骈体文录》三十一卷，附屠寄《结一宧文》一卷，屠寄辑，《续修四库全书》影印清光绪十六年（1890）广东刻本

屠寄（1856—1921），字敬山，一字景山，武进（今属江苏常州）人。光绪壬辰（1892）进士，曾任官东北，撰有《结一宧文》。

《国朝常州骈体文录》选录作者四十三家，文章五百九十六篇。选录情况：陈维崧二十一篇，刘星炜十五篇，秦蕙田一篇，叶燨凤一篇，王苏一篇，洪亮吉七十九篇，洪符孙三十三篇，洪齮孙十六篇，孙星衍八篇，赵怀玉三十七篇，恽敬二篇，张惠言十二篇，张琦三篇，张成孙十一篇，李兆洛六十五篇，承培元一篇，陆继辂一篇，陆燿遹九篇，杨芳灿三十五篇，杨揆一篇，顾敏恒二篇，刘嗣绾三十六篇，方履籛三十一篇，方骏谟一篇，董基诚十二篇，董祐诚二十篇，董士锡十三篇，周济十篇，刘承宠六篇，钱相初一篇，汪岑孙一篇，蒋学沂十六篇，汪士进八篇，陆黻恩五篇，庄受祺六篇，庄士敏四篇，汤成彦十四篇，杨传第三篇，蒋日豫八篇，夏炜如四篇，何栻二篇，管乐一篇。

屠寄此选，囊括了为数众多的骈文作者和作品，是清代常州地区骈文创作实绩的总体展现。屠寄深以家乡文章之盛为荣，其编选《文录》的目的就在于保存乡邦文献，他在《叙录》中说道：

  乾隆、嘉庆之际，吾乡盛为文章。稚存、伯渊齐金羁于前，彦文、方立驰玉轫于后。臬文特善词赋，申耆尤长碑铭。诸附丽之者，亦各

抽心呈貌，流芬散条，亹亹乎文有其质焉。于时海内属翰之士，敦说其义，至乃指目阳湖，以为宗派。自时厥后，清风盛藻，尝稍替矣，然犹腾骞步，蹑退轨，振逸响，荡余波。至于咸丰，干戈时动，弦诵暂辍，衣冠播散戎马之足，缣帛割裂縢盖之用。华篇丽篆，存者十一。不及今裒辑，将恐零落殆尽，后进英绝，益靡所观放，甚可惜也。

屠寄历举乾嘉时期常州骈文作者，甚为自豪。而鸦片战争和太平天国运动对典籍文献破坏极大，屠寄有感于此，希望通过编辑选本以保存乡邦文献。作为文人，屠寄深感学习前贤的重要，所谓"实赖前贤，问途知津"。因此，他编辑此选，以为后来者提供借鉴为主要目的。

《国朝常州骈体文录》展现了清代常州地区骈文创作的荦荦大观，所选既有名播众口的大家，也有湮没无闻的作者。以单篇文章入选的作者就有十家，有五家只选了二或三篇文章。屠寄《叙录》说："钱文多佚，汪字无闻，唯此碎锦，宝之斤斤。"其"捃摭残佚"的目的是很明显的。中国古代选家向有"以文传人"之说，屠寄通过"捃摭残佚"，实际上发挥了"以文传人"的作用。《文录》对没有文集传世作者的收录，使其在保存文献方面具有一定价值。

屠寄对于骈文的批评见于其所作的《叙录》之中，他说：

> 昔扬雄论文，旨归于丽则；萧统著《选》，事出于沉思。诚以睢涣之水，不濯魏文之衣；黄池之会，无取越人之裸。孔子曰"言之无文，行之不远"，润色之业，断可知矣！自楚汉以降，骚赋代作，遗风余烈，事极开皇。莫不图写丹青，神明律吕，被龙文于绨椠，发凤音于珍柯。虽体势殊诡，而情藻则一。有唐之始，渐趋重碰。昌黎起衰，特歧轨辙。历宋、元、明，数且千祀，大抵《客嘲》、《宾戏》，辄摩管、孟之流；《封禅》、《河清》，翻同齐、鲁之《论》。无异攫刳剡以游锦水，持画墁而营建章。遒丽之辞，阙焉靡纪。

屠寄以孔子"言之无文，行之不远"之说为依据，说明文章写作需要润色。他认为隋前文章重视辞藻和音律，继承楚辞和汉赋的传统而有所发扬，尤其对六朝骈文给予极高评价。屠寄认为骈文自唐代开始产生流弊，所以才有骈文的衰落。和其他推崇骈文者一样，屠寄也努力为骈文正名，以恢复骈文地位。

在《叙录》中，屠寄对所选各家都有简要论述，从中可以窥见其论文旨趣。

《文录》选李兆洛文章达六十五篇之多，李兆洛的多数文章严格来讲并不是骈体文，而是出之以不拘骈散、散中有骈的面貌，他编选《骈体文钞》，收录有散体文，意在表明他融骈入散的文章理论。屠寄选李兆洛文章较多，表明他对李兆洛文章理论是赞同的。

11.《炼庵骈体文选》四卷，沈宗畸辑，宣统元年（1909）番禺沈氏《晨风阁丛书》本

沈宗畸（1865—1926），原名宗畴，字太侔，号南野，祖籍浙江，居番禺。布衣。

此书无序跋。选录作者二十九人，皆为晚清人。

12.《同光骈文正轨》不分卷，孙雄辑，宣统三年（1911）油印本

孙雄（1867—1935），原名同康，字师郑，号郑斋，江苏常熟人。光绪二十年（1894）进士，曾官吏部主事，京师大学堂文科监督。工骈文，能诗。著有《师郑堂骈体文存》等。

此书前有孙雄所作序文："余于壬辰、癸巳间客京师，即有继续南城曾氏选辑国朝骈体正宗之举，录稿凡六十余家，为文四百余篇，自嘉道以还，同光作者略具。"其中他最推崇的骈文作家是王闿运和李慈铭。

参考文献

总集类

（明）陆云龙选评：《皇明十六家小品》，浙江古籍出版社 1996 年版。

（明）陆云龙选评：《翠娱阁评选行笈必携》，明崇祯刊本。

（清）许梿编，（清）黎经诰笺注：《六朝文絜笺注》，《续修四库全书》影印清光绪十五年枕湓书屋刻本，上海古籍出版社 2002 年版。

（清）黎经诰笺注，吴丕绩整理：《六朝文絜笺注》，上海古籍出版社 1982 年版。

（清）张寿荣评：《国朝骈体正宗评本》，清光绪十一年花雨楼刻本。

（清）王先谦辑：《续古文辞类纂》，《续修四库全书》影印清光绪八年王氏虚受堂刻本，上海古籍出版社 2002 年版。

（清）贺长龄辑：《皇朝经世文编》，《近代中国史料丛刊》本，台北：文海出版社 1966 年版。

（清）胤禛辑：《悦心集》，清内府刻本。

（清）方苞辑：《钦定四书文》，《景印文渊阁四库全书》本，台北：台湾商务印书馆 1983 年版。

（清）刁包辑：《斯文正统》，《四库全书存目丛书》补编影印清道光同治间入怀谨顺积楼刻用六居士所著书本，齐鲁书社 1995 年版。

（清）过珙辑：《绍闻堂精选古文觉斯定本》，《四库禁毁书丛刊》影印清康熙十一年绍闻堂刻本,北京出版社1997年版。

(清)林云铭辑:《增订古文析义合编》,清经元堂刻本。

(清)玄烨等选评:《古文渊鉴》,康熙二十四年内府刻本。

(清)吴震方辑:《朱子论定文钞》,《四库全书存目丛书》影印清康熙间刻本,齐鲁书社1995年版。

(清)过珙辑:《古文评注全集》,民国二十二年上海锦章书局石印本。

(清)吕留良辑,(清)吕葆中批点:《晚村先生八家古文精选》,《四库禁毁书丛刊》影印清康熙吕氏家塾刻本,北京出版社1997年版。

(清)谢有煇辑评:《古文赏音》,康熙四十六年师俭阁刻本。

(清)储欣辑:《唐宋十大家全集录》,康熙四十四年刻本。

(清)张伯行辑:《唐宋八大家文钞》,康熙张氏正谊堂刻本。

(清)蔡世远辑评:《古文雅正》,《景印文渊阁四库全书》本,台北:台湾商务印书馆1983年版。

(清)方苞辑评:《古文约选》不分卷,雍正十一年果亲王府刻本。

(清)弘历等选评:《唐宋文醇》,乾隆三年内府刻本。

(清)唐德宜辑评:《古文翼》,乾隆六年景山书屋刻本。

(清)余诚辑评:《古文释义》,民国间上海广益书局石印本。

(清)沈德潜辑评:《唐宋八家文读本》,乾隆间刻本。

(清)姚鼐辑:《古文辞类纂》,《续修四库全书》影印清道光元年合河康氏家塾刻本,上海古籍出版社2002年版。

(清)朱宗洛辑评:《古文一隅》,道光三十年刻本。

(清)王赞元辑:《古文近道集》,同治七年培槐轩王氏刻本。

(清)李扶九原选,(清)黄麟重编:《古文笔法百篇》,光绪八年黄氏家刻本。

(清)彭元瑞辑:《宋四六选》,乾隆四十一年曹振镛刻本。

(清)蒋士铨选评:《四六法海》,同治间刻本。

(清)陈均辑:《唐骈体文钞》,同治癸酉刻本。

(清)李兆洛辑评:《骈体文钞》,道光元年合河康氏家塾刻本。

（清）彭兆荪选评：《南北朝文钞》，《丛书集成新编》本，台北：新文丰出版公司1985年版。

（清）王先谦编选：《骈文类纂》，光绪二十八年思贤书局刻本。

（清）马俊良编选：《俪体金膏》，乾隆五十九年马氏大酉山房刻《龙威秘书》本。

（清）吴鼒辑：《国朝八家四六文钞》，嘉庆三年刻本。

（清）曾燠辑：《国朝骈体正宗》，嘉庆十一年赏雨茅屋刻本。

（清）张寿荣辑：《后八家四六文钞》，光绪辛巳刻本。

（清）姚燮辑：《皇朝骈文类苑》，光绪七年刻本。

（清）张鸣珂辑：《国朝骈体正宗续编》，《续修四库全书》影印清光绪十四年寒松阁刻本，上海古籍出版社2002年版。

（清）王先谦辑：《国朝十家四六文钞》，光绪十五年长沙王氏刻本。

（清）屠寄辑：《国朝常州骈体文录》，《续修四库全书》影印清光绪十六年广东刻本，上海古籍出版社2002年版。

（清）黄宗羲辑：《明文案》，《四库禁毁书丛刊》补编影印清抄本，北京出版社1997年版。

（清）黄宗羲辑：《明文海》，中华书局1987年影印本。

（清）黄宗羲辑：《明文海》，《景印文渊阁四库全书》本，台北：台湾商务印书馆1983年版。

（清）黄宗羲选评：《明文授读》，《四库全书存目丛书》影印清康熙三十八年张锡琨味芹堂刻本，齐鲁书社1995年版。

别集类

（明）袁中道：《珂雪斋近集》，上海书店1982年版。

（明）艾南英：《天佣子集》，清道光十六年艾氏家塾刻本。

（清）钱谦益撰，钱仲联整理：《钱牧斋全集》，上海古籍出版社2003年版。

（清）黄宗羲撰，沈善洪整理：《黄宗羲全集》，浙江古籍出版社1985

年版。

（清）黄宗羲:《黄梨洲文集》,中华书局1959年版。

（清）顾炎武:《亭林文集》,《续修四库全书》影印清刻本,上海古籍出版社2002年版。

（清）吕留良:《吕晚村先生文集》,《续修四库全书》影印清雍正三年吕氏天盖楼刻本,上海古籍出版社2002年版。

（清）侯方域:《壮悔堂文集》,《万有文库》本,商务印书馆1937年版。

（清）林云铭:《挹奎楼选稿》,《四库全书存目丛书》影印清康熙三十五年陈一夔刻本,齐鲁书社1995年版。

（清）方苞撰,刘季高校点:《方苞集》,上海古籍出版社1983年版。

（清）邵长蘅:《邵子湘全集》,《四库全书存目丛书》影印清康熙间刻本,齐鲁书社1995年版。

（清）吴伟业:《梅村家藏稿》,《四部丛刊》初编影印武进董氏新刊本,上海书店1985年影印本。

（清）魏禧著,胡守仁、姚品文、王能宪校点:《魏叔子文集》,中华书局2003年版。

（清）徐文驹:《师经堂集》,《四库全书存目丛书》影印清康熙五十一年刻本,齐鲁书社1995年版。

（清）允礼:《自得园文钞》,《四库未收书辑刊》影印清刻本,北京出版社1997年版。

（清）玄烨:《清圣祖文集》,《景印文渊阁四库全书》本,台北:台湾商务印书馆1983年版。

（清）姚鼐:《惜抱轩文集》,《续修四库全书》影印清嘉庆三年刻增修本,上海古籍出版社2002年版。

（清）姚鼐:《惜抱轩全集》,世界书局1936年版。

（清）王昶:《春融堂集》,《续修四库全书》影印清嘉庆十二年塾南书舍刻本,上海古籍出版社2002年版。

（清）洪亮吉著,刘德权校点:《洪亮吉集》,中华书局2001年版。

（清）沈德潜：《沈归愚诗文全集》，清教忠堂刻本。

（清）蒋士铨：《忠雅堂文集》，《续修四库全书》影印清嘉庆二十一年藏园刻本，上海古籍出版社2002年版。

（清）彭兆荪：《小谟觞馆诗文集》，《续修四库全书》影印清嘉庆十一年刻二十二年增修本，上海古籍出版社2002年版。

（清）吴鼒：《吴学士文集》，《续修四库全书》影印清光绪八年江宁藩署刻本，上海古籍出版社2002年版。

（清）萧穆：《敬孚类稿》，《续修四库全书》影印清光绪三十三年刻本，上海古籍出版社2002年版。

（清）刘开：《刘孟涂集》，《续修四库全书》影印清道光六年姚氏檗山草堂刻本，上海古籍出版社2002年版。

（清）张惠言：《茗柯文编》，《续修四库全书》影印清道光陈善刻本，上海古籍出版社2002年版。

（清）恽敬：《大云山房文稿》，《续修四库全书》影印《四部丛刊》本，上海古籍出版社2002年版。

（清）张星鉴：《仰萧楼文集》，清刻本。

（清）林昌彝：《小石渠阁文集》，《续修四库全书》影印清光绪福州刻本，上海古籍出版社2002年版。

（清）姚燮：《复庄骈俪文榷》，《续修四库全书》影印清咸丰四年刻六年增修本，上海古籍出版社2002年版。

（清）龚自珍：《龚自珍全集》，上海古籍出版社1975年版。

（清）郭嵩焘：《养知书屋文集》，《续修四库全书》影印清光绪十八年刻本，上海古籍出版社2002年版。

（清）陈衍：《石遗室文集》，《续修四库全书》影印清刻本，上海古籍出版社2002年版。

（清）谭献：《复堂类集》，《丛书集成续编》本，台北：新文丰出版公司1988年版。

（清）王先谦著，梅季校点：《葵园四种》，岳麓书社1986年版。

（清）汪中：《述学》，《续修四库全书》影印清刻本，上海古籍出版社

2002年版。

（清）张之洞：《张之洞全集》，河北人民出版社1998年版。

（清）李兆洛：《养一斋文集》，《续修四库全书》影印清道光二十三年活字印二十四年增修本，上海古籍出版社2002年版。

（清）袁枚著，王英志校点：《袁枚全集》，江苏古籍出版社1993年版。

（清）袁枚：《小仓山房诗文集》，上海古籍出版社1988年版。

（清）邵齐焘：《玉芝堂文集》，《四库全书存目丛书》影印清乾隆刻本，齐鲁书社1995年版。

（清）阮元：《揅经室集》，中华书局1993年版。

（清）王先谦：《虚受堂文集》，《续修四库全书》影印清光绪二十六年刻本，上海古籍出版社2002年版。

（清）周寿昌：《思益堂集》，《续修四库全书》影印清光绪十四年王先谦等刻本，上海古籍出版社2002年版。

鲁迅：《鲁迅全集》，人民文学出版社2005年版。

文学批评、文学史类

（南朝梁）刘勰著，范文澜注：《文心雕龙注》，人民文学出版社1958年版。

（明）吴讷等：《文章辨体序说 文体明辨序说》，人民文学出版社1998年版。

（清）彭元瑞：《宋四六话》，《续修四库全书》影印清道光二十六年番禺潘氏刻《海山仙馆丛书》本，上海古籍出版社2002年版。

（清）孙梅：《四六丛话》，《续修四库全书》影印清嘉庆三年吴兴旧言堂刻本，上海古籍出版社2002年版。

（清）沈德潜：《说诗晬语》，丁福保辑《清诗话》本，上海古籍出版社1999年版。

（清）吴乔：《围炉诗话》，郭绍虞编选，富寿荪校点《清诗话续编》

本，上海古籍出版社 1983 年版。

（近代）刘声木：《桐城文学渊源撰述考》，黄山书社 1989 年版。

（近代）王葆心：《古文辞通义》，王水照编《历代文话》本，复旦大学出版社 2007 年版。

（近代）姚永朴著，许振轩点校：《文学研究法》，黄山书社 1989 年版。

李壮鹰：《诗式校注》，人民文学出版社 2003 年版。

邬国平、王镇远：《中国文学批评通史·清代卷》，上海古籍出版社 1995 年版。

黄霖：《中国文学批评通史·近代卷》，上海古籍出版社 1993 年版。

周祖譔：《隋唐五代文论选》，人民文学出版社 1990 年版。

邬国平、王镇远：《清代文论选》，人民文学出版社 1999 年版。

舒芜：《近代文论选》，人民文学出版社 1959 年版。

吴承学：《中国古代文体学研究》，人民出版社 2011 年版。

张伯伟：《中国古代文学批评方法研究》，中华书局 2002 年版。

童庆炳：《文体与文体的创造》，云南人民出版社 1994 年版。

于景祥：《中国骈文通史》，吉林人民出版社 2002 年版。

刘麟生：《中国骈文史》，东方出版社 1996 年版。

姜书阁：《骈文史论》，人民文学出版社 1986 年版。

张仁青：《中国骈文发展史》，浙江大学出版社 2009 年版。

吕双伟：《清代骈文理论研究》，人民出版社 2011 年版。

曹虹：《阳湖文派研究》，中华书局 1996 年版。

钱仲联：《梦苕庵论集》，中华书局 1993 年版。

马积高：《清代学术思想的变迁与文学》，湖南出版社 1996 年版。

褚斌杰：《中国古代文体概论》，北京大学出版社 1990 年版。

陈正宏：《明代诗文研究史》，上海文化出版社 2000 年版。

王水照等编：《首届宋代文学国际研讨会论文集》，复旦大学出版社 2001 年版。

启功、金克木、张中行：《说八股》，中华书局 2000 年版。

张智华:《南宋的诗文选本研究》,北京师范大学出版社 2002 年版。

吴承学:《晚明小品研究》,江苏古籍出版社 1999 年版。

吴文治编:《韩愈资料汇编》,中华书局 1983 年版。

洪本健编:《欧阳修资料汇编》,中华书局 1995 年版。

四川大学中文系编:《苏轼资料汇编》,中华书局 1994 年版。

周作人著,钟叔河编:《知堂序跋》,中国人民大学出版社 2011 年版。

周作人:《鲁迅的青年时代》,河北教育出版社 2002 年版。

周作人:《中国新文学的源流》,江苏文艺出版社 2007 年版。

周作人:《苦口甘口》,河北教育出版社 2002 年版。

林语堂:《林语堂文选》,中国广播电视出版社 1990 年版。

[日]青木正儿撰:《清代文学评论史》,杨铁婴译,中国社会科学出版社 1988 年版。

[德]歌德等著:《文学风格论》,王元化译,上海译文出版社 1982 年版。

历史类

(清)赵尔巽等撰:《清史稿》,中华书局 1976 年版。

清国史馆编:《清史列传》,《清代传记丛刊》本,台北:明文书局 1985 年版。

(清)梁国治等撰:《国子监志》,《景印文渊阁四库全书》本,台北:台湾商务印书馆 1983 年版。

(清)文庆等撰:《国子监志》,《续修四库全书》影印清道光抄本,上海古籍出版社 2002 年版。

(清)素尔讷等撰:《学政全书》,《续修四库全书》影印清乾隆三十九年武英殿刻本,上海古籍出版社 2002 年版。

(清)昆冈等续修:《清会典》,《万有文库》本,商务印书馆 1937 年版。

(宋)黎靖德编:《朱子语类》,中华书局 1986 年版。

（清）章学诚著，叶瑛校注：《文史通义校注》，中华书局1994年版。

（清）章学诚著，仓修良编注：《文史通义新编新注》，浙江古籍出版社2005年版。

（清）李元度纂录：《国朝先正事略》，《清代传记丛刊》本，台北：明文书局1985年版。

（清）缪荃孙纂录：《续碑传集》，《清代传记丛刊》本，台北：明文书局1985年版。

（清）闵尔昌纂录：《碑传集补》，《清代传记丛刊》本，台北：明文书局1985年版。

（清）李桓纂录：《国朝耆献类征初编》，《清代传记丛刊》本，台北：明文书局1985年版。

（清）张惟骧：《清代毗陵名人小传稿》，《清代传记丛刊》本，台北：明文书局1985年版。

（清）李慈铭：《越缦堂日记》，广陵书社2004年版。

（清）李慈铭著，由云龙辑：《越缦堂读书记》，上海书店出版社2000年版。

（清）徐珂编：《清稗类钞》，中华书局1986年版。

（清）法式善：《陶庐杂录》，中华书局1959年版。

（清）谭献著，范旭仑、牟晓朋整理：《谭献日记》，中华书局2013年版。

（近代）欧阳英、（近代）陈衍纂修：《（民国）闽侯县志》，民国二十二年刻本。

（近代）支伟成：《清代朴学大师列传》，《清代传记丛刊》本，台北：明文书局1985年版。

（近代）易宗夔：《新世说》，《清代传记丛刊》本，台北：明文书局1985年版。

（近代）盛叔清纂录：《中国书画史新编》，《清代传记丛刊》本，台北：明文书局1985年版。

李肖聃：《湘学略》，岳麓书社1985年版。

李肖珊：《星庐笔记》，岳麓书社1983年版。

萧一山：《清代通史》，中华书局1986年版。

朱诚如、李治亭等撰：《清朝通史·顺治朝卷》，紫禁城出版社2003年版。

朱诚如、王思治等撰：《清朝通史·康熙朝卷》，紫禁城出版社2003年版。

朱诚如、周远廉等撰：《清朝通史·乾隆朝卷》，紫禁城出版社2003年版。

卞孝萱、唐文权：《民国人物碑传集》，团结出版社1995年版。

卞僧慧：《吕留良年谱长编》，中华书局2003年版。

孟醒仁：《桐城派三祖年谱》，安徽大学出版社2002年版。

钱仲联主编：《中国文学家大辞典·清代卷》，中华书局1996年版。

梁淑安主编：《中国文学家大辞典·近代卷》，中华书局1997年版。

王德昭：《清代科举制度研究》，中华书局1984年版。

王炜编校：《〈清实录〉科举史料汇编》，武汉大学出版社2009年版。

商衍鎏：《清代科举考试述录及有关著作》，百花文艺出版社2003年版。

陈水云、陈晓红校注：《梁章钜科举文献二种校注》，武汉大学出版社2009年版。

尚小明：《清代士人游幕表》，中华书局2005年版。

周振鹤撰集，顾美华点校：《圣谕广训：集解与研究》，上海书店出版社2006年版。

江庆柏：《清代人物生卒年表》，人民文学出版社2005年版。

书目类

（宋）陈振孙撰，徐小蛮、顾美华校点：《直斋书录解题》，上海古籍出版社1987年版。

（清）永瑢等：《四库全书总目》，中华书局1965年版。

（清）邵懿辰撰，（近代）邵章续录:《增订四库简明目录标注》，上海古籍出版社1979年新1版。

（清）张之洞撰，范希曾补正:《书目答问补正》，上海古籍出版社2001年版。

（近代）章钰撰，武作成补:《清史稿艺文志及补编》，中华书局1982年版。

孙殿起:《贩书偶记（附续编）》，上海古籍出版社1999年版。

《中国古籍善本书目·集部》，上海古籍出版社1998年版。

天津图书馆编:《(稿本)中国古籍善本书目书名索引》，齐鲁书社2003年版。

上海图书馆编:《中国丛书综录》，上海古籍出版社1982年版。

阳海清编:《中国丛书广录》，湖北人民出版社1999年版。

李灵年、杨忠主编:《清人别集总目》，安徽教育出版社2000年版。

王绍曾等撰:《清史稿艺文志拾遗》，中华书局2000年版。

雷梦辰:《清代各省禁书汇考》，北京图书馆出版社1989年版。

《民国时期总书目》，书目文献出版社1992年版。

《清代内府刻书目录解题》，紫禁城出版社1995年版。

王宝平:《中国馆藏和刻本汉籍书目》，杭州大学出版社1995年版。

柯愈春:《清人诗文集总目提要》，北京古籍出版社2002年版。

周振鹤:《晚清营业书目》，上海书店出版社2005年版。

王重民、杨殿珣:《清代文集篇目分类索引》，北京图书馆出版社2003年版。

黄裳:《清刻本》，江苏古籍出版社2002年版。

来新夏、韦力、李国庆:《书目答问汇补》，中华书局2011年版。

中国科学院图书馆整理:《续修四库全书总目提要（稿本）》，齐鲁书社1996年版。

后　记

　　本书是在我的博士论文基础上修改而成。

　　2003—2006 年我在复旦读博，跟随杨明老师学习古代文学及文学批评史，在杨老师指导下确定以"清人编选的文章选本与文学批评研究"为博士论文选题。在将近两年的时间里，我流连于复旦图书馆，利用馆藏古籍资料，对清人编选的文章选本及其文学批评意义进行研究，撰成博士论文。毕业前夕的论文答辩会，由华东师大刘永翔先生任答辩委员会主席，复旦大学蒋凡先生、上海师大曹旭先生和黄宝华先生、上海杨浦区教育学院周建国先生任答辩委员，各位先生针对论文提出了很多宝贵意见，令我深受教益。如今蓦然回首，十年光阴倏忽而过。美丽的复旦校园，美好的求学时光，图书馆的灯光书影，答辩会上诸位先生的评论指摘，至今都一一在目，不能忘也。

　　毕业后，我回校工作，在博士论文的基础上，继续做了一些研究工作。2012 年在已有研究基础上获批教育部项目，促使我集中精力进行课题研究，收集了大量相关资料，对清人编选的文章选本进行了较为深入的探究。相对于之前的博士论文，这部书稿无论在文献梳理还是理论阐释方面都取得了长足的进展，呈现出全新的面貌。在继续此项研究的这几年，自己也颇有收获。深感进行学术研究，只要选定方向，从文献资料入手，用力耕耘，就必有所得。所谓"贤者识其大者，不贤者识其小者"，通过自己的努力，认真做一点学术工作，虽然要付出大量心血，但也锻炼了能力，获得了乐趣，甚至可以说充实了人生，提升了境界。

求学复旦，杨老师开设的每一门课程，都让我们获益匪浅。作为学生，每每为他严谨求实、一丝不苟的读书方法和治学态度所折服。此番他不但为拙稿撰写序言，还仔细通读全稿，核对引文，提出了诸多的修改意见，指出了很多讹误。尤其是那些沉埋在引文中的讹误，幸赖杨老师的精审阅读和仔细复核，才得以纠正。从当年博士论文的确定选题，撰写过程中的具体指导，定稿时候的多次修改，到现在深入毫发的剔抉指摘，杨老师为这部书稿耗费了太多的心血！看到书稿中的讹误被老师一条条地揪出，感愧之余，更是催我警醒，在学术工作上的认真求实，我做得还远远不够，老师留在书稿上的一条条批注，是对学生最好的鞭策！

我在读书期间，有幸遇到我的硕士导师林方直先生、博士导师杨明先生，两位先生都淡泊自处，以读书治学为人生最大乐趣，都是我一生最可尊敬的师长，他们对我的教诲，我终身不忘。

多年来，我的父母、妻子支持我的学业，照顾我的生活，这本小书也是他们无私奉献的结果，而我却为他们做得太少太少，感愧之情，难以言表。

孟 伟

2016 年 10 月